T0244065

Gadir

JUAN LUIS PULIDO

Gadir

𝓟

ALMUZARA

© Juan Luis Pulido Begines 2022
© Editorial Almuzara, s.l., 2022
Primera edición: julio de 2022

COLECCIÓN NOVELA HISTÓRICA
EDITORIAL ALMUZARA

Director editorial: Antonio E. Cuesta López
Edición al cuidado de Rosa García Perea
Maquetación de Miguel Andréu

www.editorialalmuzara.com
pedidos@almuzaralibros.com — info@almuzaralibros.com
Imprime: Black Print

ISBN: 978-84-11311-47-2
Depósito Legal: CO-911-2022
Hecho e impreso en España — *Made and printed in Spain*

A mi madre, que me compraba un libro el sábado si me comprometía a beberme tres vasos de leche al día, de lunes a viernes, a pesar de que yo nunca lo lograba.

Índice

AÑO 70 A. C.

(EN LA OLIMPIADA CIENTO SETENTA Y SIETE)

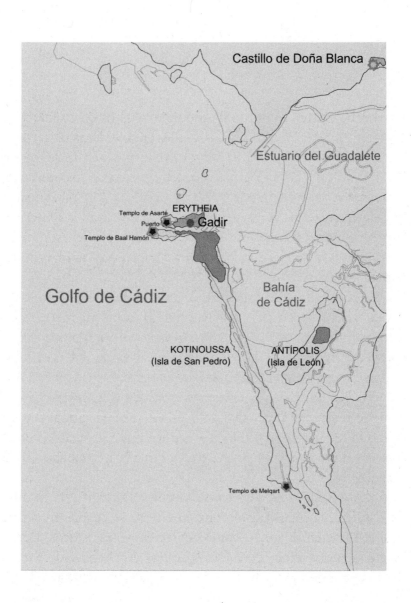

Castillo de Doña Blanca

Estuario del Guadalete

Templo de Asarté
ERYTHEIA
Puerto
Gadir
Templo de Baal Hamón

Golfo de Cádiz

Bahía
de Cádiz

KOTINOUSSA
(Isla de San Pedro)

ANTÍPOLIS
(Isla de León)

Templo de Melqart

I

En el orbe existen multitud de prodigios dignos de celebración. Posidonio había admirado varios de ellos en su ya larga vida, como los impresionantes restos del *Coloso*, la enorme estatua de bronce del dios sol bajo cuyas piernas abiertas penetraban los barcos en el puerto de Rodas. Qué decir de las pirámides de Egipto, las siete bocas del Nilo, el faro de Alejandría, el Artemisión de Éfeso o el templo de Hera Licinia en Crotona. Sin embargo, en su ánimo hecho a la belleza, nada causó mayor emoción que la imagen del templo de Melqart, un atardecer otoñal, mientras se acercaba por el sur a la bocana de entrada al mar interior gaditano. Y no tanto por la majestuosidad de la construcción, en sí misma merecedora de encomio, como por la indescriptible armonía del entorno, todo ordenado por una mano divina para causar placer a los sentidos: el color dorado de las arenas, el olor del mar, las gaviotas señoreando en el aire. Sabía que los dioses habían sido generosos con estas tierras occidentales, donde el sol es suave y agradable todo el año la temperatura, y donde fructifica tanto el suelo como el subsuelo, pero la excelsitud que ahora descubría escapaba a toda medida.

Emocionado, el Estoico entendió que todo en Gadir es místicamente arcaico: el tiempo que en Grecia se cuenta en siglos, aquí se mide en milenios, como ocurre entre los caldeos. Desde ese momento percibió que había llegado al sitio bendecido por los dioses que toda su vida buscó, al vórtice de su existencia, al lugar de su plenitud.

—Ya puedo morir— dijo sin querer con su voz sonora y profunda, causando asombro en quienes lo oyeron. Otra rareza más, pensaron casi todos, de este peculiar pasajero con el que habían compartido travesía desde Rodas. Un viaje realizado según los usos *fenicios*, que así era como los griegos llamaban a los cananeos, siguiendo sus insólitos derroteros y empleando una de sus naves panzudas de casco redondo, un *gaulo* de gran tonelaje.

No se extrañó Abisay, el joven esclavo del templo de Melqart que se había incorporado a la travesía en Malaka. De baja estatura, magro de carnes y con el cráneo rapado; su frente baja y huidiza le daba apariencia de criatura dotada de pocas mientes.

Fruto de los días en común, entre el esclavo y el sabio griego surgió una mutua simpatía. En Malaka, ambos debieron esperar varias semanas a que llegaran condiciones propicias para la navegación, porque, aunque esta antigua factoría cananea se encuentra a solo tres soles de singladura del archipiélago de las Gadeiras cuando soplan vientos favorables, sin ellos no cabe siquiera intentar traspasar las famosas Columnas de Melqart, en el estrecho que separa los dos continentes. Solo la ventolera persistente del levante permite vencer la fuerte corriente que proviene de la gran inmensidad azul, patria de tempestades, mar abierto en su infinitud a Occidente, tenebroso, hirviente de vida secreta.

Posidonio sufrió por aquella demora: el tiempo transcurría, acababa la temporada de navegación y los ansiados levantes no llegaban. Si no conseguían zarpar en sazón, debería invernar en Malaka y esperar hasta la primavera para culminar el trayecto. Para un hombre de la edad de Posidonio, un retraso así podía ser definitivo.

Pero al cabo el levante se presentó, en forma de estremecedor temporal, y les permitió traspasar el Estrecho en pocas horas, escoltados por grandes cetáceos y focas juguetonas, justo antes del final de la temporada de navegación. De hecho, la suya fue la última nave que aquel año cruzó las Columnas, cuando los mares se encontraban ya casi desiertos y las embarcaciones varadas para la invernada; el suyo fue el último buque proveniente de Oriente que atracó en los embarcaderos del santuario de Melqart, al que griegos y romanos denominan *Herakleion*.

El esclavo Abisay acudió a Malaka enviado por Abdmelqart, sumo sacerdote del templo, con la triple encomienda de guiar, ilustrar y espiar a Posidonio, el excéntrico heleno que, cumpliendo con las más exigentes reglas de la cortesía, había pedido peregrinar a la tumba del dios-hombre, para honrarle, solicitando además permiso para permanecer alojado en el templo, durante un periodo indefinido, con el propósito de culminar en aquel lejano Occidente algunos de sus celebrados estudios.

Tal petición no resultaba extravagante. En el santuario gadirita se custodiaban los restos de Melqart, y a su reclamo concurrían gentes de todos los rincones de la tierra para invocar los favores divinos. Cada año, miles de creyentes acudían para postrarse a los pies del dios, inmolar víctimas en su honor o consultar el oráculo reputado por su fiabilidad, como hicieron antes tantos personajes notables: Aníbal el Cartaginés, Magón, Fabio Máximo o Escipión Emiliano.

Para el culto, el templo permanecía siempre disponible a cualquier hombre, sin importar su raza o nación, según es propio de un dios consagrado a velar por el comercio y la navegación. Los extranjeros, en cambio, tenían prohibido permanecer en el *Herakleion* desde poco antes del ocaso y hasta la salida completa del sol. Los peregrinos acudían en las horas prescritas y al pie de los altares sacrificaban, formulaban sus preces, llenaban el aire con sus votos, consultaban al oráculo y se marchaban con los bolsillos algo o mucho más ligeros, dependiendo del alcance de su piedad, su interés o su curiosidad. Pero todo debía seguir estrictamente lo pautado. Cualquier iniciativa dirigida a romper con reglas tan vetustas y arraigadas hubiera sido acogida con desdén, sobre todo viniendo de un griego, y rechazada con pocas contemplaciones.

Sin embargo, Posidonio el Estoico no era un cualquiera. Erudito de talento contrastado, en su Apamea natal recibió una sólida formación que más tarde completó en Atenas, donde fue alumno de Panecio, cabeza, por entonces, de la escuela estoica. Nunca regresó a Siria; asentado en Rodas, allí fundó su propia academia. En aquel poderoso Estado marítimo, que gozaba de gran reputación en cuanto al estudio científico, prosperó hasta convertirse, primero en ciudadano y después en pritano de la ciudad que era foco y faro del comercio oriental, amiga de Roma y de la propia Gadir, con la que tantas semejanzas guardaba. Su presencia en Gadir confirmaba que los ecos de su gloria, como mayor polímata de su época, habían llegado incluso al confín occidental del mundo, más allá de las Columnas de Hércules.

Confiado en su reconocimiento, Posidonio, también conocido como el Sirio, pidió al templo autorización para alojarse en el propio *Herakleion*, donde, además de utilizar los fondos de la biblioteca, podría observar los astros y dedicarse a sus estudios sobre las mareas, ese movimiento continuo y fascinante del mar que tanta impresión le causó, en su lejana juventud, la primera vez que pudo contemplarlo. Nunca fue él amigo, como tantos otros filósofos, de permanecer tranquilo en un sitio, leyendo y escribiendo. Sobre todo, ansiaba ver, constatar los fenómenos, acceder a las fuentes directas, sin mediaciones de terceros. Todos los grandes centros de saber del orbe habían recibido ya la visita de este curioso insaciable. Solo Gadir había permanecido, hasta ahora, fuera de su alcance; una laguna que a Posidonio le quemaba en el alma, y a la vez le estimulaba sobremanera.

Al Estoico le interesa todo, y si bien en esa época se ocupaba sobre todo del fenómeno de las mareas, no por ello desdeñaba sus otras pasiones intelectuales. Haciendo honor al nombre de filósofo, Posidonio aspiraba al conocimiento universal de las cosas humanas y divinas, y deseaba llevar una vida irreprochable. Cualquier persona que se considerase ilustrada disponía en su biblioteca de sus cincuenta y dos tratados de historia, una magna obra que él consideraba inacabada, pues, emulando a Éforo de Cime, se proponía componer una historia universal. También sus comentarios jurídicos y políticos gozaban de renombre mundial.

Los sacerdotes de Melqart tenían su propia visión; recelosos con la moderna ciencia griega y con los propios griegos, los consideraban piratas advenedizos, gente impía y poco honorable. Entre ellos, este heleno en particular venía aureolado por su mítica notoriedad, bien ganada por estudios sobre las más diversas materias. Pero ni su notoriedad ni sus conocimientos implicaban, a su piadoso juicio, justificación suficiente para torcer las reglas del santuario, y alojar a un extranjero como él en el recinto sagrado rompía una tradición secular. Solo unas décadas antes, cuando el águila romana aún era un polluelo agazapado en su nido, ni el propio Solón ni los siete sabios de Grecia reunidos hubieran logrado tal permiso.

Pero el mundo cambiaba. Lenta, imperceptible, indefectiblemente. Al sumo sacerdote del santuario, Abdmelqart, una de las personas más influyentes de Gadir, no le quedó más remedio que aceptar aquella impertinente petición, cuando recibió una orden expresa, camuflada de petición cortés, firmada por todos los sufetes de la ciudad. No es que el pontífice estuviera bajo la jurisdicción de esos magistrados; antes bien, con frecuencia los sufetes deben plegarse ante el poderío del principal servidor de Melqart. Ni siquiera un rey puede ofender a los dioses. Mas ni unos ni otros se llamaban a engaño, pues todos sabían que el mandato provenía del romano más potente de su tiempo, Pompeyo, cónsul de Roma, *imperator, kosmocrator*, declarado *Magnus* por sus propios soldados siendo aún muy joven, el victorioso que celebró un triunfo por las calles de Roma cuando aún no le había salido la barba y, sobre todo, el que todos consideraban amigo personal y discípulo de Posidonio.

Ciertamente, aquella visible amistad del erudito griego con los próceres romanos era la comidilla de todas las escuelas de filosofía del Mediterráneo. Los latinos, invencibles con la espada, se doblaban como juncos frente a las acometidas del intelecto heleno desde que, más de cien años antes, empezaron a llegar a la península itálica los despojos de las campañas macedónicas y del saqueo de Corinto: cariátides, obras literarias y, sobre todo, escritos de los filósofos. No había por entonces romano con pretensiones que no alardeara de preceptor helénico. Alguien tan ambicioso como Pompeyo no dudó en apuntar a la presa más alta. Como tantos otros jóvenes ricos de las cuatro esquinas de la tierra, acudió a Atenas para escuchar al maestro de Posidonio, Panecio, y allí trabó afecto con el más brillante de sus acólitos. Desde que le conoció, el romano había sentido veneración por aquel erudito, de quien se suponía, quizás con ingenuo optimismo, discípulo. Con ello no hacía sino seguir la senda marcada antes por otros latinos influyentes, como Cicerón, Metelo o Mario, todos ellos fascinados por el indescriptible embrujo de Posidonio, extraordinaria mixtura de filósofo, orate, político, poeta y aventurero, para quien todo saber, viniera de donde viniera, resultaba relevante y provechoso.

En la turbulenta época de las guerras entre Mario y Sila, Posidonio el Estoico embelesó por igual a facciosos de ambos bandos y, gracias a las buenas relaciones que trabó con lo más selecto de la clase dirigente romana, pudo desplazarse por todo el mar Medio como si de un embajador del senado y del pueblo de Roma se tratara, bajo el estandarte del disco solar dorado de Rodas. El lejano oeste, sin embargo, se le había resistido hasta entonces, inmerso como estaba en las terribles turbulencias de la ofensiva contra Sertorio. La guerra entre conservadores y populares que iniciaron Mario y Sila vivió sus últimos estertores en Iberia, donde Sertorio, discípulo predilecto de Mario y, a su muerte, paladín del partido popular —declarado enemigo público por la República de la Loba Luperca—, acababa de ser derrotado por los conservadores, liderados por Pompeyo. Por fin ahora, muerto Sertorio y con buena parte de Hispania en vías de pacificación, sometida al poder de Roma, en la Olimpiada ciento setenta y siete, año del consulado de Pompeyo Magno, quedaron de nuevo abiertas las rutas del mar y llegó el momento de cumplir el arraigado deseo de visitar Gadir.

Finalmente, tras intensas discusiones, los sacerdotes de Melqart aceptaron su postulación, concediéndole acceso a algunas de las dependencias del santuario a condición de que respetara las escrupulosas reglas que allí regían. Y para que no hubiera duda o malentendido alguno, se comisionó al esclavo Abisay con el delicado cometido de que durante el trayecto entre Malaka y Gadir instruyera al filósofo sobre las reglas del lugar, advirtiéndole sobre las costumbres locales y transmitiéndole toda la información útil que pudiera hacer más llevadera aquella inusual estancia, tanto al huésped como a los anfitriones.

II

Posidonio embarcó en la misma Rodas a mediados de verano, en una nave cargada con miles de ánforas y cientos de rollos de valioso papiro. En pocas semanas realizó el trayecto, haciendo escala en las antiguas factorías de Tiro o Sidón. Aprovechando corrientes marinas que solo los fenicios conocen, enfilaron primero la isla de Citera y después se desviaron un poco hacia el norte, hasta avistar las costas italianas. Allí viraron guiándose por el penacho de humo del Etna, para circunnavegar por el mediodía la isla de Sicilia hasta Motya, pasando por las proximidades del burbujeante volcán, que como casi siempre derramaba por sus laderas sus entrañas inquietas, en forma de fuego y rocas ardientes.

Muy pronto, ya en derechura, enfilaron hacia Ibosim y recorrieron el Levante ibérico, pasando por Abdera y Seksi, lugares predilectos de los cananeos por ser tan semejantes a las familiares laderas del monte Líbano, hasta que finalmente llegaron a Malaka. Incluso de noche viajaban en aquel arrogante navío, orientándose con referencia a la fúlgida estrella *Hwab*, a la que, no sin motivos, los griegos denominaron *Phoiniké* y los romanos *Stella Phoenica*.

Pese al perpetuo meneo de la nave, a los mareos y al obligado confinamiento en espacio tan cerrado, Posidonio el Estoico disfrutó de cada instante del viaje. El sabio todo lo traducía en fuente de júbilo. Disfrutó incluso de las tormentas y los peligros, cuando la nave se escoraba y parecía a punto de zozobrar, o cuando cabeceaba contra la borrasca y las olas, dando pantocazos que causaban pavor en los marineros menos avezados.

No dejaba el griego de pasmarse ante la armonía de movimientos del formidable bajel de carga, construido en los afamados astilleros de Tiro, de sesenta codos persas de eslora, cubierta corrida y con una capacidad de hasta mil ánforas. Pese a su panza redondeada, su abrupto pantoque y su enorme bodega, aquel buque de borda alta cortaba el agua como un cuchillo entra en la manteca. Por eso era capaz de tragar millas y millas de singladura sin atracar, propulsado por su vela, surcando las aguas en pos de la figura del caballo, el caballo de Gadir, reconocible en todos los mares del mundo civilizado, con sus crines altaneras cabalgando los mares conocidos y hasta alguno de los ignotos.

En Malaka le esperaba Abisay para acompañarlo en el último tramo de la travesía, mientras le introducía en los usos y protocolos del templo y, de camino, sondeaba el talante y las intenciones del griego. Allí se encontraron y, juntos, tuvieron que aguardar pacientemente que las condiciones de navegación mejoraran. Para Posidonio, la compañía de Abisay fue su único consuelo durante aquel tiempo de espera funesta, la primera cara afable con la que se encontró desde que salió de Rodas; así de azarosamente surgen a veces las simpatías humanas, porque aquellos días atrapados en Malaka tejieron entre ellos lazos, del todo improbables entre hombres de tan distinta condición.

A bordo no le trataban mal, pero nadie acogía de buen grado sus cotidianos intentos por trabar conversación. Desde el grumete hasta el patrón, todos en la nave le ignoraban con rudeza, fingiendo no comprenderle o mostrándose siempre ocupados en sus tareas.

En vano trató de ganarse la benevolencia del patrón, un hombre maduro y fuerte, de pelo largo y barba puntiaguda que respondía al nombre de Baalator. Al poco de zarpar, el griego se dio cuenta de su formidable pericia y sus dotes de mando. Todos a bordo dependían de él; cada acto, cada paso de los tripulantes debía quedar bajo su supervisión, y todos habían aprendido que un buque se conduce como una sola criatura, viva y provista de diversos miembros y órganos, coordinados por el capitán.

Sabedor de la ingente cantidad de plata que el pasajero había abonado, no podía negarse Baalator a aceptarlo en su proximidad, con cortesía perezosa. Contestaba con monosílabos a sus múltiples preguntas, dejándole ver a las claras que su presencia en el puente no resultaba bien recibida. Un día, en un desesperado intento por congraciarse con él, Posidonio quiso regalarle una de sus más preciadas posesiones, un ejemplar del mapa trazado por Hecateo de Mileto, que delinea todas las costas del mar Medio, entre el Levante y las Columnas de Melqart. Grande fue la sorpresa del griego cuando Baalator, sin soltar la caña del timón, después de echarle un leve y superficial vistazo al portulano, lo repudió:

—Eso está mal, griego.

—¿Cómo que está mal? ¡Si es una joya! Cualquier *naukleros* mataría por tener uno igual…

El patrón, malencarado como siempre, le miró con desdén. Como declinaba la jornada, dio orden de que se tendiera sobre el puente de mando el toldo de cuero que le resguardaría del relente. Luego continúo diciendo con intencionado aire de suficiencia:

—Además, no lo necesito; lo tengo todo aquí— se limitó a decir señalándose la frente.

Posidonio se quedó algo contrariado por una negativa que ni esperaba ni comprendía, dado el desmesurado valor del presente. Ya se volvía para dirigirse al otro lado del puente, a rumiar su enfado, cuando el cananeo le espetó:

—Griego, ¿dices que me lo regalas, que es para mí a cambio de nada?

—Así es, capitán, es un obsequio— respondió Posidonio mientras volvía a ofrecerle el mapa.

Baalator agarró de repente el regalo y, sin volver a mirarlo siquiera, lo arrojó al mar por encima de la regala de estribor, para a continuación aferrar de nuevo con firmeza el gobierno de la nave, sin perder de vista el horizonte que tenía delante. Embarcado desde niño, el patrón desconfiaba de las insidias del mar, de los cielos serenos, de los céfiros suaves, consciente de que, en cualquier momento, el piélago retumba y su superficie se pone a hervir como un puchero, y entonces ya es tarde para soltar los cabos de las vergas o cobrar la lona. En la vasta extensión verdosa, quien se confía, muere.

—¿Qué haces, insensato?

A punto estuvo Posidonio de arrojarse él mismo por la borda para recuperar el portulano. Baalator llamó de un grito al timonel y le cedió el control del timón con cierta desconfianza. Le gustaba, en cuanto podía, empuñarlo él mismo, sentirlo como prolongación de su brazo. Encarando al griego, con no poco desprecio, le espetó:

—Quien dibujó ese mapa no es inteligente, sino un necio. Sabio es quien guarda sus conocimientos para sí y evita que otros se beneficien de él —arguyó señalándose de nuevo a la mollera—. ¿De qué sirven tus secretos si cualquiera puede conocerlos? Los cananeos cruzamos el mar sin necesidad de dibujos, porque aprendemos de memoria la disposición de las estrellas, de los cabos, de las desembocaduras de los ríos, las distancias entre radas y ensenadas, los lugares de las aguadas, las corrientes marinas… Y transmitimos ese conocimiento a quien nos place. Si lo dibujáramos, cualquiera sabría lo mismo que nosotros. ¿Qué sentido tiene eso? No, griego, ese hombre era un tonto.

Posidonio observó con mirada triste cómo la mancha pálida del pellejo se iba difuminando en la lejanía hasta desaparecer, mientras mascullaba en voz baja, con gran desconsuelo, pues pocas cosas le dolían más que la pérdida de un documento valioso, acaso solo aquel regodeo en la ignorancia podía provocarle mayor aflicción:

—Tan extraordinario coste y rareza, salido del pulcro dibujo de uno de los magnos pensadores del pasado. Copiado en el mejor pergamino de Éfeso, el que se obtiene de los fetos de los terneros, perfilado con primor, la mejor tinta, coloreado con púrpura y lapislázuli… Adquirido en Samotracia, a gran precio y conservado con mayor cuidado…

Baalator le miró fugazmente, de reojo, y encogió los hombros:

—Tú me lo regalaste. Era mío, ¿no?— silabeó con ironía, entretanto pensaba que los griegos no valían ni para ser sodomizados. Agarró su bastón de mando, se arrebujó en su gruesa capa marinera y se dirigió a la proa de la nave, a ajustar una de las escotas que andaba floja y hacía flamear la vela, a la vez que repartía a diestro y siniestro órdenes, puntapiés y maldiciones.

III

Abisay nació en Alejandría de Egipto, en el seno de una familia hebrea, veinticinco años atrás. Por las deudas de su padre fue cautivado y vendido, a los once años, a un mercader cananeo que lo primero que hizo fue castrarlo y grabarle en la frente las marcas de su condición servil.

Por muy poco logró el muchacho sobrevivir a la operación; de sus resultas, se quedó escuálido y mortecino, perdió todo su atractivo como juguete sexual, provocando la ira de su nuevo propietario, que pretendía venderlo en alguna de las cortes de los reyezuelos de Anatolia. Resignado ante la evidencia de que ya no lograría colocarlo al precio que esperaba, trató de recuperar su inversión paseando al chiquillo por diversos puertos, desde Alejandría hasta Chipre. Como su salud no dejaba de deteriorarse, porque casi todos los miembros de la tripulación lo usaban para desfogarse, cuando regresó a las bocas del Nilo su amo se lo cedió al capitán de la nave como parte del pago de su porcentaje en los beneficios de la expedición.

De ahí en adelante la suerte de Abisay mejoró; convertido en mascota del *naukleros*, en lugar de satisfacer la lujuria de veinte hombres, ahora se limitaba a calmar la soledad del patrón, que se encariñó con él y le llevó consigo en todas sus navegaciones.

Transcurrieron dos años y, conforme iba creciendo, Abisay se dio cuenta de que perdía su pequeña influencia; el patrón lo usaba cada vez menos y le encargaba trabajos penosos para que se ganara la comida. Ya se veía muerto o remando en alguna galera, cuando de nuevo la suerte le hizo un guiño. Justo cuando la nave trataba de franquear las Columnas de Hércules, un tremendo temporal casi los lleva al naufragio. Con espanto, el hebreo se vio en medio de una azul eternidad vacía, oscura y terrible, donde aterradoras olas negras se levantaban como montañas y engullían en un suspiro varias embarcaciones. Otras se estampaban entre los escollos de la costa. Ya sin esperanzas, el viento de pronto se calmó. Brisas y corrientes arrastraron con suavidad el navío desarbolado hacia el norte, mientras se dibujaba por la amura de estribor una costa verde y escarpada, cubierta por una densa alfombra de pinos y encinas. Tras varios días de cansina navegación a merced de las ondas, al final la marea les permitió varar en una playa de arenas brillantes, en las proximidades del santuario de Melqart, donde recibieron refugio.

En agradecimiento por haber sobrevivido a un desastre que parecía consumado, el *naukleros* entregó al esclavo como ofrenda a Melqart. El sumo sacerdote del templo, en un primer momento, no la acogió de buen grado. Los oficiantes del señor de Tiro no gustan ser servidos por eunucos; se suscitaron algunas discusiones, pero los más viejos señalaron que no se recordaba en la zona una tempestad como la que logró capear el buque que trajo al esclavo, así que en su milagrosa salvación vieron un signo evidente de la benevolencia del dios con los náufragos. Al cabo, considerado como favorito de la fortuna, el pontífice acogió a Abisay para su asistencia personal, y en aquel santuario servía desde entonces, sin grandes males.

El tiempo manifestó lo acertado de la decisión. Abisay se ganó por completo la confianza del sumo sacerdote; por ello le designaron para la delicada misión de atender y vigilar a Posidonio. Una tarea que se demostró bastante más sencilla de lo que en principio creyera. El visitante era quien decía ser, pretendía lo que afirmaba querer y, sobre todo, conocía casi a la perfección la religión cananea, de modo que Abisay dedicó buena parte de la singladura a charlar confiadamente con él. Habituado ya al ambiente de reserva y piedad del santuario, al principio el inusual proceder del griego sorprendía y aturdía al esclavo, pero, poco a poco, su compañía fue despertando en él memorias casi olvidadas de su Alejandría natal. Y recordó cómo también allí los griegos parloteaban y discutían sin descanso.

* * *

El heleno era un hombre de aventajada estatura, velludo y de tan buen carácter que irradiaba alegría. Una barba del todo blanca y bien arreglada orlaba un rostro venerable y sereno. Ya anciano, pero fuerte. Comía poco y apenas bebía. Hablaba y hablaba sin parar, desmandada la lengua, con todo el que se le ponía por delante y se mostraba dispuesto a escucharlo; daba igual el origen o terruño del interlocutor, porque el griego se defendía en casi todos los idiomas civilizados y ponía sincero interés en aprender las costumbres de cada pueblo y ciudad.

Posidonio quiso también saberlo todo sobre Abisay. Con un nudo en la garganta la mayoría de las veces, el muchacho le respondía, conmovido, porque desde que le vendieron nadie se había interesado por él. Revivió así los acontecimientos luctuosos que soportó en Egipto, donde su vida se vio truncada, hechos aterradores que quedaron impresos en su mente de manera indeleble: las deudas de su padre, las amenazas de los prestamistas, la desesperación de su madre, rogando de rodillas al marido que no vendiera a sus hermanas, su casa vacía de todos los enseres, y finalmente, su entrega a los acreedores para satisfacer al menos en parte los enormes descubiertos.

Todavía siente el olor de quienes le llevaron con pocos miramientos a la lonja de esclavos, la fuerza de sus dedos engarfiados en su brazo infantil. El cuchillo del físico que le privó de los huevos; las fiebres que le pusieron a las puertas la muerte; los días eternos que pasó mortalmente enfermo, llorando a sus padres; el hambre y el frío de los primeros días en los almacenes del muelle; las espeluznantes jornadas de navegación encerrado en un oscuro y hediondo pañol, al lado de otros miserables, algunos moribundos; las crueldades continuas de los marineros que usaban su cuerpo y se turnaban para sodomizarlo.

Su olfato curtido percibió desde el principio que Posidonio no era una persona cualquiera; su atropellada manera de hablar, su seguridad, su talante inquisitivo le fascinaban; sus rarezas iban acompañadas de unos modos y hábitos del todo desusados, sobre todo en el trato con esclavos y sirvientes, una familiaridad que causaba escándalo entre los toscos marineros, acostumbrados a maltratar a los cautivos y cometer con ellos las peores sevicias.

Poco a poco, la traicionera esperanza fue calando en el corazón del hebreo. Empezó a incubar una idea tal vez descabellada: ¿podría ser Posidonio el instrumento que pusiera fin a su vida de padecimientos y a su penosa condición de esclavo? Si no conseguía la libertad, al menos aspiraba a convertirse en su propiedad. ¿Cabía imaginar amo mejor? ¿Habría llegado el momento que llevaba tanto tiempo esperando? Cautivado en la niñez, la esclavitud había conformado casi toda su vida, pero el anhelo de libertad nunca se extinguió en su espíritu, a diferencia de lo que ocurre con la mayoría de los esclavos, que con el transcurso de los años olvidan su vida anterior y aceptan su suerte, dejando que corran los días sin más preocupación que embutir el estómago, dormir caliente o satisfacer los apetitos del cuerpo.

No, Abisay era distinto; conservaba esperanza, una forma de rebeldía acaso alimentada por un obscuro rencor, pues fue despojado de virilidad incluso antes de haberla alcanzado, y privado del dulce regazo de su madre, único consuelo seguro para el hombre a lo largo de su vida. En verdad nada hiere más intensamente ni deja marca más imborrable que las penas de infancia. Abisay nunca pudo, ni quiso, arrinconar su pasado, aunque no dejara de atormentarle; vivía anhelante de un tiempo venidero, impreciso, un tiempo en el que su destino alcanzaría la consumación. Sentía en su interior que no era su sino morir como simple esclavo, en un camastro, olvidado de todos.

Y ahora, de súbito, como si los dioses le indicaran el itinerario, se presentaba este griego exótico y lenguaraz, de buen carácter, aparentemente rico, que parecía encariñado con él. En los largos días que convivieron en Malaka, Abisay fue trazando un plan, una aspiración secreta, que pasaba, primero, por conseguir que el sumo sacerdote le confirmara al servicio del visitante durante toda su estancia en el santuario, y segundo, por ganarse un lugar en el corazón de Posidonio, haciéndosele imprescindible, satisfaciendo sus más mínimos deseos, hasta que naciera en él la voluntad de conservarlo a su lado.

IV

Mientras la nave surcaba el mar rumbo al norte, navegando de través con viento de poniente, Abisay mostraba al griego los parajes más destacados de la costa y acometía con pose y gesto solemnes su innecesaria labor pedagógica.

El filósofo le escuchaba, divertido por la pompa afectada del muchacho, que, según él mismo había confesado, había pasado varias semanas preparándose para su labor. No queriendo herir su susceptibilidad, le hacía algunas preguntas fáciles, para que pudiera lucirse y sentirse útil.

—En la casa de Melqart, nada de cerdos, mujeres ni cadáveres… Y prohibido hablar en griego. No lo olvides: dirígete a todo el mundo en cananeo.

Posidonio asentía, mirándole con interés, pese a que conocía bien los escrupulosos preceptos de la religión cananea. Nacido en Siria, en una familia helenizada, creció en un ambiente de mayoría semita, de ahí su dominio de las hablas hebrea, aramea y cananea, y de las tradiciones culturales del Oriente. En

Gadir en modo alguno se encontraría en un ambiente extraño o desconocido.

En algunos aspectos, sobre todo en lo relativo a la descripción física del archipiélago y del mar interior gaditano, el esclavo sí se mostró de utilidad, pues permitió a Posidonio contrastar la información leída con la suministrada por un testigo de vista.

—El archipiélago de las Gadeiras lo componen multitud de islas muy apiñadas; algunas son simples islotes rocosos, desolados, sin nada en ellos más que mierda de gaviota, o acaso algunos pinos marchitos, doblados por los vientos. A veces se emplean como patíbulo, para que los condenados a muerte perezcan de frío e inanición: un final espantoso, me han dicho, más por la sed que por el hambre. En ocasiones, si pasas cerca de uno de esos islotes, se ven los cadáveres, con los labios hinchados y agrietados, la piel apergaminada, picados por los cangrejos y los pájaros.

—¿Tienen nombre todos esos islotes?

—Sí, señor… Los gadiritas ponen nombre a todas las islas, a las escolleras y hasta a las piedras más grandes de su litoral. Yo solo conozco los nombres de las islas mayores…

—Eritía y Kotinusa….

—En efecto, señor, así las llaman los griegos y los romanos, y ya hasta muchos cananeos. Una al lado de la otra, separadas por un estrecho canal donde se ubica el puerto principal de Gadir, el *kothon*, y la zona comercial e industrial del archipiélago, con sus fábricas de vidrio transparente, de lienzo para las velas, sus astilleros, sus arsenales y sus factorías de salazones. El canal es la verdadera carne viva de las Gadeiras. Dicen los viejos que antaño era bastante más ancho y profundo. Hoy, por efecto de las mareas, las corrientes de arenas submarinas y los escombros que arrojan las gentes, en varios sitios se halla casi cegado.

Posidonio asentía, sabedor de la importancia del *kothon* gadirita. Enclavado en una óptima encrucijada de rutas hacia el interior de Hispania, apenas transcurría un día sin que tocara o saliera de sus muelles algún buque, incluso en plena temporada invernal, cuando el tráfico de larga distancia se frenaba y las naves se dedicaban al cabotaje por el mar interior gaditano, por el lago Ligustino, y por las riberas del Lete y del Betis. De ahí el prodigioso impulso de Gadir, la densidad de su población, la magnificencia de sus monumentos, la intensidad de su comercio y de su vida intelectual.

—Kotinusa, la mayor de las Gadeiras, es muy larga, de unos cien estadios áticos de longitud. Tiene la forma de un arco en reposo, en cuyos extremos se ubican, al norte, el templo de Baal Hammón, y al sur, el santuario Melqart, adonde nos dirigimos. Eritía, sin embargo, es pequeña y coqueta, más islote que isla, pues su anchura en algunas partes no sobrepasa un estadio y su largo es de mil seiscientos pasos.

Con frecuencia el griego cedía a su impaciencia e interrumpía el solemne parlamento del esclavo.

—A Eritía la conocen en el este como Afrodisias, la isla de Juno, consagrada a la Venus Marina. ¿Es cierto lo que dicen, que todo su suelo está ocupado por construcciones?

Cuando pudo, el hebreo reanudó sus explicaciones, cada vez más convencido de que Posidonio sabía todo lo que le contaba.

—Sí, en Eritía no cabe más gente. Allí se ubica la ciudad más vieja, el núcleo germinal del asentamiento cananeo. Alberga la morada de Astarté y en ella solo pueden residir hijos de Canaán de estirpe y linaje probados. Por eso la industria y el comercio se concentran en Kotinusa, donde, por el sur, la ciudad crece desordenadamente, con barrios casi enteramente ocupados por extranjeros. Bajo la paz de Melqart, alabado sea, las Columnas de Hércules permanecen abiertas para todos los que quieran comerciar. Dicen los sacerdotes, quejándose, que el serrucho nunca calla en esa isla, pues casi cada mañana amanece con una nueva choza construida. Por eso, varias veces ha habido que ampliar el perímetro de la ciudad, construyendo otra cerca.

Posidonio sabía que después de las guerras de Roma con Cartago el senado de Gadir mandó construir los definitivos adarves con foso que encierran la ciudad por su lado meridional, dotándola de poderosos baluartes y prohibiendo las construcciones extramuros. Desde entonces, los edificios del interior crecieron a lo alto, para acoger a la siempre creciente población, si bien nunca lo suficiente. Por eso, buena parte de los habitantes tuvo que afincarse en otras localidades del mar interior. Ansiaba el griego admirar esas altísimas construcciones, que causaban el pasmo de cuantos las examinaban.

Sí, el griego sabía bastante de las Gadeiras, pero no todo; por eso interrogaba sin parar al esclavo. A muchas de las preguntas del sabio, Abisay no sabía responder. Ignoraba cuál de los templos era más grandioso, la hondura del canal, la intensidad de los vientos, las diferencias exactas de peso entre el siclo gadirita y el cartaginés, o los aspectos fundamentales de la constitución de la ciudad. Azorado, se excusaba:

—Señor, lamento no conocer esos datos. Casi no salgo del santuario; lo que sé de las Gadeiras lo aprendí escuchando las conversaciones de los acólitos y estudiantes. Noticias deslavazadas, sin sentido para mí. Hasta hace poco, no me permitieron leer algunos documentos de la biblioteca. Si lo consideras necesario, puedo aprender; con tiempo lograré recabar los datos que necesites para tus estudios. Mi deseo es servirte…

Tampoco sabía apenas nada el muchacho sobre la historia de Gadir, aunque Posidonio, lejos de mostrarse contrariado, encontró contento en enseñar a quien fue enviado para enseñarle. Él mismo sabía más de Gadir que casi la totalidad de los *gadeiritai* vivos. Si conseguía recopilar la información suficiente durante su estancia, esperaba dedicar a los cananeos occidentales su próximo texto de historia, que haría el número cincuenta y tres.

—Gadir es una ciudad libre, aliada y amiga de Roma, desde que hace ciento treinta y seis años, en el consulado de Quinto Cecilio Metelo y Lucio Vetulio Filón, ambas pactaran el tratado de alianza que, si bien nunca llegó a ratificarse, de hecho fue respetado durante más de un siglo. Hace poco, en el consulado de Lépido y Crátulo se ha negociado un nuevo *foedus*, este sí sancionado por el Senado y el Pueblo de Roma, que establece una *pia et aeterna pax* entre Roma y Gadir.

El esclavo le miraba esforzándose por adoptar un semblante de máxima concentración, más por complacerle que por verdadero interés. El astuto hebreo pronto comprendió que el griego encontraba goce en enseñar y ser escuchado.

—La ciudad se ganó la libertad como premio por su colaboración en la guerra contra Cartago, una ciudad hermana de Gadir, siempre contemplada con mezcla de recelo y admiración por los gadiritas. Por eso, en cuanto se presentó la ocasión, estos no vacilaron en abandonar la alianza púnica y pasarse al bando romano. Gadir se considera hija legítima de Tiro, a la que enviaba puntualmente los diezmos como ofrenda para el templo de Melqart. Y cuando Tiro cayó arrasada por la incontenible pujanza del demonio macedónico, Alejandro el conquistador, Gadir quedó huérfana, librada a su suerte como capital del Occidente semita, enfrentada a un destino que habría de afrontar sola, sin la arriesgada tutela de Cartago. Porque, aunque tanto cartagineses como *gadeiritai* se sabían parte de un mismo pueblo, jamás intentaron formar una misma patria, como tampoco lo hicieron las metrópolis fenicias del Levante: Sidón, Arvad, Beritu, Tiro... Todas las villas cananeas, de Oriente o de Occidente, guardan exclusiva lealtad a su propio puerto, de los que dependen para su supervivencia.

Posidonio calló para enfrascarse en sus propias reflexiones, mientras miraba al horizonte. Reparó en los curiosos giros de la historia y el papel predominante del azar en los acontecimientos humanos. El tiempo puso de relieve el acertado pronóstico de los gaditanos, que apostaron a caballo vencedor. Los *gadeiritai* acordaron con Escipión, primer general romano que puso sus pies en la ilustre Gadir, un estatuto de ciudad federada, libre de tributos y exenta de guarnición. Desde entonces rige una *amicitia* que satisface a ambas partes, y que los gadiritas han honrado; cien años antes, durante la gran rebelión de las tribus de Iberia, Gadir permaneció fiel a la República, y lo mismo ocurrió después, en la tremenda guerra contra Sertorio.

Sin embargo, Roma, siempre ansiosa de nuevas victorias y mayor dominio, acababa uno a uno con todos sus enemigos. Ante tanto imperio, ¿cuánto más lograría mantener su independencia la ciudad de Gadir, anclada en aquella llanura oceánica, tan peligrosamente cerca del continente? Aplastado Sertorio y sometida casi toda la península a Roma, nadie ignoraba en las islas que su suerte pronto podría mudar, dependiendo del humor tornadizo de los romanos.

—Sí, muchacho, entre el Senado de Roma y Gadir existe una relación antigua y consolidada. Pocas ciudades de la ecúmene pueden decir lo mismo. Si es cierto lo que se cuenta, desde la desaparición de Cartago los negocios gadiritas prosperan como nunca, los tesoros se amontonan en la casa de Melqart y los almacenes se encuentran repletos de mercancías procedentes de cualquier lugar del mundo donde pueda llegarse por mar. Un futuro espléndido se abre para los gadiritas si permanecen en el seno de Roma. Y todo gracias a Pompeyo, que siente especial predilección por esta península que le permitió consolidar su poder y renombre.

Durante su larga estancia en Hispania, Pompeyo instauró una tupida red clientelar que alcanzaba también a las islas gaditanas, una red que además se sumaba a la que tejió su padre, el viejo Pompeyo *Strabo,* varios años antes; gente poderosa, prósperos comerciantes, prestamistas y armadores con gran influencia en el templo. Bien sabía Posidonio que ellos fueron los que lograron doblegar la terca voluntad de los sacerdotes más reacios a acoger a un extranjero como él en la casa de Melqart, haciéndoles ver que contrariar el deseo del *Magnus* implicaría daños irreversibles a la libertad y a la prosperidad de la ciudad cananea.

Los bufidos, juramentos y maldiciones del patrón sacaron al griego de sus ensoñaciones. Baalator daba órdenes a la tripulación para que se dispusieran a variar la derrota. En solo bordo más la nave enfilaría el caño que por el meridión permite el acceso al mar interior gaditano. A lo lejos, en el horizonte, en medio de la luz declinante empezaba a destacar un potente foco de la luminaria que marcaba la dirección que seguir: el faro de Melqart, sobre el que flotaba una inclinada humareda.

V

La silueta maciza del faro de Melqart se recortaba sobre el cielo anaranjado, agrandando sus impresionantes dimensiones: más de cien codos de altura, fabricado con piedras ciclópeas, unidas por grapas de cobre y mortero.

A Posidonio aquel faro se le asemejó a las construcciones de los babilonios: una gigantesca pirámide escalonada, formada por sucesivas plataformas cuadrangulares, diez en total, cada vez más estrechas, recogiéndose hacia lo alto, hasta culminar en un pináculo, en cuya cima desafiaba al tiempo la estatua de oro de un Melqart barbado, semidesnudo y tocado con un sombrero cónico, que, con el brazo derecho levantado, señalaba a Occidente. Una escalera labrada en la piedra rodeaba toda la construcción, como una gigantesca serpiente que tratara osadamente de asfixiar tan excepcional presa. En verdad parecía que el mismo Melqart soportaba el templo, pues no cabía concebir que manos humanas construyeran tan prodigioso inmueble, vigía y referencia para los navegantes, ensalzado en todas las costas del mar Medio.

El famoso templo se erigía a los pies del faro. ¿Qué hombre culto no había oído hablar de él? Desde que se guarda memoria, no pasa por sus proximidades embarcación alguna que no se detenga para inmolar en honor del dios, pidiéndole soplos propicios. Lo que comenzó siendo un simple altar a cielo abierto, muy visible, azotado por los vientos, donde ardía el fuego sagrado en perpetuo honor de Melqart, con el paso de los siglos se había convertido, al hilo de sustanciosas donaciones, en una pequeña ciudad, más bien un microcosmos. Las instalaciones sagradas comprendían un conjunto de edificios complejo: alojamientos, almacenes, oficinas administrativas, diversas capillas y templetes, jardines y, sobre todo, escuelas donde se enseñaban artes adivinatorias, teología, liturgia, cosmología y otras ramas de las ciencias divinas. También pericias prácticas como contabilidad, navegación, medicina y derecho.

Concentrado en el escrutinio del templo de Melqart, cada vez más cercano y majestuoso, Posidonio estorbaba en el puente de la nave. Debió apartarse para que un marinero soltara los cabos de la ingente vela cuadrada que colgaba sobre el mástil. Se recogió todo el velamen sobre sus vergas y desmontaron los palos para acometer la maniobra más delicada de toda navegación. La nave avanzaba con meticulosa lentitud, propulsada ya solo con el esfuerzo de los remeros. Por toda la larga cubierta corrida, los marinos se apresuraban a obedecer las disposiciones del *naukleros*, que, desde el puente, dirigía la operación a voces, mientras vigilaba la sonda que indicaba la profundidad del mar. Por muchas veces que un patrón haya surcado unas aguas, nunca puede estar seguro de que el fondo no haya cambiado. Y cuanto más se aproxima a la costa, más agudo es el peligro.

En boga mínima, con sumo cuidado para sortear las naves fondeadas en el angosto y siempre abarrotado brazo de mar que separa el extremo meridional de Kotinusa del continente, de algo menos de setecientos pasos, el bajel fue acercándose a los embarcaderos del santuario. Ya besaba el globo gigantesco e incandescente del sol la línea del horizonte cuando el mar engulló sin protestas el ancla de plomo y piedra, y la cóncava embarcación quedó amarrada. De inmediato, el patrón inició los ritos de agradecimiento a Melqart, que les había procurado una segura travesía. Con gran solemnidad y movimientos lentos, arrojó al mar los exvotos: dos hermosas estatuillas del dios, en plata. Después ejecutó las correspondientes libaciones, derramando, gota a gota, dos copas de vino.

Posidonio saltó de la nave y, con mucha dificultad, dio sus primeras pisadas, procurando restaurar el antiguo equilibrio de tierra. A las puertas del recinto exterior del *Herakleion*, una guardia de iberos de cascos empenachados y escudos redondos les dieron el alto con amenazantes falcatas en ristre. El hebreo mostró la mitad de la tésera de bronce con el sello de Melqart que les servía de salvoconducto para acceder al santuario. El jefe del destacamento comprobó, demorándose de manera innecesaria, que se correspondiera con la otra mitad de la *tessera hospitalis* conservada por él.

—Esclavo, se os esperaba desde hace tiempo— le espetó mientras les franqueaban el paso.

Abisay no se dignó a contestar. Con un gesto mordaz, indicó a los iberos que debían encargarse del equipaje de Posidonio, numerosos arcones, cestas y baúles con multitud de extraños instrumentos y papiros, que los marineros descargaron de la nave.

—Por aquí, señor, por favor, sígueme y te llevaré a tu alojamiento. Estos iberos se encargarán de tus cosas con cuidado, por la cuenta que les trae— dijo ahora Abisay, disfrutando de su parva venganza sobre los soldados, que de ordinario le hostigaban con comentarios obscenos.

El griego avanzó con torpeza cuesta arriba, en pos del hebreo, echando curiosas ojeadas en todas las direcciones. La luz declinante permitía aún regocijarse con el espléndido espectáculo de belleza y suntuosidad que ofrecía el santuario de Melqart.

No había nadie a la vista. Tampoco se escuchaba otro ruido que el graznido continuo de las gaviotas.

—Por aquí, señor. Te llevaré a la hospedería.

—¿No vamos a agradecer a Melqart por la culminación de la travesía?

—Señor, antes necesitamos lavarnos y purificarnos, y es tarde para eso. No es posible penetrar en el *sancta santorum* del templo con barba sucia o cabellera enmarañada.

El griego apenas pudo ocultar su decepción.

—¿Tampoco veré hoy a Abdmelqart, el sumo sacerdote?

—Señor, sobre eso no tengo instrucciones. He cumplido lo que se me mandó: esperarte en Malaka, acompañarte desde allí e instruirte sobre las reglas de este santo lugar. A partir de ahora, haré lo que me manden.

—¿Y volveré a verte a ti?

—Espero que sí, señor. Me complacería mucho. Quién sabe, podrían encomendarme a tu servicio por el tiempo que dure tu estancia. Dispondrá el sumo sacerdote.

Con las últimas luces del día, Abisay acompañó al griego hasta el pabellón donde se alojaban los huéspedes, ubicado en el extremo norte del recinto. Allí dejó a Posidonio a la puerta de su estancia y se despidió con la máxima cortesía que permitían las circunstancias. Ninguno de los dos sabía si iban a volver a verse y tampoco iban a descansar aquella noche. El filósofo, por la excitación de la novedad. Y el esclavo, porque aún debía acudir a presencia del sumo sacerdote, para dar cuenta detallada de cuanto había acontecido durante el viaje.

VI

Abdmelqart quedó satisfecho con los informes del esclavo. Haciendo gala de su prodigiosa retentiva y de su atención por detalles aparentemente inocuos pero capaces de albergar propósitos escondidos, Abisay refirió un ordenado relato de acciones, palabras, escritos, encuentros e impresiones.

—Eso es lo que yo he hecho, para servirte mejor.

—No es a mí a quien sirves, sino a Melqart, nunca lo olvides.

Pese a la dureza de sus palabras y al hosco ademán, el sumo sacerdote apenas ocultaba su satisfacción. La pericia del esclavo como espía desbordaba incluso sus más altas expectativas. En su fuero interno, dio gracias a Melqart que un día lo trajo al santuario. Con su aguda mente, el joven percibía el contento de su amo, y su corazón retumbó de alegría cuando golpearon en sus oídos las palabras que esperaba.

—Está bien, esclavo, sigue así. Permanecerás en todo momento al lado del griego durante su estancia en el santuario, con el cometido aparente de servirlo y con el real propósito de observarle y darme cuenta detallada de todo, absolutamente todo lo que creas que yo deba conocer. Vigila sus pasos, sus sueños, sus palabras, su comida y hasta sus heces; quiero saber si caga duro o blando, a qué dioses invoca, a qué dedica su tiempo y, sobre todo, qué escribe. De cada escrito quiero copia, sin que él se dé cuenta; si no puedes escamotearlo, memorízalo y acude al instante a un escriba para que lo pase a papiro.

Tratando de ocultar el goce que le producían aquellas palabras, el esclavo se arrodilló con sumisión y plantó su frente en el suelo, con los brazos extendidos hacia adelante.

—Ocúpate de apartarle de aquellas zonas del templo más reservadas. Debes disuadirle de cuantas actividades puedan trastornar el normal discurrir de los trabajos de los servidores de Melqart. Hazlo todo con cautela, ganándote su voluntad, sin coacciones. Si en algún momento se pone terco, no dudes en avisarme.

Abdmelqart no se creía que alguien pudiera cruzar todo el mar Medio para estudiar algo tan simple como las mareas; en Gadir hasta el más analfabeto de los pescadores, incluso cualquier chicuelo, adapta su comportamiento al ciclo regular de los mares. No, algo tan básico no era el motivo real de aquella improcedente visita. Temía un designio recóndito y lesivo, un propósito destinado a dañar la fe de los hijos de Canaán en esos tiempos aciagos que corrían, con el mundo en plena mudanza. Se levantó despacio de su escaño y rodeó al esclavo, que aún seguía aplastado contra el suelo, sumido en sus pensamientos. Al cabo, con una suave patada le indicó que se levantara.

—Escúchame atentamente… No debería decirle esto a un simple esclavo, pero es preciso que conozcas mi temor, para que sepas lo que busco.

Abisay se alzó y bajó la vista, con los brazos cruzados sobre el pecho.

—Este griego, ¿sabemos en realidad para qué ha venido, quién le ha llamado? No me creo lo que dice. Es probable que sea parte de una conjura, destinada a corromper a la juventud y servir de aliento a los traidores que quieren trocar nuestras costumbres, clausurar nuestros templos y dejar que nuestras escuelas se conviertan en polvo. Siempre que los Balbo andan por medio, hay que temerse lo peor. Este es mi temor, quiero toda tu atención pensando en ello.

* * *

En cuanto despuntó el día siguiente el hebreo llamó a la puerta de Posidonio.

—Señor, que Melqart sea generoso contigo en este nuevo día. Vengo con orden de ponerme a tu servicio para cuanto necesites. Tú manda y yo obedezco.

Posidonio llevaba en pie desde antes del alba, atónito por el tremendo alboroto de las gaviotas; pese a sus ansias de descubrimiento, no se había atrevido a abandonar su habitáculo, temiendo despertar las suspicacias de los cananeos en su primer día. Así que se limitó a descifrar el vuelo de los pájaros, escrutando por la exigua abertura que daba a su cubículo una luz terrosa. Los augurios ya le habían anunciado que ese que comenzaba iba a ser un buen día, y la primera noticia que recibió vino a confirmarlo.

—¡Ya me lo decían las aves, con su sagrado lenguaje! ¡Este va a ser un día auspicioso! Me alegro, Abisay. Me gusta tu compañía: eres discreto y sabido. Puedes ayudarme en mis trabajos. ¡Tengo tanto por hacer y tan poco tiempo disponible! Un escriba habilidoso me será de ayuda.

—Señor, mi escasa ciencia está a tu servicio. ¡Que Melqart te conceda los anhelos de tu corazón! Y lo que no sepa, lo aprenderé. No tienes más que mandarme.

El hebreo se inclinó con deferencia e hizo un gesto invitándole a salir de la estancia.

—Señor, si lo deseas, comeremos algo y después nos purificaremos para sacrificar a Melqart en el *sancta santorum*.

El cielo presentaba aún un color gris descolorido cuando salieron de la hospedería. Recorrieron un sendero flanqueado de arcadas, cenadores, capillas y oratorios de asombrosa diversidad: moles de oro, alabastro y marfil, unos; otros, simples grutas con piedras apenas labradas, donde los exvotos se pudrían entre el salitre y la humedad. A plena luz del día, la majestuosidad del santuario resultaba más palpable, así como sus proporciones gigantescas.

Dentro del amplio recinto del santuario, además del templo principal, un enjambre de pequeñas capillas permitía a los creyentes extranjeros ofrecer votos de acuerdo con sus propias costumbres. Hermosas columnatas labradas con primor protegían multitud de altares bañados en la sangre de las víctimas, y trípodes de varillas para quemar perfumes e incienso. Había establos donde cuidar con mimo a las bestias destinadas al sacrificio, además de tiendas de vino, estatuillas y exvotos. Los propios sacerdotes se encargaban de ello, y vendían a los peregrinos, a un alto precio, las ofrendas.

Se cruzaron con pocas personas en su trayecto hacia las cocinas. Ninguna de ellas les dirigió la palabra, ni siquiera los miraron, aunque algunos al pasar mascullaban sordas maldiciones. Por supuesto, todos en el *Herakleion* sabían ya de la presencia del sabio griego. En seguida se establecieron con toda precisión las reglas de tratamiento entre el recién llegado y sus anfitriones: nadie quería ni podía entablar relaciones con él. Por todas partes encontraba Posidonio semblantes hoscos y extrañados.

—Parece que no acostumbran a ver extranjeros por aquí— susurró en tono diplomático.

—Algunos extranjeros acuden, sobre todo romanos y egipcios, aunque siempre de paso: realizan sus votos y se van; no se les permite permanecer más tiempo del necesario para la liturgia. Que yo sepa, eres el primer griego que ha sido aceptado como huésped de Melqart. Debes tener amigos poderosos. Tengo entendido que muchos lo intentan y nadie lo consigue.

A diferencia de lo que sucedía en los santuarios helenos, en el de Melqart no se veían soldados en el interior del recinto sagrado. Sin duda los consagrados se sentían seguros bajo la protección del dios, pese a las riquezas que allí se guardaban. Unos pocos mercenarios permanecían acuartelados en el exterior del *Herakleion*, patrullando el perímetro de la cerca y sus alrededores. Dentro del santuario solo se dejaban ver oficiantes, esclavos o peregrinos.

Tras una frugal colación de pan negro, pescado salado y aceitunas, Abisay llevó al griego a los baños, donde los entrometidos esclavos de las termas no les quitaron el ojo de encima durante su estancia. Después visitaron al barbero sagrado, que le afeitó el cráneo y la cara. Cumplidas las exigencias de purificación ritual, sabio y esclavo salieron de nuevo al aire libre, donde la mañana lucía ya en su esplendor otoñal.

Se dirigieron a las dependencias administrativas para comprar las víctimas y contratar al oficiante y al sacrificador. No resultaba barato adorar al dios-hombre.

—Por cada buey, ya sea víctima expiatoria o petitoria, o destinada a la hoguera, deben entregarse diez siclos de plata; doce si quieres que sea de la mejor calidad, con miembros robustos y cuernos largos. Por un carnero, cinco siclos. Aunque, si eres tan avaro como todos los griegos, te contentarás con unas pocas palomas. A un siclo cada una. Si solo deseas honrar al dios, basta con eso. Ahora bien, si además pretendes indagar sus propósitos, consultando los auspicios o al oráculo, el peregrinaje te costará más.

Por fin, cuando todo quedó listo, el peregrino se enfiló solemnemente hacia el templo, encabezando una procesión compuesta por el hebreo que portaba las ofrendas elegidas, los consagrados oficiantes, los victimarios y los adivinadores; cerrando la comitiva, los sacerdotes turiferarios esparcían el aroma a incienso. En completo mutismo, cruzaron el bosque sagrado, recuerdo del paraíso que espera a los piadosos, y traspasaron los umbrales del templo. De inmediato reparó Posidonio en la tremenda semejanza entre la casa de Melqart gadirita y los templos de Tiro y Jerusalén. Tras dejar atrás el antepatio, accedieron al atrio principal, más imponente que el primero, después de franquear la formidable portada en forma de arco, orientada al este, donde una inscripción servía de aviso a los navegantes. El griego había oído hablar de ella con frecuencia y ahora la tenía ante sus ojos:

> *Este sagrado templo fue fundado en honor a Melqart por Archaleus, hijo de Phoinix, rey de Tiro, consultado el oráculo, ochenta años tras la caída de Troya. Melqart, protector del comercio y de la navegación; extranjero, si vienes a comerciar en paz, puedes seguir navegando; de lo contrario, vete, o la maldición de Melqart caerá sobre ti.*

Traspasado el umbral, se abría un reducido patio con un estanque para realizar las ceremonias de purificación. Al final, una escalinata de sesenta peldaños conducía hasta el *sancta santorum*. Atravesaron el patio. Por todas partes había altarcillos y hornacinas con braseros humeantes donde chispoterreaba el incienso y otras hierbas aromáticas. Las piedras estaban tan bien talladas y acopladas que los muros parecían hechos de una sola pieza maciza por obra del mismo dios, o de un gigante que no necesitara martillos ni cinceles. Posidonio lo observaba todo sin perder detalle, maravillado por la pericia de los artífices cananeos. A continuación, empezaron a subir con lentitud la ciclópea escalinata.

Subió con recato acorde al lugar, con la mirada baja, mas no lo suficiente como para dejar de apreciar las dos columnas, de ocho codos de altura, que flanqueaban la cúspide del templo. Llegado a la cima, levantó poco a poco las pupilas hasta mirar a su gusto las célebres pilastras, los atributos de Melqart: una de ellas de bronce, con incrustaciones de esmeraldas, la otra quizás de oro, tal vez macizo. En su superficie se distinguían inscripciones arcanas que el griego no pudo descifrar, pese a conocer bien la lengua de los hijos de Canaán.

Pasadas las pilastras, se abría al fin el *sancta santorum*. Un enrejado de bronce barreaba el paso al sitio sacrificial. Detrás de la verja, una espesa cortina de púrpura rojísima imposibilitaba la vista del interior, si bien el Estoico pudo distinguir que el suelo aparecía empapado con la sangre de víctimas.

—Señor, nosotros no podemos pasar de aquí. Solo los oficiantes acceden a este último reducto, el más sagrado, donde se ubican los altares de oro y se realizan las inmolaciones. Los oferentes debemos permanecer alejados al pie de la escalinata, reverencialmente. Haz tu invocación.

—Poderoso Melqart, señor de Tiro, dios del mar y de la fertilidad, fundador de las Gadeiras, el más fuerte de los héroes, vencedor de los infiernos. Yo, Posidonio, hijo de Jasón, ciudadano de Rodas, también conocido como el Estoico, he recorrido el mundo para sacrificar en tu honor, dios y hombre. Te agradezco por seguir vivo, porque me has permitido llegar hasta aquí, librándome de las amenazas del mar tenebroso. ¡Permíteme, oh inmortal, si te place, conocer la sabiduría de este insigne pueblo cananeo!

Al poco, unos sacerdotes corrieron la cortina y pudieron observar, en la penumbra, el interior del *sancta sanctorum*. Tres aras, cuyas llamas permanecían siempre ardientes y colocadas en cada uno de los laterales, servían para el holocausto; en el centro, dos pilas de agua dulce se empleaban en el lavado ritual de las ofrendas.

Por uno de los laterales del edificio surgieron tres oficiantes vestidos con manos ceremoniales. Llevaban la cabeza rapada, cubierta por un largo velo de lino pelusíaco, refulgente, tejido con finísimos hilos de oro. Iban descalzos y conservaban una estrecha y larga barbita puntiaguda, sin bigote. Vestidos con amplias túnicas blancas, sin ceñir por la cintura, se colocaron delante de cada uno de los altares.

Empezó el sacrificio: cada uno de los sacerdotes tomó una de las víctimas propiciatorias elegidas por Posidonio, que no había sido tacaño. Un cordero de largo vellón, completamente blanco, una paloma del mismo color y una cabra paridora.

Antes de inmolar a las víctimas, los oficiantes entonaron, al unísono, un himno a Melqart; entretanto, vertían en las aras el contenido de diversas redomas de líquidos aromáticos.

¡Postraos ante Melqart con respeto santo!
Su voz resuena con fuerza sobre los océanos, infundiendo respeto.
Su voz rompe los cedros, hace saltar las chispas del fuego.
Melqart tiene su trono sobre el piélago primordial,
se sienta allí como rey eterno.

Durante la inmolación, Posidonio repasó todos sus anhelos. Había venido en busca de saberes de los que solo los cananeos disponían. ¡Cierto es que los hombres acuden ante los dioses, sobre todo a pedir! Porque, a su lado, también el esclavo imploraba a Melqart con su aspiración más íntima, aquella pretensión que había ido incubándose en su pecho desde que conoció al griego. Por ahora todo seguía el curso previsto; el huésped parecía contento, el sumo sacerdote también. Sin desobedecer a su amo presente, se ganaba la confianza de su posible dueño venidero. Sus deseos avivaban sin remedio el fuego de su esperanza y le arrojaban a una vorágine interior imparable.

Con movimientos suaves y pomposos, los celebrantes inmolaron a las víctimas, una detrás de otra. Les arrancaron aún vivas las entrañas, las palparon y auscultaron. Luego hicieron libación de su sangre delante de los altares, entre las columnas sagradas y el olivo sagrado de Pigmalión, del que se decía que su tronco y sus ramas eran de oro, y sus frutos, esmeraldas. Ante él se prosternaban los sacerdotes cada vez que pasaban por delante. «Conque es cierto, existe», pensó Posidonio, que desde la distancia apenas distinguía el verdor de lo que en efecto semejaban esmeraldas.

Sin más, los consagrados cruzaron sobre el pecho, los brazos teñidos de rojo, se dieron la vuelta y desaparecieron, avanzando con pasos quedos. En la elevada plataforma del templo se quedaron a solas el griego y el esclavo, sin otra compañía que las ávidas gaviotas, ansiosas por atrapar algún resto de vísceras.

* * *

Por fin esa noche, su segunda noche en la isla de Kotinusa, pudo Posidonio explorar el firmamento desde un elevado promontorio construido al efecto por los sacerdotes, deseoso de localizar a su vieja amiga, Canopus, la estrella que le permitió determinar la longitud de la circunferencia terrestre.

Escudriñó largamente con sus viejos ojos acuosos y localizó con facilidad la constelación de Carina, tras Sirio, la más fulgurante. A partir de ahí, buscó a Canopus y se llevó una grata sorpresa: se encontraba justo sobre el horizonte sur.

—Curiosa coincidencia: Gadir se halla exactamente a la misma latitud que Rodas, mi patria, y que Apamea, mi ciudad natal. ¿Qué querrán decirme con eso los dioses? ¿Acaso que estaba predestinado a venir aquí? ¿Encontraré en este archipiélago lo que llevo años buscando? ¿Creen los númenes en las casualidades?

Como cuando era niño, volvió Posidonio a sentirse fortalecido por la energía de los planetas, maravillado por la fascinante estabilidad del firmamento. Por el día, una cúpula celeste, recorrida por la pequeña bola de fuego. Y cuando reinan las tinieblas, un manto para las diminutas errantes, cuyo recorrido puede predecirse con pasmosa fiabilidad. Aquella fue la primera de una larga y gozosa sucesión de noches entregado a la contemplación del cielo de Gadir, inseparable del asombro imperecedero por el olor de la vida, el movimiento marino y la ley inscrita en un alfabeto de vientos, mareas, olores, arenas.

VII

Comenzaron así varias gozosas semanas para Posidonio, pese a que todo comenzó con una tremenda decepción.

Tal como culminó su sacrificio a Melqart, quiso el griego honrar a su verdadero dios, el dios de la ciencia, y pidió visitar su templo, la biblioteca, para lo cual no se precisan trámites y rituales tan complicados como los que acababa de practicar. Había llegado el ansiado momento de examinar sus fondos.

Su voraz apetito de conocimiento le había llevado hasta zonas remotas de la tierra también por Oriente, a la vieja Sumer, a Babilonia, a las fuentes de la ciencia de los caldeos. Durante sus viajes, el griego había nutrido considerablemente sus conocimientos con sus visitas a los lugares de culto más acreditados, donde oficiantes y estudiosos custodiaban con celo saberes añejos. De buena o mala gana, con sobornos, lisonjas o coacciones, con más o menos dificultad, los sacerdotes de Menfis, de Babel y de otros santuarios habían debido ceder a las exigencias de Posidonio.

Lleno de entusiasmo, el huésped se dirigió a la entrada del recinto de la biblioteca, donde, con mucho misterio, le recibió Gisco, el archivero mayor, que en su cananeo trasañejo y pomposo le dijo:

—Tus ruegos a Melqart, griego, han sido escuchados. Vas a recibir un singular privilegio, que espero seas capaz de valorar en su justa medida. Nuestra biblioteca tiene fama de ser aún mejor que la de Pérgamo, de la que se dice que guarda más de doscientas veces mil pergaminos. ¿Quién sabe? Los griegos mienten más que hablan… Son pocos quienes acceden a la riqueza de nuestro archivo, pues no abundan personas que lo merezcan. A ti te avalan tus estudios, polímata…

El sacerdote agarró una tablilla de cera y leyó, con cierta ironía:

—Según tus mentores, me encuentro ante el más insigne entre los estoicos, acreedor de honores casi divinos, autor de tratados notorios sobre física, astronomía, astrología y videncia, sismología, geología y mineralogía, hidrología, botánica, ética, lógica, matemáticas, historia, física y antropología. ¿Sobre todo esto quieres indagar en nuestra biblioteca?

—Para eso he venido a Occidente, maestro, para procurar saber. Saber más. Más de todo. Aunque ahora mi ocupación principal se centra en los flujos mareales, tengo estudios en curso sobre la ciencia adivinatoria, el origen del linaje humano, las formas de la política, las razones de las mudanzas de la luna que divide los meses y los eclipses de sol… Sobre todo, sigo recopilando datos para componer una historia universal, más amplia y ambiciosa que la de Éforo de Cime.

Gisco arrugó el ceño sin poderlo remediar.

—Ya veo, insaciable en tu apetencia. ¿Es que quieres saberlo todo?

—En efecto, como cualquiera que aspire a llamarse en buena ley filósofo.

Gisco le miró con incredulidad y añadió:

—Considerada tu petición, los sacerdotes de este santo lugar, como custodios de la cripta del saber, hemos concluido que vas a hacer buen uso de cuanto conozcas entre nosotros.

Posidonio no pudo evitar que se le dibujara una mueca irónica ante la hipocresía de la que hacía gala Gisco. Bien sabía él que los responsables del templo se negaron con rotundidad a satisfacer su pretensión y que solo las presiones romanas lograron lo que parecía imposible. La borró sin dilación, para evitar mostrarse grosero. Con la mejor de sus sonrisas, se inclinó y agradeció el ofrecimiento, como si de un talento de oro fundido se tratara.

—Maestro Gisco, famoso por sus conocimientos, no soy merecedor de tanta generosidad. Este humilde filósofo agradece de todo corazón a Melqart y a sus servidores el enorme privilegio de que soy objeto.

Gisco comprendió la puya velada que latía en tanta obsequiosidad. Con gesto altanero, indicó a Posidonio que le siguiera.

Retomaron el cansino recorrido por galerías y pasillos, jardines y atrios. Todo el espacio del santuario se desplegaba de manera laberíntica, de modo que los rodeos eran inevitables. Un tanto caliente por la actitud de Gisco y ansioso por alcanzar su destino, a Posidonio se le escapó, burlón:

—En Grecia hace tiempo que sabemos que la distancia más corta entre dos puntos es la línea recta...

El sacerdote no escuchó o no entendió el sarcasmo, y continuó marchando con parsimonia. Nunca pudo Posidonio aclarar si esa peculiar disposición era fruto del azar de las sucesivas ampliaciones del templo o un mecanismo deliberado para provocar en los peregrinos sensación de menudencia y desorientación.

Al llegar, la primera sensación de Posidonio fue vibrante. Millares de registros colmaban las paredes forradas de estanterías. Entusiasmado contempló, en sucesivas naves abovedadas, cómo cientos de escribas sentados en bancos de madera se afanaban con sus cálamos, copiando documentos, que después sellaban con bolas de arcilla y entregaban a los esclavos para llevarlos a los archivos. Por doquier reinaba un ambiente de laboriosidad y orden que complacía la disciplinada alma del griego.

En algunas salas se producían al mismo tiempo diversas copias del mismo documento, y para ello un consagrado leía en voz alta el texto, que los escribas se encargaban de reflejar por escrito en cananeo, y a veces también en latín, griego o arameo. Los escribas se agrupaban según el objeto de sus trabajos. A un lado los cronistas, que dejaban atestación fehaciente de los acontecimientos humanos ocurridos en Gadir y en todo el orbe, así como de los fenómenos naturales dignos de mención y de las efemérides religiosas que fijaban el calendario anual de la ciudad y su área de influencia. Contiguos a ellos, los cartógrafos y los que recogían los relatos y las evidencias de los periplos realizados por gadiritas, de las nuevas tierras descubiertas, sus pueblos y sus riquezas.

Salieron a un vasto patio y accedieron a un edificio aún más grande, el área principal del *Herakleion*, la dedicada a la gestión de asuntos comerciales y jurídicos, donde los escribas despachaban los millares de contratos, escrituras de propiedad, testamentos y donaciones en las que el templo intervenía como garante del acuerdo. Melqart salvaguardaba la fe de esos escritos.

La casa de Melqart no era solo un lugar de enseñanza, culto y sacrificio, sino también un espacio de asilo y hospitalidad, donde comerciantes de cuantas naciones contempla el sol acudían a cerrar sus tratos, amparados por la paz de Melqart, dios guardián del comercio y la navegación. Bajo su protección y garantía, el número de fieles aumentaba cada año. Y allí donde se adoraba a Melqart funcionaba un mercado que contribuía a la riqueza del santuario de Gadir.

Para desempeñar tantas y tan complejas funciones y, sobre todo, para administrar tan fabulosa riqueza, era precisa una sofisticada máquina administrativa, gestionada por los religiosos y engrasada a la perfección, que ahora se mostraba ante sus ojos y suscitaba en Posidonio el ansia por conocerla al detalle.

En el mismo edificio se emplazaba el tribunal que entendía de los pleitos y asuntos legales relacionados con la navegación y el comercio. Los jueces eran sin excepción sacerdotes, aunque en algún caso se solicitaba la colaboración de algún mercader que ayudase en la determinación de los usos aplicables. Muy orgulloso, Gisco explicó:

—En cumplimiento de la obra de Melqart, los consagrados nos encargamos de revisar a diario los pesos y medidas, la salud de los esclavos, el virgo de las doncellas, la ley de la plata y la calidad de las mercancías de los mercados de Gadir. Los comerciantes que actúan de mala fe deben pagar una multa, si se trata de una primera y esporádica infracción. Los reincidentes suelen acabar desnarigados, desorejados y desterrados. Una tercera trasgresión supone la muerte por descuartizamiento. Por eso pocos se aventuran a tanto. Pese a todo, de cuando en cuando, la necesidad o la temeridad provocan el atrevimiento, sobre todo de los menos avezados en el comercio, por lo general turdetanos o celtas que urden amaños para escamotear pesos o calidad. Como todos los tontos del mundo, de todos los tiempos, se creen más listos que nadie y el fruto suele ser siempre el mismo: sus restos acaban picoteados por las gaviotas y los cangrejos, a la vista de todos, como clara advertencia.

Posidonio sintió la tentación de quedarse allí mismo y empezar a formular preguntas. Su impaciencia le superaba.

—Maestro Gisco, esto me parece en verdad impresionante, pero te ruego que me lleves a la parte de la biblioteca donde se guardan los escritos arcaicos que a buen seguro alberga este templo, de procedencia babilónica, acadia o sumeria. También los de Egipto, si es posible.

Con elocuente silencio, el sacerdote le indicó el camino. Al fin entraron en una simple nave abovedada, con paredes tapizadas de anaqueles en los que se apiñaban cientos de pergaminos y papiros colocados sin orden ni concierto. Alguna que otra pila demasiado alta se había desplomado, desparramando por el suelo pellejos y tablillas. En el santuario de Melqart aún no empleaban la nueva técnica de encuadernar hojas de pergamino formando libros, que había sido inventada en Pérgamo.

Eso era todo. La palmaria decepción del huésped provocó gran contento a Gisco.

—¡Ea pues! Griego…, ya estamos aquí. Como te dije, mejor que la de Pérgamo. Todo lo que ves se encuentra a tu disposición: el saber de los pueblos pretéritos. Ocupa si quieres alguno de los escritorios disponibles. Si tienes alguna duda, ve a buscarme a mi cubículo, o bien pregunta al maestro Pumpayyton.

Con el dedo señaló a un consagrado viejo y encorvado, portador de un rollo de pergamino bajo el brazo, que parecía pesarle como una columna de mármol.

En el centro de la sala, una ristra de toscas mesas de madera permitían a unos pocos sacerdotes rapados, aburridos y de mala catadura desarrollar labores de copistas. En comparación con el resto de las dependencias administrativas y con los archivos, aquello se asemejaba a la cancillería de un tiranuelo galo, con pretensiones de monarca oriental.

—Acude cuando quieras —siguió diciendo Gisco—. Y espero que encuentres lo que buscas.

Dicho lo cual, se giró para marcharse, tan engallado como llegó, dejando al desolado Posidonio pasmado, con la cara del niño al que han privado de su golosina. Llorando por dentro su decepción, se atrevió aún a expurgar aquí y allá entre los anaqueles. Como esperaba, nada de interés pudo encontrar, no desde luego las obras de los matemáticos babilonios que ansiaba, ni la información que necesitaba para perfilar sus teorías sobre el movimiento y las dimensiones de los astros.

—No puede ser… ¿Mejor que la de Pérgamo? Mi propia biblioteca, en la academia de Rodas, supera a esta— apuntó sin querer en voz alta, provocando protestas airadas de los asistentes.

* * *

Muy desalentado llegó esa noche el griego a su estancia, después de ingerir la magra colación que proporcionaba la hospedería del santuario. Al abrir la puerta, sintió un siseo extraño al que no dio mayor importancia. «Sin duda el viento, incansable en esta isla», pensó.

Prendió el lampadario con la llama que portaba, con intención de comenzar su habitual tarea de escritura nocturna. Cuando se hizo la luz, vio en un rincón del estrecho cubículo, enroscada sobre sí misma y con buena parte de su cuerpo alzado, una serpiente negra que le miraba con sus ojillos malvados y redondos. Inmóvil, Posidonio no era capaz de articular palabra, todo su esfuerzo se le iba en respirar con calma.

Pasaron así unos instantes que parecieron eternos; ninguno de los dos seres vivos se movía, atento cada uno a la posible evolución del otro. Después, con movimientos lentos, Posidonio fue retrocediendo hacia la puerta. Cuando se encontraba ya cercano, la serpiente bufó de nuevo y se alzó aún más sobre su cuerpo anillado, como dispuesta a lanzar un ataque mortífero. El griego no sabía mucho de ofidios, pero el aspecto y el porte del bicho, su enorme cabeza triangular, sus colmillos prominentes, no auguraban nada bueno.

En ese momento percutieron unos golpes en la puerta.

—Señor, ¿estás despierto? ¿Puedo entrar?

Posidonio, paralizado de terror, fue incapaz de responder. Al poco la puerta se abrió lo suficiente como para que el viejo, de un salto, se introdujera por el vano.

—¡Cierra, muchacho, cierra!

—¿Señor?

—¡Hay una serpiente enorme en la habitación! Creo que venenosa…

Abisay abrió un poco la puerta y distinguió al ofidio en actitud amenazante. Criado en Alejandría de Egipto, el hebreo sabía cómo actuar. Agarró una antorcha en cada mano y le dio otra a Posidonio. Luego abrió del todo la puerta y las arrojó a la vera del animal, que se aplastó contra la pared, siseando.

Con ágiles movimientos, Abisay asió el lampadario de bronce y golpeó a la serpiente; en poco tiempo, la convirtió en una masa sanguinolenta que se retorcía sobre sí misma.

—¿Cómo es posible?— preguntó Posidonio cuando recuperó el aliento.

El esclavo se quedó un rato pensativo. Después de asegurarse de que estaba muerta, examinó a la serpiente y dijo:

—Con frecuencia ocurre que las serpientes se introducen en el santuario. Casi siempre culebras de agua, en busca de ratas. En ocasiones también alguna víbora... Pero este bicho... Nunca he visto ninguno semejante por aquí. Parece una víbora africana... No quiero pensar que... Señor, quizás esto no sea un accidente... Aunque también es cierto que muchos mercenarios númidas embadurnan sus jabalinas y espadas con ponzoña de serpiente; quizás esta se haya escabullido de los cuarteles...

VIII

Notas para una teoría sobre las mareas: mis observaciones empiezan a dar fruto. He constatado que también en el gran piélago las mareas siguen una secuencia completamente regular en cuanto a la sucesión de pleamares y bajamares; he determinado que el tiempo trascurrido entre las mareas es algo superior al de un día solar. ¿Por qué? ¿Y cuánto superior? Aún no he sido capaz de establecerlo.

También he verificado que la intensidad de las mareas varía con regularidad. He logrado establecer que los momentos de mayor flujo de agua en ambos sentidos coinciden con ciertas posiciones de la Luna sobre el horizonte. Estoy en condiciones de demostrar que este astro influye en las mareas, algo que ya sospechaba. Precisamente en el reciente plenilunio se produjo una extraordinaria pleamar, de tal intensidad que me asusté: la mar cubrió diez codos de altura de los fundamentos sobre los que se erige el templo de Melqart y casi hizo desaparecer en algunos lugares el camino que une al santuario con la ciudad de Gadir.

Pero lo que ha supuesto un formidable descubrimiento es que también el sol influye en el flujo de las mareas. He observado que, en ciclos sucesivos de 28 días, las pleamares y bajamares son mayores o menores en función de la posición relativa del Sol, la Luna y la Tierra. De ahí a conseguir fijar, con anticipación, el alcance de las mareas, media solo un paso, el paso a una fórmula matemática que se encuentra al alcance de mi mano.

No resultaba fácil combatir el inagotable optimismo del griego. El incidente de la víbora pronto cayó en el olvido; seguramente el bicho llegó a la isla en alguna embarcación y acabó, por azar, en su habitáculo. Respecto a la biblioteca, su estado de decepción duró poco. Al fin y al cabo, como él mismo no se cansaba de enseñar a sus alumnos, no siempre la fuente de los saberes figura en los escritos. Además, tras mucho desearlo, por fin se hallaba en el extremo poniente, la periferia del mundo, al borde del inmenso océano que bordea las tierras y arroja sobre las costas sus gigantescas olas.

Si la biblioteca del templo supuso para Posidonio una desilusión, casi todo lo demás le proporcionaba grandes satisfacciones. Se sentía a gusto en aquel descomunal santuario abierto al mar, en una atmósfera tan clara y ventilada, por lo general despejada, con una luminosidad hiriente.

Sus investigaciones nocturnas avanzaban prodigiosamente bajo aquel firmamento diáfano, empedrado de estrellas regidas por leyes inmutables, que le concedían el privilegio de ver constelaciones para él desconocidas y de abismarse en la contemplación del vacío. Maravillado ante la grandiosa armonía cósmica, a veces le parecía escuchar los cuchicheos de los cielos con la tierra. Posidonio robaba casi todas las horas al sueño para enfrascarse en sus observaciones y mediciones. Volvió a sentirse un niño en la lejana Apamea, cuando esperaba cada anochecida la aparición de la primera estrella, la Venus radiante y enigmática, que ya desde entonces creyó íntimamente ligada a su destino. Y, como siempre, se sintió amparado por la seguridad inmutable de los astros que, ajenos a pasiones de hombres mortales y de deidades inmortales, acuden puntuales a la cita sin que exista obstáculo capaz de cerrarles el paso.

Creaba complicados mapas del firmamento, se sumía en arduos cálculos, arañando con su cálamo el silencio nocturno. Pese a la hosquedad del sumo sacerdote, el hebreo no pudo referir el sentido de esos cálculos, pues no los entendía. Tampoco los servidores de Melqart más versados en cuestiones astronómicas; ninguno de los habitantes presentes del santuario era capaz de intuir siquiera lo que se proponía aquel huésped que, según él mismo decía, había acudido a Occidente para estudiar las mareas, pero dedicaba las noches a interrogar a los astros.

Ajeno a cuanto no fuera su estudio, también por el día desplegaba una actividad frenética. Por las mañanas ponía en la playa las marcas que iban a servirle para sus mediciones sobre las mareas; entretanto, en sus aposentos las valiosas clepsidras que había adquirido en Egipto medían el tiempo que transcurría entre las pleamares y las bajamares. Sorprendido, constató que la marea desplegaba influencia sobre los pozos de agua dulce del santuario: en algunos períodos, el agua era completamente salobre; en otros, potable, si bien no dejaban de tener un desagradable nivel de salubridad. De ello infirió que el efecto de las mareas también se extiende a los terrenos colindantes con el mar, aunque no se explicaba el mecanismo. «Cuántos misterios me quedan aún por descubrir...», pensó, entusiasmado e inquieto a la vez, casi desesperanzado ante el caudal de su ignorancia y lo limitado de una vida humana.

Sin dejarse desalentar por los inevitables tropiezos, Posidonio seguía día tras día recabando datos, interpretándolos, tratando de encontrar la secreta armonía que debía sin duda existir entre ellos. Porque, por mucho que los cananeos tratasen de encontrar oscuros propósitos para su presencia allí, lo que en verdad buscaba el griego era comprender, desvelar el orden de las mareas y los astros, los nudos que en ese momento ocupaban su mente y su espíritu.

Durante el día, en el *Herakleion*, donde pasaba la mayor parte del tiempo en casi completo aislamiento, solo la figura habitual del esclavo hebreo le ponía en contacto con el mundo exterior. El acucioso Abisay satisfacía sus menores deseos con prontitud y discreción, anticipándose incluso a sus necesidades: ponía tanto cuidado en servirle como en apartarle de aquellas zonas del templo que quedaban vedadas para los extranjeros. El afán de Abisay no le dejaba ni un momento de respiro, no solo por su deseo de ganarse la voluntad de Posidonio, sino, sobre todo, porque, cada noche, tan pronto como dejaba al griego reposando en su celda, debía informar con minuciosidad al sumo sacerdote Abdmelqart de cuanto hacía o decía el huésped.

Solo un resquemor quedaba en el alma del Estoico: aún no había visitado la ciudad de Gadir, de la que tanto había oído hablar. Cuando pidió permiso al aposentador, el consagrado le espetó:

—Con todas las fuerzas que has movido para que te hospedemos aquí… ¿ahora quieres marcharte, a las primeras de cambio?

—No, señor y maestro, no quiero marcharme. Con tu permiso, pretendo completar mis estudios en este templo. Por eso mismo deseo visitar Gadir, conocer sus gentes, sus leyes, sus costumbres. Hablar con sus magistrados. Tan solo pido permiso para visitar la ciudad y volver al santuario al final de la jornada.

—Griego…, ¿crees que esto es una posada? Si lo que querías es recorrer la ciudad, ¿por qué no te alojaste allí? Desde Gadir cualquiera puede acudir al templo a cumplir los ritos. Parece que te crees mejor y más listo que nadie, todo quieres hacerlo al revés. Pues ahora aguanta las consecuencias… Si abandonas el monasterio, que sea para siempre.

Posidonio no supo responder a eso. Instalándose en la ciudad habría satisfecho su curiosidad de viajero, pero sabía que los documentos que buscaba solo podría encontrarlos en la casa de Melqart, no en la misteriosa y exótica Gadir. Además, le habían informado de que no existía mejor lugar para observar el funcionamiento de las mareas, ni mejor promontorio para escrutar el cielo nocturno. Y él, ante todo, había acudido al país del sol poniente para culminar sus estudios. Si para lograrlo debía satisfacer las minuciosas y a veces incomprensibles exigencias de sus anfitriones, lo haría con gusto. Solo así vencería su desconfianza y alcanzaría a penetrar en sus bien guardados secretos. Cualquier sacrificio con tal de desentrañar el misterioso baile de los mares y los astros. De modo que dejó de insistir en su petición, calló, con la mayor apariencia de humildad de que era capaz, y se retiró resignadamente a su cubil, buscando el merecido descanso que tan intenso día facturaba.

* * *

Poco reposo pudo encontrar esa noche. Posidonio necesitaba dormir como todo mortal, aunque con pocas horas él tenía bastante. Ya anciano, a su natural insomnio, propio de la edad, se unía el estado de excitación intelectual aparejado a sus absorbentes trabajos, no muy propicios para conciliar el sueño. Sin embargo, cuando se rendía, en esas pocas horas se sumía en un auténtico anticipo de muerte, perdiendo completamente la conciencia, sin siquiera soñar.

En ese apacible e insondable olvido del primer sopor se hallaba, sobre la quinta hora de la noche, cuando de repente empezó a arder por dentro. Sus gritos despertaron a los sacerdotes y huéspedes que se alojaban en las proximidades de su estancia.

—¡Por todos los dioses, griego! ¿Qué te pasa ahora? ¿Es que tienes pesadillas? ¿Has visto un ratón? ¡Me ensucio en tu sangre!

Posidonio no pudo contestar a Milqasatart. Con el rostro desencajado, retorciéndose, se agarraba el vientre con las manos y, de cuando en cuando, entre convulsiones, lanzaba un espantoso alarido de dolor.

Abisay llegó de seguida, acompañado por uno de los físicos, quien, tras palparle el vientre y olerle el aliento, ordenó:

—Hay que purgarlo de inmediato, o su cadáver estará frío antes de que los gallos canten.

Mandó a Abisay por unos remedios a la botica mientras él trataba de hacer vomitar al enfermo.

Largas horas estuvo Posidonio entre la vida y la muerte. Al llegar la mañana, después de haber vomitado y cagado todo lo que contenían sus entrañas, logró descansar, salvado por los pelos.

IX

Notas para una teoría sobre las mareas: las masas de agua se mueven. No cabe duda de que su movimiento causa las mareas. Aquí en Occidente, en ocasiones, las aguas suben y suben hasta alcanzar una altura extraordinaria; e, inmediatamente después, las aguas descienden con pareja intensidad. ¿Dónde va esa miríada de agua? ¿Por qué varía la intensidad de las mareas? Piteas descubrió que existe una relación entre la Luna y las mareas. ¿Solo influye la Luna?

He venido al lugar adecuado para tratar de desentrañar estas incógnitas. Las mareas en Gadir son muy potentes: el río Lete invierte su corriente en pleamar. Nada puede contra la fuerza de esas aguas marinas, que enlagunan enormes superficies de terreno.

El sumo sacerdote leía con atención el pergamino mientras Abisay esperaba con los brazos cruzados sobre el pecho, en actitud de extrema sumisión. Tras los muchos años que llevaba en el santuario, casi toda su vida, no podía evitar sentirse ante Abdmelqart como un cordero al borde de la inmolación.

El viejo entregó el documento al consagrado de su derecha y preguntó.

—¿Tiene esto algún sentido para ti?

Tras un nuevo lapso, el interpelado respondió:

—No, ilustre padre… No entiendo nada de lo que se dice.

Abdmelqart compuso un ademán de fastidio y masculló a media voz:

—No te separes de él, esclavo, y graba bien en tu memoria todo cuanto haga, diga o escriba… incluso sus pensamientos, o lo que diga en sueños. Métete en su cabeza, si hace falta, sin que él se dé cuenta… por tu bien… Si el pájaro vuela antes de tiempo, tú pagarás las consecuencias.

—Pero, señor, nadie puede saber lo que piensa otro. A veces, ni siquiera uno mismo conoce del todo su propio pensamiento.

—Cierto. No obstante, después de un contacto estrecho con una persona, observando durante días sus gestos y sus palabras, cabe anticiparse a sus movimientos. Eso es lo que tú nos procurarás, por la cuenta que te trae.

El esclavo se echó de bruces al suelo y trató de besar los pies del sacerdote. Abdmelqart los apartó con asco y le dijo.

—Otra cosa, esclavo: ¿qué piensa el griego de lo sucedido la otra noche? La noche de los dolores y los vómitos.

—Señor, el huésped está seguro de que comió un pescado en mal estado. Dice que ya le ha ocurrido en otras ocasiones, porque no lo digiere bien.

El sacerdote asintió, pensativo.

—A partir de hoy pon cuidado en vigilar lo que come. Que nadie toque su comida. Encárgate tú mismo de servirle y que sea siempre lo mismo que comen los consagrados, lo que yo mismo ingiero. Ninguna otra cosa.

Pese a que despidió al joven con un despectivo ademán, el esclavo siguió en su sitio.

—Señor, hay algo más…— Hasta entonces, Abisay nada había dicho sobre el incidente de la serpiente. Como el griego, consideró que se trataba de un suceso extraño, pero posible sin concurso humano. Ahora, después de la indigestión, el asunto adoptaba un cariz diferente. Le relató lo ocurrido a Abdmelqart, que le escuchó con los ojos muy abiertos.

* * *

Posidonio, de buena naturaleza, se recuperó pronto de sus molestias gástricas y de las noches en vela. Cumplía cada día con los premiosos ritos a Melqart, a las horas prescritas. Atendiendo las detalladas instrucciones proporcionadas a su llegada, realizaba las abluciones y seguía la liturgia en algunos de los templetes del recinto exterior. Al principio se desempeñó con sincera devoción; más tarde, empezó a cumplir por cortesía, con cierta frialdad y medio distraído, un desapego que no pasó inadvertido a los religiosos. Al griego, avaro con su propio tiempo, las tediosas ceremonias de los fenicios le causaban una tremenda ansiedad, no por el culto en sí, sino porque le apartaban de su estudio.

Con los cananeos no cruzaba palabra. Apenas los veía, pues los consagrados y esclavos del templo ponían máximo empeño en evitar su compañía, al considerar su sola presencia allí un ultraje al poderoso Melqart. Cuando se topaba con alguno de ellos en un corredor o galería estrecha, el otro se daba la vuelta, o se apretaba contra la pared, dejando que Posidonio anduviera por su lado a la mayor distancia posible, mientras componía con las manos conjuros arcaicos para evitar el mal, posiblemente aprendidos de sus madres en la más tierna infancia.

No solo la suspicacia de los consagrados le causaba molestias, también la ventolera incesante de aquellas islas. Un soplo tan húmedo y pertinaz que en ocasiones se sentía como encerrado en una especie de prisión huracanada. Al quejarse en una ocasión por ello, un sacerdote le reconvino, con desagradable tono de falsete:

—Solo un griego puede ser tan hereje. El viento, el levante en especial, es una bendición que nos mandan los dioses. ¿Cómo si no se impulsarían las naves? ¿Cómo se secaría todo? Nuestro cielo es claro merced al soplo constante, que limpia el éter de polvo.... Las Gadeiras, cada nueva aurora, lucen pulcras, como recién lavadas...

Por un motivo u otro, raro era el día que no se producía un encontronazo con algún sacerdote o estudiante del *Herakleion*. No por ello Posidonio mudaba su semblante plácido y amistoso, pidiendo perdón a todos, aunque no siempre fuera consciente de la ofensa cometida. Aceptaba con docilidad el veto a sus salidas del santuario y limitaba sus recorridos a unos cuantos estadios de la cerca, por las desiertas playas y los aromáticos marjales de los alrededores.

Comprendía, en realidad, que los oficiantes de Melqart se mostraran inflexibles, obligándole a permanecer en el recinto sagrado durante su estancia; ellos mismos solo salían en contadas ocasiones y rodeados de un minucioso aparato.

A su lado, Abisay seguía con su doble juego, inadvertido para ambos mandantes, que se mostraban satisfechos. Se había convertido en la mano derecha del griego, que en ocasiones le contaba sus dudas, aspiraciones, teorías y teoremas, si bien de estos el esclavo solo entendía las primeras frases. Conforme más lo conocía, más probable le parecía que el griego accediera a llevarle a Oriente. Queriendo aumentar su cercanía con él, un día se atrevió a decirle:

—Señor, sé que quieres visitar Gadir antes de tu marcha; yo trataré de ayudarte, pero no muestres tanto interés. Los consagrados son muy susceptibles. Déjalo en mi mano, trataré de obtener el permiso.

—Abisay... Haz lo posible por conseguirme esa licencia y yo sabré agradecértelo.

Poco a poco, como la araña que teje su tela, el hebreo consiguió trasmitir al sumo sacerdote la idea de que sería bueno que el huésped saliese en alguna ocasión del santuario. Quizás de esa forma, arguyó, Posidonio se sentiría más libre para hablar o actuar, lejos de los consagrados, y él podría ahondar en sus secretas intenciones. En su fuero interno, el esclavo solo buscaba ocasiones para fomentar una mayor intimidad con el griego y cimentar con él lazos que alimentaran el apetito de tomarle a su servicio.

Varias semanas después de su llegada, el esclavo apareció con noticias inesperadas. Apenas despuntaban los primeros albores del alba, cuando Abisay tocó en su puerta, tras la cual el griego seguía pegado a su escritorio, enfrascado en sus cálculos, operando con el complejo conjunto de engranajes de ruedas dentadas de bronce con el que, según contaba a cualquiera que quisiera escucharle, lograba predecir eclipses, seguir el movimiento de los cuerpos celestes o prever la posición del Sol, la Luna y los planetas.

—Señor, ¿nunca duermes?

—Abisay, nada hay más parejo a la muerte que el sueño... Y a mí me gusta la vida. Breve para todos es el plazo de la existencia, por eso no debo malgastarla; no existe pecado más grave que ese, derrochar del aliento que nos conceden los dioses. Por lo demás, Abisay, has de saber que para mí la vigilia no es fatigosa; me place la compañía del silencio, la oscuridad de la noche, contemplar la asamblea de los astros, la superficie de la mar rielada por la fría luz de la luna...

Impaciente, el esclavo le interrumpió:

—Señor, el sumo sacerdote te permite salir del santuario para visitar la ciudad de Gadir. Yo te acompañaré. Debemos regresar antes de la caída de sol, por ahora no se te autoriza a pernoctar fuera.

La noticia no podía ser mejor acogida.

—¿Cuándo, esclavo? ¿Cuándo iremos?

—Mañana mismo si así lo dispones, señor. El itinerario por tierra se hace largo. En cambio, costeando la isla con viento favorable llegaremos mucho antes del mediodía.

—¿Y podré visitar sus famosos y antiguos templos, el de Baal Hammón y el de la diosa Astarté?

El esclavo se sobresaltó ante la inusitada interpelación. En verdad los griegos son insaciables y temerarios.

—Señor..., yo... no tengo instrucciones sobre eso, solo soy un esclavo. Si me permites que me exprese francamente...

—Hazlo, por favor.

El esclavo se tomó un tiempo para encontrar las palabras adecuadas. Sabía bien que el griego había regado de plata numerosas manos para conocerlo todo de las tradiciones y las leyes de los cananeos, de su moral y su religión; pero al parecer no lo había aprendido todo. Él no quería plata, sino su favor, hacerse imprescindible, así que puso toda su firmeza en la respuesta.

—Señor, deseo ayudarte en todo. Sé que te has informado bien sobre los fenicios, su religión, sus leyes y sus conductas; sin embargo, temo que ignores cosas importantes. Aunque yo no he estudiado, los sacerdotes no se cuidan cuando hablan delante de los esclavos, y tengo buena memoria. Por eso cada templo... En fin..., sin duda existe gran hostilidad entre ellos. Más que una guerra abierta semeja una dura competencia; unos y otros pugnan por la fe de los *gadeiritai*, como tú los llamas. Por eso, los oficiantes de los diversos dioses no se llevan bien entre ellos. Apenas se ven y no creo que jamás se crucen palabra. Si deseas visitar los otros templos de Gadir, deberás procurarlo por ti mismo. Si me lo permites, te aconsejo que no le pidas recomendación para ello al sumo sacerdote de Melqart, así solo lograrías comprometerle y ofender a todos. Puede que te echaran del santuario.

El griego asintió. Ciertamente aquellas advertencias no le cogían por sorpresa; tales recelos acontecen igual en las polis griegas. Quiso saber más.

—¿Y tú, judío, qué crees? ¿Podré visitar los templos? ¿Dejarán que un griego penetre en esos santos lugares? Si es por piedad, que nadie dude de que la mía es sincera. Yo honro a todos los dioses... Creo que todos forman parte de una misma divinidad, única en su origen y designios, múltiple en sus manifestaciones... En mi Olimpo tienen cabida todos los númenes del este y del oeste. Los hombres necesitamos creer, entender los asombrosos ecos que lo divino esparce por la naturaleza.

El esclavo pasó un tiempo considerando la respuesta, bajo la expectante mirada de Posidonio. Con el cráneo rapado y las mejillas desnudas propias de un castrado, el rostro de Abisay componía una figura no muy armoniosa, como a medio terminar.

—Señor, no lo sé. Ten por seguro que te ayudaré. No puedo asegurarte que te franqueen las puertas. Cada templo es un mundo, con sus propias leyes. Los cananeos son gente piadosa. Ni siquiera los sufetes o las familias poderosas de Gadir, según tengo entendido, pueden imponer su voluntad a los servidores de Melqart, de Astarté y, mucho menos a los de Baal-Hammón. Habremos de pedirlo a los sumos sacerdotes de cada santuario y confiar en que tu presencia sea allí bien recibida.

Posidonio permanecía cabizbajo, como ponderando sus posibilidades. Continuó el esclavo hablando bajo y en tono reverente.

—Señor, no dudes que haré lo posible por complacerte. Si por las altas esferas no nos facilitan el paso, buscaré la manera de utilizar los pasadizos subterráneos, las covachas o las portezuelas que solo conocemos los esclavos y la servidumbre. Como de seguro sabrás, por ser quien eres, de ordinario más ayuda a vencer un obstáculo el ardid del pícaro que la maza del guerrero.

El hablar comedido del esclavo contrastaba con el de Posidonio, siempre acelerado y acompañado de entusiasmo. En aguda paradoja, los papeles del pensador estoico y del novicio inmaduro parecían trastocados.

—Gracias, Abisay. Tu entrega excede con holgura lo que cabe esperar del más leal de los esclavos. Sabré compensarte como mereces. ¿Qué necesitas? ¿Dinero, comida, una mujer, un muchacho barbilindo…?

Tan magistral como ingenuo, el Estoico no veía motivos ocultos en la obsequiosidad del hebreo. Mucho empeño habría de poner, pensó en aquel momento Abisay, para que se diera cuenta de su deseo más íntimo, sus anhelos de lograr la manumisión.

—Señor, gozo cumpliendo tus órdenes. No quiero dinero… ¿En qué podría gastarlo? En cuanto a hembras, como sabes, no tengo… Tampoco gusto de chiquillos. La carne es indiferente para mí. Lo único que ansío es… libertad. Sé que mi liberación resulta difícil de obtener con dinero, porque la plata les sobra a los sacerdotes de Melqart. No, yo me considero pagado con el buen trato que me das y el honor de trabajar al lado del erudito más famoso de la tierra.

Posidonio nada expresó entonces, pero conservó en su memoria el anhelo del muchacho, y para sus adentros pensó que podía ser acertado comprarlo como ayudante. El joven le agradaba, despierto como era en inteligencia, dispuesto en su ánimo, discreto y, por lo que ahora percibía, también con finura de espíritu, como probaba su desapego por los estímulos zafios del mundo, en contraste con su aprecio por el alto valor de la libertad.

X

Notas sobre la historia de Gadir. Al principio, Gadir trató de permanecer al margen de la larga contienda librada entre Roma y Cartago, pero los cartagineses no se lo permitieron. Fue entonces cuando el general Magón tomó la ciudad con su escuadra de manera incruenta y se dedicó a esperar el ataque de los romanos. Durante varias estaciones, la situación permaneció enquistada: las legiones romanas de Publio Cornelio Escipión, sin buques, no pudieron establecer un verdadero cerco a las islas. Pocos gadiritas dudaron de que la suerte de Cartago estaba echada; para sobrevivir debían abrazar el lado de los romanos, que claramente señoreaban por todo el mar Medio. Como la sublevación de la ciudad parecía inminente, los cartagineses se marcharon a Italia para auxiliar a Aníbal, después de crucificar a todos los magistrados de Gadir y de saquear las riquezas del templo del Melqart. No cabe sorprenderse, por tanto, de que la ciudad abriera sus puertas a Roma, comprometiéndose a no permitir que los cartagineses volvieran a pisar su suelo.

A la mañana siguiente se embarcaron en una diminuta y ligera embarcación, más larga que ancha, de un solo mástil de abeto, desmontable, insertado en una fogonadura cerca de la proa donde, como todos los buques de las Gadeiras, se erigía un prótomo de caballo levantado en ángulo recto sobre el tajamar. Los famosos *hippoi* de Gadir, naves pequeñas y rápidas, estaban tripuladas por los más expertos pescadores de altura del orbe, que cazaban atunes allá donde se encontraran; en su persecución, llegaban a veces tan al sur que, al regreso, contaban cuentos extraordinarios que alimentaban el ingenio libérrimo y volador de estas gentes del país del sol poniente. Más ligeras y polivalentes que los panzudos y enormes gaulos de carga, con su escaso calado resultaban tan maniobrables que podían tanto remontar muy arriba los ríos navegables como surcar el alta mar.

Manejada por las diestras manos de un zagal que no articuló palabra en todo el viaje, la nave volaba sobre las aguas, pese a que iba cargada hasta la borda de ánforas de aceite y *garum*. Tras soltar amarras, aprovecharon la potencia conjunta de la marea creciente y el viento sur para sortear grácilmente los bajíos y espesos fangos del canal que conectaba el templo del Melqart con el mar interior gaditano, transformado con marea baja en un auténtico laberinto, una trampa infranqueable para quienes no conozcan sus secretos. Por eso cualquier intento de ataque a Gadir por vía marítima estaba abocado al fracaso.

Ya en las aguas abiertas del mar interior, enfilaron en empopada hacia su destino y, al poco, los indagadores ojos del griego empezaron a descubrir con mayor nitidez las formas de la ciudad de Gadir, que vista desde el templo del Melqart es apenas una mancha en el horizonte. La brisa suave rizaba la superficie del océano, y en los lugares más resguardados dejaba que permaneciera inmóvil como el mármol; el silencio y la concentración de los hombres permitían que solo se oyera el leve rumor de la vela y el susurro del agua abriéndose contra el casco de la nave. «El sonido más hermoso», pensó Posidonio.

Conforme se acercaban a la ciudad, la bruma viscosa de la decepción fue calando en su ánimo, como tantas veces sucede al consumar un anhelo largamente arraigado. Desde niño escuchó relatos fabulosos sobre aquella ciudad, representada en su imaginación como epítome de la belleza. En los puertos del Levante se contaban mil historias sobre la mítica Tartesos, sobre el país de la plata donde hasta el suelo y los edificios se construían de ese inagotable metal, sobre los arrojados mareantes griegos del pasado que, como Excílax de Caria y Hecateo de Mileto, venciendo las trampas de los cananeos, habían logrado traspasar las Columnas de Hércules.

—Es diminuta y poco amurallada— pronunció en voz alta, sin querer. Y evocó en su mente los conocidos versos de Píndaro—. «Sí, es verdad que hay muchas maravillas, pero a veces también el rumor de los mortales va más allá del verídico relato: engañan por entero las fábulas, tejidas de variopintas mentiras».

—Lo parece desde aquí, señor. Sin embargo, ya verás cuando nos acerquemos que no es así. En unos pocos tramos del perímetro hay muros y bien sólidos, con torres y antemurales; en otras partes no son necesarias murallas. A la ciudad la defienden sobre todo sus acantilados y sus corrientes; quien llega por mar sin conocer estas aguas y vientos corre riesgo cierto de acabar despedazado contra las rocas, o empotrado en un banco de arenas, donde será pasto de gaviotas y cangrejos si no es pronto rescatado.

Para Posidonio, la ciudad lucía más hermosa que impresionante, aunque no dijo nada para no ofender el patriotismo del patrón de la nave, que respondía al nombre de Azarbaal. En la antigüedad tales adarves constituyeron un gran logro de ingeniería, que hoy menguan frente a los de Siracusa o Pérgamo, ciudades verdaderamente inexpugnables. En la zona más alta de la isla de Eritía, ahora a la vista, esplendorosa, a su derecha, la ciudad vieja aparecía protegida por las primitivas cercas de la acrópolis. El judío, que había aprendido a anticiparse a sus interrogaciones, dijo:

—Aquellas son las viejas murallas de la acrópolis, las que construyeron los tirios cuando por primera vez arribaron a estas islas. Se cuenta que varias veces fue la ciudad tomada y destruida por enemigos, no se sabe cuándo, ni cómo, ni por quién, pues aquellos hechos se han desvanecido ya del recuerdo de los hombres. Al cabo, el asentamiento se consolidó y prosperó; y conforme la ciudad creció, se fueron trazando nuevos perímetros para proteger al caserío, hasta llegar al actual círculo de muros, que ciñe casi completamente a la isla y a los puertos. Por eso muchos de los muros de mayor solera han sido embutidos en las casas, así sus dueños se ahorran el coste de una o varias paredes.

Al otro lado del caño, un caserío algo mayor se desplegaba en el extremo norte de la larga isla de Kotinusa. Aquí sí que se apreciaban los muros verdaderamente ciclópeos que han dado nombre a la ciudad de Gadir, que en cananeo significa «ciudad amurallada». Sobre todo destacaban en la acrópolis de entrada, por el sur, y en los alrededores del puerto principal.

Después de un bordo, el patrón colocó la nave de través para enfilar el brazo de mar que separaba las islas principales, con el ancho de un estadio en su mayor envergadura, que se estrechaba en algunos parajes hasta un cuarto de esa distancia. En esas angosturas, se vio obligado a recoger todo el trapo y a sacar los bien lijados remos de álamo negro. Con cuidado de no zozobrar, quitó los manguitos de cuero que tapaban las aberturas, encajó las palas y empezó a bogar.

Como una mujer que con su propio ritmo menea sus caderas al andar, la embarcación avanzaba oscilándose al impulso de los remos, a poca velocidad, para sortear con pericia los numerosos bajeles fondeados. Ahora sí, el deleite del espectáculo, cadencioso, brillante, llenaba con ondas esclarecedoras la sed más íntima de Posidonio. Como versos sueltos que firmara la mano del autor inspirado, la tierra se elevaba, en pronunciada pendiente, a ambos lados del canal, más en Eritía que en Kotinusa. Por el litoral de ambas islas se desplegaban multitud de instalaciones portuarias, muelles, dársenas, enormes cabrestantes, cobertizos, almacenes, rampas de varado, astilleros… En la isla más grande, al sur, a donde se dirigieron para atracar, los hombres se afanaban como hormigas en mil tareas de un caos aparente, trajinando en todas direcciones, topándose a veces, vociferando; nadie parecía ocioso en aquel maremágnum repleto de vida. Lo que Posidonio vislumbraba ahora era el mismo corazón de las Gadeiras, su columna vertebral, la sangre de sus venas. El canal dividía dos islas enfrentadas, hermanadas y enemigas a veces, desplegadas como los brazos extendidos de un gigante que quisiera proteger al puerto de Gadir de la inclemencia del piélago, preñado siempre de tempestades.

Desde niño había oído hablar Posidonio maravillas de la ilustre Gadir del océano, venero de osados navegantes. Se encontraba a un paso de cumplir un sueño largamente acariciado. Llevado por su entusiasmo, entonó un himno que en su infancia escuchaba canturrear a los mercaderes en el mercado de Apamea:

¡Oh, tú, Gadir, de perfecta belleza, la asentada a la entrada del Mar infinito!
La que traficas con todas las tierras e islas.
Orgullo del mundo, espejo de la tierra, señora de la plata y el estaño, con tus mercancías sacias a pueblos numerosos.
En el corazón de los mares están tus confines.

No, las murallas de Gadir no impresionaban a un griego familiarizado con las poderosísimas acrópolis del Levante. En todo lo demás la ciudad se mostraba como Posidonio había imaginado: exótica y hermosa.

Después de esperar el tránsito de un convoy de gabarras que transportaban troncos para los astilleros, la embarcación del Estoico pudo por fin dirigirse hacia el lugar de atraque. Excitado, Posidonio puso pie en tierra mientras el ancla aún garreaba en el fondo marino, lo que causó el enfado del patrón.

—Esclavo, dile al griego loco que se va a matar, y cuida de él, que está bajo mi responsabilidad. Si le pasa algo, seré yo quien te mate a ti.

Habituado a desdenes, sin prestar atención a la queja del marinero, Abisay saltó en pos del sabio, que sin despedirse avanzaba ya por el costado del muelle, sorteando los grupos de pescadores sentados al sol para reparar sus redes.

Entre la zona portuaria de Kotinusa y la ciudad se alzaba una muralla de colosales piedras oscuras y torres almenadas, sin otra abertura que una hermosa doble puerta de cedro reforzada con bronce, en ese momento franca para los transeúntes y sin apenas vigilancia. De par en par abiertos los portones, los únicos soldados visibles eran un puñado de arqueros desganados que recorrían los adarves con poca marcialidad y corazas mal ajustadas.

Con felicidad contenida, el griego penetró en la *polis*. Lentamente ahora, caminaba yendo de una perplejidad a otra.

Lo primero que le sorprendió fue el pavimento, nunca había visto una ciudad tan bien ensolada: grandes lápidas perfectamente ajustadas, resbaladizas por los humores del mar, ofrecían una sensación de limpieza insólita para cualquier ciudad portuaria. Aparte de unos montones de estiércol, los inevitables restos de tinajas rotas y algunas manchas de barro y arena, el aspecto de las angostas calles de Gadir rivalizaba con los patios enlosados de cualquier rico palacio.

La altura de las casas, en agudo contraste con la estrechez de las callejas, también le maravillaba. No se explicaba cómo aquellas encumbradas moles de piedra, ladrillo y madera de hasta seis pisos permanecían en pie, cuando parecía tan precario su equilibrio. Veía más piedra que ladrillo, pues en Gadir la primera era más barata que el segundo. Y abundante, pues se obtenía en las playas y farallones de la zona. Ninguna ciudad del mundo, ni siquiera Roma o la misma Alejandría, podía jactarse de tener edificaciones de tamaña altura, cuyos pies se hundían en el mismo mar de donde extraían las robustas piedras.

Pronto se dio cuenta el griego de que el trazado de las callejas entrecruzadas obedecía al deliberado propósito de conjurar los incesantes vendavales, casi siempre húmedos, a veces también tórridos. Bastaba doblar una esquina para sumergirse en una casi completa calma, pese a que fuera del caserío soplara un vendaval. La planta de la ciudad seguía un eje longitudinal al mar y a los muelles del canal, y las calles estrechas subían perpendiculares hacia las alturas donde los gadiritas más acomodados levantaban sus palacios, al borde del mar, en la vertiente acantilada que daba al meridión.

Por las callejuelas se cruzaban las procesiones de esclavos porteadores gimiendo bajo el peso de los fardos y el látigo azuzante de los capataces. El ambiente resultaba estimulante para un viajero nato, deseoso de observarlo todo sobre el terreno: gentes de todas las razas y hablas se apretujaban en los angostos y animados callejones, parloteando sin parar, a gritos, al parecer todos con todos y a la vez, quitándose unos a otros la palabra. Con asombro, se percató de que alguno de los parleros de una tertulia, de pronto, se volvía para terciar en la conversación que desarrollaba otro corrillo unos codos más allá, para volver, sin esperar réplica, a su primitiva charla. De cuando en cuando, alguien decía algo a voces y toda la calle prorrumpía en risotadas escandalosas. No tuvo duda Posidonio de que una vez más se reían de su apariencia. Nada le importaba: que se rieran cuanto quisieran, siempre que le dejaran en paz.

Pese a sus sólidos conocimientos del cananeo, el Estoico apenas pudo descifrar algunas palabras, por su hablar presuroso y la jerga empleada, tan distinta a la de Tiro o la de Sidón. Movido por la curiosidad, se paró un momento en una esquina, tratando de comprender algo. Al poco, como el resto de los peatones, hubo de apartarse bruscamente para evitar ser arrollado por una silla de manos, seguramente portadora de algún potentado o rico comerciante, con los toldos echados, que de repente se abrió paso entre la turba, a gran velocidad. Mientras se alejaba, comprendió Posidonio algo así como «Me cago en el coño de tu madre» y otras lindezas similares, pues toda la calle prorrumpió unánimemente en maldiciones contra el comerciante.

Pululaban las matronas, algunas destocadas, otras amamantando a sus retoños, desenvueltas todas en su trato tanto con hombres como con mujeres. Conversaban con profusa gesticulación, moviendo las manos tan precipitadamente como los labios, como dibujando en el aire lo que decían. Muchas de ellas se acuclillaban a la puerta de sus casas de plana techumbre y machacaban granos de trigo con rudimentarios molinos de mano; le miraban al desfilar sin apenas interés y después volvían a su interminable conversación. En Gadir todo el mundo mantenía un simposio perpetuo, enfrascado en arduas discusiones, como los aprendices de filosofía en el patio de la Academia. Conforme su oído se fue familiarizando con las inflexiones del habla local, iba comprendiendo que hablaban de los ladrones de los comerciantes, la corrupción de los sufetes, las mentiras de los aguadores, el poder de los dioses, la abundancia del pescado o la calidad del marisco, y los riesgos de comer ostiones en mal estado…

Al poco, sus pasos le llevaron al barrio de los mercaderes, seguido a poca distancia por el silencioso Abisay. Allí contempló un torrente de esclavos de todas las razas, reconocibles por sus marcas grabadas a fuego en la cara. Algunos vestían taparrabos y llevaban huesos atravesados en los lóbulos de las orejas y en las aletas de la nariz. De seguro provenían de lugares de la tierra cuya existencia el griego aún desconocía.

Por todas partes había bullicio. El estrépito de miles de voces sonaba con un promiscuo embrollo de lenguas; comprobó el caminante la bien ganada fama de la ciudad como alegre, viva y viciosa, desconocedora del descanso. Mercaderes de todas las regiones del mundo ofrecían allí sus productos, pero a todos aventajaba el chillido agudo de los aguadores. Al griego se le llenaban los ojos con las insólitas mercancías procedentes de lugares ignotos; pieles de hermosísimos felinos llamados leopardos, ámbar de los lejanos territorios del norte; incluso pudo examinar, por vez primera en su vida, a un elefante vivo, que resultó ser el doble de grandioso de lo que había imaginado.

Los vendedores de los mismos géneros se agrupaban por zonas y cofradías. En el área de los productos refinados podía transitarse con cierto desahogo y admirar mantos de la mejor púrpura, tapices multicolores, bordados y recamados, piedras preciosas de la tierra de los negros, ámbar de Thule, perlas de la India, perfumes de Arabia y Naucratis. Le pareció que allí podía adquirirse todo lo que los hombres producen. Nunca había presenciado tanta riqueza junta, ni tan enorme diversidad de razas y atavíos, desde simples calzones hasta las más vaporosas túnicas, recamadas con hilos de oro.

En el barrio de los alfareros, los maestros daban forma al barro en el mismo umbral de sus establecimientos, mientras los aprendices asaltaban a los transeúntes, mostrándoles cerámicas, fayenzas, tinajas y búcaros de mejor calidad, de todas las formas y colores. En el interior de sus profundas tiendas, centenares de esclavos moldeaban sin parar, noche y día, las ánforas. Los miles de ánforas que necesitaba el comercio gadirita. En los alfares próximos a los lugares de embarque los hornos no descansaban jamás, impotentes para atender la insaciable demanda.

La algarabía llegó al extremo cuando penetró en el corazón de la zona del mercado de productos frescos, metales bastos y otras mercancías de consumo habitual y masivo, donde el tropel se espesaba y los vendedores anunciaban su género compitiendo por berrear más fuerte. Humeaban las tiendas de comidas calientes. Los compradores se abrían paso a codazos, pisoteando basuras y excrementos. El martillo de las fraguas repicando en los yunques, sobre anclas y rejas de arado, el resoplido de los fuelles y las toberas, los golpes de los carpinteros, las hachas de los carniceros que descabezaban un cordero tras otro... Todo componía un estrépito ensordecedor en una atmósfera bochornosa. Flotaba en el aire un denso pestazo a pescado y a desechos... Ciudad de olores fuertes, penetrantes efluvios, algunos desagradables, entremezclados con el relente y la brisa, aliados para derramarse por calles, paredes y vestidos, fundiéndose en aquel paisaje único.

El esclavo propuso dirigir sus pasos hacia los horizontes más abiertos de la bahía, lejos de la zona fabril.

—Permíteme, señor, que te guíe ahora yo. Vayamos al barrio de las tabernas. Allí podrás recomponerte con una copa de vino.

Apretaron la marcha para salir de la zona industrial, ubicada en la banda más angosta del canal, marchando en dirección al mar interior. Tras atravesar otras calles con fábricas de vidrio, donde los esclavos se dejaban la vida operando con los gigantescos crisoles a temperaturas inhumanas, casi sin transición, al doblar una esquina la ciudad cambió por completo. Las calles se mostraban igualmente estrechas, bien ensoladas y ruidosas. El tráfago de las mercancías cedió paso al de los cuerpos. En el ápice oriental de la ciudad se desplegaba el barrio de las cantinas y los burdeles. Un estruendo de cantos, crótalos y risas femeninas escapaba de las ventanas; por las calles el vocerío de los marineros borrachos se combinaba con las ofertas de olvido y placeres que llovían desde los umbrales de los establecimientos, donde bacantes de todas las razas y hechuras celebraban los misterios dionisiacos.

Mujeres hermosas y provocativas exhibían sus encantos desde puertas, balcones y ventanas, dirigiéndose a los caminantes en su propia lengua, ofreciéndoles vino en burdas vasijas de barro cocido, bajo la sempiterna mirada de los matones malencarados que haraganeaban a tiro de cuchillo.

—¿Cómo demonios saben que soy griego?

—Señor, no te ofendas, es fácil distinguir a un griego… No sabría explicarte el porqué. Algo os hace diferentes. Aquí nadie se fía de los helenos, se os considera avaros y chanchulleros por naturaleza, de espíritu viperino, nuncios de lo falso; para colmo, tenéis el prepucio sin cortar. Todos desconfían de vuestros astutos trapicheos… Perdóname…

Posidonio se sorprendió de nuevo por la reputación de mentirosos que por todos los mares tenían los helenos. Notoriedad de seguro bien ganada. Pero ¿acaso los cananeos no faltaban a la verdad? ¿No es el disimulo, aún el más insignificante, ingrediente fundamental del comercio? Siendo así, ¿los mejores comerciantes de la tierra no engatusaban? Además, los fenicios hablaban siempre de los griegos, como si constituyeran una sola etnia, obviando las grandes diferencias de costumbres y leyes que existían entre los dorios, los jonios, los eolios o los aqueos.

—Has de saber, Abisay, que no todos los griegos comparten las mismas leyes y usanzas. Yo soy dorio, y los dorios somos menos proclives al mar y a los negocios. Cuando aquí en Occidente habláis en general de los griegos, en puridad os estáis refiriendo a los jonios, que en verdad es un pueblo matrero y embustero, de buenos navegantes y aún mejores piratas.

—Como tú digas, señor. No soy quién para llevarte la contraria; sin embargo, aquí llegan incontables helenos, de distintas tribus, y me da la impresión…

Abisay no se atrevía a continuar, temía incomodar a Posidonio, que insistió:

—Habla con libertad, muchacho. ¿Cuál es tu opinión?

—Señor, aquí en Gadir, y en otros puertos, se cree que un griego es un griego, sea jonio o dorio. No dudo que existan diferencias entre vosotros, pero al final son más las semejanzas. Un griego de Halicarnaso y otro de Mileto se parecen más entre sí que un cananeo de Útica y otro de Gadir.

Sin interrupción, los antros se sucedían uno tras otro: con razón se había ganado Gadir el laurel de no solo la más arcaica, sino también la más voluptuosa de las ciudades del Poniente. Posidonio miró interrogativamente al esclavo, que exhibió una mueca de impotencia.

—Señor, no suelo visitar tabernas, ni puedo permitirme pagar mujeres.

Se asomó a algunas de ellas y el hedor a carne humada, vino rancio y fritanga le llevó a recular. En la parte baja, la más próxima a la costa, se apiñaban los peores establecimientos, que acogían a la escoria de los muelles: piratas, contrabandistas, salineros y extranjeros paupérrimos. En Gadir, sin dinero, eres menos que un perro.

Guiado por su instinto viajero, Posidonio recorrió cuesta arriba algunas calles y la situación fue mejorando. Eligió la taberna menos hedionda, después de apartar con pocos miramientos a una vieja que insistía en leerle el porvenir en la palma de la mano.

Al fondo del recinto se dejaban ver las cocinas, donde varias matronas gordas y, al parecer, de humor campechano, hacían chanzas a su costa, a la vez que removían los grandes calderos que colgaban sobre los fogones.

Buscó para sentarse un lugar apartado y pronto llegó un mozo, que le echó una mirada interrogativa.

—Vino— pidió en buen cananeo, sin precisar, y le trajeron un líquido rancio de aspecto sospechoso. Llamó de nuevo al mozo e hizo tintinear sobre la mesa varios siclos tirios de buena plata. Como por arte de magia, compareció el amo, un romano imberbe de cabello rizado, que depositó en su mesa una frasca de líquido color de oro, fragante y fuerte, y se llevó el brebaje que servía a los perdularios. Cuando pidió una jarra de agua para rebajarlo, los que se encontraban en las mesas próximas posaron en él sus ojos con desprecio… Justo en ese momento, llegaba el hebreo con una grosera túnica de estameña, raída pero pulcra.

—¿Qué pasa, Abisay? ¿Por qué me miran?

—Señor, aquí no es costumbre echarle tanta agua al vino. Se considera cosa de bárbaros o blandos afeminados… De griegos, perdóname. Aquí los orígenes de cada uno se retratan en la bebida que consume: vino muy aguado, griegos y romanos; cerveza, egipcios y celtas; hidromiel, iberos… Los cananeos suelen echarle una pizca de agua de mar…

—¿Y a ti qué te gusta?

—Yo, señor, no soy remilgado: pruebo de todo. Cuando tengo dinero, que es pocas veces. A los esclavos se nos proporciona agua y basta, a veces ni eso. Un agua excesivamente pútrida pone en riesgo nuestra salud; para evitarlo, los físicos del templo les echan a los toneles un vino añejo, muy fuerte, desecho de las cantinas que compran por casi nada.

—Pues hoy, hebreo, vas a beber conmigo. Siéntate.

—Señor, no es costumbre que un esclavo repose en una taberna en presencia de su amo. Ni siquiera debería estar aquí, sino esperándote fuera.

—Yo no soy tu amo.

—No, señor, eso quisiera yo. Pero, dado que el sumo sacerdote me ha puesto a tu exclusivo servicio, es como si lo fueras. Además, yo así lo siento, y lo deseo…

Abisay hablaba con la cabeza gacha, adoptando una pose sumisa. Posidonio le miró un buen rato, tratando de penetrar en el velado sentido de sus palabras. Con tantas cosas rondándole por la mente, pronto su atención se dirigió a otros asuntos. Además de los omnipresentes marineros y pescadores, desperdigados por todo el local, diversas partidas de mercenarios dejaban sentir su presencia con estruendosa bravuconería.

—Aquí sí que abundan los soldados. ¿Son cananeos?

Abisay, todavía de pie y con la garganta seca, embotado por las ganas y las fragancias de lo que consumía el griego, indicó:

—Turdetanos, iberos y celtas, sobre todo. La mayoría de ellos son celtas, aunque visten a la manera púnica, con esa costosa panoplia de coraza de bronce bruñido y yelmo con penachos de cola de caballo y carrilleras que ves, los que llevan espada corta al cinto y lanza pesada en el hueco del brazo. Se dice por aquí que los celtas son de espíritu osado para la guerra y el pillaje…

Posidonio les clavó la vista con poca discreción. Llevaba años estudiando a todos los galos del mundo conocido, e incluso a gentes de extremo norte, más salvajes aún que los celtas, moradores de un bosque inmenso, los germanos, que beben hidromiel en los cráneos de los enemigos vencidos y hacen música con las flautas que fabrican con sus huesos. Siempre acucioso de conocer sobre

71

la geografía, la historia y los usos de los pueblos, preguntó con detalle al hebreo por sus costumbres.

—Sabía que también habitan celtas al sur de Iberia, pero nunca pensé que abundaran tanto. Quizás se trate de algunas tribus perdidas.

—No sé. señor. Aquí se dice que todo lo que hay más allá del río Anas es bárbaro e incivilizado. Los gadiritas no se preocupan de los pueblos con los que no comercian.

De todo tomaba nota Posidonio con el recado de escribir que llevaba consigo en un zurrón de cuero. Aún antes de culminar su apunte, ya principiaba la siguiente cuestión.

—¿Y qué me dices de los iberos?

—Los de mirada torva y pelo castaño, casi desnudos, son iberos. Predominan en el santuario. Mucha precaución con ellos. Aunque por toda arma llevan una falcata colgada al cinto y un casco cónico de bronce, son los más peligrosos; la gente cuenta que no solo no temen a la muerte, sino que más bien la buscan con una sonrisa en los labios. Se pondera también su lealtad; jamás traicionan a sus caudillos y, por lo general, honran los contratos. Si alguna vez necesitas protección, contrata iberos.

—¿Y todos estos son de la guarnición de la ciudad?

Abisay echó de soslayo una ojeada súbita, temiéndose que tanta observación descarada pudiera enervar los ánimos de la susceptible soldadesca.

—No, son simples mercenarios. Ninguno de ellos podría pertenecer a la guardia cívica de la villa.

—¿La guardia cívica?

—Sí, un cuerpo de élite del que solo forman parten cananeos de sangre pura o casi pura. Nada sé de esos negocios. Dicen que son muy eficientes, sobre todo en la guerra naval. Se dedican en exclusiva a entrenarse para defender a la ciudad y por lo visto muestran una valentía casi suicida. ¿Quién lo sabe? Los soldados mienten a la par con los pescadores.

—Veo que abundan por aquí los soldados de fortuna....

—Sí. Como ves, lucen las más diversas armas y atuendos. No todos alcanzan a pagarse las costosas espadas y corazas que llevan los romanos. Y muchos de los que pueden prefieren gastarse el dinero en vino y mujeres… Los del fondo, con pinta de cabreros, son honderos de baleares. ¿Ves esas bolsas de cuero sin curtir que llevan colgadas al cinto? Son diminutas bolas de plomo, letales si te dan en la sesera. En cuanto a los nubios, aquellos con escudos de mimbre, petos de lino y varias jabalinas, se dice en Gadir que, aunque lucen bien con sus pieles brillantes, sus músculos flaquean pronto y nadie se fía de ellos. Se cuenta que en el campo de batalla un ibero vale por diez celtas y un celta, por cien negros. No sé si será cierto, nunca he estado en una batalla.

—¿Un ibero por diez celtas? Más bien será al revés— preguntó a nadie Posidonio en voz alta, haciendo un ademán desdeñoso con la mano, para arrepentirse justo de inmediato, cuando se dio cuenta de que a su alrededor se despertaban adustas ojeadas de reprobación. Como queriendo compensar sus anteriores afirmaciones, Posidonio afirmó con la intención de ser escuchado.

—Desde luego que los celtas son aguerridos y nobles de conducta, siempre dispuestos a transformar sus arados en espadas, pero en verdad no saben batallar coordinados. Ahora que lo pienso, tienen razón los que dicen que los iberos son más efectivos como guerreros, y los más valientes.

Pese a la abundancia de hombres armados, y a que el vino corría con profusión, se respiraba un ambiente de seguridad inusitado para un puerto importante, donde con frecuencia estallan sangrientas disputas entre marineros y locales. Acaso ayudaba el hecho de que en todas las islas estaba prohibido el juego. Quienes querían jugarse su salario debían ir al continente, a algunos de los poblados mestizos o incluso a las aldeas del interior, donde los dados corrían por las mesas de las tabernas tanto como la sangre y el vino por el suelo.

Los soldados pellizcaban con descaro las nalgas de las mozas, entre protestas y golpes. Si alguno se propasaba, acudía el amo con su mazo de madera y hierro para avisar que solo previo pago cabía ir más allá de los simples tocamientos.

—Demasiados mercenarios, para mi gusto— cuchicheó Posidonio.

—Bajo la paz de Melqart, en Gadir no suelen ser necesarios. Pero en cuanto se sale al ancho mundo…, ya sabes; piratas, príncipes veleidosos.

—¿Y no temen los *gadeiritai* que tan copiosa soldadesca entrañe una amenaza, como pasó en Cartago? Si los esbirros se rebelaran contra sus amos, podrían tomar la ciudad.

—No sé, señor, lo que pasó en Cartago. Aquí se habla poco de esa mítica ciudad. Creo que no se trata de un asunto de conversación que agrade a los cananeos.

Posidonio dio un largo trago de su copa, pensativo. Elucubraba sobre los giros y mudanzas producidos por la larga sucesión de los siglos y los caprichos de Láquesis, soberana del destino que reparte la suerte y los hados que inclinan la fortuna de los hombres, ora a un lado, ora al otro.

—¿Podría ocurrirle a Gadir lo mismo que a Cartago?

El hebreo le miró sin comprender y el Estoico compuso un gesto con la mano, como indicándole que no le hiciera caso. Apuró su vino y salió de nuevo a las calles. Atravesaron una zona de palenques donde hombres embadurnados en aceite luchaban a manos desnudas, entre el clamor de los apostantes y los alaridos de los contendientes. De vez en cuando se escuchaba el crujir de algún hueso, pero a Posidonio aquellas le parecieron riñas incruentas. Inquirió al esclavo, que no supo responderle.

—En verdad, señor, es la primera vez que recorro esta parte de la ciudad. Nada sé de estos combates; a simple vista da la impresión de que sea más bien un teatro para desplumar a los apostantes. Creo recordar que alguna vez he oído que se baten también hombres contra fieras.

El griego afirmó con la cabeza, maravillándose una vez más del buen juicio del esclavo, cuando de repente se hundió hasta la rodilla en una mixtura de fango, estiércol y sangre.

—¡Por todos los dioses!

Quienes observaron la escena tuvieron ocasión de mofarse, divertidos por la torpeza del extranjero.

—Cuidado, señor, el suelo en esta parte de la ciudad no está empedrado.

—Tu advertencia llega un poco tarde, esclavo. Vámonos de este horrible lugar cuanto antes.

Caminando con cautela, pues en algunos tramos las piernas se hundían hasta la rodilla en el légamo vinoso cien veces pisoteado y mezclado con orines, humores y vísceras, regresaron por fin a la zona portuaria, para embarcarse rumbo al santuario, donde debían encontrarse antes de la puesta de sol.

Durante su permanencia en las Gadeiras cursó Posidonio muchas visitas más a la ciudad principal, pero aquella primera vez nunca la olvidaría.

XI

Notas para una historia sobre los galos del sur de Hispania. La mayoría de los poblados y ciudades lindantes con Gadir son de iberos y turdetanos. En las zonas más montañosas, donde la nieve se aferra cada invierno, habitan también numerosos galos, comedores de bellotas, que siempre miran a los pueblos del llano como posibles presas opulentas, reblandecidas por la posibilidad de comer de ordinario trigo hasta hartarse. Son un pueblo belicoso, arrinconado en los altos riscos que en los días claros se ven desde aquí a Levante. Apenas practican la agricultura porque en sus pedregosas sierras ningún cultivo prospera. En cambio, son consumados ganaderos y producen unos excelentes quesos. Su mayor virtud: son muy aguerridos. Casi la mitad de los jóvenes bajan de sus aldeas al llano para alistarse como mercenarios en el valle del río del Olvido o el del Betis. Muchos de ellos sirven a los cananeos, que los prefieren como soldados a los turdetanos. Por lo que he podido saber, sus costumbres son semejantes a las de los galos del norte: hombres exageradamente agresivos y pendencieros. Algunos de ellos cobran por permitir que les rajen la garganta para diversión del público. Suelen además clavar calaveras en las puertas de sus chozas como trofeos. También estos galos sureños honran a los druidas, que en rigor son filósofos, pues tengo por seguro que incluso entre la pasión y el orgullo de estos bárbaros hay lugar para la sabiduría.

Después de leerlo con detenimiento, el pontífice devolvió el pliego a Abisay.

—¿Esto es todo? ¿A esto se dedica el griego cuando visita la ciudad?

—Esto es todo, señor. El griego es entrometido y preguntón: todo quiere saberlo, todo quiere probarlo. Habla con cualquiera. Y torpe, muy torpe. Con frecuencia es objeto de escarnio de los gadiritas, aunque los insultos no hacen mella en él. De todo toma nota, en cuanto puede. Invita a beber a cualquiera que le refiera un rumor, una fábula, una mentira, le da igual. Quiere regresar mañana mismo, para terminar de recorrer los muelles y las tabernas de pescadores y marineros.

—Que haga lo que quiera, mientras no le pierdas de vista. Pégate a él como una lapa. ¿Algo más?

—Señor, quiere ir a pie hasta la ciudad.

∗ ∗ ∗

Por naturaleza inquieto y necesitado de novedades, unos días antes Posidonio había asombrado a Abisay con una demanda exótica, que causó idéntica sorpresa en el sumo sacerdote.

—Abisay, quisiera recorrer a pie el trayecto que nos separa de Gadir, estudiar la hermosa lengua de tierra arenosa que separa los dos extremos de esta isla de Kotinusa.

—¿A pie, señor? Son más de cien estadios... áticos... Está muy lejos y apenas hay sombra en todo el recorrido. Cuando suba la marea deberemos marchar por las dunas, donde el piso no es firme y abundan los alacranes... Allí apenas habitan unas cuantas familias asalvajadas, que encienden fuego con el excremento de los animales...

—No te preocupes por mí. Soy buen caminador. Llevo tiempo queriendo observar con detalle el perfil de esta costa y el efecto que sobre ella causan las mareas; hasta ahora, no me he alejado a pie más de veinte estadios del templo, y eso es poco: necesito más información, observar la erosión costera, la forma de las rocas, las escorrentías que forma la bajamar...

—Señor, allí no hay nada más que dunas azotadas por los vientos y pájaros. Es lugar peligroso; pululan gentes de mal vivir, salineros y contrabandistas, mariscadores, matones de burdel. En esas soledades nos exponemos a sufrir un mal encuentro si no llevamos escoltas armados con espadas y mazas de plomo.

Abisay pasaba del asombro a la contrariedad. No eran los pies del anciano los que preocupaban al esclavo, sino los suyos, poco habituados a largas marchas.

—Abisay, tu intención es tan buena como inútil. ¿No has comprendido ya que no cabe convencerme cuando algo se mete en esta cabeza? No temas, soy fuerte. No te ocurrirá nada. Si hiciera falta, podría llevarte a hombros. Sí, no te sorprendas; desde la adolescencia me dieron el sobrenombre de el *Atleta*, porque cada día sometía a mi cuerpo a un duro y prolongado entrenamiento. ¡Ea, pues! Así lo haremos, si alguien nos ataca estarás bien protegido.

Decía esto Posidonio luciendo una irónica sonrisa en sus labios. El esclavo podía abortar el deseo del griego; hubiera bastado verter alguna insidia sobre las intenciones del huésped en los oídos adecuados. Pero no quería arriesgarse a malograr el favor de Posidonio, así que lo dispuso todo como él ordenaba.

Al día siguiente iniciaron el recorrido, poco después de la alborada, despachadas con poca piedad y algo de precipitación las exigencias del culto a Melqart, sin apenas haber probado bocado.

El griego, calzado con cochambrosas sandalias, empuñando báculo y rebujado en su capa de caminante, rebosaba contento. Hasta el reticente hebreo tuvo que mudar su humor, porque en verdad aquella mañana fría y transparente, bajo una luz gloriosa, la bajamar había bruñido para ellos un espejo reluciente en la orilla arenosa, que reflejaba la potencia solar hasta hacer entornar los ojos.

En algunos puntos, la isla de Kotinusa se estrecha tanto que apenas un estadio separa el océano del mar interior gaditano o, como decían los locales, la mar rugiente de la mar callada. Era un espectáculo inenarrable campar sobre las dunas y contemplar a tu izquierda el gran piélago con sus marejadas furiosas, bramando como león enjaulado, y a tu derecha la sosegada bahía, donde las bonancibles olas apenas se levantan cuando la borrasca aprieta.

Un amplio espacio salado cuya superficie, las más de las veces, se muestra llana como plato pulido y ofrece el mejor resguardo para las naves.

Entre los dos mares, la mano paciente de la naturaleza ha extendido un terreno arenoso donde apenas crece nada, salvo algunos islotes de matas espinosas. Unas pocas cabras triscan el poco verde que encuentran. Como auguró el esclavo, aquello parecía un desierto, una paramera estéril, aunque hermosa, en su yerma altivez. La marcha resultaba ardua, los pies se hundían en la arena y hacían penoso cada paso. A mitad de recorrido, a Posidonio no le quedó más remedio que reconocer:

—Abisay, descansemos aquí un rato. Mis piernas envejecen más rápidamente que mi espíritu y ya no aguantan como cuando eran jóvenes.

Se sentaron sobre las rocas de una extravagante construcción semisumergida, junto a los tinglados permanentes donde se guardaban los aparejos para capturar atunes, dos veces al año. El fuerte olor a mar, mezclado con el de los restos putrefactos de todo tipo, era agradable. No lejos de allí, un corrillo de viejos pescadores reparaba sobre la playa sus velas haciendo volar las leznas sobre el lienzo.

Buscaron el resguardo del viento y la claridad cegadora en unas informes ruinas de piedra ostionera, a cuya sombra pudieron gozar a la vez de la penumbra y la tibieza de los rayos del sol en aquella mañana todavía fría.

—El mar es generoso con esta isla; se nota a simple vista que abundan los peces.

El esclavo asintió, añadiendo:

—Y no es menester ni salir a pescarlos. Los cananeos idearon estos corrales que, en la bajamar, dejan encerrados a numerosos peces. Solo hay que agacharse a cogerlos. De hecho, estamos sentados sobre el borde de uno de estos cercados de piedra. Se dice por aquí que fue el propio Hércules quien enseñó esta técnica a los gaditanos. Por toda esta costa, desde la desembocadura del Betis hasta la gran duna blanca, encontrarás corrales de pesca semejantes, que alimentan a cientos de aldeas.

El griego se levantó y observó que en las charcas de límpida agua salada rebullían inquietas incontables doradas, lubinas, sargos, anguilas, cangrejos y algas cimbreantes; al pisar, los peces desaparecían veloces, dejando escapar relámpagos plateados con sus escamas relucientes. Una gaviota protestó por la intrusión con un chillido agudo que le hizo sobresaltarse. Hasta donde abarcaba la mirada, podían distinguirse montañas de sal y multitud de caños fangosos, algunos cruzados por sólidos puentes de esparto. La sal refulgía deslumbrante bajo el sol.

Se acercaron a un grupo de pescadores de las marismas. El griego se interesó por sus técnicas de pesca y marisqueo, por las embarcaciones que empleaban, en todo similares a las que había visto en la tierra entre ríos: sin quilla, de casco plano, y embreado de betún y excrementos de mujer, de cañizo o de piel, con forma redondeada y propulsadas por remos o pértigas. Algunas de ellas, acaso las más viejas, reforzaban su flotabilidad con pellejos de cabra inflados, colocados por todo el perímetro de la nave. Quiso probar una y acabó en el agua, pues requiere pericia no zozobrar en tales artefactos. Después, corrido por el fracaso, lo intentó con una embarcación muy larga y estrecha, de las que se usan para ir alzado sobre los marjales e impulsarse con una pértiga. Incapaz de mantenerla derecha, el mar picado entraba a borbotones por los costados y a los pocos metros hubo de desistir.

—¡Demonios de naves! Hay que tener el equilibrio de una bailarina para no caerse— apuntó entre risas que trataban de ocultar su orgullo herido, mientras los pescadores hablaban a placer las habilidades de los griegos como marineros.

Ahora necesitaba secar las ropas al sol y calentarse al fuego, si quería conjurar daños mayores; el agua del océano permanece fría todo el invierno, incluso para un estoico habituado a asearse con agua helada. Abisay, siempre atento a congraciarse con el griego, sacó del zurrón una túnica de lana, de mangas largas, que cubría hasta más allá de las rodillas.

—Señor, como pensé que esto podía suceder, me he atrevido a traerte esta prenda de lana; no es lujosa, como mereces, pero te confortará hasta que se sequen las que has traído.

—Querido muchacho, si me sigues mimando tanto no querré desprenderme de ti...

El corazón de Abisay se aceleró al oír la música prometedora de aquellas palabras.

—Eso espero, señor, nada me complacería más que servirte de por vida.

No quiso insistir el esclavo y aprovechó la pausa para sorprender al griego con una inesperada colación, completada con las aportaciones de los mariscadores, que encontraron en el forastero, loco e inofensivo, un inesperado entretenimiento.

—Señor —dijo el esclavo empuñando su talega—, he traído un poco de queso, pan y aceitunas... Y algo de vino. Bien sabía que mucho antes de culminar nuestro recorrido nos asaltaría el hambre. Apenas nos encontramos a mitad de itinerario. Arrímate a la lumbre y esperemos que se sequen tus ropas mientras comemos algo.

Posidonio agarró el odre de vino y apuró una buena ración. De inmediato se apoderó de él el calor interno nacido del sol, padre de todas las cosas que crecen sobre la tierra.

—Abisay, ¡te has convertido en mi madre! ¿Cómo logras siempre anticiparte? Más pareces augur que esclavo. ¿Acaso los adoradores de Yahvé nacéis con poderes adivinatorios?

Con un nudo en el estómago, conforme sentía aletear la esperanza en su interior, Abisay trató una vez más de elegir palabras adecuadas, evitando mostrarse tanto inmoderadamente obsequioso como escaso de entusiasmo. Debía conducir al griego, con tacto, hasta el lugar donde él precisaba llevarlo, sin recurrir al lenguaje de la lisonja.

—Mi deseo de servirte, señor, me lleva a prever todas las posibles vicisitudes del día; desde muy temprano recorro el templo, allegando aquí y allá lo necesario para lo que durante la jornada quieras mandarme. Lo hago con gusto, señor; a diferencia de los demás, me tratas bien, como recuerdo que hacía el padre que perdí. Los esclavos soportamos a diario golpes y desdenes sin cuento, y en cambio recibimos pocas buenas palabras. ¿Cómo no corresponderte?

Los pescadores les observaban desde lejos, acuclillados alrededor de su propia lumbre, dando cuenta de sus viandas y cuchicheando. Uno de ellos abría sin cesar grandes ostiones, que iba pasando a los otros para consumirlos crudos, de un solo bocado.

—¿Qué es eso que comen? ¿Ostras? Demasiado oscuras...

—Es un marisco abundante por estas costas, de escaso valor. No te recomiendo que lo comas; muchos en Gadir mueren retorciéndose de dolor, con las tripas ardiendo, si ingieren uno en mal estado.

Afirmó Posidonio con la cabeza, venciendo a la tentación de probar tan peligroso manjar. Aún permanecían frescos en su mente los tormentos de su última indigestión. Siguió indagando:

—¿No querrían acercarse a comer con nosotros los pescadores y probar nuestros alimentos?

—No lo creo, señor. Mejor ni se lo propongamos, no vaya a ser que se lo tomen a mal. Los cananeos, sobre todo los de clase más baja, ajenos al comercio, jamás comen con extraños, en eso comparten las costumbres de mi propio pueblo que, como sabes, es muy estricto en esta materia. Además, como casi todos aquí, desconfían de los griegos.

Posidonio empezó a dar cuenta de un buen pedazo de queso, mientras de fondo se escuchaba solo el parloteo de los cananeos y el rumor del mar.

—¿Logras escuchar lo que hablan, Abisay?

—No del todo, señor. Alcanzo a comprender que uno de ellos dice que los griegos sois los seres más mentirosos del mundo, casi a la par con los negros, que cuentan sin parar historias peregrinas de cuando el gran desierto del sur era un ingente cenagal poblado por seres extravagantes. Y malos; ahora dice uno que sois más malos que un marrajo, lo que aquí representa el culmen de la perversidad. Otro le responde que antes preferiría que una víbora le picara en los huevos que haber nacido griego.

El griego asintió de nuevo, complacido tanto por la comida como por la buena disposición del hebreo para contestar a sus preguntas. Y también por la verbosidad de los pescadores y sus zafias metáforas, tan cotejables a las que emplean los de su tierra natal.

—Que los dioses te bendigan, Abisay, por tu previsión. Una vez más, el esclavo enseña al sabio. Debí haberte hecho caso, aunque no me arrepiento: lo penoso del camino lo compensa esta extraordinaria hermosura. A partir de ahora marcharemos más despacio, porque siento que se agarrotan los músculos de mis piernas. ¡Ya soy viejo, esclavo! A veces lo olvido.

Buena parte del día lo emplearon en recorrer la isla de Kotinusa de sur a norte; transitaban a buen paso, pero la curiosidad del griego les detenía continuamente. Durante casi todo el trayecto marcharon a la vera del agua, pese a que por allí el piso era blando y hacía más dificultoso el avance. Conforme la marea fue subiendo, debieron irse encaramando por las inestables dunas. La fuerte ventolera de levante levantaba torbellinos de arena, que se les metía en los ojos y les azotaban las canillas.

Por fin en las proximidades de Gadir el piso se hizo más firme. El sendero iniciaba una suave y prolongada pendiente, recta y arbolada, flanqueada por una elegante necrópolis. A ambos lados, lujosas tumbas daban noticia de sus moradores en sus inscripciones. Más alejados del sendero, fosas cubiertas de lajas de piedra o simples túmulos indicaban la humilde índole de sus moradores, porque en Gadir todo ciudadano tiene derecho a ser enterrado en la ciudad de los muertos, en compañía de sus antepasados.

—Todos gente libre y cananea —dijo el hebreo—. Los extranjeros y esclavos acaban en el pudridero del otro lado de la bahía y allí alimentan a las carroñeras. Siempre fuera del *pomerium*, del recinto sagrado de la ciudad, donde, como bien sabes, se prohíbe enterrar cadáveres. Gadir permanece así purificada, por estar exenta de tumbas.

Se cruzaron con una solemne procesión que llevaba un sarcófago para ser enterrado. Un hermoso cajón de pórfido contenía los despojos de una sacerdotisa de Astarté, dibujada en la tapa con semblante sonriente, sosteniendo en la mano izquierda un alabastrón con perfume. Quiso el griego quedarse a observar las exequias, pero el esclavo le advirtió que su presencia no sería bien acogida.

Avanzaron en vigilante silencio. Poco más adelante, desfilaron ante un recinto rodeado por una valla de estuco, de la altura de medio hombre. Se percibían numerosas estelas, de urnas, de máscaras votivas, así como varios pozos cavados y otros recientemente cegados.

—¿Y eso qué es? —preguntó el griego.

—Eso es un *tofet*, el lugar donde se entierra a los niños inmolados en honor de Baal. O de Molk, no estoy seguro.

Posidonio había escuchado todo tipo de fábulas sobre aquellos recintos sagrados, aunque nunca había llegado a vislumbrar uno. Presa de una especial curiosidad, quiso traspasar el umbral. Se lo impidió el esclavo, que le agarró de la túnica.

—No puedes penetrar ahí, señor, o serás presa de la maldición de Molk. Esos niños eran primogénitos de las mejores familias de Gadir, arrojados al fuego en holocausto a sus baales.

Posidonio examinó con aún mayor interés el recinto: en una tumba próxima pudo distinguir una estela que lucía un bajorrelieve de una diosa de cuerpo acampanado, con cuernos de vaca y el disco solar sobre la cabeza: Baalat-Gebalt, la madre de la tierra.

Caminó unos pasos y se aproximó al umbral de la necrópolis. Sobre una pilastra de alabastro, una inscripción que fue capaz de leer proclamaba: «El fuego viene a la vida por la muerte de la Tierra y el Aire por la del Fuego; el Agua vive por la muerte del Aire y la Tierra por la del Agua». Con mimo, acarició las letras del relieve, mientras inquiría:

—¿Todavía se practican en Gadir estas ceremonias? — Posidonio sabía que los cananeos de Levante y los de Cartago ofrecían a los dioses a sus hijos en situaciones de extremo peligro: guerras, cercos, epidemias... Y más al este se hacía lo mismo: los magos de Jerjes, cuando invadió Grecia, enterraron vivos a nueve niños, que habían sido previamente arrebatados a sus familias griegas.

—No lo sé, señor, deberás preguntar en la ciudad.

Seguían su ruta rumbo al noroeste; tras la necrópolis, la calzada aparecía bordeada por un enjambre de cruces, algunas vacías a la espera del siguiente condenado, las demás ocupadas por carcasas en diverso grado de decrepitud. Bastantes cadáveres se encontraban ya completamente descarnados, meros esqueletos blanqueándose al sol, quién sabe desde cuándo. Mucho más cerca de la ciudad, de uno de los postes colgaba un moribundo, rodeado por una oscura nube de moscas, que gañía como un animal y pedía a gritos la muerte, mientras observaba de reojo a los cuervos que esperaban en las proximidades para mondarle los huesos.

—Debe ser muy pobre —dijo comentó Abisay, con su vocecita infantil de eunuco—. Por poco dinero que tengan, los condenados suelen sobornar a los guardias para que acaben con ellos discreta y prontamente, poniendo fin así a ese pavoroso tormento; si no, el suplicio en la cruz en ocasiones se alarga durante días, porque los cuervos, carroñeros temibles, empiezan por el vientre y acaban eviscerando en vida, a picotazos, al condenado.

El terreno volvió a elevarse, ahora de manera más acusada: las murallas de Gadir, las que separaban el caserío y los templos ubicados al norte de Kotinusa de los descampados arenosos que acababan de cruzar, se ubicaban en la parte más alta y estrecha de la isla. Subieron con denuedo la senda, aquí perfectamente empedrada. A ambos lados se abrían precipicios que dejaban ver, cada vez más alejado, un mar espumeante, hasta que por fin, tras medio día de marcha, con los pies llagados, llegaron a una vasta explanada, a la entrada de la ciudad, donde se levantaba una capilla dedicada a Astarté. Una estatua de la diosa, con tres pares de alas, sentada en un solio de bronce y sosteniendo una rama del árbol de la vida con flores de loto, daba la bienvenida a la ciudad a los pocos viajeros que accedían a ella desde el sur.

Así penetró Posidonio por primera vez por las famosas Puertas de Tierra de Gadir, también llamadas de Melqart, estas sí verdaderamente ciclópeas, almenadas, con torres salpicadas cada cincuenta codos.

El recorrido por la isla de Kotinusa les llevó casi todo el día. Para tomar una barca, se vieron obligados a dirigirse a los muelles sin demora, y aun así difícilmente lograrían regresar al *Herakleion* a tiempo para la adoración del sol poniente, señor de los corceles que respiran fuego, los ritos más sagrados de Melqart.

Posidonio hubiera querido recorrer otra vez esas vías sin dirección, con calma, expectante ante lo que le deparaban, calles siempre animadas, pobladas a cualquier hora del día con una multitud abigarrada de paseantes, compradores, vendedores, ociosos y maleantes, pero la angustia visible del esclavo le hizo también darse prisa.

—Señor, te lo suplico... Si no llegamos a tiempo seré yo quien pague las consecuencias. Estás bajo mi responsabilidad.

—Abisay, esto es absurdo. ¿Cuándo conseguiré permiso para pernoctar en Gadir? Quiero visitar los templos...

—Señor, ten por seguro que estoy haciendo lo posible. Por favor, ahora no nos demoremos.

XII

Notas para una historia sobre los cananeos occidentales. Los cananeos no gustan del duro oficio de Marte, por eso contratan mercenarios, para que empuñen en su lugar las armas, mientras ellos se dedican a otras tareas que requieren mayor talento. Hacen bien, cualquier incauto puede ejercer de soldado. En cambio no abundan los facultados para ordenar una contabilidad o llevar una casa comercial. El trabajo de soldado desgasta al hombre hasta convertirlo en poco más que un trozo de madera vieja carcomida por los gusanos. Además, como griego me siento aliviado por esta preferencia fenicia, porque, si este pueblo se mostrara tan perito en la guerra como en el comercio y la navegación, acabaría gobernando toda la costa que el mar baña. Y no es otra que Roma la llamada a ese designio de convertirse en Reina y Señora del Mundo...

En Gadir, las gentes parecen felices. Despreocupadas. Se afanan en lo suyo, pero no demasiado. Sin duda el clima se alía en ese vivir suave. Otra vez constato que la tierra se divide en siete zonas según sus climas: dos frías en los polos, dos templadas, dos áridas y una tórrida y húmeda, la ecuatorial. Es evidente la gran influencia que el clima ejerce sobre el carácter de las gentes. Necesito aprender todo lo posible sobre la historia antigua y reciente de Gadir, y sobre sus circunstancias actuales. ¿Quiénes son los hombres más poderosos de la ciudad? ¿Existen bandos y facciones? ¿Cuál es su constitución política? Demasiadas preguntas y poco tiempo...

—¿Esto es todo, esclavo?

—Todo, señor.

—¿Y no ha contactado con nadie más en la ciudad?

—Con nadie, señor. No le he perdido de vista, solo conversa con pescadores en las tabernas y por las calles. La mayoría no le toma en serio, creen que está loco. Ya sabes, señor, que en esos antros cualquiera que sirva de entretenimiento es bienvenido, sobre todo si convida.

El sumo sacerdote cerró los turbios ojos para reflexionar. Ese maldito griego se mostraba más opaco de lo que su apariencia y modales indicaban. Además, siempre estaba contento, nunca se quejaba. Este rasgo de su carácter le hacía desconfiar de él.

—Llevas ya mucho tiempo vigilándole, judío. A estas alturas debes conocerle bien... ¿Por qué se muestra tan contento? ¿Es una alegría verdadera o simple pose fingida? No devuelve los insultos, no protesta, apenas pide nada... ¡Como si no fuera humano!

—No sabría decirte, señor. A mí también me sorprende su buen humor, su satisfacción constante. Un día le sonsaqué sobre ello y me respondió que el secreto de la felicidad consiste en aprender a disfrutar de lo que la vida ofrece a cada uno en cada instante, sin remilgos ni reproches. Que él trata de encontrarse, en todo momento y lugar, como en su propio hogar.

—¡Tonterías!

—Eso mismo creo yo, señor. Le pregunté, además, si en verdad lograba encontrarse en cada sitio como en su propio hogar. Y contestó que no siempre, porque entre la teoría y la práctica, como bien sabe cualquier filósofo, media un arduo sendero. Pero aquí, me dijo, se encuentra muy feliz.

El sumo sacerdote se levantó de su escaño y caminó por la sala, con las manos trabadas en la espalda, despacio y caviloso.

—Sigue así, esclavo, vas bien.

—¿Puede seguir yendo a Gadir cuando lo desee?

—¿Es qué no ha tenido suficiente? ¿Quiere ir más veces?

—Sí señor. Me dice el griego que aquí nadie se muestra dispuesto a colaborar con él, pese a sus intentos, a sus preguntas sin cuento, a su permanente deambular por el *Herakleion* husmeándolo todo. Dice que ya sabe que la información que necesita sobre la historia y la constitución de Gadir y sobre su derecho no la va a obtener aquí. Por eso quiere continuar sonsacando a la población de la ciudad. Tales son sus demandas.

Abdmelqart asintió levemente. Sus instrucciones se cumplían a rajatabla en el santuario. Los consagrados permanecían mudos, guardando con celo sus conocimientos.

—Está bien, esclavo, que continúen sus visitas a Gadir y que hable con quien quiera, siempre que tú estés presente. Quiero seguir al corriente de todo lo que se dice en esas conversaciones.

—Hay algo más…

—¿Qué pasa, esclavo?

—El griego dice que quiere visitar los templos de Astarté y Baal-Hammón.

Abdmelqart se levantó al punto, como si un asno escondido en su escabel le hubiera coceado propulsándolo hacia arriba. Abrió la boca para soltar una catarata de maldiciones. Balbuceante, las palabras se congelaron en su aliento aún antes de ser pronunciadas. Solo logró decir, separando las sílabas:

—¿Cómo se atreve?

* * *

Pasear por las calles de Gadir suponía una alegría siempre novedosa para Posidonio, redoblada en las escasas ocasiones en que conseguía burlar la vigilancia permanente del esclavo, convertido en su sombra. Para desembarazarse de él, le encomendaba tareas poco sospechosas, como comprarle una empanada o informarse sobre el precio del marfil para, en cuanto desaparecía de su vista, esfumarse por las callejuelas.

Aprovechaba esas fugaces escapadas para recorrer a su aire los muelles y preguntar a los capitanes y a la gente de mar sobre sus usos y costumbres, cómo repartían los riesgos de las expediciones marítimas, los remedios empleados cuando se producía un accidente o un motín a bordo. Le admiraban las sensatas, añejas y consolidas reglas marítimas, cuidadosamente entrelazadas para equilibrar las consecuencias de los siniestros y restituir la justa proporción entre los distintos intereses que confluían en cada expedición por mar. Le maravillaban los secretos, tan simples como ingeniosos, empleados por capitanes y navieros para obtener mayor ganancia, y aprovechar al máximo las posibilidades de carga de las naves, rellenando el espacio de estiba de los productos más costosos, como los metales o las ánforas de *garum*, con géneros más baratos, que podían servir tanto para redondear los beneficios de la expedición como para lastre o avituallamiento: vino, aceite, grano, bellotas, almendras, higos secos, semillas, comino negro...

En realidad, cuando se encontraba a solas hacía lo mismo que en presencia del esclavo. Lo que Posidonio buscaba, lo que necesitaba era darse un respiro de soledad en sus trabajos y observaciones, escabullirse siquiera unos momentos del sofocante aire del santuario.

Sus visitas a Gadir le colmaban el alma. Penetraba en la belleza de la ciudad, que hacía honor a cuantas loas había escuchado sobre ella. Sobre todo, su espíritu respiraba hondamente por lo que Gadir representaba. Para un amante de la historia ávido de sabiduría como el griego, pocas cosas existen más fascinantes que campar a sus anchas por las calles de una ciudad sedimentada por los flujos de la existencia humana durante más de mil años.

Todo le parecía extraordinariamente familiar en Gadir. Esa sensación que le asaltó en su primera visita se reproducía puntualmente después en cada ocasión. Acaso el loco de Pitágoras tenía razón y las almas se reencarnan una y otra vez. Eso explicaría esa extraña intuición: quizás en otra vida había habitado aquel archipiélago; quién sabe si no fue él uno de los primeros tirios que la hollaron, uno de los fundadores. Se sentía ya en esta ciudad pletórica de vida, tan abierta al mar, como en su propio hogar, pese a que notaba la patente repulsa que su presencia causaba entre la mayoría de los cananeos. Aun así, gustaba de pasearse por los muelles, recorrer sus calles, sentarse en las tabernas al amor de la lumbre, observar a gente de todas las razas, y escuchar las trapacerías y exageraciones de los marineros, que siempre habían ido más lejos, más rápido, y regresado más ricos que los demás.

Por mucho que se escondiera, Abisay al final terminaba por encontrarle. Cada vez más habituado a los torpes intentos del griego por escamotearse, dejaba que creyera que se había escapado, aunque en puridad casi nunca le perdía de vista. Y si alguna vez lo lograba, ya sabía Abisay dónde buscarle, en la taberna del tirreno cojo. Allí el esclavo pasaba un buen rato agazapado en la sombra, escudriñándolo todo, para a continuación sentarse en silencio al lado del griego, en el suelo, con las piernas cruzadas.

Porque, tras varias visitas, Posidonio había localizado ya sus lugares predilectos, las mejores fuentes de información y recreo. Y esa modesta taberna, en particular, le daba buenas satisfacciones, sobre todo cuando aparecía por allí un añoso marinero desdentado que con su media lengua le dejaba fascinado relatando singladuras hasta la remota Thule. El viejo, que respondía al nombre de Baalshamar, sabía cómo complacer al loco griego para que convidara a otra jarra, y ponía gran entusiasmo en sus descripciones.

—Sí, ilustre señor, en el mar de Thule el aliento se congela en el aire. Y cuando caminas, hay que tener cuidado, porque hielos afiladísimos se precipitan al suelo desde árboles y tejados, y pueden dejarte cojo.

Posidonio le miraba con atención, reparando en su piel cuarteada por la sal y los relentes, en las cicatrices de su rostro, en sus ojos siempre entornados, como de haber mirado al sol con frecuencia para determinar las derrotas. Sí, en verdad se trataba de un marinero experimentado, que había pasado su vida sobre los inestables maderos de las naves. Por eso nunca dejaba que su jarra quedara del todo vacía, para alentarle a seguir con sus relatos.

—En el lejano norte viven sirenas de canto melodioso, pero no hermosas como las del este, sino enormes, gordas y peludas, con gigantescos colmillos como los de los elefantes y bigotes largos como los de los leones.

—¡Pues entonces se parecen a tu mujer! —gritó una voz al fondo de la taberna, un antro reducido donde resultaba imposible permanecer al margen de cuanto allí se decía. Sin hacer caso a los desdenes a los que ya estaba acostumbrado, el viejo hilaba un disparate tras otro, que el griego se complacía en escuchar con deleite.

El esclavo se maravillaba de tanto desatino y de la atención que prestaba el sabio. Aunque, por lo general, permanecía callado, de cuando en cuando se le escapaba algún comentario.

—Señor ¿acaso crees lo que cuenta este vejestorio de lengua fanfarrona?

El griego, por respuesta, recitó unos versos de Píndaro:

El encanto de la poesía, que hace dulce todas las cosas
a los mortales dispensando honor, incluso hace que lo
increíble sea creíble muchas veces.

Como, para afianzar la credulidad de Posidonio, al fondo de la sala otro veterano marinero levantó en ese momento los brazos, dejando ver que al extremo de los mismos había solo dos muñones cochambrosos, y vociferó:

—Las dos manos me quitó el dios del frío. Jalando de las maromas, se me mojaron tanto de agua helada que acabaron negras, negrísimas. Creyéndome al borde de la muerte, el patrón de mi barco me dejó en tierra, en una cabaña de campesinos, bestias rubias del norte, gente sucia de ojos rojos y piel transparente. Salvajes comedores de cosas inmundas, que se mostraron compasivos. A hachazos, me cortaron las manos ya inservibles, y así salvé la vida. El patrón no se lo podía creer cuando, al año siguiente, pasó por el mismo lugar para hacer aguada y me vio sobre mis piernas. A punto estuvo de volverse sin aguar, pues me creyó un espíritu del inframundo, de pálido que estaba ya por entonces…

Otro parroquiano intervino, interrumpiendo al viejo:

—Eso le contaste a tu esposa, Baalbek. Aquí todos sabemos que las manos te las cortó un galo celoso, en el país del estaño, porque confundiste a su mujer con una sierva de Astarté, y la honraste varias veces…

Quienes contemplaban la escena prorrumpieron en una sonora carcajada, que creció ante la respuesta del lisiado.

—Te equivocas, Jehimilk, eso me pasaba con tu hembra cada vez que salías con tu nave… Ya que casi todos tus hijos son míos, págame al menos una jarra…

De todo tomaba el griego nota en su mente, y a veces discretamente en pedazos de piedra de pizarra, rasgando palabras sueltas con un estilete, de historias fantásticas sobre islas feraces en medio de un desierto de agua salada, de otras tapizadas de bosques impenetrables, o crestadas por tremendos volcanes humeantes, de doble altura que el Etna, de cuyos cráteres emanaban nubes pestilentes y mortíferas de cenizas ardientes. Y también aventuras de tempestades terribles, de olas como montañas, de maremotos que engulleron islas enteras, de criaturas colosales y hambrientas que con sus fauces pueden abarcar a un buque entero.

Pudo hablar con algunos de los que se decían veteranos de las expediciones a los remotos litorales del meridión, los que contaban relatos más sorprendentes y hasta increíbles. Eran muy pocos, pues ellos mismos decían que, de los que alcanzaban las tierras cálidas donde el sol está más alto en su cúspide, tan solo regresaban uno de cada diez; los demás sucumbían, víctimas de funestas enfermedades, sufriendo dolores atroces y desangrándose por el culo por el permanente flujo de vientre. O peor, se convertían en presas de criaturas extraordinarias, como dragones de poderosas mandíbulas, con varias filas de dientes, endriagos que recorren la mar, o caían en manos de hombres peludos de gigantesca fortaleza, capaces de despedazar a un cananeo con la sola fuerza de sus brazos.

Hubo incluso un decrépito majadero que afirmó haber emprendido el camino del sur por el oeste para regresar por el este, circunnavegando un inmenso continente después de cuatro años de periplo. Posidonio se negaba a creerlo. Sin embargo, los detalles que el anciano daba sobre el canal que los egipcios construyeron en las proximidades del Sinaí le dejaron vacilante. Por eso quiso saber más; preguntó a unos y a otros. Solo un servidor del templo de Baal-Hammón, que respondía al nombre de Ahiramide, le dio alguna noticia, a cambio de una generosa propina:

—En la casa de Baal hay una pilastra donde se inscribe un viaje del tipo que cuentas; lo realizó hace muchos años un cartaginés de nombre Hannón, con naves y tripulación gadiritas.

—¿Podrías transcribirme el texto de esa inscripción?

El cananeo se sorprendió de la ingenuidad del griego y abrió los brazos en señal de impotencia.

—Señor, es imposible, ni por un talento de oro arriesgaría mi vida... Además, ese texto no te serviría de nada.

—¿Y eso por qué?

—Porque los datos que reflejan no son exactos; antes bien, yo diría que son completamente erróneos. Ningún cananeo dejaría constancia por escrito de ese tipo de informaciones.

—Y entonces, ¿por qué se grabó la columna?

—Según se dice, el tal Hannón no pudo satisfacer a sus acreedores y, ante el dios, compuso un relato de su viaje y de las circunstancias por las que no pudo pagar. Es un texto legal, señor, como tantos otros del templo, no un portulano. La suerte de los deudores morosos se decide ante a Baal-Hammón. Quienes no pueden honrar sus compromisos acuden al dios a pedir compasión... Si el dios estima que concurrieron motivos suficientes para exonerarlos, quedan en libertad, aunque despojados de todos sus bienes; de lo contrario, son pasados por el fuego o entregados como esclavos a sus prestamistas. Ese Hannón acopiaba deudas; tal vez por eso quiso ir a las fuentes del oro. Vano empeño, porque no trajo tanto como para quedar en paz con sus acreedores. No se sabe qué pasó con él.

Posidonio colocó sobre la mesa, con discreción, otro siclo de plata. Abisay se sorprendió una vez más de la prodigalidad del griego, a quien el dinero no parecía importarle.

—En cualquier caso, dicen que Hannón no ha sido el único que ha viajado tan al sur, ni el único que ha circunvalado el continente libio.

Ahiramide se aproximó a su rostro y explicó en voz baja:

—Claro que no, señor. No es frecuente porque tales expediciones rara vez rinden beneficios. De cuando en cuando algún *naukleros* consigue reunir capital suficiente y se lanza rumbo al lejano sur de los negros. Los pocos que regresan suelen venir cargados de riquezas y cuentan tantas maravillas como penalidades. Demasiado riesgo; al cabo, los comerciantes de estas islas entendieron que resulta preferible que el oro, el marfil y los esclavos los acarreen otros. Los cananeos enfermamos si viajamos demasiado al mediodía, donde las aguas son pútridas, el calor es tórrido y reina una tremenda humedad. Los hombres del desierto, sin embargo, son inmunes a esas enfermedades; de seguro les protegen dioses poderosos.

Con sus caras muy juntas, casi pegadas, Posidonio reparó en los dientes podridos del otro y en la fetidez de su aliento. Por suerte, el servidor del templo se recostó de nuevo, satisfecho en su orgullo de la atención que le prestaba aquel griego tan particular. Siguió diciendo:

—Además, cuentan los capitanes más expertos que no es necesario ir tan al sur para ver maravillas y hacer excelentes negocios. Antes de que se acaben los territorios inexplorados de los nómadas, hay unas islas cercanas a la costa de África ricas en todo tipo de bienes.

—¿Y es fácil llegar a ellas? ¿Cómo identificarlas y encontrarlas?

—Te lo diré porque no es ningún secreto. Es fácil, basta recorrer la costa de África rumbo al sur; dependiendo de los vientos y haciendo escala solo en las factorías importantes, las del río Sebú, el río Lixus y el islote de Mogador; se tarda entre veinte y treinta días en alcanzar el punto en que se divisa un gigantesco volcán que se cierne sobre el mar con fuegos eternos, al que denominan *Theôn Óchema*. Su penacho humeante, tan alto que parece alcanzar las estrellas, es el indicio de que has llegado a las *Hespérou*. Allí se encuentran las últimas factorías estables de los *gadeiritai*; más al meridión… mejor no ir. Algunos se atreven, sin apenas poner pie en tierra: permanecen en sus naves y transportan las mercancías en chinchorros hasta la playa, y allí los indígenas les acercan el oro y el marfil. Un buen negocio, tan aventurado como lucrativo.

Posidonio asentía, entusiasmado, y tomaba nota tras nota. Por fin iba recabando las informaciones que necesitaba para sus estudios. Por él hubiera seguido allí, preguntando a unos y a otros, como cada día; pero se aproximaba el momento temido en el que el esclavo señalaba que ya no podían demorarse más, que debían embarcarse para llegar a tiempo al santuario.

Así, entre alegrías y sinsabores, Posidonio pasaba los días cumpliendo su máxima de aprovechar el tiempo y tratar de ser feliz, sencillamente feliz. Cada atardecer, disfrutaba del sublime espectáculo púrpura de la puesta de sol, que lo invadía todo con su llama de colores; en las alboradas quedaba extasiado observando palidecer las Pléyades, mientras escuchaba el mugido de los bueyes destinados al sacrificio. Dormía su parco sueño, profundo y reparador, y se despertaba antes del tercer canto del gallo. Acompañado por el gemido del viento sobre los árboles y de las olas rompiendo, con su inagotable afán, contra la costa, se lanzaba con su pasión habitual a elevadas elucubraciones sobre astronomía, historia, teología o derecho, esforzándose por permanecer ajeno a la creciente incomodidad que su presencia generaba entre sacerdotes y peregrinos de la casa de Melqart.

XIII

Notas para un tratado sobre El Océano. *En mis recorridos por las tabernas de Gadir, he podido escuchar de los pescadores los cuentos más extraordinarios sobre hombres peludos a los que llaman gorilas y dragones invencibles. De poblados donde el oro es tan copioso como el polvo entre los pies, de ríos tan anchos y caudalosos que albergan entre sus riberas enormes islas donde es posible afincarse con seguridad para defenderse de las hordas de negros salvajes, romos de entendimiento, ceñidos de pieles y armados con piedras. También fábulas sobre el país de los trogloditas, en el que existe un lago que tres veces al día es amargo y otras tres, dulce; de selvas impenetrables, habitadas por antropófagos. La mayoría de los gaditanos consideran esas historias balandronadas, pero los pescadores más viejos y tiñosos, que ya no pueden con los trajines de la mar, se pagan el vino recitándolas en las tabernas. ¿Cuánto hay de cierto en ellas?*

—Conque se pasa la mayor parte del tiempo en tabernas el filósofo, el estoico domador de las pasiones…

Abisay, pillado con la guardia baja, afirmó con la cabeza.

—¿Qué te pasa, esclavo? ¿Estás demasiado cansado para hablar?

El hebreo se arrojó de bruces al suelo y puso su frente a los pies del sumo sacerdote.

—Te imploro perdón, amo. Duermo poco, me paso las noches memorizando los escritos del griego y los amaneceres transcribiéndolos. No me quejo. Mi deseo de servirte compensa la falta de descanso.

—Más te vale que sea así, esclavo. Tus faenas arrojan pocos frutos y quiero pruebas. Que encuentres a los cómplices que el griego tiene en la ciudad. Que siga visitando tabernas y prostíbulos, si eso le place... ¿Algo más?

—El griego quiere pernoctar en Gadir.

* * *

El tiempo pasaba con su voracidad de siempre. Llegó el solsticio y el invierno comenzó su uniforme declinación, en el mes de *lakish* de los cananeos. Pese a todo, aún estaban por delante los meses de mayor aislamiento. Aunque Gadir se halla bien ubicada en una encrucijada de rutas terrestres y marítimas, en lo más crudo de esa estación los caminos terrestres permanecen cerrados por el barro y la nieve, y las rutas marítimas por los vientos y las tempestades. Durante esas semanas, nada se sabía en la ciudad de lo que sucedía en el resto del mundo. ¿Qué estaría pasando en Roma, en el Levante? ¿Cómo iría la guerra de Mitrídates, el *Aníbal Oriental*, orgulloso descendiente de monarcas persas y macedónicos, el gran príncipe del este que se atrevía a combatir la potencia de la República de la Loba?

Coincidiendo con el plenilunio, sobrevinieron gigantescas mareas, las más grandes que Posidonio había observado jamás. Pese a que ya por esa época el centro de gravedad de sus intereses se había desplazado hacia otros asuntos, el griego retomó durante un breve e intenso periodo sus observaciones astronómicas y oceánicas, para al poco centrarse de nuevo en la historia y la religión.

En la temporada invernal, los dioses y la naturaleza reposan. Así se decretó al comienzo de los tiempos. El sol tiene prisa por bañarse en el océano, los días son más cortos y las noches se hacen eternas. Sin embargo, la actividad no declinaba en los embarcaderos y en la ciudad de Gadir; entraban y salían muchas menos mercancías de la rada, aunque no por eso los gadiritas permanecían ociosos. Aprovechando hasta el último rayo de luz natural, cientos, miles de manos trabajan en la preparación de los barcos, el calafateado de los cascos, la reparación de los velámenes. Redes y cuadernas necesitaban mantenimiento. Tal era el ritmo vital de los jóvenes *gadeiritai*: en verano, recorrer los mares a bordo de los buques que en el rigor del invierno ellos mismos construyen o reparan en los astilleros. Solo en los días de peor tiempo se paralizaba el trabajo en las factorías, y entonces los marineros desocupados se amontonaban en las tabernas a la espera de que escampara.

En esos días, Posidonio hacía su mejor cosecha de informaciones, chismorreos y leyendas. Debía apurar el tiempo para exprimir cada ocasión, porque seguía sin poder pernoctar fuera del santuario. Por eso saltaba apenas cantaban los gallos a la más veloz de las naves, para aprovechar las horas del día recorriendo las calles y observando a sus moradores, deleitándose con las inflexiones de un lenguaje que pronto no tuvo secretos para él.

Gustaba en particular por preguntar a los chiquillos por el nombre de las naves y la identidad de los propietarios, para constatar asombrado que en Gadir todo el mundo parecía conocerlo todo sobre cada una de las embarcaciones que surcaban sus aguas. Después de hablar de esto un día con Abisay, este replicó:

—Señor, todos estos zagales cochambrosos, muchos de ellos huérfanos de mareantes, saben que un día su suerte puede cambiar a lomos de un navío. No les pidas que te escriban su nombre, pero podrán decirte con exactitud si se gana más transportando marfil o papiro… Porque todos los marineros libres, por humildes que sean, van a porcentaje con el dueño del barco… Todos sueñan con embarcarse un día en uno de los navíos que vuelven cargados con polvo de oro, incienso o mirra, y gastarse las ganancias en pocos días, en las tabernas y tiendas de Gadir… Aunque casi ninguno lo conseguirá, ni siquiera verán encanecer sus cabellos…

En las radas de Gadir se oían todas las lenguas conocidas, hasta las más exóticas. Posidonio podía sentir allí muy agudo su vínculo con el mundo, esa unidad cósmica que subyace a todos los pueblos, a todas las lenguas, a todas las condiciones. Observaba la profusión de productos provenientes de todas las costas y algunas de las peculiaridades de esta ciudad portuaria, como la escasa presencia de mendigos, esas gavillas de niños abandonados por sus padres que suelen pulular por todos los muelles, vendiéndose por un mendrugo, alquilando sus flacas fuerzas en los cometidos más brutales.

—Abisay, me choca la falta de pedigüeños y mutilados por las calles. ¿Es acaso porque esta ciudad es tan inmensamente rica que nadie pasa hambre?

El hebreo encajó un tanto anonadado la pregunta. Después de considerarlo un rato, contestó:

—En verdad, señor, esta es una ciudad muy rica. Nunca he visto a nadie morir de hambre por las calles, algo frecuente en Alejandría, según recuerdo. Aquí por casi nada se compra una escudilla de sopa de pescado pasado. Además, hay trabajo para todos. Siempre oigo a los navieros y comerciantes quejarse de la falta de brazos; por eso acuden tantos extranjeros a mejorar su suerte. Yo creo que es otro el motivo de lo que indicas.

El griego le observó, intrigado, esperando una continuación que no llegaba. Antes de seguir, el esclavo miró nerviosamente a su alrededor y, agarrando del brazo a Posidonio, le llevó a una plazuela casi desierta y dijo en tono bajo, con cautela:

—Señor, pocos se atreven a mendigar, porque, si lo hacen, lo más probable es que acaben en las fauces de Baal, ofrecidos como holocausto al Dios, o con suerte, remando en una galera.

Otra vez esos misteriosos ritos. Desde que supo de ellos, en su recorrido a pie por Kotinusa, quiso saber más, pero aún no se le había presentado la oportunidad. No era asunto para tratar a la ligera con cualquiera, y mucho menos con los sacerdotes del templo de Melqart, porque aún no tenía claro si los sacrificios se ofrecían solo a Baal-Hammón o también a Melqart.

—Abisay, necesito más información sobre el holocausto de víctimas humanas a la divinidad. Pensaba que esa costumbre había decaído con la destrucción de Cartago. ¿Se inmolan todavía hombres en honor de Melqart?

Abisay se mostraba incómodo. No quería tratar de este asunto. Sin embargo, el griego era tozudo como un tábano.

—Muchacho, no temas, lo que me digas queda entre nosotros. Sabré recompensarte.

—Señor, solo aspiro a servirte. Pero apenas sé de lo que me preguntas. Es un asunto del que casi no se habla. He escuchado en las cocinas que antaño los holocaustos humanos eran usuales en la casa de Melqart. Desde que yo habito allí, no se ha producido ninguno, que yo sepa. Discúlpame.

—¿Y en el templo de Baal-Hammón?

—Se dice que en Gadir, cada año, sacrifican a varios infelices para aplacar a ese dios hambriento. Entre los esclavos circula el rumor de que, antaño, los inmolados se brindaban *motu proprio*, pues consideraban un gran honor acabar sus días como tan alta ofrenda. Hace bastante tiempo que resulta casi imposible encontrar voluntarios, así que las autoridades colaboran con los servidores de Baal recogiendo de las calles a los vagabundos que...

—¿Y no sería más fácil ofrendar esclavos? Al fin y al cabo, los hay a cientos, y son baratos. No me parece bien, pero intento comprender la lógica del asunto.

Un escalofrío recorrió la columna de Abisay.

—Señor, los esclavos no valemos nada, ni siquiera para los holocaustos. Carecemos de valor propiamente humano. El dios Baal tomaría a ofensa que le sacrificaran como hombre a quien no vale más que una vaca o un cordero. Tengo entendido que, en alguna ocasión, como mal menor, en ausencia de víctimas propiciatorias se ha recurrido a la inmolación de esclavos. Los oficiantes de ese santuario no las aceptan de buen grado.

Sumido en sus pensamientos, Posidonio permaneció en un silencio introspectivo, que ya conocía bien Abisay. Continuaron deambulando por la ciudad recién descubierta, rebosante de enigmas.

—Señor, se hace tarde. Debemos regresar.

Posidonio asintió sin decir nada, al tiempo afligido y consolado. Sin embargo, demoraron el retorno, pues el insaciable griego, al pasar por el barrio de los pescadores, aún se interesó por las especies que capturaban, las formas de cocinarlas, las artes de pesca, la distancia de los caladeros. Todo quería saberlo y a todos examinaba. Una tras otras, veía desfilar exuberantes espuertas de peces recién cogidos, con sus escamas plateadas refulgiendo al sol.

Mientras Abisay buscaba embarque rápido rumbo al santuario, Posidonio entró en la taberna del tirreno cojo, con la esperanza de seguir sonsacando a los borrachines. La encontró medio vacía, de modo que se sentó con una frasca de vino aguado, a esperar el regreso del esclavo.

Al poco de estar sentado, se le presentó un joven de limitada estatura, hablando con fuerte acento jonio.

—Perdona, sabio señor, ¿me hallo en presencia del ilustre Posidonio de Apamea?

—¿Nos conocemos?

El jonio se sentó al lado de Posidonio con una sonrisa y desplegó sus labios:

—Tú, maestro insigne, no me conoces a mí, pero yo a ti sí. ¿Quién no conoce a Posidonio el Sirio? ¿Quién no ha oído hablar de la antorcha de tu inteligencia, tu piedad, e incluso de los logros atléticos de tu juventud?

Se adueñó de Posidonio esa inmediata punzada de alerta que provocaban en él las lisonjas en general, y las zalamerías de los desconocidos en particular. Iba a soltarle la frase que siempre tenía prevista para tales ocasiones, aprendida de sus maestros: «Es mejor caer en poder de los cuervos que de los aduladores, porque aquellos devoran a los muertos y estos a los vivos», cuando el otro prosiguió su discurso.

—Me llamo Eudoxo de Cizico y el otro día no pude evitar enterarme de lo que hablabais en tu mesa sobre la navegación por los mares australes. Cuando quise participar no pude, pues partiste a toda prisa…

—¿Sabes algo de ese asunto?

—He venido a Gadir precisamente porque estoy convencido de que la circunnavegación de Libia es posible. Y quiero emprender ese viaje; cuento para ello con algunos fondos, aún insuficientes. Busco inversores. Llevo toda la vida estudiando cuantos relatos han caído en mi mano de antiguos derroteros y pueblos que habitan las costas más lejanas… Quiero llegar a la tierra donde anida la nación de los antípodas, apodados así, según la leyenda, porque graban sus huellas en el suelo al contrario que las nuestras....

Posidonio le miró con fijeza; su ciudad de procedencia explicaba su acento y su presencia allí. «Otro loco jónico en busca de quimeras». Le pareció un hombre determinado, no muy listo y poco agraciado. Solo sus ojos eran hermosos, enormes, verdísimos, bajo unas cejas oscuras y protuberantes unidas en una línea casi recta.

—¿Tienes ya buque y tripulación?

—Precisamente de ello me ocupo ahora. Cuento con algunos jonios que han venido conmigo, pero necesito reclutar marineros gadiritas, los únicos familiarizados con esos viajes de alta mar. Sobre todo, necesito capital para avituallarme, siquiera sea con lo más barato: galletas de cebada y habas secas.

—¿Una tripulación de griegos y cananeos? ¿Y mal alimentada? Deberás tener cuidado de que no se maten entre ellos... Además, ¿estás seguro de que lo que te propones es posible? ¿No será una mentira fenicia?

El otro, con desparpajo, despachó tal posibilidad con un simple gesto displicente de la mano.

—Querido maestro, pese a que los fenicios no gozan de buena reputación entre nosotros, nadie duda de que son los mejores navegantes del mundo. Aunque solo parte de lo que cuentan sea cierto, merece la pena el riesgo. En cuanto al odio de cananeos y griegos, es cierto, no nos gustamos; sin embargo, existe un poderoso metal blanco, y un metal amarillo aún más fuerte, que contribuye a limar asperezas. Mis acompañantes son, como yo, gente pobre, que no tiene nada que perder. Su alternativa es una vida de penurias, sudando detrás de un arado, picando en las minas o jalando de un remo. Les he convencido de que es mejor arriesgarlo todo en busca de una vida mejor. ¿No es eso lo que todos buscamos cuando salimos de nuestra tierra? Si no, ¿qué sentido tiene embarcarse? No, sabio señor, el afán de lucro, la búsqueda de prosperidad es lo que lleva al hombre a cruzar los mares. Basta el hambre y la ambición para vencer al miedo. Eso es lo que yo busco, compañeros hambrientos y ansiosos, carentes de todo menos de bravura, dispuestos a soñar y apostar.

Posidonio le observaba con curiosidad. Empezó a discurrir que acaso el joven lograra su propósito. Parecía dotado de la necesaria dosis de locura temeraria que hace fructificar las empresas más atrevidas. Sin arrojo, los griegos nunca hubieran salido de sus islas y de sus rocosas aldehuelas, seguirían pastando sus cabras y arañando el suelo con sus arados, tratando de granjearse apenas un poco de pan. Y, sin embargo, han tocado los confines de la tierra, han fundado ciudades, creado reinos y hecho de su lengua la lengua de todos. Desde Gadir al río Indo, quien chapurree el griego no está mudo.

La llegada de Abisay le sacó de sus elucubraciones. Se levantó y se despidió cortésmente de Eudoxo.

—Te deseo suerte, camarada. Que Poseidón vea con buenos ojos tu desparpajo y valor encomiable. Y, si tienes éxito, nunca olvides que te estaré esperando en Rodas para que me lo cuentes todo. No hagas como los cananeos, que se guardan para sí sus saberes. Si descubres mundo, que sea para bien de todos los hombres.

* * *

Ese viaje de regreso al santuario fue el peor de los que hubo de sufrir Posidonio durante su estancia en las Gadeiras. Tanto en sus desplazamientos como en todo lo demás, la llegada del invierno supuso un notable empeoramiento de su calidad de vida. No daba con la manera de conjurar aquel húmedo frío que se le había colado en los huesos. Al principio del otoño, cuando llegó al archipiélago, pudo disfrutar aún de muchas jornadas cálidas, casi mediterráneas; pero conforme los días se fueron acortando y el sol fue cediendo su imperio, todo quedó casi perpetuamente mojado por el relente que venía del océano. A veces, incluso, la ciudad, el santuario, todas las islas aparecían metidas dentro de una espesa nube procedente del oeste y no se podía distinguir el cielo del mar.

Eso ocurrió el día de su encuentro con Eudoxo. Llegó al santuario tan empapado que por primera vez se ausentó de los ritos del sol poniente. Mientras caminaba hacia la hospedería, los consagrados con los que se cruzaba le miraban serios, con atención profunda, sin decir palabra. Incluso algunos daban rienda suelta a su resquemor y le increpaban sin disimulo, maldiciéndole y prometiéndole los más tremebundos castigos divinos.

—¡Vete ya, griego! Deja de ensuciar con tu presencia este santo lugar.

—¿Acaso no temes a los dioses? Ojalá ellos te castiguen con una mortificante enfermedad.

—Sabemos lo que pretendes, extranjero. No te saldrás con la tuya, no se puede engañar a Melqart.

—Sigue así y te precipitarás al abismo de los infiernos. ¡Vete con los tuyos! Aquí utilizamos el culo solo para cagar.

Resultaba palpable que, conforme pasaban los días, el temple desenfadado y burlón de Posidonio comenzaba a causar escándalo en el santuario. El filósofo, que había arrostrado ya cientos de veces acusaciones de impiedad, permanecía callado, devolviendo siempre una sonrisa humilde.

XIV

Notas sobre las mareas y las oscilaciones de los astros. Mis observaciones sobre las mareas casi han culminado, aunque mis conclusiones se encuentran estancadas. No he podido determinar con precisión la fábrica de su matemática; si bien he demostrado que sus flujos y reflujos dependen de la acción del Sol y de la Luna, y ello me lleva a superiores conjeturas. En el cosmos rige una simpatía universal. Todo está vinculado, todo, como eslabones de una cadena; de manera escalonada: hay una jerarquía gradual del ser, desde el mineral hasta llegar a la Razón Divina, absoluta, que rige el universo con su providencia.

Casi agotado el asunto que me trajo aquí, puedo dedicar más tiempo a una incógnita que me atosiga desde hace tiempo: ¿cuál es el tamaño del Sol y a qué distancia se halla de la Tierra? Aristarco de Samos, hace doscientos años, formuló una teoría con toda seguridad equivocada: el Sol, la Luna y la Tierra forman un ángulo recto en el momento del cuarto creciente o menguante de la Luna. Partiendo de ello, Aristarco concluyó que el Sol está 20 veces más lejos que la Luna. Precisó que, dado que la Luna y el Sol tienen tamaños angulares aparentes casi parejos, sus diámetros deben estar en proporción con sus distancias a la Tierra, y, como consecuencia, el diámetro del Sol debía ser veinte veces más grande que la Luna.

Me falta un instrumento esencial para afinar en esos cálculos: un sistema adecuado de medición de los ángulos. Los existentes resultan demasiado toscos y llevan a deducciones inexactas, cuando no imposibles; muchos de los mejores eruditos griegos han tratado de perfeccionar sin éxito esta técnica, para desesperación de astrónomos y matemáticos, pues se sabe que los caldeos disponían de esos instrumentos, cuyo conocimiento se perdió en las múltiples turbulencias políticas de Babilonia: sucesivos pueblos, una invasión tras otra, se habían dado el relevo unos a otros en la región, de suerte que los primitivos conocimientos se fueron perdiendo. Nunca olvidaré lo que me dijo el sumo sacerdote de Melqart, discípulo del gran Beroso el caldeo, en la misma ciudad de Babel: «Después de los sabios de antes del Diluvio, nada más ha sido descubierto».

Varios años he pasado recorriendo la vieja Tierra Entre Ríos, buscando tablillas y escritos que pudieran contener al menos parte de esos arcaicos conocimientos de astronomía matemática, saberes amasados a lo largo de un tiempo inconcebiblemente largo, cuando los hombres aún no conocían la escritura, pero lograron hacer germinar al trigo y obedecer a los animales. Conseguí una copia incompleta de la Baboniaka de Beroso, que desde entonces viaja siempre conmigo, y poco más. Por eso ahora me encuentro aquí, enfrentado otra vez a un callejón sin salida: sin el adecuado aparato matemático, la explicación física y mecánica del vaivén de los astros es inviable. Albergaba la esperanza de que en la biblioteca del templo de Melqart podría encontrar alguna de esas obras perdidas, que supusiera un impulso definitivo a mis trabajos astronómicos. Todo en vano, porque tras examinar, uno por uno, los pergaminos y papiros de la biblioteca, no he encontrado más que basura y obviedades.

Pasaban las semanas y aún no había satisfecho su aspiración de visitar los templos; sobre todo, el de Astarté, que ahora divisaba, en la parte más alta de Eritía. De nada sirvieron sus clamoreos, sus torpes intentos de soborno y las maniobras de Abisay. En la casa de Melqart nadie quería facilitarle el permiso para visitar el santuario de los dioses que competían por ganarse el favor de los gadiritas. Y Posidonio no quería dar ese paso sin el consentimiento de sus anfitriones.

Además, tampoco cabe acudir a los templos sin el aval de algún cananeo. Posidonio se temía que los sacerdotes de esos santos lugares se negarían a franquear sus puertas a un griego conocido por su impiedad y sus excentricidades. Pues el vulgo, siempre ansioso de novedades, no dejaba de propalar, con sus bocas parleras, trolas y exageraciones, de manera que todos en Gadir sabían ya que el Estoico era alguien de quien se debía desconfiar.

Enfrascado en tales elucubraciones, Posidonio permanecía ajeno a todo lo malo y lo feo que acaecía a su alrededor; lo mismo le pasaba en Rodas, y dondequiera que le alcanzara uno de sus corrientes periodos de frenesí intelectual, hasta que, abruptamente, un singular acontecimiento le devolvió de nuevo a la realidad y al lado sórdido de la vida.

Se encontraba sentado en una roca, en el extremo occidental de los muelles de Kotinusa, donde el canal se abre al Atlántico; a su izquierda se levantaba la mole de la morada de Baal-Hammón, con sus chimeneas borboteantes de humo. Enfrente tenía la isla de Eritía, culminada por los templetes de la casa de Astarté. El sol acababa de abandonar su cenit, la brisa era templada y suave; la placidez de la tarde invitaba al ocio, a la indolencia. Posidonio casi había conseguido no pensar durante un tiempo delicioso, cuando de pronto se oyó un chillido aterrador.

El griego se volvió para ver cómo se acercaba hacía él, a toda carrera, como un jabalí que atraviesa la espesura, un hombre desnudo, embadurnado de grasa, con un cuchillo en la mano. Antes de que pudiera reaccionar, contempló con ojos atónitos cómo el asaltante levantaba el cuchillo y se disponía a clavárselo en el corazón. Entonces trastabilló y calló rodando a sus pies, rebozado en arena y guijarros que se le adhirieron a la piel.

La situación, entre cómica y trágica, dio al menos tiempo al griego para reaccionar; se levantó de un salto y, con la velocidad impropia de un hombre de su edad, emprendió huida hacia las murallas del puerto, casi al mismo tiempo en que el grasiento desconocido salía de nuevo en su persecución. Para asombro de cuantos asistían a la escena, el anciano no solo no perdía terreno, sino que ampliaba su ventaja, lo suficiente como para que los vigilantes de las puertas del muelle acudieran en su ayuda y prendieran al frustrado asesino.

Entre estremecedores alaridos, tuvo que ser reducido por cuatro hombres que, al cabo, perdieron la paciencia y le dieron tremendos golpes en el cráneo con la contera de sus lanzas. Después reinó un ominoso silencio.

* * *

Al día siguiente, un soldado de la milicia ciudadana, vestido con sus mejores galas, fue a buscar a Posidonio al templo de Melqart, con el cometido de llevarlo ante los magistrados de Gadir. Querían que tratara de identificar al asaltante.

—Ya mismo te puedo decir, soldado, que no le conozco de nada.

—Noble Posidonio, me limito a cumplir órdenes. Debo llevarte conmigo. ¿Sabes montar? Un caballo te espera en la entrada. De lo contrario, mandaré aparejar un carro.

Posidonio montaba más que aceptablemente, aunque no era una de sus habilidades físicas más notables. Siempre gustó más del pancracio, el pugilato y la carrera, como se puso de relieve el día antes.

Al galope, tardaron poco en cubrir la distancia entre la ciudad y el santuario. En pos del soldado, tal como franquearon las puertas de Melqart, se dirigieron hacia la parte más elevada de Kotinusa, donde se ubicaban los palacios de los principales comerciantes de Gadir.

Cuando arribaron al umbral de una lujosa mansión, pusieron pie en tierra. Con un ademán, el soldado le pidió las riendas, mientras que le indicaba que entrara en la casa. En el patio le esperaban otros soldados, que se prosternaron en su presencia y le rogaron que los acompañara. Recorrieron sucesivos patios, a cuál más hermoso, y se introdujeron en un estrecho túnel que conducía a un sótano. Debieron penetrar muchos codos en el subsuelo, pues las paredes rezumaban humedad. Finalmente, llegaron a una amplia cueva abovedada, iluminada tenuemente con antorchas y lamparillas de aceite.

En el centro mismo de la sala, un hombre, que pronto identificó Posidonio como su asaltante, colgaba de unas cadenas del techo; su cabeza pendía a un lado en una contorsión extraña. Su carne humeaba todavía por varias partes. Se acaba de desvanecer.

Varias personas rodeaban al prisionero. Algunas portaban barras de hierro candente. El de mayor edad, un hombre maduro de baja estatura, feo y algo grueso, hizo un gesto y el soldado más próximo prendió el pelo del prisionero, para que pudiera el griego ver su rostro.

—¿Le conoces? —inquirió el ventrudo cananeo. Posidonio lo negó, algo conturbado todavía por lo siniestro del lugar.

El otro afirmó con la cabeza y el soldado soltó el pelo del prisionero, cuya cabeza adoptó de nuevo la extravagante postura inicial. Le habían roto varias vertebras del cuello.

—Creemos que es un esbirro de Quinto Sertorio, uno de los fanáticos juramentados que le rinden veneración aún después de muerto —señaló el gordo, con voz grave y preocupada, pero hermosa, en agudo contraste con la fealdad de su fisonomía abotargada.

El cananeo se quedó un rato sin hacer ni decir nada, examinando con curiosidad a Posidonio. Poco a poco, fue ablandando la expresión.

—Disculpa que no me haya presentado. Solo estos tiempos aciagos pueden justificar tanta descortesía. La paz sea contigo. Mi nombre es Balbo, hijo de Hannón, y soy armador de naves y sufete de Gadir.

Balbo lucía una barba larga y espesa, entrecana y bien rizada, insuficiente para ocultar unos labios reventones y belfos. Carirredondo y colorado de tez, bajo el casquete con el que se tocaba lucían unos ojillos negros y penetrantes. Vestía con espléndido boato: manto de grana, túnica larga de amplias mangas, con cenefa bordada, recamada de pedrería, ceñida por un lujoso cinturón, por encima del cual su vientre desbordaba. Sus gesticulantes manos revoloteaban como pájaros, haciendo refulgir sus dedos enjoyados. Sabía Posidonio que, entre los cananeos, la gordura de carnes y el abundante oro indicaba prosperidad y poder. Tenía delante a un magnate.

—Yo soy…

—Sé quién eres, Posidonio. Tu nombradía te precede. Por favor, acompáñame, dejemos este horrible lugar y tomemos un vino en el patio. La tortura es un mal necesario para hacer justicia. Quienes cargamos con la tarea de juzgar a nuestros semejantes sabemos que no hay otra manera de obtener la verdad.

Juntos hicieron la ruta de regreso a la superficie. Recorriendo una ristra de patios rodeados de arcadas, llegaron a una lonja orientada al sur, volcada sobre el acantilado. Al fondo, a lo lejos, se percibía la silueta del faro de Melqart. El sufete palmeó y, como si hubiesen estado esperando en la estancia contigua, al instante acudieron sirvientes con cráteras, copas de oro, escudillas, aguamaniles y palanganas de plata. Con mucha pompa, les lavaron las manos y los pies, y les secaron con costosos lienzos de seda que en Rodas hubieran servido para confeccionar los más lujosos atavíos. Posidonio se preguntó entonces si tal tratamiento resultaba común en esa casa o un medio de su anfitrión para impresionar a los recién llegados.

—Hazme el honor, Posidonio, de charlar un rato conmigo. Sentémonos en estos divanes y aprovechemos que la mañana se presenta serena y templada, algo infrecuente en esta época del año.

Unas hermosas esclavas les sirvieron vinos, quesos, almendras, higos y aceitunas aliñadas. Entretanto, el sufete, haciendo gala de los meandros de la cortesía oriental, vertía mil cumplidos, interrogaba al visitante por su linaje, hasta la cuarta o quinta generación, por su salud, sus circunstancias personales, los motivos de su presencia en Gadir y todo un cúmulo de detalles. A Posidonio le dio la impresión de que conocía la respuesta de casi todo cuanto le preguntaba, pero respondió con corrección, aplacando las ansias que tenía él mismo de inquirir.

—Conque Balbo… —afirmó Posidonio.

—Bueno, en realidad mi nuevo nombre, al que no termino de acostumbrarme, es Lucio Cornelio Balbo, pues desde hace poco soy ciudadano romano, como toda mi familia. Sin embargo, todo el mundo me conoce como Balbo el sufete.

—El sufete... —repitió Posidonio en voz baja.

El cananeo le miró fijamente, con semblante amistoso, como liberado de una máscara adusta y severa, siendo el de ahora su verdadero rostro, un rostro que reflejaba inteligencia aguda y carácter suave.

—Sí, el sufete. ¿Te sorprende que alguien tan feo como yo pueda serlo?

El griego se ruborizó, mordiéndose el labio, poco habituado al espíritu burlón de los locales.

—No, perdóname, no conozco bien la constitución de esta ciudad. Supongo que será parecida a la de Cartago, descrita por Aristóteles. He preguntado a varios sacerdotes del santuario de Melqart, que solo me contestan vaguedades o me despiden groseramente. Las reglas por las que os regís son impenetrables, apenas nadie las conoce. Lo poco que sé me ha llegado por una versión incompleta de la *Babiloniaka* de Beroso *el Caldeo*, un manuscrito rancio y limitado. Es paradójico que vosotros, el pueblo que inventó las letras, las uséis tan poco para dejar reflejo de vuestra propia historia y costumbres. ¿No teméis que caigan en el olvido?

—Es verdad, amigo. No nos gusta hablar de nosotros y, mucho menos, hacerlo por escrito. Sin embargo, guardamos todo en la memoria, en nuestra cabeza. Yo puedo enumerarte dieciséis generaciones de mis antepasados, sus nombres, hazañas, navegaciones, enfermedades; en cualquier caso, deja de preocuparte, porque estoy a tu disposición para responder a cuantas consultas quieras formularme. Considérame a tu servicio, Posidonio. Aunque soy un simple comerciante, amo la sabiduría y respeto el saber de los griegos. Ya te habrás dado cuenta de que soy un bicho raro por aquí. La mayoría de los gaditiras desprecian a los helenos o, en el mejor de los casos, sienten por vosotros indiferencia. Hay heridas añejas que aún no han cicatrizado.

—¿Te refieres a Puerto Menesteo?

Tal como formuló la demanda, el Estoico se arrepintió. Temía incurrir en descortesía refiriéndose a la colonia de ciudadanos helenos que se asentó en tierra firme, en la desembocadura del río del

Olvido, y pretendió arrebatar a Gadir sus privilegios comerciales con las tribus indígenas. Los griegos fueron arrasados y sus templos, destruidos, después de una guerra dañosa y prolongada que costó terribles sacrificios a los cananeos. Por entonces, la ciudad ya había sido reconstruida, y si bien conservaba el antiguo nombre, la poblaban, sobre todo, turdetanos, romanos y una pequeña colonia griega.

—Sí, claro, a Puerto Menesteo y a otros incontables enfrentamientos que griegos y cananeos han tenido en Occidente, desde Sicilia hasta las Columnas, y más acá. Para mí eso es pasado; yo miro al porvenir, no como otros...

El sufete se calló, como calibrando hasta qué punto debía continuar con su argumento.

—¿Otros?

—Sí, otros muchos en esta ciudad que viven de espaldas a la realidad, siempre añorantes de un ayer que ya no existe más que en su imaginación, como esos carcamales del templo de Baal-Hammón, incapaces de adaptarse a las mudanzas del mundo.

El griego asintió, interesado por cuando escuchaba y sorprendido de que un alto magistrado de Gadir se expresara de manera tan poco respetuosa con los consagrados de Baal. Quiso preguntarle si pensaba lo mismo sobre los sacerdotes de Melqart, pero consideró más prudente dejarlo para más adelante. Poco a poco, conforme escuchaba la alegre facundia de su contertulio, empezaba a ceder su inicial suspicacia y nacía una corriente de simpatía. La manera de expresarse del sufete y sus agudos razonamientos conjuraron su primera impresión: en modo alguno se encontraba ante un lerdo, más bien todo lo contrario. «Debo tener cuidado —le dijo la palabra del alma—, porque a buen seguro este Balbo, en contra de lo que se trasluce por su físico, es un ser doblemente taimado, que encubre detrás de su cara de tonto, un genio capaz de cortar un pelo en el aire». En cualquier caso, se trataba de un actor consumado, que sabía darle a su discurso la inflexión adecuada, para atrapar a su interlocutor en sus elocuentes redes.

—Puedo explicarte cuanto quieras saber sobre nuestra constitución o sobre cualquier otro asunto. No lo dudes, las puertas de esta casa permanecerán en todo momento abiertas para ti.

Posidonio había tratado con políticos a lo largo de su vida; él mismo ejerció un corto periodo como tal, aunque no se consideraba uno de ellos. De hecho, en Rodas muchos le tomaban por loco por haber desdeñado las tareas de gobierno, prefiriendo la raída túnica de filósofo al manto púrpura. Pese a que sabía cómo tratar a príncipes y magistrados, este gadirita rechoncho, de aspecto insignificante, le desconcertaba. Si bien su cara no transmitía nobleza, tanto su seguridad como su gesticulación, sus preguntas y el mismo tono de su voz revelaban a un hombre notable. Por fin el anfitrión dio por terminado el sinuoso prólogo y entró de lleno en el asunto que había motivado aquel encuentro.

—Sí, amigo, un esbirro de Sertorio.

Posidonio inquirió:

—Sertorio está muerto. ¿Qué hace un esbirro de Sertorio aquí, en Gadir? Y, sobre todo, ¿por qué quiere Sertorio, o los sertorianos, acabar con mi vida? ¿Qué les he hecho?

El gordo se tomó un tiempo para dar su respuesta.

—No sé hasta qué punto estás informado de las andanzas de Sertorio y de su legado Lucio Hirculeyo, en Hispania. Aquí, en Gadir, todo el mundo conoce los éxitos y reveses del incansable sabino; hasta los niños, cuando juegan en las calles, hacen bandos donde luchan romanos contra sertorianos y cartagineses. El golfillo más fuerte siempre es Aníbal y el segundo, Sertorio.

—De Quinto Sertorio sé poco, lo que se cuenta en Roma: que era un varón ilustre, de méritos sobresalientes, y un enemigo enconado de la República. Se cuenta que, cuando los cimbros y los teutones invadieron la Galia, se infiltró entre ellos vestido de celta, que aprendió en poco tiempo lo básico de su lengua y regresó al campamento de las legiones con la valiosa información que posibilitó su derrota. Mis conocidos dicen que era un estoico, que no se dejaba dominar ni por el deleite ni por el miedo; que no hubo general más arrojado en la batalla y más compasivo en la paz; que su virtud se cimentaba en la razón, en su carácter reflexivo; que se volvió malvado por las afrentas y tornándose cruel contra los que le ofendían.

—¿Y de sus correrías por Hispania?

—Poco sé. Me dijeron que vino como tribuno a las órdenes de Didio y que alcanzó predicamento por sus méritos de guerra. Al regresar a Roma, se presentó al tribunado de la plebe, seguro de obtenerlo. Sila lo vetó y entonces se volvió loco de despecho y abrazó la traición. Participó en la rebelión de los populares en el foro, instigada por Cina, aprovechando que Sila combatía en Oriente contra Mitrídates. Cuando fue sofocada huyó a Hispania, y siguió haciendo guerra recia contra la República, como sucesor de Mario y de Cina, como líder de los populares, aunque su verdadera aspiración era convertirse en rey de Hispania, como etapa previa a coronarse rey de Roma. Eso es todo.

—No es poco. Haces honor a tu nombre de sabio memorioso. Pero hay más, mucho más que añadir. En Hispania Sertorio no se limitó a ser el líder de una facción política, uno de tantos. Ya sabes que los romanos producen líderes revolucionarios casi con tanta profusión como los griegos. Aquí creó su propio Estado, a imagen de Roma, con su senado, sus cónsules; recaudó impuestos, ordenó construir puentes y caminos, y trabó alianzas con los peores enemigos de Roma, con Mitrídates, con los piratas cilicios, con Espartaco, los samnitas, los germanos.

—¡Increíble! ¿Hay pruebas de todo eso?

El sufete no pareció molestarse por la interrupción. Antes bien, encontraba digno de encomio cuestionar las habladurías. No todo lo que se contaba de Sertorio era cierto, y cualquier hombre sensato querría separar el grano de la paja.

—Haces bien en dudarlo. No todo quedó probado, pero aquí damos por cierto que ese demonio llegó a un acuerdo con Mitrídates, en virtud del cual este le enviaría una flotilla de cuarenta naves cargadas con tres mil talentos de plata. A cambio, Sertorio, cuando alcanzara el poder en Roma, confirmaría todas las conquistas de Mitrídates en el este. El rey del Ponto y Sertorio mantuvieron una correspondencia regular a través de correos que viajaban a bordo de barcos pirata, pues sabemos que muchos caudillos piráticos del este y del oeste se sumaron a la alianza. En fin, como ves Sertorio era un loco genial, de nobles y quiméricos ideales; en verdad suponía que hablaba con los dioses, y estaba convencido de que con ayuda divina iba a fundar un imperio en el oeste, su imperio, con Hispania y la Galia a sus pies...

—Así pues, ¿crees, como tantos en Roma, que no estaba en sus cabales?

—Es difícil decirlo. La mayoría así lo creen, aunque discrepan los que afirman que ya nació loco de los que defienden que perdió la razón como consecuencia de los despechos que sufrió. Según mi hijo, que está bien informado, su deseo más íntimo siempre fue regresar a Roma.

—¿Tu hijo?

—Sí, mi hijo, Lucio Cornelio Balbo, romano, como yo, y con mi mismo nombre. Para distinguirnos, a él le llaman Balbo el joven.

—Lucio Cornelio... Ahora que lo mencionas, he oído hablar de la participación de varios nobles gaditanos al lado de Pompeyo. Así que tu hijo es uno de ellos... Mis felicitaciones.

—Sí, mi hijo, debes conocerlo. Lo mejor que ha dado esta maldita ciudad. ¡Quiera Melqart devolvérmelo sano y salvo! Lleva años bregando a favor de la República romana, contra Sertorio. Primero con Quinto Metelo, después con Cayo Memmio, al final con el procónsul Pompeyo. Gracias a Melqart sigue con vida, pese a las muchas veces que ha estado en riesgo de perderla, acorralado por los sertorianos, hambriento, desesperado. Ten por seguro que, sin la colaboración de mi hijo, buen conocedor de las rutas marítima y de la guerra naval, no hubiera sido posible la derrota de los sertorianos en la lejana *Gallecia*. Ni el levantamiento del cerco de Cartagena. La ayuda que el Senado de Roma le negaba a Pompeyo se la prestamos nosotros. Su contribución, sobre todo en el campo naval, ha sido determinante para la debacle de Sertorio. Sí, amigo, sin los barcos de la casa Balbo, las tropas de Pompeyo habrían perecido de hambre durante su invernada en tierra de los vacceos. Fue entonces cuando amenazó a los padres conscriptos con volverse a Roma con su ejército si no se le enviaba dinero; él ya se había gastado todo su patrimonio personal. Aun así, el dinero romano nunca llegó, a diferencia del nuestro. Espero que el general sepa corresponder a esta ciudad. Ha prometido acabar con los piratas, que tanto desgarro causan a nuestro comercio.

Ahora comprendía el griego el motivo de que se concediera tan alto y extraordinario honor a una familia cananea, la ciudadanía romana, algo que ni siquiera buena parte de los ciudadanos del Lacio podían soñar.

—¿Sois numerosos los cananeos de origen que disfrutáis de la ciudadanía romana en Gadir? Es un excelso honor, que debe otorgarse en pocas ocasiones.

—En efecto. Hace unos años, Lucio Cornelio Sila concedió la ciudadanía a nueve gadiritas, como galardón excepcional. Y ahora Pompeyo lo ha hecho con nosotros, los Balbo. Por eso somos pocos, pese a que abundan los nobles de la ciudad que aspiran a ello, y que se expresan fluidamente en griego, e incluso en latín. Porque, en virtud de lo dispuesto en la *Lex Gelia Cornelia*, Pompeyo puede seguir concediendo la ciudadanía a quien le parezca oportuno. Por eso en Gadir hay cientos de ciudadanos lampando por convertirse en romanos; y muchos de los que no lo logran arden de envidia y nos critican como advenedizos lameculos de los latinos. ¡Funesta y corrosiva envidia!

Posidonio apuntaló la reflexión del cananeo.

—La envidia campa por doquiera que convivan los hombres. Es fama que los griegos somos los campeones de la envidia. Al menos nos queda el consuelo de saber que los celos corroen a los envidiosos en su propia malignidad.

—Nos hemos desviado del argumento, debo explicarte el asunto de Sertorio. Como te decía, mi hijo afirma que Sertorio nunca renunció a Roma. Por eso se quiso construir una nueva Roma en Hispania, dotando a diversos pueblos hispanos de derechos y magistraturas similares a los romanos. Creó escuelas, gimnasios... Los hijos de los jefes de las principales tribus se formaron a su lado, con preceptores griegos y latinos, en su flamante capital, Osca. Sertorio les trataba con deferencia, como auténticos patricios romanos, los vestía con togas *praetexta* orladas de púrpura, a los mejores les entregaba en mano premios al valor o a la oratoria; por eso le veneraban, los muy necios, aunque de hecho eran meros rehenes. Por eso los hispanos lucharon por él, como los espartanos por Leónidas. ¡Bárbaros locos! Ahora bien, nadie pone en duda su condición de gran general, más valiente que Alejandro. Quizás el mejor de su generación. Sus logros lo acreditan: ¿quién si no sería capaz de enseñar a los lusitanos a batallar como las legiones romanas? Incontables hispanos aún le veneran como a un dios.

Posidonio asentía con entusiasmo; tuvo que contenerse para no pedir papiro, cálamo y tinta, y ponerse a tomar notas. Hizo bien, no existía entre ellos suficiente confianza. Ya llegaría ese momento.

—Y a sus logros militares debes añadir sus increíbles éxitos políticos. Ese pérfido sabino sabía cómo halagar la bárbara vanidad de iberos y celtas, y constituyó un senado hispano, a imagen del de Roma. Logró incluso que algunas ciudades aliadas de la República desde hacía décadas se pasaran a su bando.

—Pero siguen siendo bárbaros, impotentes frente a la fuerza de la República.

—Debes entender el poder de la fe de quienes le seguían, la devoción inquebrantable para con un caudillo que premiaba con largueza y castigaba con benignidad, que derrotó a todos sus enemigos, que compró a aquellos a los que no pudo derrotar. Fue el único general romano que les trató con decencia. Los lusitanos, los celtas y otras tribus del norte son gente orgullosa, que padeció las exacciones predatorias de los procónsules y los gobernadores romanos. Y entonces llegó Sertorio, tan romano como los otros, con buenas palabras y nuevas reglas. Pagando menos impuestos, recibían mejor trato, un trato igualitario: se creyeron semejantes a los latinos. Los barbaros, ya sabes, aunque ilusos, no son tontos: mientras que antaño debían alojar y mantener en sus casas a los altivos legionarios, ahora los soldados se cobijaban en barracas extramuros, y debían honrar las leyes y las costumbres locales.

—Entiendo lo que dices. Sin embargo, muerto Sertorio, no concibo el papel que desempeña hoy.

—¡Aun muerto, sigue constituyendo el mayor peligro! En el norte, algunos núcleos celtíberos siguen rebeldes contra Roma en su nombre. Se niegan a creer que esté muerto. Como te he dicho, abundan incluso los que adoran a Sertorio como un dios.

—¿Un dios? ¿No exageras?

—En modo alguno amigo, como a un dios. En verdad los pueblos del norte son supersticiosos, se dejan embaucar con facilidad. Además, me cuenta mi hijo que Sertorio era hábil pariendo triquiñuelas para ganarse la confianza de los bárbaros y embaucarlos. Como la de la corza blanca.

—Sí, es verdad. Ahora que lo dices, algo he oído de una cierva blanca que le seguía a todas partes como un perro y que le daba consejos sobre la batalla.

—En efecto. El muy artero afirmaba que el animal era la reencarnación de la diosa Diana. Fingía que la corza le hablaba, que le anunciaba el futuro. Al final los lusitanos acabaron convencidos de que quien les mandaba no era un hombre, sino un dios. De una u otra forma, la verdad incuestionable es que Sertorio, con unos cuantos miles de lusitanos, con unos pocos cientos de romanos, mauros y piratas, combatió a cuatro generales que disponían de los inagotables recursos de la República romana: ciento veinte mil infantes, seis mil caballeros, dos mil honderos y arqueros. ¡Ocho legiones a la vez se mostraron impotentes contra un bandido! A todos derrotó, demostrando ser mejor general y estratega. Hasta que llegó a Hispania Pompeyo Magno y entonces las fuerzas se equilibraron. No olvidemos que Sertorio nunca fue sometido por la fuerza de las armas: murió invicto, lo mató un traidor durante un banquete. Por eso, aunque Sertorio ha muerto, no se ha extinguido su aura legendaria.

El sufete se levantó con dificultad y caminó por la amplia cámara.

—Los romanos no sabían qué hacer con él, le vencían en una batalla tras otra y al cabo él ganaba la guerra. Huía de la batalla campal. Inventó una forma de combatir desusada, contra la que los generales latinos se sentían impotentes; ellos solo saben combatir a pie firme, con tropas apiñadas, en campo abierto, maniobrando en combates reglados. Sertorio enseñó a los hispanos, o quizás estos enseñaron a Sertorio, sobre esto no estoy seguro, a combatir con rapidez, con armamento ligero, en pequeños y fulminantes ataques aquí y allá, cortando los suministros y las comunicaciones del enemigo, para acto seguido escabullirse de la misma fulgurante manera, trepando por los montes en perpetuas fugas, con tropas aguerridas, frugales, conocedoras del terreno, de los pasos más infranqueables, habituadas a un género de vida en la que en absoluto echaban de menos el fuego y las tiendas. Esos bárbaros del norte de Hispania duermen al raso, toleran largas marchas y vigilias, comen lo que pueden cuando pueden, hasta los más groseros alimentos, beben incluso aguas inmundas sin enfermar. Dirigidos por Sertorio constituían el más terrible de los ejércitos; para Sertorio huir era lo mismo que salir él en persecución... No dejó a los romanos ni un momento de sosiego, pues aun en la derrota sabía recomponerse. Por eso los latinos, desesperados, recurrieron a la felonía; Metelo prometió veinte mil yugadas de buena tierra, cien talentos de plata y el perdón de los delitos políticos, por si se trataba de algún desterrado, al romano que le quitara la vida. De ahí en adelante, todos sabían que tarde o temprano Sertorio acabaría asesinado por un felón entre sus más próximos. Al final, fue ese perro de Marco Perpenna Vento...

Como si hubiera desplegado un tremendo esfuerzo, el sufete descargó su humanidad sobre los cojines del diván al terminar su discurso, cargado de buenas razones y oratoria perfecta. Posidonio quedó un rato concentrado, considerando cuanto había escuchado. Luego dijo:

—Tienes razón, Balbo, sabía poco de ello. Es más, creo que nada de lo que me dices se conoce en Roma; a buen seguro los romanos no permiten que se divulgue la verdad de sus hazañas. Nada que deba sorprendernos: son expertos en ocultar los logros de sus enemigos y en vituperarlos, como bien sabéis los cananeos, que sois objeto frecuente de sus infundios. Ahora entiendo el peligro que representaba Sertorio... Podía haber creado un imperio en Occidente. ¡Vaya personaje singular! Se merece una epopeya, como la de Odiseo...

—Pues lo que cuento es solo parte de lo que se dice, solo lo que me resulta más verosímil. Circulan, además, cientos de relatos legendarios sobre su fuerza y su astucia. Algunos cuentan que retó a combate singular a Metelo, general contra general, romano contra romano, para decidir así la guerra. Por supuesto, Metelo lo rechazó, pero la figura de Sertorio ante los lusitanos se agrandó aún más; los salvajes reverencian, sobre todo, el valor. Cientos de voces chillaban su nombre, incitando a Metelo a aceptar el desafío. No lo dudes, Posidonio, para sus partidarios, para sus juramentados, Sertorio era un dios. Creen que él provocó la revuelta de los esclavos en Italia, la guerra de Oriente. Dicen también que, en un trance grave, habiendo sido vencido por los romanos cerca de alguna oscura aldea fortificada del norte, encontrándose a pique de caer en manos de sus perseguidores, sus juramentados, olvidados de sí mismos, le salvaron tomándole sobre sus hombros y pasándoselo así de uno a otro, hasta que lograron ponerlo a salvo tras los muros de la aldea.

—¡Increíble! ¡Vaya ejemplo de devoción! ¿Y dices que Sertorio siempre quiso regresar a Roma?

—Eso al menos confesaba él a sus más íntimos, aunque en público protestaba lo contrario. Creo que realmente prefería ser en Roma el último de los ciudadanos antes que emperador en cualquier otro lugar. No regresó porque se lo impidieron. Sabía bien que los patricios no iban a perdonarle nunca; en cuanto pusiera un pie en Roma, su cabeza rodaría. Desterrado a perpetuidad de la patria que amaba, quiso construirse una Roma a su medida en Hispania. Y cuando quedó claro que la República nunca lo consentiría, parió otra de sus alocadas soluciones: mandó emisarios a Gadir, con la idea de buscar barcos y patrones para navegar a las *islas Afortunadas*. No es mal sitio, nosotros lo conocemos bien y merece ese nombre: el clima es bueno; el suelo, opulento; los nativos, dóciles y asalvajados. Allí se puede vivir con pocos afanes, pues la tierra negra produce espontáneamente todo tipo de frutos, de manera que bastan para alimentar sin trabajo a un pueblo descansado. Por eso quiso Sertorio, al final de sus días, viendo próximo su final, refugiarse allí con un puñado de leales, para vivir con sosiego, emancipado de tiranías y guerras. Numerosos orates le creyeron y se aprestaron a acompañarle, entre ellos bastantes gaditanos. Sin embargo, los mauros, los romanos y los piratas de Cilicia no quisieron oír hablar de ello. ¿Una nación libre de despotismos? No era eso lo que ellos buscaban; competían por convertirse ellos mismos en tiranos. Por eso acabaron muertos él y su sueño, por la envidia y la ambición.

Posidonio trataba de procesar el formidable caudal de información que recibía, mientras el cananeo seguía hablando.

—He tratado con mucha gente que conoció en persona a Sertorio; mi propio hijo lo ha combatido con saña. Todos coinciden en calificarlo de individuo singular y contradictorio, de natural compasivo, aunque sabía mostrarse cruel. Sosegado, por lo general, y terrible cuando se abandonaba a la ira. Muy dotado de bienes por la naturaleza; quizás su mayor mérito es que supo hacer en todo momento de la necesidad, virtud. Perdió un ojo y, lejos de esconder su horrible herida en la cara, la exteriorizaba como un galardón de valentía. Cuenta mi hijo que decía: «Los demás no llevan a perpetuidad consigo la prueba de los premios alcanzados, las coronas, los collares; pero yo llevo siempre conmigo el testimonio de mi valor».

—Sertorio era tuerto.

—Sí, como Aníbal y Antígono Monoftalmos. Curiosa coincidencia. A lo mejor los tuertos son favoritos de la fortuna. Solo un hombre de esa catadura hubiera sido capaz de convertir a unos cuantos bandoleros en un ejército, de convencer a unos bárbaros de que eran auténticos romanos, pues así les llamaba, romanos. ¿Te imaginas? Llamaba romanos a los lusitanos, a los celtas y hasta a los vascones. Y esos ingenuos lo creyeron. Sertorio casi logró rendir a Roma, en esos momentos infaustos en que la Loba se encontraba acosada, en el este, por el mejor de los reyes, Mitrídates, el segundo Alejandro, y en el oeste, por él mismo, el mejor de los generales. Le adoraban no solo los bárbaros, también numerosos latinos que acudían a Hispania en tropel a alistarse en sus filas. Fascinaba por igual a todas las razas, salvajes y civilizadas, al norte y al sur de las Columnas.

—¿Al sur?

—¿Tampoco estás al corriente de eso? En una de las tantas ocasiones en que se halló acorralado, Sertorio se embarcó en Cartagena con tres mil hombres, cuando ya se veía perdido, y se dirigió a Mauritania. No se sabe cómo, en pocas semanas embaucó a los reyezuelos mauros. Nada más llegar, se le unió un enjambre de piratas de Creta y Cilicia, recompuso su ejército en Tingis, se embarcó allí y regresó a Hispania. Como no se vio con fuerza de tomar Gadir, gracias a Melqart se dirigió al norte del Betis y no lejos de sus bocas acampó con los suyos. Durante meses, saqueó la Turdetania, derrotando a todas las fuerzas que se le oponían, hispanas o romanas. Sí, amigo, lo hemos tenido cerca. Creo que su pretensión era apoderarse de Gadir. Quizás lo hubiera logrado, casi lo consigue. Porque sus agentes se infiltraron en la ciudad y, con amenazas y lisonjas, engatusaron a todos los sacerdotes de Baal y a buena parte de los de Melqart. El partido conservador gaditano se alió con Sertorio. Por eso cuenta todavía, aun después de muerto, con tantos seguidores. Y eso explica que uno de ellos haya intentado asesinarte. Ignoramos su nombre, apenas nos ha dicho nada. No nos ha dado tiempo, al poco de empezar a torturarle se mordió la lengua y se la tragó. Creemos que se trata de uno de los que ha formulado lo que esos bárbaros denominan «libación por el sacrificio». Con ello, consagran su vida y su muerte a Sertorio, jurando perecer por él. Para el demente que ha atentado contra ti, Quinto Sertorio, es un dios inmortal. Por tanto, aún vive, en alguna parte.

—¿Y por qué quieren matarme los sertorianos? ¿Qué represento yo para ellos?

Balbo le miró con fijeza tratando de evaluar hasta dónde podía llegar su sinceridad, en qué medida convenía darle al griego toda o parte de la información. Su fisonomía se iba endureciendo conforme hablaba. Poco a poco, el implacable sufete se imponía sobre el comerciante de sinuosos modales.

—Para entenderlo en su justa medida, habría de contarte largo y tendido sobre la historia y las circunstancias actuales de esta ciudad en la que nos encontramos. Ahora no tenemos tiempo. Confórmate con saber que en Gadir los que desean que nada cambie han empleado cualquier instrumento para desgastar a Roma. Solo por eso han apoyado a Sertorio en los últimos años. Tú eres amigo de Pompeyo, por tanto, enemigo de Sertorio. A decir verdad, a ellos Sertorio y Roma les importa poco; muchos ni siquiera saben si ese nombre corresponde a un hombre, a un Dios o a un pueblo, solo ven que se opone a Roma.

Posidonio empezaba a encajar varios cabos sueltos, comprendía ahora la tensión que en algunos momentos se percibía en el santuario y en las mismas calles de Gadir. Un ambiente de crispación contra él que no sabía bien a qué achacar. De repente, le asaltó una nueva inquietud: quizás lo que sufrió en el templo no fue una indigestión, sino un intento de envenenamiento. Dudó si debía confiárselo al sufete.

—No creo que alguien tan perspicaz como tú haya permanecido del todo al margen de lo que ocurre aquí; sin embargo, te lo contaré igualmente, ya que me lo pides. En Gadir han surgido dos facciones, enfrentadas a muerte: la de los que quieren cambiar las cosas y la de los que se oponen a toda mudanza. La de los valedores a ultranza de lo arcaico y la de los que queremos reformas. Durante décadas, ha habido tensión entre ambas, discusiones continuas, algunas reyertas; los Balbo somos partidarios de las mejoras graduales y pacíficas. Yo creo que el mundo tradicional y el nuevo pueden convivir, que la evolución progresiva de las costumbres irá produciendo naturalmente una sociedad nueva, que represente lo mejor de ambos. El tiempo me da la razón: Gadir prospera como nunca y cada vez más gadiritas aprecian las ventajas de nuestra alianza con Roma. Se han abierto varios gimnasios, al más puro estilo griego, financiados con dinero de los Balbo, donde se enseña vuestra cultura a lo más selecto de nuestra juventud, y los adeptos de lo intempestivo no lo soportan. Se niegan a aceptar la realidad de los hechos e incluso ignoran las enseñanzas de la historia. Porque, ¿acaso el culto de Melqart ha permanecido inmutable a lo largo de los tiempos? No, Posidonio, como bien sabes toda usanza muta, nada se sustrae al movimiento continuo.

—Por tanto, digamos que, si no te he entendido mal, para el partido conservador, por nombrarlo según los términos romanos, soy el enemigo.

Balbo asintió con semblante serio y añadió:

—Así es, amigo, el odio de los defensores de las antiguas costumbres tiene ahora una presa determinada, con tu rostro. Debes andar con sumo cuidado. Los necios crédulos de la facción antirromana creen posible volver a los tiempos del esplendor cananeo, cuando Cartago era capaz de ahuyentar a los voraces cachorros de Luperca. Pretenden que nuestra armada nos convierta en invulnerables. «¡La flota, la flota!». Se llenan la boca con esta palabra, incapaces de concebir siquiera el poderío de una legión romana bien entrenada. ¡Ignorantes! Y ahora que Sertorio ha fracasado, no pierden la esperanza y miran hacia el lejano rey Mitrídates del Ponto, que acudirá con sus tropas a librarnos de los lobos romanos, como hace dieciocho años hizo con los griegos continentales. Locos, enfermos de vanidad.

—¿El emperador del mar Negro? ¿Hasta aquí llega todavía su influencia, pese a las tremendas debacles que ha sufrido? —preguntó Posidonio, sintiéndose algo tonto porque conocía la respuesta. Él mejor que nadie sabía que la red de informantes del rey del Ponto era la mejor del mundo, capaz de transmitir mensajes y consignas en los soportes más insospechados, como tablillas de cera escondidas en las suelas de las sandalias, trenzados en el pelo de las mujeres, e incluso tatuados en el cráneo afeitado de los mensajeros. Sobre todo, le constaba que Mitrídates seguía siendo peligroso: la alianza del rey del Ponto con su yerno, Tigranes, rey de Armenia, constituía un tremendo y creciente poder, que amenazaba otra vez a Rodas, a cualquier aliado de los romanos y a la misma Roma.

El sufete pareció escuchar su pensamiento.

—Sertorio ha muerto, pero mientras Mitrídates siga vivo los socios de Roma no podremos respirar tranquilos. Es más, debes tener en cuenta algo que de seguro ignoras: aquí Sertorio contaba, cuenta, con incondicionales en abundancia, sobre todo entre el pueblo llano. Por suerte, muchos otros recelaban de sus verdaderas intenciones; al cabo, era un romano. Los sacerdotes y buena parte de los oligarcas siempre consideraron al rey del Ponto como nuestro mejor aliado. Por eso, no deja de difundirse y agrandarse la leyenda del rey *Veneno*, terror de los latinos, cuyo nacimiento fue anunciado por extraños prodigios y oráculos, y de cuya mano vendrá la destrucción de Roma a fuego y espada. Un descendiente de Ciro, de sangre persa, llamado a instaurar por fin el benigno reinado compasivo que nos prometió Sertorio. Por si fuera poco, Mitrídates se considera descendiente de Hércules, con frecuencia viste leontea, como el dios-hombre. No cabe extrañarse de que sienta especial predilección por estas islas y de que en Gadir abunden los dispuestos a coaligarse con un descendiente del padre fundador de la ciudad, el gran líder que rescatará a Oriente y Occidente de la funesta influencia de Roma. En verdad, las circunstancias se muestran propicias, la loba Luperca está acosada por los disturbios civiles y las revueltas serviles en su madriguera. En cuanto al exterior: crisis en Germania, en Hispania, en el Ponto... Tantos conflictos drenan la capacidad militar de la República.

Posidonio asintió. Por todo el este se hablaba de que una inmensa estrella, tan brillante que cuando refulgía en el cielo nocturno rivalizaba con el sol, alumbraba el día del nacimiento de Mitrídates VI Eúpator Dioniso, «el enviado de Mitra», dios persa del Sol, la Luz y la Verdad. También allí los hostiles a Roma le creen el gran rey universal proveniente de Oriente, llegado para cumplir las antiguas profecías contenidas en los escritos de los magos. Un oponente temible, del que Posidonio tenía referencias directas gracias a su relación con Tiranión, maestro y camarada del rey del Ponto, quien le contaba que Mitrídates acogía en su palacio de Sínope tanto a artistas y filósofos como a piratas. Algunos de los principales sabios de su generación asesoraban y formaban al rey *Veneno*, como Metrodoro de Escepsis, famoso tanto por su sistema mnemotécnico basado en los signos zodiacales como por su aborrecimiento a la República de la Loba; no en vano le apodaban *Misorhomaios*, el Odiador de Roma.

—En cualquier caso, aquí abundan los que creen inminente la caída de Roma. Son persistentes y no pararán hasta desencadenar una rebelión en todo el territorio de influencia cananea. Los ánimos están cada vez más caldeados y esta primavera puede germinar el conflicto, terminando en guerra abierta o en sublevación. Y, si estalla, los romanos nos aplastarán. Los lobos, como bien sabes, son enemigos letales, y hasta como amigos son peligrosos. La República cuenta con un largo historial de repentinas defecciones. Mi responsabilidad como magistrado de Gadir es evitar que encuentren la excusa que buscan. Negociar con ellos es como atravesar un profundo desfiladero sobre la cuerda floja: es tan fácil caerse como imposible hacerse a un lado. Debo protegerte, no solo por ti, sino por el orden público. Además, media una petición expresa de tus discípulos romanos, que me lo exigen: Pompeyo, Cicerón...

Pompeyo Magno otra vez, ese metomentodo que no dejaba de perseguirle por todos los lugares que visitaba.

—Pompeyo no solo sabe que te encuentras aquí. Seguramente conoces que fue él mismo el que procuró que el templo te concediera permisos y privilegios nunca antes otorgados a extranjero alguno. Te admira, habla de ti frecuentemente y dice conocerte bien. No sé si dice la verdad, tú podrás juzgarlo mejor que yo. Pero ahora Pompeyo se halla lejos y no es omnipotente; quizás en cualquier otro lugar del mundo, nadie que te supiera bajo su protección se atrevería a tocarte un pelo. En Gadir, sin embargo... por eso teme por tu vida, consciente de que tu constante fisgoneo te acarrea no pocos enemigos, peligrosos enemigos.

Posidonio escuchaba con atención la perorata del sufete. Necesitaba tiempo para recapacitar sobre todo cuanto había escuchado. Se sentía suspenso, como un niño abatido, desconsolado. Se atrevió a duras penas a decir:

—No te preocupes por mí, Balbo. Te agradezco, en cualquier caso, todo lo que ha hecho por mí tu familia. En cuanto a mi seguridad... Pompeyo tiene en más estima mi vida que yo mismo. Se ha empeñado en mantenerme vivo. Hizo lo mismo cuando visité Massilia y Tarraco.

El sufete se levantó y deambuló otro poco, considerando cuánta información podía facilitar sin comprometer al visitante.

—Te ruego que me entiendas, no quiero inmiscuirme en tus asuntos. Sé que eres un hombre serio y respetable. Por eso te advierto: como magistrado de Gadir no toleraré que nada ni nadie reavive los rescoldos del partido sertoriano; no ahora, cuando más falta hace que esta parte del mundo permanezca en paz. No sé qué hacer contigo. Deberías regresar cuanto antes al este. Ahora resulta imposible, las rutas siguen cerradas. Quizás debas permanecer recluido en la casa de Melqart. Es menester que tú mismo seas consciente de tu situación y que me ayudes, si quieres conservar la vida.

En los ojos y en el gesto del sufete se vislumbraba una sólida determinación, una autoridad congénita y bien ejercitada a lo largo de una vida de altas responsabilidades. Posidonio se dio cuenta entonces del grave peligro que su vida corría, de que su presencia en Gadir pendía de un hilo y de que debía cambiar de actitud si quería aprovechar el tiempo, poco o mucho, que le quedara en el archipiélago.

—Discúlpame, Balbo. Hasta que me convierta en polvo, nunca olvidaré lo que has hecho por mí, pero... he venido a estas islas con una misión, y debo cumplirla. Trataré de no correr más riesgo del necesario. Permíteme regresar al santuario a continuar con mis estudios. Seré prudente. ¡Que Melqart me fulmine si no cumplo mi palabra!

El sufete se levantó como indicando que la conversación había concluido. Dio unos pasos por la habitación con las manos cruzadas a la espalda. Después clavó la mirada sobre el griego.

—Está bien, Posidonio, creo en tu palabra. Vete si quieres. Por ahora no te recluiré ni te pondré escolta. Ahora bien: cuídate, por favor, desconfía de todos y no dejes de acudir a mí si te sientes amenazado.

—Así lo hare, ilustre Balbo. Gracias por todo.

XV

—Así que Balbo... Por fin salió el lirón de su madriguera.

Conforme a su rutina, el sacerdote transitaba de un lado a otro de la sala.

—¿Y no puedes decirme de qué hablaron?

—Imposible, maestro. Pese a las protestas de los soldados, le acompañé hasta la puerta de la casa del sufete. De allí no me dejaron pasar.

—¿Y cómo fue posible que cuando atentaron contra él no estuvieras a su lado? ¿No te ordené que no te separaras de él en ninguna circunstancia?

—Señor, yo había dejado solo un momento al griego en una escollera, cerca de las murallas de los muelles, donde le gusta sentarse a cavilar. Hago lo posible. Me has puesto a su servicio y, si no quiero que desconfíe, debo obedecer sus órdenes, al menos en apariencia. Me mandó a la tahona, a comprarle pan. Lo hace a veces, y sé bien que es porque le gusta quedarse a solas. No puedo evitarlo, es ingobernable.

Abisay se encontraba aterrado y dolorido. Las sienes le latían hasta el aturdimiento. Sabía inminente un castigo feroz y trataba por todos los medios de evitarlo. A la desesperada, farfulló:

—No sé lo que habló con Balbo. Durante el trayecto de vuelta traté en vano de sonsacarle, pero andaba sumido en sus reflexiones. Tal como llegó a su cubículo, se puso a escribir. No he podido transcribir aún sus notas, pero las he memorizado y las puedo reproducir.

—Adelante.

El esclavo se aclaró la garganta, elevó la vista y empezó:

De todos es sabido que desde que el rey Antígono empezó a acudir a la escuela de los estoicos, se convirtió en moda que los gobernadores romanos de Oriente constituyeran su propia cohorte de poetas y filósofos. Por eso en Roma no se considera un demérito o comportamiento negligente, sino todo lo contrario, que generales o procónsules, en sus viajes, se aparten de sus rutas para escuchar a un filósofo famoso, a cuyas puertas se despojan de los fasces, las armas y todos los símbolos de autoridad. Eso mismo me ha ocurrido con frecuencia. Por mi escuela han desfilado Sila, Pompeyo, Mario, Cicerón y tantos otros, que también pasaron por la Academia de Apolonio Molón... Ninguno de ellos es discípulo mío.

Bien es cierto que el tal Cicerón es hombre de algunas letras para ser romano. Y buen experto en augurios y adivinaciones, aunque no sepa distinguir entre fenicios y tartesios. Pero ¿Pompeyo Magno, al que apodaron por su crueldad el joven carnicero, mi acólito? Eso es ya mucho decir. Lo mismo que me ocurrió antes con Mario. ¡Si Cayo Mario ni siquiera chapurreaba el griego! ¿Puede alguien creerse sabio sin hablar y leer en griego? El latín es una lengua demasiado tosca y rígida como para expresar pensamientos complejos. Ni siquiera Cicerón puede llamarse en mi propiedad mi discípulo, pese a que su vanidad es enfermiza. Se titula a sí mismo de filósofo sin haber parido todavía una idea propia. Plagia sin recato las de los otros.

—Eso es todo.

Abdmelqart permaneció un rato en silencio, impasible, ceñudo.

—Bien, esclavo, ahora es más importante que nunca que permanezcas atento, quiero saber cada palabra que crucen entre ellos si vuelven a encontrarse. No dudes en recurrir a cualquier método, sea el soborno, la amenaza o el delito. Estás amparado por la fuerza y el poder de Melqart. Quienquiera que se atreva a estorbarte, sepa que pagará cara su osadía. Vete. ¡Y no dejes de vigilar lo que come cuando se encuentre aquí!

—Amo, ¿cuando se halle en Gadir también debo cuidar de lo que come?

Abdmelqart dibujó en sus labios algo semejante a una sonrisa truculenta.

—No, esclavo, fuera de aquí que coma lo que quiera. ¡Y así reviente!

* * *

Poco tardó el esclavo en poner a prueba sus recién investidas potestades. En la siguiente visita a Gadir, Posidonio se encontró por las calles con Balbo. Tanto el griego como el hebreo se dieron cuenta de que se trataba de un encuentro premeditado.

Caminaba Posidonio a solas por la zona portuaria, maravillado de la febril actividad, seguido a poca distancia por Abisay, cuando le abordó Balbo el sufete a la vuelta de una esquina.

—La paz sea contigo, Posidonio.

El griego se prosternó, confundido por haber sido sacado tan bruscamente de sus cavilaciones. En su mente todavía repicaban los martillos de los fundidores de oro, los chillidos de los porteadores, todo el barullo indescriptible del puerto gadirita.

—Cuando te he visto, me he atrevido a abordarte con el simple deseo de saludarte y, si me haces el honor, invitarte a compartir conmigo unos vinos y algo de comida en alguna de las buenas tabernas de nuestro puerto. Te llevaré a la fonda de los egipcios borrachos. Si no la conoces, te gustará. A menos que me sugieras otro sitio de tu preferencia.

Volvió a inclinar su cabeza el griego, en señal de asentimiento, y el otro le agarró con familiaridad de la mano, como era allí costumbre. De esa manera, recorrieron una escasa distancia hasta llegar a una taberna con un patio exterior entoldado que daba a los muelles. Por la misma apariencia de los concurrentes, se apreciaba la alta calidad del local, muy diferente a la taberna del tirreno cojo y a los otros antros de vino barato que hasta entonces había visitado, frecuentados por marinos y pescadores. Allí los concurrentes llevaban las manos cargadas de anillos y lucían orondas lorzas, bien apreciables por su relieve bajo las costosas túnicas purpuradas. De seguro se trataba de navieros y prestamistas, la élite del comercio local, y por tanto, del mundo conocido.

Como un rey que acabara de entrar en su palacio, Balbo avanzaba por la fonda entre muestras de sumisión y temor. Constató así Posidonio hasta qué punto su compañero acumulaba poder. Se instalaron en un lujoso y tranquilo reservado, el único lugar disponible del concurrido local, mientras un angustiado Abisay se quedaba al margen. De inmediato ejercitó sus habilidades para cumplir los mandatos recibidos. Poco tuvo que esforzarse para que el encargado de las cocinas le permitiera pegar la oreja a la pared de la sala, donde el cananeo acababa de desplegar su gordura sobre los mullidos cojines de plumas, repantigándose a gusto. Si el sufete inspiraba temor, aún más lo provocaba el sumo sacerdote de Melqart. El encargado de las cocinas consideró preferible afrontar el látigo de su amo que el irremisible castigo divino.

Al griego le asaltó la sensación de que la sala había sido previamente reservada y de que les estaban esperando, porque, sin mediar petición, una hermosa posadera, de buenas carnes y ligeramente vestida, les sirvió una frasca de vino de fragancias sublimes, frituras de pescado, ostras, erizos, pulpo, *garum*, almendras fritas y otras viandas que Posidonio no supo identificar. Balbo sirvió dos generosas copas y levantó la suya, para verter al suelo la primicia, mirando en dirección a un bajorrelieve de Baal-Hammón entronizado, al que flanqueaban dos acólitos demoníacos.

—Por Baal-Hammón, que ha propiciado este encuentro. Quieran los dioses permitirte una grata estancia entre nosotros. Espero que tus estudios progresen.

El griego hizo lo propio y dio un buen trago de su cáliz. Chasqueó la lengua en señal de aprobación. Un vino excelente, quizás el mejor que había probado nunca, tal como su ademán de satisfacción delataba.

—Ya veo que te gusta. No te dejes engañar por la avaricia de los taberneros. Pide siempre vino de Cilpe, vino cananeo, hecho por y para cananeos. Y sin agua o, acaso, con un leve toque de agua de mar. Los marjales de donde procede esta delicia se ven desde el templo de Melqart, subiendo en suave pendiente desde el mar, ni demasiado cerca ni demasiado lejos de la costa: lo justo para que el océano le preste sus olores y sabores, pero sin causarle un daño de humedad excesiva. Pese a que nuestros abuelos trajeron la vid a esta tierra hace ya cientos de años, los aborígenes aún no han aprendido a confeccionar buen vino; muchos de ellos utilizan uvas agraces y producen un brebaje insoportable al paladar, solo bueno para embriagarse. Nosotros sí sabemos. No nos queda otro remedio: en esta ciudad el agua es salobre, maloliente y cara. Aunque tenemos pozos y cisternas que recogen la lluvia, para no afiebrarse es preciso beber de la que traen los aguadores del continente. ¿Puedes creerlo? Aquí es más cara el agua que el vino malo.

—En efecto, lo mejor que he paladeado nunca. No me extraña que aquí nadie quiera probar el agua. Respecto a lo de echarle agua de mar, me choca esa costumbre, que también he observado en otros lugares, como Egina y Klamonece.

—Pues no olvides que lo probarás cada vez que vengas a mi casa, cuyas puertas encontrarás siempre abiertas. No tienes más que preguntar por Balbo el sufete, o el romano, porque así me apodan despectivamente en mi ciudad.

El griego sospechó al instante que el sarcasmo del sufete escondía un ahincado desgarro. Consideró preferible no decir nada al respecto y seguir escuchando. Cada vez se sentía más cómodo en presencia de Balbo.

—Sí —continuó el cananeo—, despectivamente, porque, como ya te dije, no todos aprueban la influencia de Roma. Pero dejémonos de tristezas. No olvido que tenemos una conversación pendiente sobre nuestra constitución. Me honra que quieras escribir sobre nosotros. Quizás así nos ayudes a combatir las mentiras que los sicofantes al servicio de los romanos cuentan sobre nosotros, sobre la *Perfidia Púnica* y otras memeces. No obstante, debo advertirte de que es mal momento para interesarte por esto, porque ignoramos cuánto va a durar nuestro actual estatus.

El griego se quedó un tanto perplejo, sin saber a qué se refería el otro.

—Me choca que una persona tan bien informada como tú desconozca que la ciudad ha renovado hace apenas ocho años los viejos pactos que suscribimos con el Senado y el Pueblo de Roma al comienzo de las guerras contra Cartago.

Posidonio asintió. Sí, ahora recordaba con claridad ese hecho, del que le llegaron lejanos ecos cuando vivía en el Levante.

—Aunque en realidad el antiguo pacto nunca llegó a oficializarse. Suponía un simple acuerdo amistoso por el que ambas ciudades se comprometían a un mutuo auxilio. Los romanos nunca se mostraron en verdad dispuestos a solemnizarlo y repudiaron todas nuestras iniciativas para lograrlo. Después, todo cambió como consecuencia de las guerras civiles: en justa correspondencia por la generosa ayuda que hemos prestado a Roma durante la larga contienda sertoriana, por fin los latinos consintieron en plasmar por escrito lo acordado, o más bien una versión actualizada de lo convenido hace casi dos siglos.

El tono del sufete era de cierta pesadumbre. Buen catador de la naturaleza humana, Posidonio comprendió en seguida que para saber más del asunto simplemente debía dejar que el otro se desahogara. Resultaba patente que el cananeo ansiaba continuar hablando, de modo que el griego se limitó a asentir y a escuchar, lo mismo que hacía Abisay al otro lado del muro de madera.

—Sí, amigo. Cuando suscribimos el primitivo compromiso de *fides*, Gadir era poderosa y Roma necesitaba de ella para asegurarse la victoria contra Cartago. Desde ese momento, el dominio romano no ha hecho más que agrandarse, pero nosotros seguimos como entonces. Por eso, mientras que el primitivo pacto era un *foedus aequum*, equitativo, que comprometía a dos partes que se reconocían iguales en derecho, el que hemos suscrito ahora es un *foedus iniquum*, que obliga a los gaditanos a defender a toda costa los intereses de Roma, mas no al revés. Aceptamos así, los gaditritas, la majestad del pueblo romano, su superioridad, pese a que sigamos siendo una *civitas libera*.

Bien sabía Posidonio a lo que se refería Balbo. Roma convino con Rodas, su patria, un antiquísimo *foedus aequum* que no hacía honor a su nombre, pues en modo alguno resultaba equitativo para las partes. Los días de esplendor de Rodas, que se extendieron desde que la guarnición macedonia abandonó la isla hasta que asomaron los romanos, habían llegado a su fin. El tratado del año del consulado de Quinto Casio Longino dotaba a los rodios de un cierto estatuto especial, en poco diferente al de los moradores de la provincia de Asia. Y el nuevo tratado, en cuya negociación había participado el mismo Posidonio, no mejoraba las cosas.

—Si te sirve de consuelo, Balbo, nosotros los rodios cerramos un acuerdo con Roma que de equitativo solo tiene el nombre. Yo mismo participé en la embajada que trató de obtener algunas ventajas, en el año del séptimo consulado de Mario. Sin embargo, nada conseguimos, pese a que nos lideraba Apolonio Molón, el famoso retórico. No era buen momento. De hecho, ¡qué más da! La letra de ley no modifica la realidad de las cosas. ¿Cómo van a negociar un león y una gacela en posición de igualdad?

Balbo compuso un gesto de comprensión, captado de inmediato por su interlocutor. Posidonio se acercó un poco hacia el sufete y aseguró en tono de complicidad.

—Sin duda eres un hombre inteligente y bien informado, Balbo, y de buenas intenciones. Por eso te diré lo que pienso, a corazón abierto: por decreto del destino, Roma es el amo invencible del mañana. Y está bien que así sea. Roma traerá la paz y el equilibrio que deseamos. Tú eres gadirita, yo rodio, somos de ciudades que dependen de la estabilidad del comercio; los negocios necesitan concordia y confianza entre los pueblos. Un reto solo al alcance de un poder superior, omnímodo. Me da igual quién sea, pero es menester que mande uno solo, en este buque que todos compartimos.

Balbo asentía, haciendo temblar sus mejillas fofas. Incapaz de evitarlo, se le descolgaba el labio inferior, no sabía el griego si por concentración, enfado o sorpresa.

—Soy viejo, Balbo. He vivido mucho y he visto buena parte del mundo. Y por todos lados encuentro el mismo escenario: martirio, muerte, rapiña. Los poderosos se imponen y oprimen a los débiles. Pese a que cambia el opresor y su grado de brutalidad, la consecuencia no difiere. Sé bien que los romanos son egoístas y crueles, implacables con sus enemigos. Aun así, son el mal menor. Por eso sueño con un orbe gobernado por Roma de este a oeste, que todo el mar Medio sea un lago romano, como un día fue un lago cananeo. Vosotros no supisteis imponer el orden; ellos saben, quieren y pueden lograrlo. Solo los latinos acabarán con los piratas que han ocasionado el ocaso de Rodas y casi nuestra extinción como centro comercial y financiero. Los piratas controlan amplios territorios, regiones enteras del Levante, y se consideran a sí mismos una nación soberana en alta mar. Solo una potencia fuerte y con autoridad logrará doblarles el brazo a esos temibles saqueadores, capaces de sitiar ciudades amuralladas, que proliferan por doquier. Seguro que estás de acuerdo conmigo en esto: para las ciudades litorales es una poderosa tentación darse por entero a la piratería, considerándola más lucrativa que el comercio. Se equivocan: los piratas se quedan con los huevos matando a la gallina; vosotros, los comerciantes, dejáis a la gallina viva para que dé más huevos.

Balbo le escuchaba con mirada atenta, en silencio, con los labios apretados, y así siguió un rato hasta que Posidonio calló. Entonces, de sopetón, sin decir nada, el sufete se levantó y, sin mediar más explicaciones, besó al griego en ambas mejillas. Tan hondamente emocionado como perplejo se sentía Posidonio. Balbo se sentó de nuevo, con lágrimas en los ojos, bajo sus cejas espesas.

—Mi querido amigo, ¡se diría que hemos vivido vidas paralelas! No es que quiera compararme contigo, no osaría, pero hemos llegado a las mismas conclusiones. ¿Me has leído el pensamiento? Yo mismo no hubiera podido expresar con mayor claridad lo que pienso. Así es: también yo creo que Roma es el porvenir y traerá concordia. Aunque tardemos en verla, porque en verdad rara vez se cierran las puertas del templo de Jano en la ciudad de la Loba. Y con la paz llegará la necesaria seguridad en los mares, la prosperidad en los negocios. Sin embargo, muchos, la mayoría de mis conciudadanos, no lo ven, no lo quieren ver, ¡prefieren permanecer sumidos en su limbo de ignorancia y nostalgias vanas! A los pocos que nos declaramos abiertamente prorromanos nos señalan, nos tachan de impíos y pérfidos.

El sufete descargó su puño sobre la mesa, y varias escudillas y jarras cayeron al suelo. Antes de sentarse de nuevo, dio una patada a una jarra, que se estampó contra la pared, justo donde se escondía Abisay, que por poco muere del sobresalto. Durante un rato no se oyó más que el murmullo del viento.

—¡Más vino, inútiles! ¿No veis que se nos ha terminado?

Posidonio seguía callado, a medias divertido y a medias preocupado por el arrebato del sufete. Aún no sabía del todo a qué atenerse con él. Con un ruido de roce de ropas, entró una esclava de hermosura pluscuamperfecta, de seguro enviada por el patrón, buen conocedor de los remedios necesarios para aplacar a su mejor cliente. La esclava sirvió dos generosas copas de vino sin aguar y miró interrogativamente al cananeo.

Con un gesto displicente, Balbo la despidió. Él mismo vertió en los vasos una chispa de agua de mar, dio un largo trago del suyo y reanudó su explicación.

—Yo mismo he participado en la negociación del nuevo tratado, y doy fe de que hemos obtenido lo máximo posible, en bien de la ciudad. Sobre todo, hemos logrado lo más importante: que Roma nos permita seguir controlando las rutas comerciales del océano, al norte y al sur de las Columnas de Hércules. Aunque no ha sido fácil. ¡Es con Roma con quien tratamos! Yo soy el primero en reconocer que, de no ser porque necesitaban de nuestra colaboración en la guerra contra Sertorio, nunca hubieran refrendado el tratado. Ahora abundan los que afirman que siempre estuvieron seguros de la victoria de la República. ¡Hipócritas! Son los mismos que cuando Sertorio se enseñoreó de Tingis y desembarcó en Baelo con cuatro mil hombres se mostraron convencidos de la victoria de Sertorio. En nuestro consejo, nos tacharon de orates a nosotros, los Balbo, nos presionaron hasta límites intolerables... Al cabo, conseguimos que la ciudad permaneciera fiel a Pompeyo.

Abisay, ya algo recompuesto, seguía atento a cuanto hablaban. Reclamó, sin éxito, que le proporcionaran algún material para escribir, pero los esclavos de las cocinas ni siquiera comprendían la petición. No abundan tales géneros en esos lugares. Abandonó sus intentos por miedo a perder el hilo de la conversación, pues lo que se decía en ese momento sin duda resultaría de enorme interés para Abdmelqart.

—Ya ves, Posidonio, los Balbo estamos en una posición embarazosa: acorralados por la saña de los conservadores de Gadir y por la avidez de Roma. ¿Y todo por qué? ¿Para qué? Por el bien de nuestra patria.

Balbo agachó la cabeza. Parecía un hombre desolado, al borde de sus fuerzas. Posidonio sospechó que algo más le pasaba, que no solo eran las cuitas de la política las que le llevaban a ese extremo desaliento. Quiso preguntar, pero el otro siguió con su monólogo. Sentía cierto alivio al vaciar sus congojas ante un alma cómplice.

—Hemos debido desplegar nuestras mejores armas, gastar cantidades ingentes en sobornos y, al final, lo logramos. Arrancamos de los correosos negociadores romanos el máximo de concesiones posibles. ¿Acaso existe otra ciudad en la órbita de Roma que disfrute de un tratamiento más favorable? ¿Es que se creen mis conciudadanos que Roma regala los derechos? No son conscientes de la magnitud de lo que hemos reportado. La mayoría de los senadores se negaba a reconocernos el estatus de ciudad libre. Por eso periódicamente Roma nos mandaban a un general, para gobernarnos como si formáramos ya parte de su imperio. Mi padre fue uno de los gaditanos que formaban parte de la embajada que llegó a Roma cargada de costosas dádivas en el año del consulado de Léntulo y Tápulo, para solicitar que el Senado anulara el envío de un pretor. Gracias a mi padre y a sus colegas de misión, los romanos llegan todavía a este puerto como comerciantes o peregrinos, no como recaudadores de impuestos. No, Roma no regala nada; cada beneficio o derecho que concede ha de serle arrancado, a veces a alto coste, en plata, favores o sangre. Su impulso es imparable, implacable; su corazón rebosa confianza y optimismo. Y tienen buenas razones para ello: nadie ha alcanzado jamás ganarles una guerra. Han perdido batallas y sufrido calamidades tremendas que hubieran acabado con cualquier otra ciudad. Pero los romanos, en el último momento, cuando se veían perdidos sin remedio, lograban levantarse y aplastar a su oponente. ¿Cómo dudar de que ese pueblo esforzado, probado en la desgracia, es favorito de los dioses? Jano bifronte, el portero del cielo, le ayuda sin descanso. Por eso ellos, agradecidos, le han dedicado el primer mes del año.

El cananeo se sentía sinceramente consternado.

—Muchos aquí creen, los muy obtusos, que yo me lucro de mi relación con Roma. ¡A mí Roma me cuesta dinero! ¡Yo solo sirvo al pueblo y al senado de Gadir! Hay que ser ignorante para creer que un Balbo busca ganancias en el transporte de trigo o cebada. Yo eso lo dejo para los griegos, sin ánimo de ofender. El secreto del negocio marítimo estriba en transportar bienes de escaso volumen, poco peso y considerable valor: oro, plata, marfil... ¿Trigo? ¿Para qué? Y cuanto más lejos se hallen los compradores de los vendedores, más beneficios se saca. Sí, Posidonio, a mí Roma me cuesta dinero, no solo por lo que pago a fondo perdido, te aseguro que una buena cantidad, sino por lo que dejo de ganar transportando pan y caballos para las legiones, en vez de ámbar, cobre o alabastro. Un capital que no sé si alguna vez recuperaré. Y no solo arriesgo mi capital, también mi propia sangre.

Aquí estaba la llaga. Ahora comprendía Posidonio lo que le quemaba por dentro a aquel hombre singular. Sin decir nada, se acercó al cananeo y le puso una mano en el hombro.

—¿Tu hijo Lucio Cornelio sigue en peligro? La guerra ha terminado.

—Pese a que la guerra de Sertorio ha acabado para los romanos, nosotros, los Balbo, libramos nuestra propia contienda. Contra enemigos externos y, sobre todo, internos porque también abundan entre los cananeos, como una hidra de múltiples cabezas. Mi hijo sigue con las legiones, culminando la pacificación del interior de las dos provincias de Hispania, y temo por su vida. No solo por la amenaza que representan las lanzas y las falcatas de los celtíberos, de esas ya se cuidará él mismo; lo que me aterra es el veneno, el apuñalamiento sorpresivo y nocturno. Aquí al menos podría protegerlo, pero se encuentra lejos todavía. No veo el momento de que regrese, para estrecharlo entre mis brazos.

El cananeo miraba de hito en hito al vacío con sus ojos aguados de batracio. Bajó un puñado de almendras apenas masticadas con un largo trago de vino. Su apetito hacía honor a su apariencia. Se sacudió las manos y, poco a poco, fue recuperando la misma expresión amable que lucía al comienzo de la entrevista.

—Tú, Posidonio, ¿tienes hijos? ¿Conoces el dolor de temer por un hijo?

El griego negó con un gesto.

—Entonces no puedes entender de lo que te hablo.

Posidonio trataba de penetrar en la mente de su interlocutor. Nadie podría cuestionar sus palabras. Acaso él mismo estaba convencido de lo que afirmaba. Pero el griego conocía demasiado bien a los cananeos como para creerse que Balbo perdiera dinero con Roma. Además, se había estado informando sobre los Balbo en la ciudad; todos decían que la familia consiguió el monopolio del avituallamiento de las tropas pompeyanas, que ascendía a unas sumas ingentes que aún no habían sido satisfechas. Se trataba, a buen seguro, de una inversión tan audaz como bien calculada. Y ahora habrían de llegar los réditos, pues los Balbo habían apostado por el bando ganador.

—Nos encontramos en un equilibrio precario. Esta ciudad pugna por seguir gobernándose a sí misma, por prosperar en un mundo que ya es romano. Mientras Luperca cazaba lejos no cabía preocuparse; hasta una víbora resulta inofensiva si uno se mantiene alejado de su picadura. Sin embargo, ahora Roma se encuentra aquí mismo, en el continente, con un pie firme puesto en el valle del Betis, quizás para siempre. Ya no cabe neutralidad, es imposible dejar de verse envuelto en los asuntos romanos.

—¿No me has dicho que habías logrado que los ancianos de Gadir apoyaran la República?

—En efecto, con arduos trabajos y costosos sobornos convencí a nuestro Senado de que sostuviéramos la causa de Pompeyo. No obstante, el Magno se fue, y tan pronto como su nave cruzó las Columnas empezaron a alzarse las voces de los chiflados que todavía ven posible el triunfo del partido sertoriano. ¡De Sertorio, griego! Sertorio, el loco que quiso aliarse con los piratas cilicios, el peor azote de nuestro comercio.

Durante un instante Posidonio se esperó un nuevo rapto de ira y temió por el resto de vino que quedaba en la mesa; casi como un acto reflejo, agarró su copa, la rellenó, e hizo lo mismo con la de Balbo. Después de apurarla de un solo trago, el cananeo se calmó.

—Lo más importante en política es no equivocarse al elegir las alianzas; lo contrario para nosotros resultaría letal; hasta ahora, he conseguido que el senado de Gadir siga el camino de la cordura, pero me encuentro rodeado de botarates que no saben nada. Ni siquiera conciben con sus torpes mentes la fortaleza de Roma, lo cerca que nos hallamos de convertirnos en una provincia más del imperio, con gobernador y guarnición, sometida a tributo, como pasó a los macedonios y a tantos otros pueblos, más poderosos y destructivos que nosotros.

—Es verdad —intervino, Posidonio—. Nada más dañoso que un ignorante: prefiero mil veces por enemigo a un malvado que a un tonto. —El cananeo pareció no escucharle y siguió con sus argumentos, obnubilado y ajeno a cuanto no fuera el propio hilo de su pensamiento.

—Si nos pasamos de listos, Roma arrasará esta ciudad, como hizo con Cartago, con Corinto. ¿Todo el mundo habitado ha quedado sometido a la Loba y podremos oponernos nosotros? No, Posidonio, no cabe resistencia cuando camina contra el futuro; hay que incorporarse a él, pactar alguna forma de compromiso, salvaguardar nuestra capacidad de autogobernarnos. De lo contrario, de Gadir no quedarán ni las piedras. Las rejas del arado convertirán este suelo en un descampado, en el que los romanos echarán sal para que nada crezca, desenterrarán los huesos de nuestros antepasados... No lo permitiré; esta ciudad debe seguir en pie sobre sus dos islas. Hay mucha gente deseando, en la propia Roma, que demos un paso en falso. Somos una fruta apetitosa para la glotonería romana: las tierras ribereñas del Lete rinden grano al ciento por uno, el mar nutricio contiene recursos inagotables, tenemos plata, estaño... No cabe luchar contra ellos, pero sí aspirar a consolidar el estatuto privilegiado que tienen otras *civitates foederate* aliadas con Roma, como tu Rodas, o Delos, Quíos, Esparta, Delfos y tantas otras. Gracias a los dioses, a los latinos no les gusta el desierto marino, desconfían de los barcos. Necesitan todavía de nosotros, de nuestra flota, aunque quién sabe durante cuánto tiempo.

Posidonio, que escuchaba con atención, se vio obligado a terciar.

—Amigo Balbo, te equivocas en relación con la sed de oro de los romanos. Créeme, los conozco bien, y los admiro. Los lobos no buscan acumular caudales, sino dominar a los que los poseen. Precisamente por eso, porque no lo buscan con ansia, las riquezas afluyen hacia su ciudad en un río imponente. Tales son las paradojas de la vida. Por ese lado, creo que Gadir no corre peligro. Los latinos no quieren imponer sus dioses, ni sus formas de gobierno. A ellos les da igual que os gobernéis solos. Solo querrán asegurarse la capacidad para disponer de vuestros tesoros cuando los necesiten y, sobre todo, que ese oro nunca vaya a parar a sus enemigos. En ese caso, vuestros días estarían contados, pues Roma no perdona la defección. Creo que seguiréis a salvo mientras no caigáis en la tentación de aliaros con Mitrídates. Sé de lo que hablo, yo era pritano de Rodas cuando el rey del Ponto nos visitó, portando una lluvia de regalos y sobornos para que abandonáramos la alianza romana, como casi todos los demás pueblos griegos, que acabaron convencidos de que él era el único capaz de liberar a Grecia del yugo romano. Solo nosotros, junto con Delos, Quíos y Patara, permanecimos del lado de Roma, y fuimos los que sobrevivimos; los demás sufrieron la ira terrible de Sila.

Como siempre que evocaba esos hechos recientes, Posidonio sintió el arrebato de la pena, al pensar en la hermosa Atenas, devastada como tantas otras ciudades de la Hélade y Asia Menor. ¡Su amada Atenas! La ciudad donde pasó su juventud, donde aprendió del incomparable Panecio. ¡Pobre Atenas: nunca volverá a ser la misma! Los soldados romanos talaron las venerables arboledas de la Academia de Platón y el Liceo de Aristóteles. Como colofón, una enorme y despiadada carnicería se cebó con la joya de la Hélade, que había sobrevivido al incendio de Jerjes, a las guerras del Peloponeso. Nadie fue perdonado, ni en Atenas ni en el resto de las ciudades rebeldes. Sila arrasó Grecia y confiscó los tesoros más sagrados: saqueó los templos de Zeus en Olimpia y de Asclepio en Epidauro. ¡Hasta con Delfos se atrevió! La fortuna de Apolo, que se había salvado de los persas y de los galos, fue confiscada por el codicioso y brutal Sila para su *salvaguardia*.

No solo los rebeldes sufrieron, también los partidarios de Roma. Mitrídates asaltó Delos y la arrasó hasta los cimientos, después de matar a todos los hombres adultos, cuyas mujeres e hijos fueron vendidos como esclavos. El rey del Ponto hizo un gran botín, quedándose con el caudal del gran santuario de Apolo. Rodas parecía abocada al mismo destino que Delos. Sufrió durante un año un terrible sitio, perdió sus arrabales y estuvo a pique de caer, pero resistió, sobrevivió. Como antes Demetrio Poliorcetes, Mitrídates se vio imponente ante la tenacidad de los rodios, algo que el rey del Ponto nunca perdonará, convencido de que esa fue la causa de su derrota en la primera guerra póntica. Porque Mitrídates invirtió lo mejor de sus esfuerzos y recursos en torcer la voluntad de los rodios, sin éxito.

—Los griegos se equivocaron. Te lo ruego, no cometáis el mismo error, o Gadir se colmará de horrores. Ahora que la república de la Loba se ha impuesto en Hispania, gracias a vosotros, los *gadeiritai*, los amos de las naves que recorren las rutas sin fin del mar tenebroso, cabe esperar que os dejen gobernaros libremente. Así hacemos nosotros, los rodios. Por eso me interesa que me hables de vuestra constitución. O, mejor dicho, de la constitución de Gadir, porque tú ya eres romano, aunque, me temo que habrá de ser en otro momento. Es tarde y debo regresar al santuario antes de la puesta de sol.

—Lo sé, amigo. ¡Putos sacerdotes! Buen trabajo me costó que te aceptaran entre ellos, pero no pude conseguir que te dejaran pernoctar fuera. Lo siento, y siento también haberte perturbado con mis problemas de padre y de sufete. Te agradezco tu interés. ¡Me ha hecho mucho bien! ¿Puedes creer que nunca había hablado de esto con nadie? Servidumbres de la política. Espero compensarte la próxima vez.

Posidonio asintió, complacido. Una puerta se abrió y apareció Abisay, armado con un semblante perfectamente inocente.

—Y la próxima vez será en mi casa. Allí probarás delicias que seguro no conoces. Haré que mis cocineros se esmeren o les haré despellejar.

Posidonio se despidió, agradecido: había disfrutado de sus encuentros con el sufete. La idea de escribir un nuevo tratado, el número cincuenta y tres, sobre la historia de Tiro y Gadir, tomaba cada vez más cuerpo. Hacía ya dos siglos que los historiadores griegos empezaron a interesarse por los misteriosos cananeos. Pero estos, pese a los esfuerzos, seguían siendo un enigma, pues guardaban celosamente todo como un secreto. Posidonio siempre quiso saber más sobre la constitución gadirita y ahora, a raíz de sus charlas con el sufete, también ansiaba profundizar en el pasado de estos cananeos de Occidente y en el de su metrópoli, la añosa Tiro. A buen seguro lo lograría, si Balbo seguía mostrándose tan locuaz como hasta entonces.

Los helenos, como después los romanos, no alcanzaban a comprender cómo una tierra tan insignificante, poco poblada y escasa de recursos pudo haber parido una raza de osados navegantes que habían vencido al mar y regado de factorías todo el espacio entre la costa levantina y las Columnas de Hércules, que incluso se habían atrevido a ir más allá, para surcar el misterioso piélago azul de los atlantes, y que comerciaban con pueblos desconocidos para las demás naciones de la ecúmene, donde jamás un griego había puesto los pies. Con su pericia, sus escotas, sus quillas y sus timones, los fenicios domaban como nadie los caprichos de las brisas, y navegaban incluso con viento de cara al rumbo trazado, ciñendo, dando bordos cerrados, de manera tan eficaz que su técnica parecía casi increíble y contraria a las exigencias de la física, tan bien conocidas por Posidonio. «Sí —pensó el griego—, debo escribir una *Historia de Gadir*».

XVI

Cuando Abisay terminó su informe, el rostro de Abdmelqart reflejaba gran preocupación.

—¿No han mencionado nombres ni han planeado nada más?

Abisay negó con la cabeza, como siempre aterrorizado por la presencia del sumo sacerdote. Desde que concibió su plan vivía en un continuo sobresalto, presa de una terrible contradicción: de un lado, quería complacer a su amo para que le permitiera seguir al lado de Posidonio; del otro, también sabía que, de las derivaciones de sus confidencias, la vida del griego peligraba y, muerto el filósofo, sus esperanzas se desvanecerían. Se encontraba, como Balbo, en una situación espinosa.

—Ya nos vamos acercando, esclavo. Sigue así. ¿Ha vuelto a preguntar por los *sacrificios humanos*, como él los llama?

—No en mi presencia, señor. Se preocupa por los asuntos divinos, habla conmigo y con cualquiera de ello. Por lo que más se interesa es por los rituales del fuego. Por medio de indirectas, trata de sonsacar a todo el mundo sobre ello.

Abisay sentía un estremecimiento por todo el cuerpo cuando trataba de estos asuntos.

—De hecho, señor, el griego no se concentra en nada demasiado tiempo. Tan pronto se precipita en disquisiciones astrológicas como pasa a ocuparse por entero de las mareas o de la historia. Y en estos momentos, de la religión. Me habla con frecuencia de su deseo de visitar los templos de Baal y Astarté.

Sabía el esclavo que empezaba a transitar por un derrotero temerario, pero necesitaba desesperadamente satisfacer al griego, que, desde que conoció a Balbo, escapaba poco a poco de su influjo. Hasta entonces, Abisay fue su único interlocutor y ayuda, la única persona de la que recibía cierto trato humano. Sin embargo, desde que asomó el sufete, todo cambió; en poco tiempo se había trabado entre los dos hombres una simpatía, un sólido lazo de mutuo afecto que se afianzaba un poco más cada día. Abisay no podía permanecer ocioso, o se arriesgaba a perderlo todo.

—Amo, si me lo permites quisiera decir algo.

Abdmelqart asintió.

—Si, como deseas, debo encontrar pruebas de las relaciones que el griego mantiene con la gente de Gadir, ¿no sería mejor dejar que pernoctara en la ciudad? Los días son cortos y nos pasamos la mayor parte del tiempo en la barca, yendo y regresando de la ciudad. Y cuando nos encontramos allí, apenas cabe dar un breve paseo y, de seguida, hemos de regresar.

El sumo sacerdote consideró durante un buen rato las razones del esclavo. Después, con una mueca, le despidió.

* * *

Se sucedieron días de calma, sin sucesos relevantes. Posidonio se encerró a escribir. Todo su interés se había desplazado a la historia y la política. Producía sin parar notas tras notas en su apretada y casi indescifrable escritura, apuntes puntualmente trasladados por Abisay a conocimiento del pontífice.

Notas para una Historia sobre Gadir. No sabía hasta qué punto los gadiritas se encontraban sometidos a los antojos de los romanos. Tal situación resulta insoportable para un pueblo antiguo, orgulloso, conocido por su altanería. Creo que aquí muchos han llegado al límite de su aguante y quieren revolverse a cualquier coste. Otros, más sensatos, saben que solo con astucia la ciudad podrá salvarse y progresar. Gadir es un diminuto nido marítimo en un universo muy vasto, enseñoreado por la loba Luperca y sus satélites. Los más avisados de entre ellos tienen en mente lo que pasó a Cartago, y antes a Tiro. Y no quieren repetir la historia.

Cada vez tengo más claro que la historia avanza como una ola incontenible contra la que no cabe oponerse. Como a los hombres, el Destino arrastra a los pueblos que se resisten. Me temo que eso

puede ocurrirle a Gadir; muchos de sus habitantes viven en el
pasado, tropiezan donde antes cayeron los egipcios, que permane-
cieron aferrados a su civilización de piedra y bronce, cuando ya las
gentes más adelantadas usaban el hierro.

* * *

Al cabo, debió de agotarse su material, pues pidió al esclavo que lo organizara todo para un nuevo desplazamiento a Gadir, donde pensaba entrevistarse con el sufete.

Balbo les recibió en su casa como prometió, con un agasajo fastuoso. Esta vez Abisay no hubo de esconderse, pues le dejaron permanecer cerca, en pie, a la espera de indicaciones.

El sufete, hombre muy ocupado, amaba, sobre todo, la novedad. En su ya larga vida, había enterrado a tres esposas y ahora que su cuerpo le impedía gozar adecuadamente de los placeres de Astarté, ya no mantenía a ninguna favorita, cuando en sus años de libertina plenitud llegó a tener hasta veinte, repartidas en diversos hospedajes por la ciudad y las islas próximas. Cuando alcanzó la senilidad, la comida, la bebida y, sobre todo, la buena conversación, se convirtieron en su principal entretenimiento. Solo de cuando en cuando se desfogaba apresuradamente con alguna joven núbil recién comprada, más por demostrarse a sí mismo que aún podía que por verdadera necesidad o deseo.

Después de las consabidas conversaciones intranscendentes, Posidonio pudo por fin abordar el asunto que le enervaba. Necesitaba datos sobre la constitución de Gadir para completar sus apuntes.

—Con sumo gusto lo haré. Nada me complace más que contribuir a la redacción de tus obras. Espero que así los griegos conozcan mejor a los cananeos y dejen de propalar calumnias sobre nosotros. Ya sabes lo que se dice, que para los griegos no existe mayor deleite que la mentira.

El sufete prorrumpió en una de las tremendas carcajadas que hacían temblar sus fofas mejillas, contento por su chanza, rebosante de vida. Ya sabía bien que su interlocutor no se ofendía por referencias de ese tipo. Antes bien, parecía acogerlas con jocosidad.

—Haré lo posible, Lucio. Al parecer los griegos somos mentirosos por naturaleza. Al menos eso me han dicho a mí tantas veces desde que llegué a estas islas que, al final, he acabado por creérmelo. Háblame, te lo ruego, sobre los magistrados de las islas.

Balbo empezó su relato, con ademán profesoral, moviendo la papada al hablar.

—Las magistraturas quedan reservadas por nuestra ley para las personas de riqueza, virtud y talento probado. La masa de hombres libres participa en las asambleas que rara vez se convocan, por lo general en situaciones de crisis excepcional. Aunque tienen voz, no votan. Cualquiera puede opinar sobre los asuntos públicos en la reunión del pueblo, si bien la decisión última corresponde a los magistrados.

—¿Solo los pudientes, capaces y honestos pueden ser magistrados? Tales dones no suelen viajar juntos. ¿Hay suficientes ricos justos e inteligentes en Gadir para ocupar todos los cargos?

El gordo volvió a carcajearse y no paró de reír hasta que se le saltaron las lágrimas; sus reservas de jocosidad resultaban inagotables. Nada le exasperaba ni le ofendía.

—Querido —dijo el cananeo en tono confidencial—, otra cosa no, pero en Gadir no escasean los potentados. No sé en tu tierra, aquí se considera acaudalado a quien tiene patrimonio suficiente para armar un barco; y somos cientos, acaso miles. Por eso las magistraturas no son retribuidas; servir a la patria es un honor, un servicio y una obligación. No obstante, los cargos públicos tienen beneficios fiscales y militares. En cuanto al talento, los electores y los elegibles para cubrir las magistraturas pertenecen a la plutocracia de la ciudad; deben ser mayores de cuarenta años. El consejo de ancianos siempre elige a sus representantes por sus méritos. ¿Quién sería tan tonto para poner al frente de la ciudad a los más incapaces o a los que carecen de independencia? Tal cosa solo redundaría en la mala gestión de los asuntos públicos y, a la larga, en el empobrecimiento y quizás la destrucción de la ciudad. En cuanto a la virtud.

El sufete adoptó ahora ademán de afectada preocupación.

—En cuanto a la virtud... ¿Qué nación puede jactarse de criar solo hombres virtuosos? Hay de todo: algunos más y otros menos. No creo que en eso los hijos de Canaán seamos superiores o inferiores a cualquier otra nación; no sé tanto como tú de historia. Juzga tú mismo. Lo que por aquí se oye de Grecia no es buen ejemplo de gobernantes virtuosos.

Posidonio asintió de nuevo, con una sonrisa de complicidad. ¡Cuánta razón tenía el sufete!

—Dime, Balbo, has hablado de talento y riqueza. Según tu argumento, ¿no debería ser suficiente la aptitud?

—Querido Posidonio, creo que tú mismo sabes la respuesta. No es posible que un hombre menesteroso gobierne bien. ¿Cómo podría, si toda su atención debe concretarla en ganarse la vida o en satisfacer a acreedores? Por el contrario, quienes formamos el senado de Gadir contamos con recursos de sobra, no somos presa fácil para presiones, tenemos experiencia en el gobierno de los hombres y dedicamos todo el tiempo que sea preciso a los negocios públicos. Se trata de un alto honor, de enorme responsabilidad. Sobre quienes más dinero amasan, recaen superiores obligaciones públicas, es justo que así sea en beneficio común.

—Los ricos no siempre poseen luces abundantes. Algunos viven de rentas heredadas, poco mérito propio puede alegarse en ello.

Balbo valoró los argumentos del griego y luego continuó:

—En Gadir, quien es rico se lo debe a su iniciativa, su competencia y su fortuna en los mercados. Claro que cabe heredar un patrimonio que rara vez dura en manos ineptas; el comercio requiere un ejercicio continuo de la razón, inteligencia práctica para examinar las condiciones del mundo, del tráfico, para decidir en qué invertir, dónde. Y conlleva riesgos, formidables riesgos: el comerciante marítimo puede perderlo todo de golpe, con un simple naufragio, como ocurre de ordinario. Fíjate bien, los Balbo lo hemos apostado todo a que Roma prevalecerá; de lo contrario, estamos perdidos.

El sufete bajó los ojos. Por un momento se sintió abrumado por el peso de tantas preocupaciones. Apuró de un trago su copa y escanció de nuevo.

—El verdadero comerciante hace lo posible por levantarse, en cuanto allegue algo de capital, con la fuerza de sus manos y su talento. Expone su vida, no solo administra o conserva. Es movimiento y creatividad, intuición. Los terratenientes, sin embargo, viven de las rentas toda su vida, pasivamente, sin preocuparse demasiado. Que yo sepa, ningún gadirita prominente debe su prosperidad a la tierra heredada. Bien es cierto que algunos poseemos fincas en las proximidades, más por recreo que por negocio. Yo tengo varias, aunque casi nunca las visito.

El griego asintió.

—¿Tampoco los jueces cobran salario? La administración de justicia, sobre todo en un puerto como este, debe ocupar bastante tiempo, y atraer no pocas presiones.

—La justicia la administramos los sufetes, en la plaza pública, el ágora, en los días fastos. Pertenecemos todos a las mismas familias y tampoco somos retribuidos. Nuestro derecho se basa en unas pocas costumbres pretéritas y consolidadas, que datan de nuestros abuelos de Levante, cuyo conocimiento se encuentra al alcance de cualquiera que no sea demasiado obtuso.

Quiso protestar Posidonio, porque todos sus intentos por recopilar tales usos se topaban con un muro de silencio infranqueable. Sin embargo, no quiso desviar la atención de Balbo. Necesitaba agotar el asunto de las magistraturas.

—¿El cargo de sufete es vitalicio?

El cananeo se removió, entre incómodo y divertido, y admitió con reticencia:

—No, a los sufetes nos eligen para dos años. Podemos ser reelegidos.

—¿Indefinidamente, incondicionalmente?

Con una sonrisa pícara, respondió, sin dejar de comer:

—No se te escapa una. No, entre mandato y mandato debemos quedar exentos de cargos públicos, una regla que suele incumplirse. Por eso me conocen todos por el sufete. Ocupo el cargo desde hace años. La casa Balbo ha prestado inmensos servicios a esta ciudad, y son tremendas las responsabilidades del gobierno en estos tiempos aciagos. A veces hemos pagado un alto precio por ello: mi bisabuelo fue uno de los sufetes que crucificó Magón el cartaginés, antes de abandonar la ciudad, cuando decidimos ponernos de parte de Roma. En fin, nuestra constitución es lo suficientemente flexible como para permitir algunas infracciones cuando, como ahora, se necesita una mano firme al mando del timón del barco del estado. Además, ya se sabe que las leyes no siempre se cumplen a rajatabla, ni aquí ni en nación alguna. La realidad se impone muchas veces. Los romanos se llenan la boca con sus leyes, sus *mos majorum*, pretendiendo dar lecciones a todos los pueblos, pero ¿acaso no acaban de ser designados cónsules de Roma Pompeyo y Craso, cuando ni el uno ni el otro cumplen los requisitos para ocupar el cargo? Craso acaba de dejar la pretura y no puede ser cónsul hasta pasados al menos cinco años. En cuanto a Pompeyo, un simple caballero, ni siquiera podría ocupar escaño en el Senado. ¡Y lo nombraron procónsul sin haber sido cónsul!

Tal como pronunció esas palabras, el sufete se arrepintió. Quiso enmendarlo, como es propio de un buen cliente que debe a su patrocinador la posición, y en su caso también la ciudadanía romana.

—Entiéndeme bien, amigo. Respecto a Pompeyo, no cabe negar sus cualidades eminentes: posiblemente sea el más sobresaliente general de su época. Aunque Sertorio le denominaba, con desprecio, «el discípulo de Sila». Los Balbo le debemos lealtad, te ruego no le cuentes a nadie lo que acabo de decirte. Este vino fomenta excesos.

El griego no paraba de asentir, como maravillado por el buen seso y la completa información que manejaba el cananeo.

—Por tu experiencia, Balbo, ¿dirías que la vuestra es una buena constitución? ¿Os proporciona una forma de justo y prudente gobierno?

El cananeo se mostró confundido por la pregunta.

—Baste decir que no hemos tenido jamás guerras civiles y que el populacho permanece mansamente fiel a las leyes de la ciudad, sin reproches de tiranía ni injusticia. Somos gente piadosa y tolerante. Solo hay dos cosas que no perdonamos: la blasfemia y las deudas impagadas.

El griego dijo, meditabundo:

—Me sorprende sobremanera cuanto escucho. Si algo he aprendido en el pritaneo de Rodas es que el gobernante despierta sin remedio el descontento popular, al menos en Grecia. Allí, el pueblo, sempiternamente insatisfecho, siempre encuentra motivos para insultar a sus rectores. ¿Acaso la plebe de Gadir permanece acallada por algún tipo de comida pública, como ocurría en Esparta o en Cartago? ¿O por repartos gratuitos de trigo, como recientemente se ha instaurado en Roma, con la *Ley Frumentaria de Sila*?

—Aquí no es necesario, Posidonio. Con este mar, tan generoso y prolífico, para comer basta tener brazos y unas redes o unos anzuelos de hueso o metal. Además, las ubérrimas tierras de los valles cercanos producen abundante trigo barato. Los pocos que no pueden pagárselo lo permutan por pescados o mariscos que ellos mismos sacan de las aguas. Como verás, no se ven mendigos andrajosos por las calles de Gadir, a diferencia de lo que sucede en la mayoría de los puertos, que sin duda conoces.

—Así pues, ¿dirías que es una constitución perfecta?

El cananeo le miró sonriente.

—Tal pregunta es impropia de ti, Posidonio. No existe tal cosa. Los hombres llevan milenios viviendo en sociedad, sin parar de matarse unos a otros. Como todas las sociedades, también la nuestra presenta debilidades.

Pese a que el griego le interrogó con la mirada Balbo se hacía el remolón. Transcurrido un rato, inquirió:

—¿Cuáles son, a tu juicio, esas debilidades? Como sufete y hombre de buenas mientes, seguro que lo sabes. Que la perfección no se alcance no nos exime de buscarla.

Balbo se le quedó mirando y dio orden tajante:

—Salid todos, esclavos, dejadnos solos.

Abisay disimuló cuando pudo su contrariedad por tener que interrumpir su espionaje, pero no le quedó otro remedio que salir de la sala, como hizo el resto del servicio.

De seguida se acercó un poco a su interlocutor para cuchichearle al oído.

—Esto que te digo no lo puedes repetir, si quieres seguir viviendo en paz en Gadir. Y si escribes que yo lo he dicho lo negaré por todos los dioses.

Posidonio asintió.

—Como ya conoces nuestra actual situación política, comprenderás sin dificultad que pienso a menudo sobre lo que quieres saber. No tengo la respuesta, solo algunas intuiciones que voy a compartir contigo, en confianza.

Posidonio sonrió llevándose la mano al corazón.

—Creo que el punto débil de nuestra constitución es el papel del templo, es decir, de los sacerdotes. Desde tiempo inmemorial, los santuarios importantes, en nuestro caso el de Melqart y, en menor medida, el de Baal-Hammón, desempeñan un papel significativo en la gestión de los asuntos públicos. Tan sustancial como impreciso. En tiempos antiguos, el rey de Tiro era, a su vez, el sumo sacerdote de Melqart. Las funciones de rey y de sumo sacerdote resultaban inseparables, indistinguibles. Pero lo que funcionaba hace mil años en el lejano Levante empieza a dar señales de agotamiento. Además, ya no tenemos rey. Aunque el pontífice de Melqart se considera a sí mismo un rey sin corona, señor de Gadir. Por eso se mete en todo y despliega un formidable poder.

—Un dominio sin control alguno —terció Posidonio.

—No solo es que carezca de control: los consagrados forman una casta, cerrada, impenetrable, con sus propias reglas, secretas y arcanas. Pertenecen a las mismas familias. De no ser por ellos, sí te diría sin reserva que la nuestra es la mejor constitución del mundo.

El griego asentía, entusiasmado, ante el inagotable caudal de noticias que recibía.

—Lo que me sorprende, Balbo, es que hayan sido capaces de conservar tanto imperio, a lo largo de los tiempos. Casi todos los pueblos han sido gobernados, en algún momento de su historia, por un el rey-sacerdote, del que poco a poco han ido deshaciéndose, en favor de otras magistraturas. Así ocurrió en Roma, en las ciudades de Grecia. Solo las razas más primitivas, esclavas de sus supersticiones, siguen regidas por reyes de esa casta. Pero un pueblo como el gadirita...

—Vosotros los griegos debéis ser predilectos de los dioses. ¿Es cierto que no tenéis clero?

—En nuestras ciudades cualquiera puede ser sacerdote.

—¡Entonces acaso en verdad sois el linaje más inteligente de la tierra! Os habéis librado de una buena plaga.

Cuando Posidonio iba a decir algo Balbo se le adelantó:

—Aunque, perdóname, se dice que no creéis de verdad en los dioses inmortales. No sé, eso se cuenta. En cambio, nosotros, los cananeos, somos un pueblo piadoso. Yo tanto como el que más, sé en mi interior que se lo debo todo a los dioses, que sin el favor divino toda empresa humana es inútil. Sin embargo, no por ello dejo de creer que los sacerdotes deberían ocuparse de lo suyo, y dejarnos a los comerciantes la gestión de los asuntos públicos y mercantiles. Los senderos de los dioses no son fáciles de comprender, pero creo sinceramente que los sacerdotes transitan desde hace décadas por la senda equivocada. Y ya estoy, como siempre, hablando demasiado. Ni a ti ni a mí nos conviene que esta conversación transcienda. Hazme caso, no te metas con los consagrados. ¡Más te valdría meter la mano en la guarida de una víbora que enojarles a ellos, que, además, son susceptibles, soberbia pura, y encuentran faltas, ultrajes y pecados hasta en los comportamientos más inocentes!

Por primera vez apreció Posidonio que la jocosidad del cananeo se había ensombrecido. Como para sí mismo, Balbo siguió murmurando frases entrecortadas, ceñudo.

—Hoy son más peligrosos que nunca.

—¿Cómo es eso? ¿Qué ha variado?

—Yo tampoco lo entiendo del todo. ¿Quién sería capaz de penetrar en las mentes de esos? Por espacio de siglos ha habido un cierto equilibrio entre los sacerdotes de los distintos templos; de cuando en cuando, levantaban a sus seguidores contra los servidores y creyentes de los santuarios rivales, fruto de esa competencia estallaba la violencia, se producían algunos muertos. Los sufetes teníamos que intervenir; había unas cuantas ejecuciones, crucifixiones, empalamientos. Los más exaltados ardían en piras o eran despedazados vivos por perros hambrientos. Saciada la sed de mal, retornaba la tranquilidad hasta el próximo tumulto.

—¿Y ahora?

—Ahora parece que han dejado de odiarse, porque tienen un enemigo común: Roma y los filorromanos.

El Estoico pensó durante unos instantes en lo que acababa de decir el obeso cananeo, que, impaciente, le sacó de su ensoñación. La conversación se alargaba demasiado y tomaba unos derroteros que hubiera preferido no transitar.

—¿Hay algo más que quieras saber de nosotros? No temas en preguntar, no me ofendo fácilmente.

—Conforme más aprendo de vosotros, más admirado quedo de vuestros logros. Sin embargo, hay algo que no entiendo: ¿cómo los *gadeiritai* no habéis llegado a constituir un imperio? Sois un pueblo mimado por la suerte; teníais factorías muy al norte, donde el aire se hiela, y muy al sur, donde el sol cae a pico sobre las cabezas de los hombres y los vuelve negros, por tierras y mares que nadie conocía. Podríais haber sido tan potentes como lo fue Alejandro.

El cananeo asintió con cierta congoja.

—Dices bien, amigo, teníamos. Antes de que acudieran los romanos. Ahora nos quedan unas cuantas factorías dispersas por las costas entre la desembocadura del Anas y Lixus, las islas del mar interior gaditano, algunas regiones que controlamos en el continente y poco más. Nuestra área de influencia se ha reducido mucho. Gadir ocupaba el centro de una red, a modo de tela de araña, que giraba alrededor de nuestro puerto, nuestra moneda, nuestro mercado. Esas poblaciones tan ligadas a nosotros por múltiples vínculos eran autónomas y hoy son siervas de Roma. El tributo que a nosotros nunca nos pagaron ahora se lo pagan a Roma.

—¿Dices que nunca os pagaron tributos? Cuesta creerlo.

—La guerra es cara, incierta, y nosotros, muy pocos. Un buen comerciante solo hace la guerra a regañadientes; preferimos empuñar la rama del pacífico olivo a la espada. Además, ¿qué necesidad tenemos de pedir tributo a nuestras factorías, a los pueblos con los que tratamos? Son primitivos, moran en amplias zonas desoladas, llenas de riquezas que no saben utilizar. Sin necesidad de guarniciones permanentes, ni de ejercicio de la coacción, conseguimos lo que queremos. No necesitamos imponer tributos, resulta más fácil, más barato, limpio y efectivo vincularlos en los tratos comerciales. No queremos súbditos, sino clientes. Les hacemos nuestros iguales, les tratamos bien, con deferencia, sobre todo a quienes se consideran nobles porque tienen un caballo y un rebaño de cabras, les inculcamos gustos caros y sofisticados.

—¿Les engatusáis siempre, sin protestas? ¿Se dejan trapacear tan fácilmente?

—Quizás engaño no sea la palabra adecuada. Digamos mejor que entablamos con ellos unas relaciones de intercambio no equitativas, ciertamente desproporcionadas a nuestro favor. Les vendemos caros nuestros productos, con un margen de beneficio espectacular. Ni te lo puedes imaginar, por muy griego que seas. Vosotros os creéis los más listos, camináis con patas de zorro, pero como comerciantes no podéis compararos con nosotros.

Posidonio asintió otra vez, ya un tanto hastiado de las continuas referencias a la incuria de los griegos; el cananeo empezaba a franquear la raya de la grosería. El perspicaz Balbo lo notó.

—No te enfades, amigo. ¿Puedo llamarte amigo, en propiedad, y no como mera cortesía? Pues en tal caso debes permitirme que te hable como me hablaría a mí mismo, sin tapujos. Por favor, permíteme esta libertad que da valor a este diálogo. Como te iba diciendo, a los bárbaros les hechizan las baratijas y lo policromado. Lo encuentran exótico. Y, sobre todo, les encanta el vino, el vino que nosotros desechamos y que ellos creen de la mejor calidad, y un signo de prestigio. Este sistema ha funcionado bien cientos de años. ¿Por la fuerza les sacaríamos tanto? Nuestra prosperidad se basa en alentar la vanidad de los hombres, en vender productos de lujo, novedades singulares: adornos, brazaletes de plata, collares de ámbar, copas de marfil. Necesitamos que los pueblos con los que comerciamos sean prósperos, que generen una élite amante del boato, la exquisitez y el bienestar, capaz de comprar nuestros géneros. ¡El trigo que lo transporten los griegos! Otra vez sin ánimo de ofender. De esta forma, todos nos beneficiamos: nosotros reportamos riquezas, y esas tribus bravías y primitivas van adoptando formas más civilizadas; porque, con los gustos caros, copian también nuestras leyes, nuestro alfabeto, nuestros dioses y algunos hasta nuestra lengua.

Posidonio ignoró el comentario antigriego, complacido y maravillado por la sabiduría que encerraba aquella política, ligada al mercado.

—No sabes cómo te agradezco, Lucio Balbo, hijo de Hannón, todo lo que me cuentas. Tengo tanto en lo que cavilar...

—Para mí es un placer y un honor charlar con el sabio Posidonio. Ven cuando quieras y seguiremos hablando. Y no olvides que cuentas conmigo para ayudarte.

Al llamado del amo, regresaron los esclavos. Pese a sus intentos discretos de soborno, Abisay no había podido ganarse la voluntad de los sirvientes de Balbo. Muchos de ellos no eran cananeos, por lo que se consideraban inmunes a la furia de Melqart. Otros, por lo visto, temían más a la ira del sufete que a la del divino héroe.

XVII

Notas para un estudio sobre la constitución de Gadir. Por lo que he podido saber de ella, me parece una buena constitución, semejante a la espartana en algunos puntos.

En Gadir conviven varias castas de ciudadanos: los libres de pleno derecho, todos cananeos; los emancipados con derechos ciudadanos restringidos, que son en su mayoría indígenas de esta tierra, turdetanos o iberos; y los libertos y extranjeros, sin derechos políticos de ninguna clase. Solo hay un tipo de extranjero privilegiado que goza de ciertas prerrogativas en ese campo, el llamado hombre de derecho tirio, fenicios del Levante, de Cerdeña, e incluso algún refugiado cartaginés.

Balbo tiene razón, abundan los ejemplos, en la historia griega, bien conocidos para cualquier lector de Jenofonte o Tucídides, de gobernantes poco virtuosos. Tampoco en mi propia patria, en Rodas, podemos dar lecciones: desde que los demócratas, con la ayuda de los atenienses, arrebataron el poder a los nobles, la república no ha dejado de empeorar y ahora languidece, en vísperas de ser definitivamente devorada por los romanos. Quizás la enfermedad de elegir mediante sufragio a los más lerdos oportunistas sea propia de nuestra sangre. ¿Quién puede saberlo? Al igual que sucede con cada hombre a lo largo de la historia, ¿no reciben también los pueblos su herencia, su patrimonio, su sensibilidad, su visión? ¿No tienen también sus habilidades y tendencias? ¿No forja todo ello, providencialmente, un designio?

—¿Cuánto tiempo calculas que permanecieron a solas?

—No mucho. Me quedé a su lado hasta que me echaron y escuché todo lo que se dijo.

Abdmelqart se quedó un buen rato concentrado, mirándole con fijeza, con las pupilas frías y desprovistas de emociones propias de una serpiente, tratando se detectar cuánto había de verdad en aquellas explicaciones de esclavo. Abisay sintió sus tripas retorcerse y que el aire abandonaba su pecho. Algo iba mal, lo sentía. Le chocaba sobremanera que el sumo sacerdote no le preguntara nunca más por el intento de asesinato del griego. Quizás era que ya lo sabía todo de antemano. Acaso él mismo lo hubiera ordenado.

—Tienes que enterarte de lo que traman esos dos. Te juegas la vida en ello. Más te vale que te esfuerces. Nunca olvides esto: estoy convencido de que todos los esclavos mejoran con las palizas.

—Así lo haré, señor. Si me lo permites, creo que convendría que pasara más tiempo con el griego fuera del santuario. Aquí dentro me cuesta charlar a solas con él; y fuera, casi siempre nos encontramos en presencia de marinos o del sufete. Creo que…

—No sigas, esclavo, no quieras pasarte de listo. He pensado en lo que dijiste, y quizás tengas razón. Vamos a darle permiso para pernoctar fuera.

* * *

Por fin Abisay respiró tranquilo. Pasaba el tiempo y se acercaba la primavera, y con ella la hora del regreso del filósofo. Se había granjeado su afecto, pero en modo alguno tenía claro que el griego fuera a tomarse la molestia de enfrentarse por su causa a los sacerdotes del santuario. Por eso, en un desesperado intento de congraciarse con él, en las últimas semanas persistió en su labor callada, centrado en lograr que le diesen licencia para pernoctar en la ciudad. Para ello, trató sibilinamente de que el griego creara un conflicto tras otro en la casa de Melqart.

No le resultó difícil. Tanto por su constante deambular por todos los rincones del recinto, incluso los vedados, como por sus inusitados hábitos, su infinita curiosidad, o sus labores de observación que nadie entendía, desarrolladas en cualquier momento de la jornada, con luz o en plena oscuridad, la realidad era que la presencia del griego alteraba el normal discurrir de las tareas del *Herakleion*. Algunos de los oficiantes incluso se quejaron de que Posidonio irrumpió en su capilla cuando se dedicaban absortos a sus tareas de adivinación, y pedían para él los más draconianos castigos. Sin embargo, el sumo sacerdote, famoso por su ferocidad, no quiso complacer a los quejosos; aleccionado por Abisay, adoptó una medida mucho más lenitiva y apaciguadora, y le ordenó al esclavo que procurara que el griego anduviera el mayor tiempo posible fuera del santuario, permitiendo incluso que pernoctara ocasionalmente en Gadir, o donde quisiera, mientras dejara de quebrar la paz del templo.

Pretendiendo castigar a Posidonio, le había hecho el mejor regalo. Sus investigaciones sobre las mareas habían arrojado buenos frutos y sus observaciones astronómicas llegaron a un punto muerto, de manera que el griego, antes de partir, quería culminar sus estudios sobre la historia y las costumbres de Gadir y los pueblos que ocupan el Occidente suroccidental de Iberia. Sobre todo, anhelaba visitar los otros santuarios de Gadir, el de Baal-Hammón y el de Astarté, no tan famosos como el de Melqart, pero sin duda importantes.

Abisay, por su parte, concibió en su corazón aún más faustas esperanzas de lograr su propósito. Ganarse la confianza de Posidonio requería convivir con él lejos de miradas indiscretas y de la hostilidad de los consagrados.

* * *

A Posidonio el pesado y rancio aire de la clausura comenzaba a saturarle, así que recibió como una bendición el permiso para pasar noches y días enteros fuera del santuario. El esclavo lo preparó todo con meticulosidad. Quería tener al griego para él solo el mayor tiempo posible. En cuanto supo que el sufete se había embarcado en uno de sus frecuentes periplos comerciales, aprovechó para organizar la primera estancia nocturna en Gadir. Ausente el amigo, no le costó convencer a Posidonio sobre la conveniencia de alojarse en una posada, una de las mejores de la ciudad, según su criterio.

En realidad, el griego, al recibir la autorización para pernoctar fuera del santuario, decidió aceptar gustosamente la hospitalidad del sufete. A partir de aquella primera y satisfactoria velada se estableció entre ambos una corriente de mutua simpatía, alimentada por las charlas y las comidas compartidas.

Abisay, sin embargo, que veía en el sufete un contratiempo que obstaculizaba sus propósitos, había conseguido que el griego mudara de opinión.

—Señor, perdóname si soy atrevido, pero creo que te muestras demasiado confiado. ¿Seguro que puedes fiarte del sufete? ¿Quién te dice que no es él quien desea tu muerte?

Posidonio, de natural cándido, desdeñaba los temores de unos y otros, dejándose llevar por su impulso.

Alejada del alboroto del puerto de Kotinusa, la Posada de la Gracia de Astarté se ubicaba al borde de los acantilados más altos de la isla, en una hondonada que resguardaba de los bóreas un barrio residencial de gente pudiente, en su mayoría comerciantes y prestamistas. Sobre su umbral, descollaba el relieve de una Astarté desnuda, de muslos poderosos y pechos rebosantes, sosteniendo en alto dos grandes racimos de uvas, señal de que el dueño pertenecía al gremio de los posaderos y pagaba con puntualidad sus contribuciones al templo de esa diosa, responsable de la fermentación de los vinos, bajo cuya protección giraba su tráfico.

Tal como dejaron apalabradas las condiciones de la estancia, después de comer algo, Posidonio salió a las calles, para recorrer una vez más los embarcaderos de Gadir, en busca de datos para su investigación jurídica e histórica.

Como siempre ocurría, solo unos pocos colaboraban de buena gana; la mayoría le tomaba por loco, fingía no entenderle o simplemente le ignoraba. Pero en esta ocasión constató durante su paseo algo más preocupante: algunos, mirándole con desprecio, llegaban incluso a zaherirle, provocadoramente:

—Este es el griego compinche del sufete. No hagas caso extranjero de lo que te diga ese gordinflón, su familia lleva años robando a los gadiritas.

—Sí, es verdad, los Balbo se creen los reyes de la ciudad. ¡Y Gadir no tiene reyes! ¡Así ahoguen al sufete en un estercolero!

Otra voz apuntó, con un regodeo malévolo.

—¡Además, griego, ese gordo no te vale, tiene el culo muy usado! Se lo han follado todos los romanos que han pisado Gadir.

—¡Sertorio! ¡Sertorio, dios invicto! ¡Mitrídates redentor, padre bueno, nacido bajo la Estrella de Oriente! ¡Segundo Alejandro!

Posidonio continuó su marcha, indiferente a las impertinencias que le espetaban, sopesando en su mente la eterna paradoja de toda sociedad política; porque, aunque el muelle por el que transitaba había sido recientemente construido con dinero de los Balbo, los gadiritas, lejos de mostrarse agradecidos, alimentaban en sus pechos rencor e ingratitud, la marga mies que ha de segar, al tiempo de su cosecha, todo gobernante que no haya confundido el honor con la popularidad. Constató así Posidonio que no son los helenos los únicos en odiar a sus grandes hombres; la envidia aqueja por igual a todos los pueblos de la tierra y persigue la excelencia a perpetuidad.

A su lado, Abisay caminaba presa de la preocupación. Dio un salto cuando alguien gritó, cerca de su oído:

—¡Alguien vendrá que los pondrá en su sitio! ¡Así dejarán de mangonear y ocupar siempre los mejores cargos! ¡Sertorio, mátalos!

Avanzaban con cada vez mayor dificultad. No cabía sorprenderse por el entusiasmo del pueblo con los enemigos de la República; al cabo, los niños gadiritas crecen escuchando fábulas y leyendas sobre ellos y conocían cada detalle de las aventuras de Aníbal.

—¡Y cómo amañan las elecciones! ¿O no es verdad que sin falta salen elegidos magistrados quienes ellos quieren? ¡Mitrídates, rey

Veneno, salvador de Asia y Gadir, envenénalos! —exclamó otro joven, un poco más allá.

Al poco tiempo el griego estaba ya seguro de que el humor de los isleños había sido alterado recientemente y de manera aguda. Posidonio pasó las primeras semanas en las Gadeiras concentrado en sus estudios, ajeno a todo lo exterior. Solo en los últimos días había ido percibiendo la tensión acumulada y la existencia de facciones enfrentadas a muerte. Ahora entendía en su justa medida las preocupaciones de Balbo. Quizás todo hubiera empeorado de repente, o quizás la situación era aún más grave de lo que el sufete le había contado; algo le decía que la excitación y el ánimo revanchista crecía por momentos y que él se encontraba en medio de la vorágine. Otra vez como le ocurrió en Roma. ¿Podrían producirse aquí también las cruentas guerras civiles que venían asolando la República desde hacía dos generaciones?

—Abisay, ¿qué ocurre? ¿Por qué me insultan? ¿Por qué insultan a Balbo?

—No estoy seguro, señor. Sé que desde hace bastante tiempo circulan por la ciudad libelos y epigramas contra los Balbo, tachándoles de sacrílegos, usureros y lameculos de los romanos. Pero siempre con discreción, de tapadillo; nunca había asistido a este descaro. Al sufete se le respeta y, sobre todo, se le teme. Me asombra un cambio de actitud tan repentino. Se diría que los gadiritas han perdido el miedo a los Balbo.

—Nuca supe lo de los libelos. ¿Qué dicen esos panfletos?

—En la mayoría se pide a los magistrados la prohibición de la enseñanza de la filosofía griega, el cierre de los gimnasios regidos por griegos, el castigo de los blasfemos a la vieja usanza, quemándolos vivos en público.

—¿Y quién está detrás de esos pasquines? La plebe rara vez actúa sin ser instigada, ninguna masa piensa —dijo Posidonio, aunque no necesitaba respuesta: en ellos se percibía con claridad la mano de los sacerdotes cananeos.

—¡Ay, Yahvé! ¿Quién puede saberlo, señor? No llevan firma. Muchos odian a los Balbo en la ciudad, también en el santuario de Melqart. Y acaso tengan razón; como ya te dije, desconfío de Balbo y tú, señor, deberías cuidarte de él. Es comerciante, leal solo a su bolsa. Quizás como te has dejado ver con frecuencia en su compañía, los enemigos del sufete te han declarado a ti también persona indeseable.

Abisay vertía sus apreciaciones con la deliberada intención de malquistarle con el sufete, y Posidonio lo sabía; pero quizás el esclavo tuviera algo de razón. Conforme pasaban, poco a poco la hostilidad a su alrededor se incrementaba. Un mozo barbiponiente, de apenas catorce años, se complacía en mostrarle con grandes aspavientos la cuerda de un arco, con la que simulaba ahorcarse a sí mismo. Entre injurias y muecas obscenas, sus secuaces señalaban a Posidonio, mostrando bien a las claras quién iba a ser el destinatario final de la obra que andaban ensayando.

—Señor, se hace tarde y debemos descansar; yo al menos me encuentro agotado. Pronto se pondrá el sol y entonces mejor encontrarse bajo cubierto. Esta ciudad no es tan pacífica como crees. Por el día apenas se dan sobresaltos y los caminantes rara vez sufren la molestia de los ladrones. Con la oscuridad la cosa cambia: abundan los sicarios de la más baja estofa, de los que solo saben comer, fornicar y matar, chulos de putas y facinerosos de toda laya. Además, ahora encima mucha gente parece quererte mal. Regresemos a la posada, te lo ruego.

—Esclavo, yo ya no tengo edad para dilapidar el tiempo. Sé que no existe en el orbe ciudad mejor iluminada que Gadir, conocida porque el sol luce tanto de día como de noche gracias a sus luminarias. Entiendo que te mereces un reposo, te doy demasiada faena. Regresa tú y come algo, que te lo has ganado. Yo pasearé algo más y sabré protegerme. No te preocupes. No tardaré.

Abisay vaciló, pero el hambre le acuciaba. Además, pocas oportunidades se le ofrecían para trocar los austeros comistrajos que le daban en el santuario por una verdadera cazuela de pescado de roca, aderezada al estilo gadirita. No podía desperdiciarlas y, si se retrasaba, la cocina cerraría hasta día siguiente. Regresó con prisa a la Posada de la Gracia de Astarté, con la intención de salir a buscar al griego en cuanto saciara su apetito.

Cuando se separaron, ya se pintaban las primeras sombras en el cielo del este. Bajó las travesías en pronunciada pendiente, hasta llegar al canal, a esas horas mucho más tranquilo. Las marmitas de brea seguían burbujeando, aunque ya nadie removía su contenido. Aquí y allá se veían grupillos de transeúntes. Pronto las calles quedaron desiertas. Se acercó al barrio de las tabernas y allí encontró el barullo usual. Las risas y los alaridos se sucedían puntuales, casi idénticos, en cada umbral, acompañados de música de timbales, sistros, címbalos y flautas. Atisbó dentro de algunos garitos sin atreverse a entrar. Ya había servido de escarnio varias veces para los isleños a la luz del día y de seguro las chanzas nocturnas resultarían aún peores.

Al cabo, su curiosidad pudo más y se adentró en una taberna ubicada al extremo del barrio, donde las calles se empinaban en dirección a su posada. Pronto reparó en la divergencia con el ambiente diurno: donde por la mañana se sentaban marineros y pescadores, ahora lo hacían mercenarios y busconas. Escogió un rincón cercano a la puerta y pidió vino. Se sintió blanco de todas las miradas. Quizá no hubiera sido una buena idea.

Antes de que le sirvieran el vino, un cananeo alto y delgado, casi calvo y con pocos dientes, se sentó con él sin pedir permiso.

—Conque tú eres el griego del que todos hablan.

Le miraba con interés, sin hostilidad, pero su misma presencia resultaba amenazante. No poco contribuían a ello las costras de sangre seca, de seguro ajena, que lucía en su túnica andrajosa, de la que salían dos brazos escuálidos y fibrosos, cubiertos por todas partes de cicatrices. Además, le faltaba una oreja, señal inequívoca de pago por algunas maldades.

—No sé si te refieres a mí. Soy Posidonio, natural de Apamea, ciudadano de Rodas. ¿Y tú quién eres?

El desorejado esbozó una sonrisa que dejó ver unos pocos dientes negros, rotos y mal alineados. Se levantó sin decir nada para volver a su sitio y cuando llegó prorrumpió en sonoras carcajadas.

Posidonio apuró su vino y salió tratando de no mostrar recelo o precipitación. Pese a que tomó la que creyó ser la calle de la Posada de la Gracia de Astarté, en aquel dédalo de piedra acabó extraviado; todas las calles le parecían iguales, cortadas en ángulo recto y estrechas, tan diferentes a las de cualquier otra ciudad que los extranjeros se descarriaban sin remedio. Trató de escoger aquellas donde las tinieblas se hacían más densas, arrimándose a las paredes enjalbegadas como un animal herido, sintiendo en sus oídos el aleteo de la muerte. Miró varias veces atrás y confirmó, con dificultad, que le seguían. El sudor le velaba los ojos y apenas veía el suelo que pisaba. Aceleró la marcha más y más, hasta acabar corriendo. Sus perseguidores empezaron a vociferar algo que no comprendió. Con el corazón repicándole en la caja del pecho, dio varias vueltas y revueltas por el barrio de la fonda, sin dar con la calle correcta, hasta que, cuando ya el aliento comenzaba a faltarle, reconoció el fanal de la posada y el umbral pintado de color añil. Tal como se disponía a empujar la puerta para entrar sintió un chasquido: una jabalina se había incrustado medio palmo en la odorante madera de cedro, a poca distancia de su cabeza.

Se encontró el portón cerrado por dentro. Al borde de sus fuerzas, Posidonio la aporreó empavorecido; con grandes voces rogó que le franquearan el camino, pero o no le oían por el bullicio o dormían todos. Con pánico escuchó pisadas repiqueteando en el piso. Se le encogió el corazón y se le enturbió la mente; ya se veía perdido cuando escuchó la voz de Abisay.

—¡Por aquí, señor! ¡Sígueme, no hay tiempo que perder!

El esclavo se materializó en el aire como una deidad salvadora. Le tomó de la mano y le hizo doblar la esquina de la calle, rodeando la finca donde se ubicaba la posada. Buscaba entrar en la casa por la portilla de las cocinas, que suele permanecer abierta hasta altas horas para que los sirvientes culminen sus tareas de limpieza. Tal como enfilaron la calleja trasera de la posada, vieron que dos hombres de mala catadura les apuntaban con sendas jabalinas. Una de ellas partió proyectada con fuerza, buscando el pecho de Abisay, que con la maña de la juventud hurtó su cuerpo con un ágil movimiento de caderas. La jabalina pasó tremolando a una pulgada de su tetilla.

En contra de lo esperado, los dos hombres desaparecieron. Sin demora, Abisay volvió a tomar de la mano al griego y juntos se introdujeron en las cocinas de la posada, cuya calidez les pareció más amparadora y confortante que nunca.

XVIII

—Así que otra vez han intentado abatirle.

Un enfurecido Abdmelqart abordaba de nuevo en presencia de Abisay el asunto de los atentados.

—Es culpa tuya, esclavo. ¿Cómo le dejaste solo, de noche, por las calles de Gadir?

Abisay se tiró al suelo y besó los pies de su amo, consciente de la gravedad de su falta. Nada dijo, pues poco cabía argüir en su defensa. Abdmelqart le hizo una seña al acólito que esperaba junto a la puerta, que sacó de entre los pliegues de su túnica un látigo de siete colas de hierro punzante.

* * *

Enojo semejante mostró Balbo con Posidonio cuando a la alborada siguiente se presentó en la posada. El sufete, recién llegado a la ciudad de su corto viaje, supo al punto lo ocurrido. En Gadir, una gaviota no perdía una pluma sin que él lo supiera.

—Querido Posidonio, sigues siendo imprudente. Por lo visto, te empeñas en morir aquí, para desgracia de ambos.

El griego quiso restar importancia al asunto, como tampoco dijo nada sobre los epítetos y exabruptos que había escuchado.

—Nadie vive ni un segundo más de lo que tienen hilado las parcas, ilustre sufete. La muerte es el supremo momento de la vida, un trago amargo que todos habremos de apurar tarde o temprano. No creas que no agradezco tu interés por un simple intento de robo. ¿Quieres comer conmigo?

El cananeo arrugó la nariz, indicando sin palabras su opinión sobre la Posada de la Gracia de Astarté.

—Será un honor almorzar contigo, amigo, pero fuera de este antro. Vamos a mi casa, que se encuentra siempre abierta para ti. Hazme caso: en lo sucesivo, te imploro que cuando vengas a Gadir te alojes conmigo. No te tomas en serio las amenazas. Yo mismo tengo que tomar precauciones; ya pasó el tiempo en que un sufete podía caminar solo por estas calles, sin miedo al asesinato. ¿Sabes cuál es el sonido que más se escucha en el silencio de la noche en esta ciudad?

Posidonio negó y el sufete añadió, con semblante apenado:

—El chirrido de la piedra contra los puñales, cientos de puñales que afilan los gadiritas.

* * *

Pese a que Posidonio suponía, o más bien quería creer, que lo que había sufrido era un simple intento de robo, algo común en todos los puertos del mundo, en sus sucesivas visitas a la isla aceptó hospedarse en el palacio de los Balbo.

El hebreo se sumió entonces en un abismo de desesperación. Nada quiso contarle al griego sobre el castigo, temeroso de que el espiado formulara demasiadas preguntas. Con las espaldas mortificadas y en carne viva por el castigo que le infligió el sumo sacerdote, se afanaba, con poco éxito, por encontrarse presente en la mayoría de las conversaciones que mantenían Posidonio y Balbo. Pero el sufete suponía un atolladero demasiado grande; contra él, Abisay nada podía.

Con cada visita se afianzaba más y más la amistad entre los dos hombres. Solía quedarse en casa de Balbo varios días seguidos, durante los cuales aprovechaba cada instante para saciar su curiosidad y disfrutar de la campechanía del cananeo.

En varias ocasiones, los caminantes se toparon en sus callejeos con Eudoxo de Cízico, quien, haciéndose el encontradizo, trataba de unirse a la reunión. Con pocos miramientos, el cananeo le despedía.

—¡Qué pesado es este griego! Varias veces me ha visitado para pedirme que invierta en su delirante proyecto. Al final he tenido que dar órdenes a mis criados de que no le dejen entrar en la casa. Y ahora no para de huronear para tropezar conmigo en cada esquina, sobre todo cuando me encuentro en tu compañía. Sin duda quiere que intercedas por él.

Posidonio bajó la cabeza, para ocultar una risilla irónica. En verdad Eudoxo le parecía un loco, simpático y acaso genial. No quiso contrariar a su comensal y se limitó a señalar:

—No te preocupes, Balbo, desde que hablé con él me di cuenta de que es un orate. No alcanzará a zarpar.

—¡Y si lo hace se perderá en el mar! Solo a un loco se le ocurriría internarse en el océano con una tripulación mixta de griegos y cananeos. Antes de una luna se matarán entre ellos. Aunque debo decir que ha fraguado una idea genial.

—¿A qué te refieres? No sé cómo lo logras, pero, pese a todos mis intentos, siempre estás mejor informado que yo, incluso en lo que respecta a los griegos.

El sufete compuso su habitual cara jocosa y explicó con entusiasmo:

—Ese loco insensato quiere llevarse un cargamento de bailarinas, muchachas músicas, a las que pretende vender a alto precio durante el viaje. Y mientras tanto, servirán para apaciguar los ánimos de los tripulantes. ¡Qué genial idea! Una mercancía ligera, que se carga y se descarga sola, que come y bebe poco, y que vale casi tanto como su peso en plata.

El sufete rompió en una fuerte carcajada y, poniendo cara maliciosa, añadió:

—Y él, como es griego, se beneficiará al maestro de las bailarinas. No te ofendas, ya sabe lo que se dice que ocurre en vuestros barcos, que nadie sale de ellos con el culo intacto.

Posidonio ignoró aquellas hirientes palabras y se centró en lo que de verdad le interesaba.

—¿Y no resulta un tanto blasfemo? A la hora de la verdad las querrá vender muy caras, alegando que se trata de danzarinas sagradas de Astarté.

El sufete se quedó un rato considerando la objeción y se dio cuenta de que Posidonio tenía razón. De extenderse la costumbre, acabarían por surgir problemas con la suma sacerdotisa de Astarté. Se dijo que debía recordarlo para tratar de evitar hechos semejantes. No estaban los tiempos para alimentar las suspicacias de los poderes fácticos de Gadir.

* * *

Después de un largo y agotador recorrido, volvían a la mansión de los Balbo. Allí, como siempre, esperaban al sufete una multitud de clientes y suplicantes, procedentes de los más remotos lugares, que aspiraban a cerrar un negocio o a recibir alguna gracia. Balbo los esquivó con la maestría hija de la costumbre, con semblante cordial y buenas palabras, y se encaminó con el griego a la parte más alta del edificio.

Desde su terraza plana se divisaba una perspectiva de trescientos sesenta grados; el mar limitaba todo el horizonte, tachonado de velas blancas. A sus pies se extendía la ciudad, con su profusión de torres, templos y terrados. Por el sur, la casa se inclinaba sobre los peñones a gran altura, permitiendo ver en lo profundo las olas que se batían indomeñables contra las escolleras, regándolas de limpia espuma blanca. El cananeo comentó:

—Quizás no lo creas: en los días de temporal, el borbollón de la espuma llega hasta este terrado, impulsado por los vientos y la fuerza del océano. Ruge tanto que los huéspedes no acostumbrados no pueden dormir.

—En verdad lo de la espuma cuesta creerlo, pues el bullicio de las calles apenas alcanza hasta aquí, pero lo creo si me lo dices tú. En cuanto al bramido de las aguas, yo mismo lo he sentido en el santuario. En estas islas el mar casi nunca calla. A veces aúlla tanto que priva del descanso; por lo menos a alguien como yo, acostumbrado a mares más pacíficos y serenos, si bien no menos temibles.

Por el este y el norte, desde el palacio podía alcanzarse el canal al completo, con los muelles, las instalaciones industriales, los astilleros, la rada destinada al comercio de granos, los palenques donde se subastaban los esclavos, las salinas… Al otro lado del caño, la hermosa y coqueta isla de Eritía, con la casa de Astarté, otra delicia para los sentidos y una espina clavada en el alma de Posidonio. «¿Cuándo podré visitar los santuarios?». Se contuvo de interpelar sobre ello a Balbo, pues no quería abusar de su generosidad. Suponía una fuente de información demasiado buena y el griego temía que, yendo demasiado lejos en sus pretensiones, acabaría por perderla.

Si el tiempo seco y soleado lo permitía, se quedaban en la terraza, bien arrebujados en sus gruesas capas de lana, disfrutando del panorama, aunque por lo general el viento, la lluvia, el frío, o todos a la vez, lo hacían inviable. En tales casos daban buena cuenta de una opípara comida y de los mejores caldos en algunas de las lujosas cámaras revestidas de losas de alabastro que ofrecía la mansión, porque en todo se asemejaba el palacio del sufete a una sede real: abundaba el mármol en los pórticos, la plata en las mesas, la púrpura y la grana en tapices y alfombras primorosamente labradas.

Balbo, sabedor de las cuitas del griego en el frío santuario, le recibía en los días malos con un grandísimo brasero de hierro con carbones encendidos, sobre el que echaban hierbas aromáticas. Tal como llegaba, el griego se adelantaba corriendo hacia la lumbre para calentarse las manos.

—Que los dioses te bendigan, amigo, por tu previsión.

Se recostaban sobre sendos divanes provistos de mullidos cojines, a la seca penumbra, cerca del brasero. Bebían y charlaban, paladeando el frágil regalo de la amistad naciente. La conversación se trababa con las consabidas florituras, inevitables en un coloquio con levantinos; pero tras interesarse por sus respectivas familias, la salud, el tiempo y la tremenda humedad, los vendavales de levante superándose siempre a sí mismos, y mil otras nimiedades, pasaban a las cosas que interesaban al griego.

Eso mismo ocurrió el día de la visita al astillero. Cansados y ateridos, mientras saboreaban vino caliente a la espera de que sirvieran la comida, Posidonio aprovechó el momento de complicidad. A modo de introducción, contó al sufete lo acontecido con el portulano de Hecateo de Mileto y el capitán de la nave que le trajo a Gadir.

Cuando el Estoico narró la anécdota, su anfitrión estalló en sinceras carcajadas, que hicieron trepidar sus desmesurados labios.

—Ya sabes, Posidonio, que mi pueblo ha sido y es muy celoso de sus secretos. ¿Cómo, si no, hubiéramos podido mantener el monopolio de las rutas, los puertos y las formas de navegar durante casi mil años? Nuestros derroteros están escritos en la memoria de los pilotos y así, quien hubiera querido robarnos los mercados, habrían tenido que seguir las huellas de nuestras quillas por el mar. Algo evidentemente imposible, gracias a los dioses. Y queremos que esta situación dure el mayor tiempo posible, aunque no nos engañamos, las cosas están cambiando. Nos enfrentamos a un mundo nuevo y debemos adaptarnos. Nos costará sobremanera, porque no conozco nación más apegada a sus tradiciones que la nuestra. Por eso, es hora de que los hombres nos conozcan mejor, y con sumo gusto colaboraré.

En ese momento entraron varios esclavos portando enormes bandejas de ciervo y corzo guisado y la sala se llenó de un fuerte olor a escabeche y comino. Como guarnición, rodeaban a las piezas de carne varias docenas de erizos abiertos por la mitad.

—¡Bien! Aquí lo tenemos: la tierra abrazada por el mar. Espero que te guste. Supongo que, como todos en esta isla, llevas semanas sin comer más que pescado.

Por no ofender a su anfitrión, Posidonio no le confesó que él prefería el pescado, sobre todo el de tan buena calidad y variedad como el que se cocinaba en las islas. Después de masticar con relamida fruición una buena tajada de corzo, el griego llevó de nuevo la plática al lugar donde la habían dejado.

—No creo que vuestros secretos comerciales vayan a peligrar por mi culpa. A mí ahora me interesa el pasado, no los arcanos del porvenir. Quiero saber y contar cómo llegasteis a convertiros en lo que sois. Conocer vuestras leyendas, esas noticias que sé bien que os transmitís de generación en generación sin necesidad de reflejarlas por escrito, pese a que vosotros inventasteis la escritura. Sugerente paradoja la vuestra, que sin duda encierra la sabiduría del misterio.

El obeso gadirita, cuyo donaire iba parejo a su voracidad, volvió a reírse con considerable gesticulación y hasta con lágrimas. Pese a que hasta entonces se había moderado, por cortesía, ante la frugalidad de su invitado, el sufete sintió un súbito arrebato de hambre y atacó los erizos con desenfreno glotón, tragando habilidosamente uno tras otro casi sin dejar de hablar.

—Querido Posidonio, de seguro eres el hombre más sabio de tu generación. Nada te pasa inadvertido. Por eso has de comprender que hay cosas que no puedo contarte. Pero trataré de satisfacerte en todo lo demás. ¿Quieres conocer un secreto, nuestro secreto mejor guardado? En realidad, los cananeos somos hijos del desierto. Quiero decir que nuestros más remotos antepasados fueron beduinos salidos de las quebradas del Sinaí y de las remotas arenas de Arabia, al sur de la Tierra Entre Ríos. Por los azares de la historia, mis abuelos se asentaron un día en la escasa franja de terreno existente entre el monte Líbano y el mar Medio, no se sabe si de grado, porque acabaron allí arrinconados por otras tribus, o porque estaba así predestinado. En cualquier caso, en el Líbano no hicieron más que seguir comportándose como beduinos, solo que, en lugar de recorrer las dunas con sus camellos, ahora surcaban las olas con naves, convirtiéndose en los arrieros de los mares. Si lo piensas bien, tiene sentido: ¿qué es el mar, si no un desierto húmedo y salado?

El griego prestaba toda su atención, concentrado en las razones del gadirita y en la esencia del espíritu beduino. Algunas incógnitas empezaban a despejarse en su mente. Tras arduos esfuerzos, habían conseguido transcribir algunas de las reglas consuetudinarias del derecho comercial y marítimo cananeo. Para su estupor, resultaron ser extraordinariamente semejantes, acaso las mismas, que las arcaicas normas del derecho caravanero babilonio. «¡Cuánto me placen los giros y recovecos de la historia! ¡Y qué mayor placer que atar sus cabos sueltos!». Las prescripciones que servían para las caravanas de asnos que surcaban la inmensidad vacía y ocre de las parameras servían asimismo para los buques que flotaban sobre esa otra enormidad azul que ahora se abría, insondable, hacia Occidente.

—Y allí empezaron a competir con los griegos por el dominio del mar —dijo Posidonio, sin querer, en voz alta.

—Efectivamente, amigo, así fue como nuestros respectivos pueblos entraron en contacto y emprendieron una interminable guerra que, con intervalos, ha durado más de mil años. Como bien sabes, los cananeos, desde que nacemos, mamamos con la leche materna una desconfianza y hostilidad acérrima hacia los helenos, nuestros peores enemigos.

—¿Por qué crees tú, Balbo, que griegos y cananeos se odian tanto?

El cananeo se levantó con dificultad, como necesitado de estirar las piernas, y caminó hacia la amplia galería que daba al canal interior gaditano. Sus andares encorvados dejaron ver que había dejado atrás sus años de juventud. Su silueta se dibujó a contraluz bajo el ciclópeo dintel de bronce.

—¿Quizás porque somos muy similares? Los griegos nos desprecian porque dicen que a los fenicios nos puede la eterna sed de ganancias, que nos lanzamos a la desierta inmensidad de las aguas por ambición desmedida de riquezas. ¡Qué disparate! ¿Y por qué empezaron a navegar los griegos?

Posidonio iba a decir algo sobre su propia experiencia. En Apamea aprendió de niño que ambos pueblos conviven dándose las espaldas, llevando la indiferencia de uno hacia el otro hasta donde permiten las exigencias de la vida práctica. De no ser por la mano firme de los gobernantes, griegos y cananeos se hubieran exterminado ya mutuamente, pues ambos se sienten los amos de la ciudad. Es lo mismo que ocurre en Alejandría entre griegos y *ioudaioi*. Donde cohabitan comunidades diferentes prende con facilidad el odio y poco dura la paz. Por eso nunca quiso regresar a Apamea; en Rodas, al menos, reina la armonía. Allí todos se sienten griegos.

Pero, antes de que pudiera abrir la boca, el otro continuó:

—Tal vez no sea verdadero odio sino algo peor: envidia, el más malo de los venenos. Nosotros nos atrevimos a surcar por primera vez los mares del Levante, creando rutas y abriendo factorías en todas las costas, cuando a nadie se le pasaba por la mente esa aventura. Los otros pueblos suponían que el mar no podía navegarse. Nosotros demostramos lo contrario. De ahí en adelante los griegos empezaron a hostigarnos en el este y nos expulsaron de las costas donde habíamos levantado factorías y santuarios. No nos quedó más remedio que venir a Occidente, en busca de rutas libres y mares abiertos.

Posidonio agarró un erizo y lo aspiró como le habían enseñado a hacer en las tabernas de la zona. Masticó despacio, deleitándose en el sabor a mar, mientras escuchaba a Balbo.

—Los griegos nos desprecian, pese a que los cananeos llevamos la civilización a la Hélade y a Chipre. E incluso fundamos algunas de sus principales y más famosas ciudades, como Corinto. Sin embargo, no solo no quieren reconocerlo, sino que cuentan sobre nosotros las más espantosas falsedades, tachándonos de gente salvaje y primitiva.

Posidonio quiso confortar a su camarada, a quien veía sinceramente apenado.

—Bien es cierto que, sobre vosotros, los cananeos, se cuentan muchas farsas en Grecia y en Roma. No hay de qué asombrarse, amigo: ningún pueblo es tal como lo pintan sus contrarios y no hay plaga que corra más veloz que la insidia. Así ha sido, y así será mientras los ríos corran hacia el mar: la historia la escriben los vencedores, que no pierden oportunidad de difamar a los vencidos y culparles de los peores delitos, hasta que de ellos no queda sino un recuerdo deformado. Ahora bien, creo que en el fondo griegos y cananeos no son pueblos afines. Es cierto que comparten rasgos visibles, de superficie, pero en lo esencial alientan visiones radicalmente diferentes de la vida.

—¿Cuál es esa diferencia?

—Creo, Balbo, que los hijos de Canaán no pueden permanecer ociosos. Su vida discurre en un continuo tráfago de actividades, tanto en invierno como en plena canícula. Ni aún los plutócratas se conceden descanso, afanados a perpetuidad en producir y atesorar riquezas. Los griegos, sin embargo, aspiramos a la ociosidad, origen de toda obra humana meritoria. El ocio libera de cualquier ocupación indecorosa. De hecho, el anhelo máximo de un griego es sencillo: acopiar la tierra suficiente para vivir decorosamente, lo que quiere decir alimentarse y vestirse con poco boato. Y, por supuesto, la hacienda debe ir acompañada de suficientes esclavos para cultivarla. Cuando un griego lo consigue, considera que se ha ganado el ocio, la gran dignidad de la vida para él. Repara bien en que no te digo esto con ánimo de ofender, sabes que soy medio arameo por linaje, aunque griego por los cuatro costados en mi inclinación. De esta diferencia me apercibí en el Levante, y ahora aquí, en Occidente, al vivir entre vosotros he confirmado mi teoría.

El otro se quedó un rato pensativo, con la mirada perdida en las brasas. De seguida, como casi siempre, prorrumpió en carcajadas.

—Así será si tú lo dices, Posidonio. Tú eres el maestro y yo un simple comerciante. Sí, creo que tienes razón, al menos por lo que se refiere a Gadir, aquí el ocio es desconocido. La gente no sabría qué hacer con él. Los pescadores pescan todo el tiempo, aunque ya les sobre el pescado. Y los armadores siguen armando sus buques, pues, aun nadando en la abundancia, nunca creen suficiente la plata que atesoran. ¿No piensan lo mismo todos los comerciantes del mundo?

XIX

Notas para una Historia de Tiro y Gadir y Sobre la religión y el derecho de los cananeos. Conforme progreso en mis estudios, se me van abriendo más frentes. El afán del saber resulta inacabable, inabordable. Acumulo ya bastante material sobre la historia de Gadir, pero aún necesito más información sobre su derecho y, sobre todo, sobre su religión. En este asunto los fenicios son particularmente celosos de su intimidad; nadie se presta a hablarme abiertamente de ello. Ni mucho menos sobre los sacrificios humanos. Debo conseguir que Balbo aborde la cuestión en nuestro próximo diálogo. Necesito convencerle para que facilite mi visita al templo de Baal-Hammón. En cuanto al de Astarté, por lo que se me alcanza, la visita no presentará dificultades. Solo debo encontrar el momento adecuado para llevarla a cabo sin despertar más suspicacias de lo habitual.

Mis trabajos avanzan a buen ritmo, y ya cuento con una buena cantidad de notas. Quizás debería enviárselas a mi discípulo Asclepiodotus o a mi colega Apolonio, a Rodas. Sería un desastre que las perdiera. Mi memoria ya no es tan buena como antes y no sabría reproducir su contenido. Sin embargo, el Estrecho sigue cerrado a la navegación, y por tierra son graves los peligros.

Justo cuando Abdmelqart acababa de terminar la lectura de las notas que le había proporcionado el esclavo, sonó, con chasquido ominoso, el último latigazo.

—Al fin lo has logrado, inútil. Ya no te queda una pulgada de piel en la espalda. De seguir así, acabarás muerto antes de tiempo. Y todo por tu ineptitud.

El mejor físico del templo acabó de aplicarle un ungüento en las heridas. El sumo sacerdote pretendía infligir a Abisay el máximo martirio, mas no matarlo. Al esclavo le quedaba demasiado por hacer y, sobre todo, no contaba Abdmelqart con nadie para sustituirlo; quería torturarlo, aterrorizarlo, sin poner en peligro su vida.

—Espero que a partir de ahora te muestres más diligente. No te atrevas a perderte ni una de las conversaciones que mantenga el griego; con cualquiera, y mucho menos con el sufete.

—Señor, lo intento todo: el amedrentamiento, el soborno, la coacción. Pero los esclavos de Balbo son inmunes a mis presiones. En casa del sufete no logro acecharles. Solo cuando marchan por las calles consigo enterarme de algo; y no siempre, porque en ocasiones se retiran ellos dos solos, y nos ordenan a los sirvientes esperarles en algún sitio, o marchar apartados.

—¿Quién es este Asclepiodotus? A Apolonio lo conozco: otro de esos griegos locuaces que creen que por dominar el arte del buen decir ya saben de todo.

—Señor. El Estoico se refiere a él como su discípulo predilecto. Según me dice, se encuentra en Rodas, a cargo de su academia.

* * *

Pese a los intentos desesperados de Abisay, tampoco en la siguiente visita al palacio de Balbo logró enterarse de lo que hablaban. El griego, concentrado en sus asuntos, no se había percatado del maltrecho estado del esclavo, pese a que en ocasiones una franja carmesí se le apuntaba en la túnica. Abisay, así, sufría doblemente: en sus carnes abiertas por el látigo y en su espíritu escarnecido por la indiferencia.

Tal como llegó ese día al salón donde le esperaba Balbo, Posidonio, sin mediar palabra, le espetó:

—Querido Balbo, me has ayudado mucho, nunca viviré lo bastante para agradecértelo. Gracias a ti pronto lograré culminar una obra sobre la historia de tu pueblo. Pero una vez más debo abusar de tu confianza. Necesito que hagas algo por mí.

El sufete se levantó, un tanto sorprendido y preocupado por la grosera entrada del griego. Arduo debía ser el asunto para faltar así a las reglas civilizadas de la cortesía.

—Amigo mío, si está en mi mano, no dudes que lo haré. Dime, ¿de qué se trata?

—Quiero que me ayudes a conseguir permiso para visitar los templos de Astarté y Baal-Hammón.

El cananeo paseaba por la estancia con la extraña levedad de los gordos. Hacía tiempo que esperaba esa demanda.

—En cuanto al de Astarté, no has de tener problema. Es un santuario abierto, sobre todo a los extranjeros. Seguramente conocerás nuestras costumbres sobre las servidoras de Astarté.

El griego asintió.

—Ahora bien, si visitas ese santuario mejor que no lo sepan los sacerdotes de Melqart; no siempre se encuentran en buenos términos con las sacerdotisas de la diosa. En cuanto al templo de Baal-Hammón, eso es otro cantar.

El ancho rostro acalorado del sufete reflejaba grave preocupación. Se sirvió una copa de vino y la apuró de un trago. Posidonio respetó su silencio, hasta que, al cabo, le pudo más la impaciencia.

—Dime, Balbo, ¿por qué es tan delicado todo lo que rodea al culto de Baal-Hammón? ¿Es acaso cierto lo que me han dicho? ¿Siguen los cananeos de Gadir sacrificando a sus primogénitos?

El sufete, como si hubiese sido mordido por una víbora, mudó el semblante y se quedó lívido. No se esperaba una pregunta tan descortés. Tras balbucear un poco, apuntó:

—Mejor no tocar ese asunto.

Posidonio le miró sin decir nada. Balbo deambulaba de un lado a otro de la sala, nervioso. Su contrariedad iba tomando el lugar de la sorpresa inicial. Le respondió con una mezcla de exasperación y afecto:

—Vosotros los griegos no entendéis el sentido de esas ceremonias. Sé que lo consideráis restos de barbarie, pero alguien tan ilustrado como tú no ignorará que vuestros abuelos también realizaban holocaustos semejantes. ¿Acaso Agamenón no sacrificó a Ifigenia para propiciar los vientos y arribar a Troya? ¿Acaso Atenas y Esparta no ejecutaron a los embajadores de Jerjes, como sacrificio ritual? Y no hay que remontarse tanto: a buen seguro sabes que Mitrídates, que se considera medio griego, sacrificó una virgen sobre el altar de las Furias, tras su fracaso a las puertas de Rodas. Todavía hoy los aqueos de la Cólquide, que se creen descendientes de los verdugos de Troya, encienden fogatas para atraer a los barcos hacia sus accidentadas costas, hacerlos naufragar y sacrificar las tripulaciones a sus dioses. Además, ¿qué pueblo no apela de salvajes a los forasteros? Las costumbres propias nos parecen las buenas, las honestas, las fundadas, y las de los demás sucias, impías. Por eso los romanos nos presionan para que acabemos con los sacrificios humanos, cuando ellos mismos lo han proscrito hace apenas treinta años, después de haberlos practicado con profusión; durante las guerras de Aníbal, enterraron vivos a dos griegos y dos galos, cumpliendo el dictamen de los interpretes de los Libros Sibilinos; e hicieron lo mismo justo antes de la guerra de Yugurta. ¿Quieres que siga dándote ejemplos?

—Es cierto, amigo, que…

Balbo le interrumpió con un gesto elocuente de la palma de la mano.

—Nuestros ancestros, hacían pasar por el fuego a los más queridos de sus propios hijos, no necesariamente al primogénito, como ofrenda para acallar a los demonios vengativos que no siempre se contentan con el holocausto de animales irracionales. De cuando en cuando los baales demandan carne y sangre humana. No ocurría de ordinario, pero en ocasiones no había otra manera de comunicarse con los seres celestiales, de decirles: «Fijaos, dioses, no hay nada por delante de vosotros en nuestro corazón, ni siquiera nuestros más queridos hijos». ¿Cabe imaginar prueba más dura para un padre? Para los retoños, sin embargo, suponía un honor, un regalo: la víctima inmolada sube hacia la divinidad por medio del fuego. Por eso se prohibía a los familiares mostrar su pena ante el altar. Ni siquiera en privado debían hacerlo: cada lágrima, cada suspiro, mermaría el valor del exvoto.

Posidonio se acercó a su compañero y le puso con delicadeza la mano en el hombro.

—Discúlpame la insistencia en un asunto que se ve bien cuánto te desagrada. No creas que mi curiosidad es malsana; tan solo me mueve el afán de conocer. Intento comprenderos. Tengo entendido que no solo se sacrifican hijos, además se ofrecen esclavos, prisioneros de guerra y otras víctimas. No sé si será verdad, ¡circulan sobre este asunto tantos embustes! Por eso te pregunto a ti, la persona en quien más confió en Gadir, porque quiero saber, penetrar en los motivos de una práctica que escandaliza hoy en Grecia y Roma. Se cuenta que, con ocasión de una aplastante victoria en Sicilia, los cartagineses arrojaron al fuego a tres mil cautivos de guerra. ¿Pasa aquí lo mismo?

Balbo se sentía realmente ofendido. Apartándose del griego, se reclinó en el diván después de servirse más vino.

—En tiempos lejanos, solo los nobles llevaban a cabo estas ceremonias con víctimas augustas; pero la plebe se sentía excluida y reclamó su derecho a ofrendar también a sus propios descendientes. Era su deseo, nadie lo imponía, solo la piedad. Por eso, según me contaba mi padre, hombre sabido y respetuoso de los dioses y de las costumbres con solera, pese a que los más puristas se negaron, se fue ampliando el rango de las víctimas propiciatorias. Primero, a cualquier hijo, primogénito o no. Más tarde a prisioneros de guerra, y al final, hasta a los esclavos.

—¿Y qué ocurre ahora en Gadir?

—Aquí cada vez son menos frecuentes los holocaustos de niños; siguen realizándose inmolaciones de adultos. Casi cada año se sacrifica alguna víctima, cada vez con menos publicidad, porque no queremos ofender a los romanos.

—¿Solo se sacrifica a Baal-Hammón? ¿No hay inmolaciones en el templo de Melqart?

—El sumo sacerdote del divino héroe defiende que los sacrificios humanos deben restringirse al máximo, dejarse únicamente para ocasiones especiales. Pero el pontífice de Baal-Hammón considera herético ese proceder, fruto de una contaminación provocada por los impíos griegos y romanos.

—Entiendo —dijo Posidonio, con la sospecha de que había algo más que el cananeo no le contaba, y sin duda enturbiaba este asunto. No tardó en confirmarlo, de la misma boca del sufete.

—Lo peor, amigo, no es que los latinos nos presionen para que acabemos con estos ritos. ¡Como si resultara fácil alterar por las buenas costumbres milenarias de un pueblo! Has de comprender que los gadiritas somos amantes de la tradición, quizás porque hemos vivido centenares de años aislados, en este extremo del orbe. Lo cierto, sin embargo, es que cada vez son más en la ciudad los que, como mis hijos, Lucio y Publio, abominan de esos ritos, no disimuladamente o por coacción, sino libremente.

Posidonio apreció en seguida que había tocado el núcleo del asunto. Se sintió cercano a encontrar otra de las piezas que le faltaban para componer el complicado mosaico del pasado y del presente de Gadir.

—Gadir está mutando, Posidonio, demasiado deprisa. Si bien la mayoría de la población conserva las creencias de sus padres, cada vez mayor número de jóvenes, seducidos por ambiciones más elevadas, no se conforman con ser comerciantes pudientes. Quieren más. A mis hijos, y a otros tantos mozos educados en las costumbres griegas y romanas, la Gadir del pasado se les queda pequeña.

Posidonio sentía una gran compasión por el desgarramiento que reflejaban las palabras del sufete.

—Querido Balbo, no te apures. Amigo, siempre ocurre así, en todas las naciones. ¿Quién puede impedir que el mundo se transforme y la historia siga su curso?

—Lo sé, Posidonio, lo que nos pasa ahora a nosotros ha acontecido de ordinario, en otras naciones. La porfía de las generaciones entre lo nuevo y lo viejo, entre cambiar o permanecer. Una pugna tan vieja como el hombre. Pero… pero ¡me ha pillado a mí de pleno! ¡A mí, que solo aspiraba a prosperar con mi comercio y a criar a mis hijos! Llevo toda mi vida tratando de apaciguar los ánimos, procurando que las cosas varíen poco a poco, sin trastornos. Este es mi fracaso; los jóvenes no quieren esperar, y los conservadores no ceden ni un ápice. He vivido muchos años con la esperanza de lograr un compromiso que cada vez me parece más lejano. El asunto de los sacrificios humanos es el que más trastornos causa, porque aquí no cabe término medio alguno: o se practican o no. Y las aguas bajan cada vez más revueltas.

—¿Tan grave es la situación? —Posidonio conocía la respuesta; él mismo había confrontado la hostilidad latente hacía poco tiempo en las calles de la ciudad, un asunto que no quiso confiar a su camarada, para no acrecentar sus pesadumbres.

El sufete afirmó cabeceando. De improviso, en agudo contraste con la desolación que reflejaba su rostro, se le escapó una carcajada, que esta vez sonó amarga, como el lamento del personaje cómico en la tragicomedia griega.

—Y entonces, por si faltara poco, llegas tú para complicar aún más las cosas. ¡Qué más puede fallar!

Posidonio se sorprendió por el poco velado reproche. Venía siendo cada vez más consciente de la situación de creciente tensión que se vivía en las islas. Y ahora este diálogo le desvelaba a Gadir como un volcán al borde de entrar en erupción. No obstante, no había sopesado hasta qué punto su presencia en las islas contribuía a alimentar la tensión entre los bandos enfrentados.

—Amigo, te ruego que me perdones. No he sido consciente hasta ahora de la gravedad de la situación. Tampoco he sabido calibrar lo que mi presencia y mis preguntas podían representar. Te entiendo, créeme que te entiendo. Tanta desavenencia social no acarrea nada bueno, la historia nos lo enseña. Pasó en Roma, no hace tanto, y antes en muchas ciudades helenas. Yo paraba en Roma en el año del séptimo consulado de Mario, cuando él ya andaba mal de la sesera, moribundo. Y por poco me dejo allí la piel. ¡Por lo visto tengo una especial habilidad para meterme en todos los avisperos! Al final el odio acaba en tumulto y en muerte. Sé de buena fuente que, al poco de morir Mario, ya en época de Sila, la sangre corría por las calles de Roma como si de un arroyo se tratase, y los cadáveres se apiñaban en el foro, abandonados a la gula de las moscas. Quieran los dioses que eso jamás suceda aquí. La noble Gadir merece mejor suerte.

—Eso es precisamente, Posidonio, lo que llevo toda mi vida intentando. Pero ya ves, a este viejo hombre se le acaban las fuerzas.

—Temes por ti y por los tuyos? ¿Por qué no abandonas la ciudad? Vete a Roma. ¡Ven a Rodas conmigo! Allí desarrollarás su talento para los negocios. Hay buenas oportunidades para comerciar en el Levante.

—Querido Posidonio, quienes hemos navegado no nos asustamos con facilidad en tierra firme. No confundas la amargura del empeño fracasado con el temor. El miedo, el terror es una ola gigante que amenaza el costado de tu nave y no esto. Cuando ves acercarse una montaña de agua que se desploma de pronto sobre ti, eso es el pavor. O cuando en plena tempestad la campana del cielo se confunde con el mar y el viento te impulsa, imparable, hacia una costa erizada de escollos y peñascos. No todo el mundo puede soportarlo; algunos enloquecen de pánico en su primera travesía. Por mucho que a uno le cuenten sobre el poder del océano, sobre su fuerza arrolladora y la insignificancia del hombre y sus inventos frente a la grisácea mole acuosa, no puede ni imaginarse la osadía que supone correr un temporal montado en un juguete de madera y bronce, sobre unas pocas tablas embreadas y conjuntadas por la pericia de los carpinteros de ribera. Por eso la gente de mar es de natural piadoso y sabe bien que nace de nuevo en cada travesía: penetrar la vasta extensión marina y sobrevivir es ponerse en manos de los dioses. Los que superan su primer temporal es como si nacieran de nuevo, fortalecidos, más valientes.

Posidonio le escuchaba boquiabierto, hipnotizado por la modulación de su voz y la sensatez de sus argumentos, vertidos en el lenguaje lírico y cadencioso.

—No, amigo, no creas que temo por mí o por los míos. Roma nos han concedido honores desusados que ni siquiera disfrutan los moradores del Lacio. Mi vieja estirpe, los Balbo, sobrevivirá, aunque sea bajo otras formas. Lo que me inquieta es la suerte de Gadir. Nos encontramos en una situación muy comprometida. No queremos sufrir el mismo escarmiento que Cartago. Carecemos de una población dilatada, no aspiramos a conquistar a los pueblos vecinos ni a constituir un imperio. Solo queremos seguir gobernándonos sin el peso de la bota romana sobre nuestro cuello. No podemos enfrentarnos a Roma. Si la poderosa Tiro, que dominaba el mar con su flota de guerra, sucumbió ante unos pocos bárbaros macedonios, ¿qué nos pasaría a nosotros, mucho más menudos y débiles, frente a unos salvajes aún más pujantes?

Balbo se mostraba transfigurado; en su mirada se vislumbraba una decantada sabiduría. Posidonio principiaba a comprender que la fachada de comerciante pragmático y hedonista escondía un poeta y un místico; un místico piadoso en sus entrañas pese a mostrarse pudoroso a la hora de hablar de cuestiones de conciencia.

—Admirado Balbo, algo varía en tu expresión cuando hablas del océano. ¿Acaso adoras al mar? ¿Quién es el dios del mar para los hijos de Canaán? Nosotros tenemos a Poseidón, iracundo, destructivo y poderoso.

Con los ojos abiertos fijos en la inmensa planicie crestada de vellones blancos, el cananeo empezó a hablar con acento debilitado y quejumbroso, casi hecho letanía:

—El mar es madre y padre, acaricia y castiga, besa y muerde. El mar, como la muerte, iguala a los hombres y los hace insignificantes. No tiene un dios tutelar, porque él mismo es una de las más claras manifestaciones del poder de los baales, de todos los dioses, y de Baal-Hammón en particular. Gadir subsiste, desde hace mil años, gracias a la prodigalidad del océano, pero su existencia es precaria, porque nos hallamos incrustados en su seno y debemos mostrarnos especialmente piadosos para no irritarle. Cuando el piélago se enoja mejor ponerse a cubierto; bien lo sabemos en estas islas. Desde que se tiene memoria, varias veces el mar ha borrado con destructividad todo rastro de vida sobre las Gadeiras y hasta más allá del mar interior. Y lo que ha acontecido antes puede volver a ocurrir, va a ocurrir. Los servidores de Baal-Hammón se consideran vicarios de las divinidades marinas, los únicos capaces de entender su palabra, encargados de interpretar y ejecutar sus mandatos, con el cometido principal de sosegar al Dios y expiar las culpas de los gadiritas. Los sacerdotes de Melqart cuestionan ese monopolio, lo mismo que las servidoras de Astarté, a la que adoran como la única Señora del Mar. Mientras tanto, los que vivimos del océano tratamos de mantenerlos contentos a todos.

Balbo se interrumpió, como dudando si debía seguir deslizándose por aquella pendiente, que claramente llevaba a la herejía, además en presencia de un griego chismoso.

—¿Qué otra cosa podemos hacer? ¿Quién conoce toda la verdad? Albergo el convencimiento de que solo quienes arrostran los peligros del mar pueden vislumbrar su misterio. Yo he viajado a casi todos los lugares costeros habitados por el hombre, he pasado mi juventud en los barcos, y apenas soy capaz de intuir una parte de ese arcano. No encuentro palabras para transmitírtelo. Aunque quisiera, no podría. De lo que estoy seguro es de que el océano es fuente de sabiduría, si bien guarda sus secretos con más celo que la tierra. Se sabe que quien reveló a los hombres todos los conocimientos fundamentales fue Oanes, el hombre-pez, a quien debemos la arquitectura, la matemática, el lenguaje, los buenos modales. El mar, como ves, griego, lo es todo. Pretender reducirlo a una simple divinidad con forma de hombre, entre otras muchas deidades, supone ignorar su verdadera naturaleza, una impiedad propia de bárbaros. Espero que no te ofendas, estoy siendo sincero.

Balbo se giró hacia Eritía y señaló con el brazo.

—Gadir, si te fijas bien, es como un barco de singular perfección, o más bien como una escuadra. Por eso nos sentimos tan a gusto aquí. Nosotros vivimos por y para el mar, en medio de él. ¿Cómo no adorarlo? Los cananeos somos hijos suyos, no pertenecemos a la tierra firme, donde nos encontramos como pájaros con las alas cortadas. Nos place su inmensidad, su mutabilidad, sus desafíos, escuchar su ronco lenguaje que nadie entiende. ¿Acaso no corren riesgos los que habitan el continente? Quien se asuste del océano, que anide en tierra y que sude arreando a las yuntas de bueyes, implorando por que las lluvias no lleguen ni demasiado pronto ni demasiado tarde, para que no aparezcan por el horizonte nubes pestíferas de langostas. Pese a todas sus amenazas, el mar es nuestra arma y nuestra trinchera; en sus soledades protectoras nos sentimos a salvo. Lo que para los demás pueblos implica un peligro, para nosotros es seguridad. Los cananeos hemos firmado un pacto con el océano, y está sellado con nuestra sangre: él nos nutre y nos ampara. Nosotros, en justa correspondencia, debemos glorificarlo.

El sufete, tratando de recuperar su talante campechano, añadió:

—En cualquier caso, no puedo dejar de honrar los deberes de hospitalidad, una de nuestras tradiciones más arraigadas, heredadas de los beduinos. Haré lo posible por conseguir que te permitan visitar el templo de Baal-Hammón. Aunque no soy la persona más adecuada para ello. Los consagrados de ese santuario, y también los de Melqart, me consideran un enemigo. Sin motivo, me adscriben al bando de los renovadores.

Balbo se levantó con brusquedad, ahora muy enfurruñado, en uno de sus usuales cambios súbitos de humor que tanta sorpresa causaban al griego y gritó:

—¡Yo no soy renovador ni conservador! ¡Soy Balbo! Pienso por mí mismo y actúo como considero mejor, momento a momento, dilema a dilema. Pero seguro que tú, amigo Posidonio, sabes bien, por propia experiencia, cuántas personas afirman conocer cómo pensamos, y mejor que nosotros mismos, juzgando incluso nuestras intenciones. ¡Mentecatos!

Ya más calmado, se sentó de nuevo para concluir:

—Empieza por lo más sencillo, visitar la casa de Astarté. Bastará con que te presentes allí. Las sacerdotisas no se opondrán, más bien al contrario; se complacen con las visitas de extranjeros, aunque no sé cómo se lo tomarán los servidores de Melqart. Por eso te ruego que lo hagas con el consentimiento del sumo sacerdote. Para mí es importante mantener buenas relaciones con él; abogué con vehemencia para que te aceptaran. Has de encontrar la manera oportuna de pedírselo. Si bien, en realidad, ¿qué puedes perder? Si te echan del santuario, te vienes aquí conmigo. Piénsalo, griego, quizás haya llegado el momento de que te mudes a mi casa.

XX

Abisay nunca más reconoció en presencia de Abdmelqart haber perdido de vista al griego. Con la lección bien aprendida, puso en funcionamiento su imaginación para componer un relato ficticio, aunque muy apegado a la realidad, de las andanzas de Posidonio, destinado a agradar los oídos del sumo sacerdote, sirviéndose de lo escrito por aquel en sus notas y de retazos de conversaciones que conseguía escuchar. Además, durante los periplos a Gadir, trataba de sonsacar toda la información posible. En algunas ocasiones, sobre todo cuando se sentía contento, Posidonio se mostraba particularmente locuaz, como lo era al principio. Así pudo enterarse de que parecía inminente su traslado al palacio de Balbo, lo que ponía al esclavo al borde de la desesperación.

—Conque Balbo insiste en que el griego se aloje en su casa.

—Así es, señor y maestro.

—¿Y él ha aceptado?

—Por lo que me ha dicho el griego, prefiere continuar aquí, tanto por agradecimiento a Melqart como por completar sus observaciones astronómicas y del océano.

El sacerdote se quedó absorto considerando las implicaciones de las diversas posibilidades que se habrían en un futuro inmediato. Por una parte, el griego suponía una molestia pertinaz, ahora atenuada por sus frecuentes visitas a Gadir; pero, a la vez, mientras permaneciera allí podría controlarlo.

—Por ahora nos conviene que siga aquí. Haz lo posible, esclavo, para que así sea. Trata de tenerlo contento. Tenemos que evitar que esa mudanza se produzca pronto. ¿Algo más?

—Quiere visitar el templo de Astarté.

—Bien, que lo haga, que vaya a ver a la loca. Él sabrá lo que hace, aunque nada bueno sacará de eso.

* * *

No se imaginaba Abdmelqart hasta qué punto complacía con ello las aspiraciones de Abisay. Si el griego abandonaba para siempre el santuario, se desvanecerían en el aire de los sueños sus posibilidades de regresar a Oriente como propiedad de un amo compasivo. Debía encontrar la manera de que todo siguiera igual, porque veía cómo, poco a poco, Posidonio, cada vez más afín al sufete, se le escapaba de las manos.

Desde que frecuentaba la casa de los Balbo, el esclavo pasaba menos tiempo a solas con el griego. En sus recorridos por Gadir, le acompañaba ahora el cananeo, entretanto él se quedaba esperándoles en el palacio, rumiando su desesperación. Además, en la casa de Balbo Posidonio recibía un tratamiento principesco. Cada jornada que amanecía allí, un esclavo se presentaba en sus aposentos para arreglarle el pelo y la barba. Por si fuera poco, las suntuosas dependencias que le proporcionaron contaban con un excelente sistema de calefacción. Y él no dejaba de repetir que no podía soportar el frío y la humedad de la isla.

Era todavía invierno, pero el sol emprendía su remontada y ya volaba alto al mediodía: se acercaba el final de la estancia de Posidonio en Gadir. A Abisay le quedaba poco tiempo: con la osadía de sus esperanzas empujándole, concibió un plan, temerario y posiblemente mortal, que asumía como última oportunidad. Sabía bien que, de no intervenir, Posidonio acabaría por mudarse al caserón de los Balbo.

Por lo pronto, vendió la inminente visita al templo de Astarté como un logro personal.

* * *

El esclavo llegó sin ruido y Posidonio, desapercibido, siguió concentrado en lo suyo, rasgando con su cálamo un papiro de piel de cabra en el que componía complejas fórmulas matemáticas.

—Señor, mañana, si lo deseas, visitaremos el templo de Astarté, en Eritía. El tiempo será bueno y podremos navegar en una barca rápida que nos traerá de vuelta por la tarde; como sabes, ningún griego puede pernoctar allí. Mientras tú exploras la isla, yo te esperaré en el muelle.

La noticia pilló por sorpresa al Estoico, quien, siguiendo los consejos de Balbo, aún no se había atrevido a pedir licencia para tal expedición. Temía llevar demasiado lejos sus demandas de todo tipo y no quería perjudicar con ello a su aliado el sufete, a quien tanto debía. Decidido a mudarse a su casa, quería hacerlo de la mejor manera, sin ofender a nadie. Entretanto, aprovechaba para adelantar en sus trabajos sobre las mareas: aún no había llegado a establecer la correlación exacta entre su intensidad y los astros.

—Abisay, ¿el sumo sacerdote lo sabe? ¿No se opone?

—Lo sabe y no se opone. Quiere facilitar en lo posible tus deseos. Pero quiere pedirte algo a cambio: te exige que nadie sepa que él te da dado su beneplácito. Por favor, guarda el secreto; todos en el santuario, menos Abdmelqart, creen que vamos en una de tus visitas de estudio por el archipiélago. Mejor que no se sepa.

Posidonio mostró semblante de incredulidad, sorprendido por tanta complacencia. Le costaba creerlo. Enrolló con cuidado el papiro y lo guardó en una canasta.

—¿Has sido tú, Abisay? ¿Cómo lo has logrado?

El hebreo, que no perdía ocasión de convertir al griego en su acreedor, expuso sin remordimiento:

—Señor, los esclavos, aun privados de todo poder, nos movemos bien por las covachuelas de los templos y los palacios. Acabamos por conocer a nuestros amos mejor de lo que se conocen ellos a sí mismos. El sumo sacerdote es un buen hombre, piadoso en extremo, cree con fe inconmovible que Melqart es el único señor del mundo. Con delicadeza, he dejado caer en sus oídos las ventajas de satisfacer las ansias de saber del filósofo más famoso de la tierra, cuyos escritos se leen por todas partes. He acabado por convencerle de que con ello contribuirá al mejor conocimiento del poder del divino héroe. Espero no haber sido imprudente.

Posidonio se levantó del escabel donde dibujaba sobre una tabla, y abrazó al muchacho.

—¿Imprudente? Has sido muy imprudente, gracias a Apolo. Pero no lo olvidaré, judío. Estoy en deuda contigo: tus servicios exceden con mucho lo que se espera de un sirviente.

Bajando un tanto la voz, el griego le dijo, cerca de la oreja, con mohín de complicidad:

—¿Hay algo que pueda hacer por ti?

Abisay, fingiendo turbación, negó con vehemencia.

—Señor, solo soy un esclavo. Cumplo lo que me mandan y debo servirte. En verdad, señor, no me pesa. Serías un buen amo.

No hubo necesidad de más palabras. Posidonio entendió con claridad lo que quería Abisay. Llevaba semanas lanzándole indirectas de ese tipo.

* * *

Esta vez viajaron en una ágil barca de remos. Surcaron el mar interior en una fresca mañana y alcanzaron en poco tiempo el islote de Eritía, sin poner pie en Kotinusa.

Defendida por el mar y sus farallones, la isla de Astarté no precisa de fuertes murallas. Por eso los cananeos la eligieron como lugar de su primer asentamiento en las Gadeiras, aunque pronto se les quedó exigua y empezaron a poblar la larguísima isla contigua. Desde hacía incontables años, Eritía se empleaba, sobre todo, como santuario de Astarté; la ocupan solo cananeos de buena cuna. No moran extranjeros en la isla dedicada a la diosa salida de la espuma: pueden acudir durante el día para efectuar sus ofrendas y votos, pero a la puesta del sol han de encontrarse, bajo pena de vida, al otro lado del canal.

En la antigua acrópolis fortificada se ubica la morada de la diosa, alrededor de la cual una pequeña ciudad despliega su caserío blanco como si la misma soberana del amor extendiera su manto hasta llegar a la playa de arenas doradas: el templo de Astarté gadirita, famoso en toda la Ecúmene, casi tanto como el de Astarté Ericina, del monte Eryx, en Sicilia. Se hablaban maravillas de la belleza de sus servidoras, de la fiabilidad de su oráculo y de los milagros de la divinidad. Si bien la mayoría de los extranjeros que peregrinaban al lejano Occidente lo hacían para honrar a Melqart, también numerosas damas pudientes con problemas de fertilidad acudían desde Massilia, Roma e incluso desde Egipto para pedir a la diosa el don de la maternidad. Los lugareños de las proximidades muestran particular devoción por la deidad, a la que consideran responsable de la preñez de sus ganados y de la proliferación de los frutos. Anclada en los tiempos más remotos, la fe sencilla de quienes se doblan detrás del arado es proclive a adorar los misterios cotidianos. ¿Y qué hay más misterioso que el hecho que de un ser, por insignificante que sea, sea capaz de engendrar en su seno a otro, asemejándose en esta asombrosa autoría de vida a los dioses inmortales?

A la soberana del amor le sirve una comunidad de sacerdotisas que jamás sale de la isla, salvo por motivos del culto, en contadas ocasiones. En lujosas barcas de remos, decorados sus cascos con brillantes pinturas y engalanadas de costosísimas banderolas de tela púrpura, color fenicio por antonomasia, las siervas de la diosa surcan las aguas como si volaran cuando se dirigen, en los días prescritos, a ofrendar tórtolas del plumaje más blanco, corderos huérfanos de toda mácula, y ovejas preñadas. Ellas mismas se ofrecen también a los peregrinos como supremo sacrificio, a cambio de la mandada plata ritual, en los diversos templetes distribuidos por todo el perímetro de la costa del mar interior gaditano.

Tras desembarcar en el reducido puerto interior, el *kothon*, Posidonio empezó, emocionado, sin despedirse siquiera de Abisay, su ascenso por las calles empedradas con grandes losas pulidas que en fuerte pendiente llevaban a la acrópolis. Por todas partes reinaba la pulcritud y la armonía, aún más que en Kotinusa. Nada, ni formas, ni olores, ni sonidos desentonaba: el omnipresente murmullo del océano, el chillido de las gaviotas, incluso el tenaz aroma salobre que flotaba en el ambiente en las Gadeiras, todo se percibía ordenado por la mano divina. Apenas se veía gente por las calles. Hasta los pocos habitantes que se cruzó le parecieron al griego excepcionalmente hermosos y jóvenes. Las mujeres caminaban en grupo o acompañadas por un varón, tocadas con velos de sublimes colores. Algunas ocultaban su rostro. Unas pocas iban destocadas, luciendo bien a las claras su cabello y su condición servil o su moral relajada.

Al final del caserío, el sendero discurre salpicado por praderas sombreadas por bosquecillos de árboles gigantescos, desconocidos en el mar Medio, embellecidos por rinconadas de flores de penetrante fragancia. Posidonio aspiró, cerrando los ojos. Abundaban misteriosos camaleones y pájaros bulliciosos de plumas multicolor que se escondían entre las matas de adelfas. Hubiera querido pasar un rato admirando a esas hermosas criaturas, y a otras muchas que se ofrecían a la vista. Pero a lo lejos se dejaban ya entrever las gradas del templo de Astarté, con sus pórticos guarnecidos de floridas guirnaldas; se sentía empujado hacia allí por una oscura fuerza.

Antes de culminar la subida, de improviso, a la vuelta de un recodo del sendero, se topó con una dama de edad indescifrable sentada en un poyete de mármol, que se le quedó mirando con interés y una sonrisa irónica. Resplandeciente en medio de la viva luz de la mañana, vestía un peplo corto recamado en oro, ceñido a la cintura por un cinturón y abierto por el costado. Su insólita belleza, indescriptible, sobrenatural, bien podría ser fruto de un conjuro. El pelo suelto le caía sobre la espalda en espesas oleadas. Lucía una corona de flores, varios delgados collares, también de oro, y perlas en las orejas. El griego la observaba atontado, boqueando, sintiendo que le faltaba el aire, queriendo hablar sin atinar con las palabras adecuadas, extasiado por la presencia de lo que en verdad semejaba una divinidad.

—Que la diosa de la vida te guarde, extranjero. Si eres peregrino deseoso de adorar a Astarté, bienvenido a este templo, casi tan antiguo como el mundo. De lo contrario, vuelve sobre tus pasos y conservarás la vida.

Posidonio se quedó mudo, todavía no recompuesto por la contemplación inesperada, repentina, de tanta hermosura. Apenas pudo enhebrar algunas frases entrecortadas:

—Gran señora, yo vengo en honor de Astarté. Me llamo Posidonio. Posidonio de Apamea, ciudadano de Rodas.

—Sé quién eres: Posidonio el Estoico, personaje de leyenda, considerado el bárbaro más sabio que ha parido el este. ¡Como si pudiera medirse la sabiduría! Llevas un tiempo alojado en el santuario de Melqart, tú sabrás el motivo que te lleva a buscar esa compañía. Sé bienvenido, Posidonio. Me alegra tenerte aquí. Considérame un caso raro entre mi gente: a mí sí me gustan los griegos o, por lo menos, no me disgustan tanto como a los demás cananeos. De entre todos los pueblos, sois los que mejor habéis entendido la naturaleza y facultades de Astarté, a quienes vosotros llamáis Afrodita Urania, hija de la espuma. Yo soy su más humilde sierva, Anahit, hija de Batnoam.

La mujer lo escrutaba con fijeza, luciendo una sonrisa entre burlona y altanera. Resultaba imposible sustraerse a la luz de aquellas intensas pupilas; ¿quién querría apartar sus ojos de tan hermosa imagen? A Posidonio le asaltaba la incómoda sensación de que la dama le veía por dentro, leía en su interior. Podía sentir sensaciones largo tiempo olvidadas; un anhelo de gozo irrefrenable, acompañado de una vigorosa erección. Vino a él de nuevo el mortificante apetito que siente el adolescente ante una moza en sazón, cuando empieza a fijarse en la gracia de sus senos y en la picardía de sus muecas. Y evocó los momentos de su primera juventud, cuando recorría decenas de estadios y esperaba las horas que hicieran falta para robar una simple caricia de una virgen retozona, la época en que se daba placer a sí mismo, una y otra vez, vencido por la inagotable tiranía de la lujuria.

Posidonio llevaba años convencido de que por fin había aplacado las exigencias de Venus, y de pronto experimentó que por dentro borboteaban vivas aún las intempestivas ansias, las que le llevaron a cometer tantas locuras y a derrochar tanto tiempo. Suspenso entre la alegría y la pavura, en modo alguno esperaba algo así. Acudía al templo de la diosa movido por su ilimitada curiosidad intelectual, pese a que sobre Afrodita creía saberlo casi todo, pues había visitado muchos de sus santuarios y estudiado a fondo las particularidades del culto afrodisíaco.

Sin mediar más palabras, Anahit agarró su mano y lo condujo con suavidad por una leve pendiente hasta entrar en el recinto sagrado. A marcha flemática, recorrieron diversos jardines, a cuál más perfecto, sin desenlazar sus dedos. La mujer avanzaba erguida, con sublime naturalidad y la pisada segura de las hembras que se saben hermosas cuando despliegan su poder desafiante ante la mirada ansiosa de los machos.

Dentro del santuario el aire se espesaba cargado de olores casi intoxicantes; por todas partes ardían pebeteros y braserillos con perfumes. El Estoico se sentía como un niño, privado de voluntad propia; si ahora esa dama le hubiera pedido que se quitara la vida, gustosamente lo habría hecho. ¡Qué cierto es que la concupiscencia convierte a los hombres en peleles sin criterio, esclavos de sus propios instintos!

Tras un recorrido corto, que al griego le pareció interminable, se recostaron en sendos triclinios que aguardaban al final de un hermoso atrio, en cuyo centro borboteaba un estanque perfumado con nenúfares. Al lado de cada uno de los lechos había trípodes con cuencos humeantes de incienso sobre los que se elevaban leves vapores azulosos. Una tenue brisa, preñada de aromas marinos, mecía las plantas y los cortinajes traslúcidos que se extendían entre columna y columna, emitiendo reflejos tornasolados. Al fondo, sobre un pequeño altar, se dibujaba la figura omnipresente de Astarté, esta vez desnuda y alada, rodeada de animales y sosteniendo un león en cada mano.

Pese a su ofuscación, Posidonio observó que se encontraba en la más alta atalaya de la ciudad y, aun así, la brisa soplaba allí de manera misteriosamente sutil, cuando cabía esperar lo contrario en aquella isla siempre ventosa. «Otro prodigio», se dijo, antes de sumergirse en la contemplación de la hermosura del mar interior gaditano. A lo lejos, hacia el mediodía, el *Herakleion*, con su torre humeante; al este, los altos donde anidan los celtas; al norte, los senderos que llevan a Híspalis, a Corduba y a Lusitania; al oeste, el mar, solo el mar, abierto e infinito.

La mujer palmeó y, sin que las pisadas de sus pies descalzos produjeran ruido alguno, surgieron como de la nada dos jóvenes con jarras y cráteras; parecían idénticas, como hermanas gemelas, pero una rubia y de piel muy blanca y rojiza, y la otra casi negra. Con vaivenes elegantes mezclaron vino y agua, sirvieron las copas y se retiraron tan grácilmente como llegaron; más que caminar, flotaban sobre las pulidas losas de mármol. Antes de esfumarse, una de las muchachas recogió el pelo de la sacerdotisa con un moño alto, con una cadenita de oro, y le colocó sobre el mismo un traslúcido velo de seda.

Anahit ejecutó la libación; se levantó y alzó en alto el cáliz con las dos manos, después puso en tierra la rodilla derecha y, vertiendo al suelo con gracilidad la primicia, desplegó sus labios, mirando en dirección al altar:

—¡Primero tú, oh diosa, amiga de las sonrisas, de las flores y los jardines, que extiendes tu poder sobre todas las criaturas, invitándolas a aparearse y realizar las gratas tareas que quedan bajo tu amparo! Soberana y madre de todos los hombres, dispensadora de fecundidad, Estrella del Mar que cuida de los navegantes calmando las olas, protectora de las vides, acepta esta ofrenda.

La voz de la sacerdotisa, en sí misma una melodía, le mantenía encandilado: casi tan grave como la de un hombre, pero, a la vez, inequívocamente femenina. Nunca había escuchado semejante entonación. La mujer permaneció un rato en silencio, prosternada, murmurando algunas preces; terminado su recogimiento, se quitó el velo con delicadeza, se incorporó y se reclinó en su diván.

Bebieron ambos con cuidado, escrutándose mutuamente. A Posidonio la dama le resultaba cada vez más hermosa: una tenue luz cenital nimbaba su figura, suavizando las curvas de su cuerpo, divinizando su rostro. No se cansaba de mirarla; se le llenaban los ojos recorriendo sus gracias y perfecciones, y cuanto más la contemplaba, más ardían tizones en sus entrañas. Y el vino... El vino le entonaba como un néctar sobrenatural. Todo en aquel lugar, sabores, olores, imágenes, resultaba de una realidad más intensa, más perfecta.

—Ahora, griego, dime qué te ha traído aquí. ¿Qué buscas en Gadir, tan lejos de tu hogar?

—Señora, me siento muy honrado por el recibimiento que me has dado. Como ya te dije, vengo a honrar a la diosa, a sacrificar por ella de acuerdo con los usos de este templo.

El semblante de la mujer se iba endureciendo poco a poco. Al cabo le interrumpió:

—¿Qué buscas, griego?

Lo preguntó con el mismo tono amable, desmintiendo el mensaje que lanzaban sus pupilas, a cuya gélida mirada de Medusa no cabía sustraerse. Un requerimiento intimidatorio, orden contra la que no cabía réplica. Posidonio tartajeó, temiendo quedar también él petrificado, de repente.

—Gran señora, en verdad quiero honrar a Astarté, la más venerada en mi patria; la Venus Marina. Y además, si me concedes esa gracia, quiero conocer el origen de este santuario, la manera en que honráis aquí a la diosa, y…

Con autoridad, la señora le interrumpió de nuevo. Todo en su porte llamativo y distinguido, desmentía la humildad que antes había proclamado. Desde luego, se trataba de una de las más altas sacerdotisas del templo, quizás la suma sacerdotisa. Reparó ahora en su nombre, hija de Batnoam, un matronímico; si se identificaba con el nombre de la madre sin duda se debía a su condición de hija de una sacerdotisa. Solo las siervas consagradas desde su nacimiento a Astarté formaban así su nombre.

—¡Griegos! ¡Siempre iguales! Nunca dejáis quietas esas cabecitas vuestras, ¿verdad? ¿Por qué queréis saberlo todo? Es antinatural. Hay asuntos que no comprenden los hombres, ni pueden, ni deben.

Posidonio bajó la cabeza como crío pillado en una travesura.

—Señora, yo… Lo lamento. En verdad siento infinito amor por la ciencia, por escrutar en los arcanos del universo, desentrañar armonías, relaciones. Quisiera desvelar todos los misterios. No puedo evitarlo, es mi naturaleza. Casi nadie sabe para qué vino al mundo, pero yo desde niño supe que mi creador quiso que le buscara, que le buscara por todos los medios. Y por ello me ha dado un corazón incapaz de descanso.

Una risa límpida brotó de la garganta de Anahit, impidiendo al griego seguir con su torpe disculpa. Posidonio, como un ratoncillo acorralado por un gato, se sentía enteramente a su merced, agradecido incluso porque, en lugar de engullirlo de un bocado, quisiera jugar con él antes del fin.

—No tienes por qué excusarte, Posidonio; en verdad es vuestra naturaleza y, según me dices, sobre todo la tuya. Los dioses han escogido para ti ese sendero maligno y ya eso entraña condena bastante. Como decían los antiguos caldeos, en el pecado está la penitencia. No te preocupes, en mi condición de simple sierva de nuestra Señora no me corresponde a mí juzgarte, sino a ella. Sacrificaremos a la diosa y, quizás, consultaremos los augurios.

Anahit palmeó de nuevo y otra vez se produjo el conjuro; diez jóvenes comparecieron de improviso, a cuál más hermosa. Esta vez, cada una diferente y de las más diversas hechuras: altas ligeras de carnes, bajitas regordetas, unos pechos copiosos y otros ajustados, algunas con anchas caderas de buena paridora y otras estrechas como muchachos, cabellos rubios, pelirrojos, negros. Ni la más tierna gacela hubiera trotado con más natural levedad. Se colocaron, inmóviles, en posturas distintas, enfrente de los reclinados, amoldando una escultura primorosa, fresca, como recién salida de la escuela de escultores de Rodas.

Las jóvenes sacerdotisas comenzaron a ejecutar sus célebres danzas, cimbreando el talle de una forma que todas las muchachas de la región trataban de imitar, sin éxito. Aquel compás requería cuantiosos años de práctica continua, una perfecta ejecución de vaivenes sincronizados, sin duda inspirados por la diosa del amor.

Vestían impolutos quitones blancos, casi transparentes, cortos y sin mangas para permitir los movimientos seductores de todos los miembros, pero con ceñidores dorados que resaltaban la arrogancia de sus pechos y el agudo relieve de sus pezones. Los cabellos cubiertos por finos velos, peinados con trenzas y elaborados recogidos, oscilaban al ritmo de la música en acompasada armonía. Ellas mismas producían la melodía, con los címbalos y ajorcas atados a los tobillos y las castañuelas en sus manos. Con cada contorsión, sus cuerpos se detenían por un momento eterno en el aire, en una especie de levitación escultural, y al instante siguiente volvían a componer nuevas figuras, aún más hermosas.

Embebido en la contemplación, no hubiera sido capaz el griego de decir cuánto duró la danza, que empezó tímida, con lentitud felina, y fue incrementando el ritmo hasta alcanzar un frenesí en el que las ninfas zarandeaban cada rincón de su cuerpo. En ese sagrado lugar, el transcurso del tiempo seguía su propia lógica. O quizás el visitante cayó presa de un ensalmo que le privó de voluntad nada más penetrar en el templo. «¿Acaso la bebida lleva un filtro?». Creía escuchar los acordes prodigiosos de la lira de Orfeo, ante cuya melodía la corriente de los ríos se detenía, los montes se inclinaban y los más salvajes animales se volvían mansos.

Al final, las bailarinas, tirando de sus velos, exhibieron sus rostros de maravilla, como dibujados por el mejor de los artistas, y sus pieles barnizadas por el cuidado de selectos bálsamos. La sacerdotisa, reclinada en su diván, observaba divertida la excitación del sabio. Sin levantarse, le explicó, con su voz irreal:

—Ahora, si lo deseas, extranjero, podrás honrar a la diosa yaciendo con una de las doncellas nobles de la ciudad, que ofrecen su virginidad a un peregrino para glorificar a Astarté. El precio lo fijas tú, pues no cabe tasar la virtud. Con su flor no se negocia; de lo contrario, actuaría como una simple prostituta, semejante a vuestras hetairas. Pero la tradición impone que te muestres generoso con la diosa. Ella es despiadada y rigurosa con quienes desdeñan su poder; sabrás que su ira, caprichosa con frecuencia, se centra en el buen funcionamiento de las partes generadoras. Es conocido que quienes tratan de burlar a Astarté contraen enfermedades funestas o pierden el vigor, y ya no pueden yacer nunca más con mujer alguna.

Posidonio tragó aire antes de responder, tratando de encubrir la confusión que le invadía y de borrar de su boca la sonrisa bobalicona que las muchachas le habían pintado en la cara.

—Gran señora, hace tantos años que no ejercito esas artes. Creo que mis potencias viriles se agostaron y temo que el cuerpo me traicione; nada hay más patético que un abuelo tratando de satisfacer a una jovencita; además, ya no tengo apetencias irracionales ni me pliego a los desafueros de la pasión.

Anahit sonrió, mostrando sus dientes perfectos.

—¿También está muerto el deseo? Porque no es eso lo que dice el relieve de tu túnica.

El griego se removió, incómodo, sobre sus cojines. Se sentía como desnudo frente a esa hechicera, que acaso le conocía ya mejor que nadie. Llevaba años satisfecho por haberse redimido de ese «amo loco» del que hablaba el divino Platón; ahora empezaba a constatar que nunca se había librado de él del todo. Pero ¡qué dulce error!

—Pues, si hay apetito, hay fuerza. No es necesario que invoques a Príapo: la diosa se encarga de ello, siempre que exista hambre de gozo. Algunas almas enfermas consiguen engañarse a sí mismas y se convencen de que ya no desean carnalmente. La soberana del amor lo sabe y se ríe; si ella quiere los humillará, haciéndoles enloquecer en su divino caos. ¿Eres tú, Posidonio, una de esas almas enfermas? ¿Puedes poner coto a tus anhelos naturales, instintivos, o dejarás que la diosa te infunda los bríos que crees que te faltan para sembrar sus campos? Mira que, por sabio que sea un hombre, nunca logrará descubrir todos los misterios.

Mientras decía esto, la sacerdotisa apuntaba con el brazo, con desgana, hacia un corredor más allá de las pilastras.

Sin mediar palabra, como impulsado por una voluntad ajena, el Estoico se levantó y se dirigió hacia donde le señalaba Anahit. Recorrió impolutos pasillos, alfombrados de flores, a cuyos lados se abrían sucesivos cubículos, sin otros muebles que varios cojines y una estatuilla de Astarté, bajo la que ardía un brasero perfumado. En cada uno de ellos, una muchacha esperaba, inmóvil, sentada sobre sus propias piernas, el momento de consumar su ofrenda. Todas desnudas de barbilla para abajo, ocultaban su rostro y su cabello con un suave cendal de lino asegurado por una corona de trencilla que solo se quitaban una vez cumplido el acto. Quedó maravillado de la diversidad de cuerpos femeninos depilados por entero, de sus formas, colores, olores. Aunque nadie se lo había indicado, sabía que debía escoger a una de esas mozas para realizar con ella el sacrificio, o al menos intentarlo.

Después de andar varias veces el mismo trayecto, escogió a una nínfula menuda y graciosa, de senos generosos e inhiestos que se proyectaban hacia delante, dibujando en el aire unos pezones afilados. De caderas anchas, su cuerpo ungido en aceites relucía, tan rutilante que casi deslumbraba. Como las demás, esperaba sentada en actitud calmosa, ajena a todo lo exterior.

Posidonio arrojó en su regazo un racimo de dracmas rodias de la mejor ley y la doncella le tendió la mano con estudiada timidez, pero segura del poder de su hermosura. Le arrastró con ella sobre unos delgados cojines que alfombraban un rincón del cubículo, para iniciar los ritos sin mayores preámbulos.

El griego se dejaba guiar, sumergido en una especie de seminconsciencia, incapaz de creerse a pique de yacer con una virgen. La moza, sin duda instruida en todos los misterios y tormentos del amor, trataba de realizar cada uno de sus meneos con armonía. Se estrechó contra él con un ansia que al viejo encontró excesiva, fingida, le rodeó con sus canillas la cintura y trabó una presa poderosa.

El griego sentía los latidos de su corazón, su calor animal, su olor a hembra que irrumpía con fuerza imparable en el aire densamente perfumado del cubículo y penetraba hasta su cabeza. Ella misma se clavó el miembro con el impulso de sus piernas, bruscamente, como si quisiera terminar cuanto antes, y no pudo evitar que surgiera de sus labios un gemido de dolor. Posidonio pudo ver que unas lágrimas asomaban por debajo de sus velos, a la vez que sentía gotear sobre su pelvis el testigo de su virginidad. Se quedó inmóvil, tratando de causar el menor daño posible a la joven, que poco a poco aumentaba la cadencia de sus meneos, hasta que Posidonio se vació en su seno.

Después de un largo rato de quietud, la muchacha se levantó para dirigirse a un rincón de la sala, donde una estatua de la diosa vigilaba todo el proceso. Se arrodilló en postura de adoración e hizo ademán de iniciar unas preces. De súbito, se llevó las manos a la cara aún velada y empezó a sollozar.

Posidonio intuía que algo había ido mal, sin conseguir descifrar el motivo. Quizás todo discurrió con demasiada rapidez. Para él el acto resultó satisfactorio sin alharacas, como es propio de un hombre de su edad, que bastante tiene si logra mantener el miembro endurecido el tiempo suficiente como para esparcir su semilla. Se recostó contra la pared sin saber qué hacer.

Cuando la ninfa se hubo desahogado, el griego vio con sorpresa que se le arrimaba de nuevo, con movimientos insinuantes. «Esta insensata cree que voy a ser capaz de repetir». Tentado estuvo de abandonar la sala, pero se temía que ello conllevara algún desdoro para la moza, que, ya a su lado, comenzó a acariciarle por todo el cuerpo con manos y labios. Al poco tiempo, para su propia sorpresa, Posidonio se vio de nuevo encallado en el cuerpo de la novicia, que ahora mantenía el control completo de la situación. Parecía otra persona: se le montó encima y empezó a cabalgarle con suavidad, llevándole cerca de un nuevo éxtasis. En el momento justo, liberó la presa cambiando de posición con una oscilación suave, sin tropiezos ni enredos. Comenzó así un baile destinado a enloquecer al viejo: tan pronto se ponía la joven a cuatro patas, enterrando su rostro entre los cojines, como, de repente, con una ágil contorsión de las piernas se giraba sobre sí misma para quedar de nuevo cabalgando sobre Posidonio; con parsimonia al principio, inclinándose de cuando en cuando sobre la boca del griego para que este le lamiera los senos. Poco a poco iba incrementado el ritmo del trote, hasta acabar en galopada, para luego parar en seco, y vuelta a empezar.

El placer se prolongó durante un tiempo imposible de cifrar, acelerado y retenido, en oleadas irresistibles. La muchacha apenas concedía a Posidonio unos instantes de descanso, para que los latidos de su corazón volvieran al ritmo normal, mientras le acariciaba el miembro con suavísimas caricias. Cuando veía que la respiración del anciano se acompasaba, renovaba sus ataques. La conoció tres veces, derramando en su seno la espuma de Afrodita, el rocío de la vida, algo que no le ocurría desde su más remota juventud. Y en las dos últimas, la moza pareció acompañarle en el éxtasis, acaso con consumado fingimiento, vibrando como cuerda de un arpa, con gemidos que enardecían al griego y le arrastraban por un quemante torbellino.

¿Qué prodigio era ese?, se preguntaba el griego. ¿Acaso contenía el vino algún filtro mágico que le había metamorfoseado en un garañón? ¿Le había aplicado la nínfula con sus manos y sus labios un bálsamo desconocido? Su verga seguía tan dura como cuando de adolescente se acariciaba sin parar. Dominado en su entraña por el punzante deseo, embargado por una serena intrepidez, se sentía fuerte y hasta hermoso, como si la doncella hubiese compartido con él parte de su belleza. Sí, la alegre lozanía de la juventud resulta contagiosa. Le invadió una pueril oleada de orgullo, aunque las rodillas le dolían y el corazón repicaba amenazante en su pecho.

Tras la larga contienda, Posidonio cayó rendido por el sueño, desfallecido pero exultante. La muchacha le dejó disfrutar en su regazo de las dulzuras del olvido hasta que, cumplido el tiempo prescrito para el sacrificio, se quitó el velo y deshizo su moño alto, de estilo griego, para liberar una cascada de pelo espeso y negrísimo. El cosquilleo de la más hermosa cabellera que Posidonio había visto jamás le devolvió la conciencia, con sus afanes. Abrió los ojos para dejarse deslumbrar por la perfección de su fisonomía. Su boca grande, entreabierta, dejaba ver unos dientes diminutos y perfectos. Un arete en la nariz resaltaba la gracia exquisita de un apéndice parvo y respingón, de proporciones perfectas.

La moza miró al viejo con timidez, mostrando la fineza de sus facciones, y esbozó una sonrisa con su boca pulposa, mientras le gratificaba con nuevas y suaves caricias. Cubría sus labios alguna sustancia que los volvía brillantes y tan rojos como un altar. ¿Quién pudo alguna vez admirar mayor gracia? Sin alterarse, con movimientos armónicos, como acompasados con alguna melodía inaudible, la moza se dirigió a un extremo del cubículo donde reposaba la estatuilla de Astarté y, sin que el griego pudiera distinguir de dónde lo había sacado, de pronto asomó en su mano un pequeño puñal curvo. Posidonio se agitó, como temiendo convertirse él mismo en ofrenda a la diosa, pero apenas tuvo tiempo de moverse. La muchacha, con premura, compuso una trenza, se cortó de un tajo su hermosa melena y la puso a los pies de la estatua, diciendo:

—Astarté sagrada, dueña de Gadir, reina consorte de los baales, madre de los amores, preservadora de la vida en el más allá, la que viene cuando la ciudad permanece envuelta en tinieblas, reina del mar. Con este cuerpo te venero. Acepta mi ofrenda, regalo de la fina flor en almohadas deleitosas, y concédeme hijos y prosperidad.

Acto seguido, tan en silencio como la encontró, la joven se marchó dejando su pelo en el suelo y a Posidonio completamente confundido, con la nariz y el espíritu todavía atiborrados del perfume de su cuerpo. No sabía si se hallaba en medio de una alucinación. Todo se desarrollaba en tan apacible pachorra que había perdido la noción del tiempo, no sabía si alboreaba o se ponía el sol. ¿Desde cuándo se encontraba allí? Por un momento se creyó a punto de sumergirse en el sopor, acunado por el rugido de las olas que rompían entrecruzadas en los acantilados, pero una voz melodiosa y familiar se lo impidió.

—No sé si conoces el sentido de este voto, griego. Quien yace con una de estas ninfas es como si yaciera con la propia diosa; de ahí el deleite que proporcionan, que muchos dicen no han vuelto a experimentar jamás. No existe ya otro lugar en el mundo donde un mortal pueda tener comercio carnal con la Soberana de la Vida.

En realidad, la doncella con la que has compartido la ofrenda sigue siendo virgen. No ha habido en vuestra *homilía* nada impúdico u obsceno. Su himen volverá a crecer, como su cabello, la diosa se los devolverá, pues la flor de todas las mujeres pertenece a Astarté. Ahora la joven ya se encuentra por fin en paz con la diosa y regresará a su hogar, con una dote, camino del himeneo, pletórica de salud física y espiritual, dispuesta para conocer la dulzura de la maternidad; podrá casarse y sin duda su matrimonio recibirá la bendición de una hermosa prole, su marido la deseará y no querrá desprenderse de su abrazo. —Era Anahit la que de nuevo le hablaba, en un cananeo elegante y añejo.

—No necesito consultar los augurios, Posidonio. Sé que la soberana del amor se complace con tu sacrificio. Has venido aquí con neto corazón y has sido humilde. Ahora, vete o, si lo deseas, pregúntame lo que quieras. Si puedo, satisfaré esa ávida e impúdica curiosidad helena tuya.

Posidonio se giró levemente para mirar a Anahit. De nuevo le pareció la más hermosa de las hembras. A su lado, la muchacha de la ofrenda hubiera pasado por una vulgar posadera. Creyó encontrarse en presencia de una diosa, de un ser sobrenatural, incorpóreo. Sin dar crédito a lo que le sucedía, notó crecer de nuevo el deseo, las ganas de hembra. No hacía falta decir nada, ni ser sacerdotisa de Astarté. La mujer lo supo, todas lo saben, lo notan; nacen con ese sexto sentido.

—Basta por hoy, Posidonio. Me honras con tu afán, pero el ritual ha concluido. ¿Acaso quieres emular a tu paisano Alejandro? Un griego me contó una vez que, según la leyenda, el macedonio consagró trece noches enteras a satisfacer los deseos de Talestris, reina de las Amazonas.

—Señora, yo... —dijo el griego mientras trataba de incorporarse. Una repentina punzada en la espalda le devolvió a la realidad, recordándole su condición de carcamal: la proximidad de la juventud no obra milagros.

—No, griego, yo no soy para ti. Mis días de sacerdotisa del amor han terminado. No te dejes embaucar por las apariencias, soy más vieja que tú. La diosa me cubre con su hálito y me hace hermosa a tus ojos.

Posidonio, pese a su dolor de lomo, seguía prendado, indiferente a los desdenes de la dama, incapaz de dejar de requebrarla, como si su corazón, tanto tiempo sosegado, tan desacostumbrado ya a amar, diera ahora rienda suelta a una energía acumulada desde antiguo. Se acuclilló y apoyó la espalda en la pared para retomar el aliento.

—Lo eres, noble señora, tanto que tu rostro no es humano, sino una máscara inefable, rodeada de un áurea divina.

—Ya basta, Posidonio, no abuses de mi paciencia. Te permito que me hagas alguna pregunta. Yo no soy como esos vejestorios de los templos de Melqart y Baal-Hammón, que gustan de mostrarse mistéricos. A las siervas de nuestra Madre nos honra que quieras saber de ella, de nosotras. Conviene que se sepa todo sobre ella, que las gentes conozcan la verdad, los misterios de la vida, que gocen de los dones de Astarté. Cada vez son más quienes se empeñan en ver algo sucio en el comercio carnal entre hombres y mujeres. ¿Cabe ignorancia más supina? Cada apareamiento representa una liturgia en honor a la diosa, una oportunidad de que nazca una nueva vida, una ceremonia de los sentidos. No hay imagen de mayor belleza que la de los cuerpos desnudos, sudorosos, jadeantes, enmarañados en sagrada contienda; sin embargo, empiezan a proliferar quienes consideran impúdica la desnudez. Sí, griego, queremos, necesitamos que se conozca a la diosa, antes de que sea tarde y los aborrecedores de todo placer se impongan.

Posidonio se recompuso, fascinado y atormentado a la vez. Trató en vano de encontrar pujanza, pues seguía sintiéndose como un mocoso desvalido ante la sacerdotisa. Quiso concentrarse y tampoco lo consiguió: aún sentía demasiada lascivia y sufría una punzante erección, visible bajo su túnica. Buscó un lugar donde sentarse, pero en aquella sobria habitación nada había. Deseó encontrarse de nuevo en el patio porticado, reclinado y saboreando vino. Carraspeó el Estoico, sin saber qué decir. Con los ojos clavados en el suelo, trataba de poner en orden sus pensamientos. Confundido, aún no comprendía del todo las sensaciones que acababa de experimentar. Le costaba hallar las palabras. Como queriendo superar el bloqueo, dijo lo primero que se le ocurrió, con tristísimo ademán.

—Señora, ¿es esta la única manera que tenéis de honrar a la diosa? ¿Todas las mujeres pueden ser sacerdotisas?

—A la diosa del amor se la venera con ceremonias de placer; allí donde un hombre y una hembra yacen para disfrutar del dulcísimo regalo de Astarté, se inventa de nuevo el amor y se abre un mundo de posibilidades infinitas; porque muchos son los caminos de la diosa, aunque no siempre sean fáciles de comprender. Algunas damas nos consagramos de por vida a su servicio y ofrecemos nuestros encantos a quien con limpio corazón quiere sacrificar en honor de la diosa y puede permitírselo. Con ello santificamos nuestros cuerpos y proporcionamos fertilidad a la tierra y a sus mujeres, prosperidad a la ciudad, seguridad a la gente de mar. Es un gran honor que no se concede a todas las que lo piden; hasta los reyes ofrecen a sus hijas para convertirse en servidoras de Astarté. Pero solo algunas son las elegidas, las más hermosas, las más sensuales, las más devotas; las demás, se limitan a ofrecer su virginidad a nuestra Señora, una sola vez, antes de sus nupcias. Se engalanan con sus más delicados ropajes, se acicalan con aceites y perfumes; se preparan durante meses, aprendiendo sobre las lides del amor sensual, las mejores maneras de suministrar gozo y de sentirlo a la par. Esas queridas niñas ofrecen en amorosos lechos, sin reproche, gozosas, el fruto de su tierna juventud a los forasteros que visitan nuestra ciudad, mientras queman doradas lágrimas de verdoso incienso entre continuos vuelos del espíritu.

Nada nuevo escuchaba; se trataba de simples rodeos que ya debía dejar a un lado, para pasar a inquirir sobre lo que realmente le preocupaba en ese momento. Por mucho que se esforzaba en concentrarse en lo que le había llevado allí, no lograba sacarse del pensamiento la pregunta que le acosaba con la pertinacia de un tábano:

—¿De dónde he sacado fuerzas para honrar a la diosa con tanta unción? ¿Me has dado algún filtro mágico, o ha sido Astarté la que me devolvió el vigor? ¿Conservaré ya para siempre este poderío o desaparecerá, tal como franquee los umbrales de este sagrado lugar?

Anahit volvió a mostrar esa mirada muerta que tanto desconcertaba a su interlocutor. También ella sabía que ahí era donde el griego quería llegar. ¡Fácil es desconcertar a un macho, por griego y filósofo que sea!

—Ya ves, Posidonio, pese a lo que creías, sigues bajo el dominio de Astarté. Ella tiene imperio sobre todos, incluso sobre Baal-Hammón, que la amó ochenta y ocho veces en una sola noche. Si la reina del mar se basta para excitar al señor del universo, ¿qué no hará contigo? Ella impone su ley sobre todos, dioses y hombres, viejos y jóvenes, y aun sobre aquellos que manifiestan su pretensión de no usar sus genitales, esos filósofos amigos tuyos que hacen voto de no yacer con mujer alguna, aunque no desdeñan acariciar efebos. ¡Desquiciados! ¡Ignorantes! Los hombres ven poco a poco mermada su potencia, pero nunca pierden los apetitos carnales. Un simple pestañeo de la diosa, o de aquella hembra a la que la diosa infunda su poder, y el hombre más recio caerá prendado; henchido de lujuria, intentará penetrarla, pese a que el miembro no le obedezca, desesperará hasta satisfacer su anhelo, llegará hasta el suicidio. ¿Cómo, si no, se explica que un esclavo produzca retoños? En buena lógica, un cautivo nunca querría propagar su semilla, traspasar a su progenie una vida de sufrimiento. Pero no puede evitarlo, pues la llamada de la diosa le supera. No hay mortal que no doble su orgullo ante el yugo del amor. Contra ella nadie puede, ni hombres ni deidades: hasta vuestro Hércules sucumbió ante Deyanira, que acarreó su perdición. Nosotras somos simples mediadoras del poder de la diosa, ella te dio el vigor que suponías perdido y te ha enseñado, por fin, lo que es una mujer. Si no hubieras sido capaz de honrar a la diosa te hubiéramos echado de malos modos. Sin embargo, te has mostrado sumamente piadoso, y nuestra Madre se complace de ello. Limítate a disfrutar en lo posible de esa gozosa maravilla y no te hagas más preguntas. Vive el presente, griego, y no te dejes inquietar por los días venideros. Saborea tu alimento cotidiano, báñate y unge tu cuerpo con aceite, que la danza y la música inunden tu hogar, haz de cada uno de los días una fiesta. Solo quien sigue a la naturaleza, la mejor guía, es sabio. El desdén que los estoicos mostráis por los deleites de la carne, eso que llamáis «ataduras del deseo», ofende a la razón natural: un vino áspero, una austeridad insana e infundada, que reniega de los regalos de Astarté, patrona del vínculo conyugal.

Sin quererlo, Posidonio se ruborizó. ¿Es que esa dama lo sabía todo? Anahit le reconvenía casi con idénticas palabras a las empleadas por su maestro, Panecio, que en su escuela de Atenas le pedía a menudo mayor comprensión con las debilidades de la carne. Panecio consideraba irrealizable el ideal de apatía del filósofo y sostenía que la única norma de la vida moral había de ser «seguir la propia naturaleza». ¿Acaso la mujer había estudiado con Panecio? ¿Podía esa ser una simple coincidencia o era obra de brujería?

Nuevamente, le asaltó la sensación de ser un niño en presencia de su madre o, más bien, un mozo ante su primera vez. Se sentía avergonzado. Para disimular su turbación, siguió inquiriendo:

—Señora, en este templo no hay sino sacerdotisas. Sin embargo, en mis desplazamientos por Levante he visitado otros santuarios de la diosa donde ofician también sacerdotes. ¿Por qué aquí solo le sirven mujeres?

—Aquí respetamos las más viejas tradiciones; en tiempos remotos, a la diosa de la fecundidad, la divinidad esencial de los hombres, se la honraba bajo mil formas. Siempre oficiaban hembras, porque en la primera edad de los hombres, reinaban las madres, las sacerdotisas y las diosas. Después, ya sabes, todo cambió. Pero nunca faltó, y nunca faltará, una diosa Madre; porque los hombres la necesitan, no pueden vivir sin ella, la necesitan para satisfacer su anhelo de seguridad y cariño. Da igual que se llame Aserá, Ishtar, Astarté, Isis, Belona, Hathor, Noctiluca o Venus Genetrix. Este santuario del Amor ya era viejo, muy viejo, cuando los cananeos llegaron a Occidente; aquí se rendía culto a la diosa Madre que esparce quietud por la tierra.

El griego asintió, tomando nota mental de todo cuanto escuchaba.

—¿Solo en esta islita se honra a Afrodita, a Astarté, en Occidente? He visto diversos templos diseminados por las demás islas del archipiélago que se parecen mucho a este en su estructura y decoración.

La dama se aburría con la conversación. Seguramente esperaba preguntas más sesudas de una persona reputada de erudito. Con movimientos perezosos, empezó a trenzar su larga melena.

—A nuestra Señora se le puede venerar en todas partes, pues se halla ligada a los goces naturales de la vida. Por doquier sobran muchachas dispuestas a proporcionar y recibir placer en honor de la diosa. De hecho, cada vez que hombre y mujer se unen, rezan al mismo tiempo a la diosa, realizando sus obras; quienes se ayuntan forman una sola carne, como ordena la diosa. Donde manda la necesidad, todo está bien. Ahora bien, el sacrificio ritual, el culto reglado según las leyes de nuestros antepasados solo se lleva a cabo en unos pocos lugares del mundo. Cada vez en menos, porque las costumbres viejas se van perdiendo ante el empuje de romanos y griegos. Que yo sepa, solo quedan ahora mismo dos lugares en el orbe donde se honra a la diosa de acuerdo con los usos pretéritos: aquí, en la sagrada morada de Astarté Marina Gaditana, y en el santuario del monte Érice, en Sicilia. Hasta hace poco, también en Cartago; por desgracia, ya sabes lo que pasó. En los demás templos erigidos bajo la advocación de Astarté o de Afrodita solo practican un remedo. Incluso en la isla de enfrente, en Kotinusa, encontrarás mujeres que, por mucho que se califiquen a sí mismas como sacerdotisas de la diosa, son simples bailarinas o prostitutas, muy bellas, algunas deslumbrantes por sus mañas y su pericia, tanto que harían masturbarse al más frío de los estoicos con sus bamboleos lascivos. No actúan consagradas a la diosa, como yo, como nosotras, las habitantes de este santuario.

—¿En ningún otro lugar? ¿Ni siquiera en la casa de Afrodita Urania de Pafos, ni en Ascalón o en Biblos?

—No, Posidonio, en esas y en otras partes se conservan algunas tradiciones y se honra a Astarté de maneras diversas, pero no de la manera original como nos enseñaron los primeros que le rindieron culto, los asirios, bajo el hermoso nombre de *Mylitta*, y luego babilonios y cananeos, que perfeccionaron los rituales. Desde las costas de lo que vosotros llamáis Fenicia, desde el sagrado santuario de Ascalón, el culto se extendió a Chipre, a Grecia, a Italia, a Occidente. Hubo un tiempo en que por todo el mar que los orgullosos romanos llaman suyo, en casi todas las costas, se honraba a

Astarté a la vieja usanza. Hoy ya no es así; la mayoría de los santuarios se han convertido en simples prostíbulos, incluso los más afamados, como el del Comana capadócica. Es el signo de los tiempos, la diosa sabrá por qué. Ella es todopoderosa y podría hacernos desaparecer con un solo ademán. Si los hombres dejaran de anhelar la siembra de los campos de Astarté... En fin, no duraríamos ni una generación.

—Entiendo, señora, creo que he logrado lo que buscaba al venir aquí.

La mirada de Anahit no se ablandaba, decepcionada con el visitante, ansiosa por que se fuera ya.

—No creas que ahora sabes más que antes; no es sabiduría lo que aquí atesoramos. El propósito de la diosa no es proporcionar conocimiento, aunque los dioses lo ven y lo saben todo, sino felicidad y placer. La diosa nacida de la espuma se complace al contemplar el gozo de sus criaturas al realizar sus obras. Los sagrados goces de Astarté representan la más poderosa fuerza de la tierra. Aprovéchala todos los días de tu vida y no dejes que la simiente se te pudra dentro del cuerpo y envenene otra vez tu mente. Tal es el orden que han decretado los señores del universo. Y ahora debes irte, griego. Has de abandonar la isla. Pronto el sol se pondrá y de noche ningún extranjero puede permanecer en el templo. Vete.

—Una cosa más, te lo ruego, señora.

Anahit asintió.

—¿Quién eres? ¿Qué eres? ¿Eres quizás una diosa? Podría venerarte de por vida.

La señora le miró de refilón con cierto desdén.

—En verdad, griego, que no eres más sabio. Siempre buscando un arriba o un abajo, un primero y un segundo. ¿Cómo es posible, predilecto de los dioses, que, habiendo visto tantas cosas y viajado por todas las latitudes, hayas aprendido tan poco? Yo soy una simple mujer, hija de mujer; la primera servidora de la diosa. Mi madre Batnoam ocupó este cargo antes que yo; me concibió de un extranjero cuyo nombre nunca supo. Para satisfacer tu curiosidad te diré que hay ocho categorías de servidoras de Astarté, y que yo pertenezco a lo que tu llamarías la más elevada, porque por mis venas corre el noble fluido de las primeras reinas de Tiro. Ahora vete y que Astarté te dé amantes generosas y expertas en sus artes.

El griego se prosternó y se dispuso a marchar.

—Tienes razón, señora, mi erudición es imperfecta. Hoy, gracias a ti, lo es algo menos. Te lo agradezco más de lo que soy capaz de expresar. Si necesitas algo de mí, si alguna vez te puedo ofrecerte ayuda, no dudes en acudir a mí. Y ahora, porque tú me lo pides, me voy. Pero mi corazón, o al menos parte de él, se quedará entre estos muros de la casa de la Estrella de los Mares, de la Madre de los hombres.

Sobrecogido por la emoción, muy mermado en sus fuerzas, todavía confundido, Posidonio inició con desgana el descenso. Hubiera querido permanecer allí, recorrer la isla de exiguas proporciones dedicada a la diosa de la vida. Como infundido por el espíritu de Astarté, se extasió de nuevo con el deleitoso paisaje. En algunas partes, se abrían hermosas caletillas de arenas doradas; algunos corrales de pesca servían para alimentar a las sacerdotisas, que solo ingerían frutas y pescados. El sol declinante provocaba aquí y allá inusitados juegos de luces.

Mientras bajaba, apreció cómo la isla se proyectaba hacia poniente mar adentro en una larguísima escollera que parecía perseguir el sol en su refugio nocturno; un sol que ya casi besaba el océano. Sí, debería regresar o habría de permanecer allí para siempre, como casi le ocurre a Ulises con Circe.

XXI

Notas para un estudio sobre el culto a Afrodita en Occidente. Cuando llegué aquí suponía que ya sabía mucho sobre el origen y fundamento de esta antiquísima liturgia. ¿Acaso no fue una prostituta sagrada, una narimtu, quien logró civilizar a Enkidu, el compañero de Gilgamesh? Sin embargo, ignoraba que tales ritos habían calado en el lejano oeste y en su versión más pura. Aunque he podido asimismo observar que en las tabernas más caras de Gadir grupos de danzarinas muy jóvenes tratan de remedar la danza sagrada, que solo se practica en el santuario de la diosa, bai-

lando de una manera desenfrenada y lasciva, unas completamente desnudas, otras vestidas con ligeras túnicas con volantes. Nada que ver con el armonioso espectáculo que tuve el privilegio de descubrir y que no se me borra de la mente.

En Grecia, sobre todo en la ciudad de Corinto, que fue fundada por cananeos, y en Chipre, se practicaron en el pasado ritos similares en honor de Afrodita Pandemos, ahora caídos en desuso o degenerados, de manera que Afrodita ha devenido en la patrona de las simples prostitutas, todas devotas de la diosa y avezadas en habilidades amatorias que en modo alguno pueden considerarse sacerdotisas como las que he encontrado en Gadir. Incluso el famosísimo templo del Acrocorinto, donde antes de su destrucción habitaban más de mil servidoras consagradas, se ha convertido en una putería cara, carísima, donde no se guarda el decoro exigido por la diosa. Los griegos olvidamos el sentido último de esos festivales, las Afrodisias, que eran solemnes ceremonias de desfloración de doncellas, como las que se siguen practicando en Gadir.

Ese es el sentido del dicho que circulaba por todo el Egeo: «En Corinto no atraca cualquiera», denotando lo caro que suponía acceder a los favores de esas hieródulas. Yo no llegué a conocer el santuario de Corinto ¿cómo hubiera podido? ¡Pobre Corinto! Nunca antes ninguna otra ciudad sufrió tal asedio y destrucción. Las legiones asesinaron metódicamente a toda la población. Pero tuve ocasión, varias veces, de satisfacer el deseo en los burdeles de otra urbe famosa por su templo de Afrodita: Comana capadócica. Doy fe de que, en mi juventud, cuando hice uso de ellas, merecía la pena, hace tanto tiempo que me parece otra vida.

Una cosa curiosa: no cabe duda de que los santuarios de Melqart y Astarté compiten en su protección a la navegación y en la actividad oracular. Los gaditanos tienen dividido su corazón entre ambas divinidades.

—¿Esto es todo?

—Todo, señor. Lleva días sin escribir; apenas hace otra cosa que sentarse ensimismado, oteando el mar. Se olvida hasta de comer. Ha cambiado.

—Vigílalo bien, esclavo, y entérate de qué le pasa.

* * *

Abisay organizó la visita de Posidonio al templo de Astarté con el propósito de apartar al griego de la proximidad del sufete. Y bien que lo logró, pero el efecto resultó aún mayor que lo esperado, porque desde entonces el griego ya no pensaba ni en el sufete, ni en Gadir, ni en las mareas.

Después de la peregrinación a la casa de Astarté, Posidonio permaneció varias semanas confundido, incapaz de concentrarse en su estudio. Llevaba largos años bregando, con éxito, contra sus propias pasiones irracionales, acopiando virtud para liberar su *pneûma* del lastre del cuerpo y elevarse hasta la región celestial, donde disfrutar de la contemplación del orden cósmico. No es que él propugnara la ataraxia radical, como los fundadores de la escuela estoica. Practicando las enseñanzas de Panecio, defendía que las pasiones no deben extirparse, sino regularse y moderarse, sometiéndolas a la razón, reduciéndolas a su justo medio. Tal es la enseñanza que los mejores pensadores han ido decantando en el curso de la historia. Él mismo ofició como preceptor de sucesivas generaciones de discípulos, aleccionándoles en el dominio de uno mismo, al que se llega aprendiendo a acotar la pasión, a permanecer insensible, ensordecido ante el envite de los hados. Y ahora, en una simple jornada, el trabajo de toda una vida de lenta maduración culminaba así, con su cuerpo recuperando gloriosamente su antiguo señorío sobre su voluntad, su espíritu y todas sus potencias. Todo se borró bajo el dominio de un solo pensamiento. En vano trataba de arrancarse de la mente las imágenes de Anahit y de la ninfa de boca suculenta. Las más disparatadas impresiones tomaban forma en sus mientes, se despertaba en plena oscuridad, con dolorosas pujanzas.

Sí, Posidonio había cambiado desde su visita al templo del Amor. Obnubilado, perdió la concentración. Por primera vez desde su juventud se tambaleaban sus más íntimas convicciones. Si el día constituía un tormento, la noche acrecentaba su pena: se le aparecían en sueños la sacerdotisa y la doncella que desfloró, la una confundida con la otra, para agitarle y enloquecerle. Constituyó para él una gran decepción verificar con tanta agudeza hasta qué nervio interior de su alma le esclavizaba aquel *amo loco* que tanta energía y tiempo le hizo malograr en su adolescencia. Seguía siendo juguete de su lado más tosco y primitivo, instintivo, animal; su libido no estaba vencida, ahora, desentumecida, volvía a prender en él con la fuerza de antaño.

* * *

Cuando uno ha de ser desgraciado, se diría que no hay límite para la desventura. Como inesperado granizo primaveral, los pesares del griego se sucedían. Puntual como siempre, le visitó su estacional ataque de gota, dejándole postrado y sumido en un sufrimiento que no quería aceptar. Una y otra vez se repetía a sí mismo, en voz alta, su conocida jaculatoria:

—¡Oh, dolor, nada puedes contra mí! Por muy fuerte que seas, jamás reconoceré que seas un mal.

No en vano llevaba años tratando de demostrar a sus discípulos que la vejez, que a tantos ancianos resulta odiosa, para él no suponía peso alguno. Varios sesudos tratados había escrito el sabio sobre ello, algunos antes de su edad madura. Llegado ahora el momento de poner a prueba sus enseñanzas, el maestro flaqueaba. Qué cierto es que no hay mejor magisterio que la vida.

En cuanto se descuidaba, al moverse, le asaltaba una punzada quemante en el dedo gordo del pie y lanzaba ayes pavorosos, casi aullidos, para regocijo de los cananeos que escuchaban, ante la evidencia de que Melqart retribuía su impiedad con dolorosos castigos.

Los coletazos de un invierno que se resistía a morir vinieron a agravarlo todo. Los temporales se sucedían uno tras otro; el frío y la humedad retornaron como en los días más fríos del solsticio.

Quizás en busca de un más que improbable consuelo, Posidonio dio un paso que hasta entonces había preferido evitar. Tras muchas semanas en el santuario, aún no había consultado al famosísimo oráculo que desde hacía cientos de años atraía a Occidente a las más diversas personalidades del orbe, ansiosas por encontrar refuerzo para sus designios escrutando el deseo del dios.

Los consagrados, al principio, consideraron tal reticencia una muestra más de la excentricidad del griego. Luego vieron en ello una clara señal de impiedad y soberbia, y redoblaron sus ataques, a los que Posidonio había acabado por acostumbrarse. Con el tiempo, los sacerdotes lo dejaron por imposible; al fin y al cabo, un griego es un griego, por mucho tiempo que pase bajo la sombra de Melqart.

También Abisay se sorprendió cuando Posidonio le pidió que lo organizara todo para consultar al oráculo; por un momento, vio renacer algunas esperanzas y se esmeró para aligerar en lo posible los trámites.

En la primera mañana seca después de considerables días de tormenta, se repitió la consabida peregrinación por oficinas y establos, para contratar adivinadores y comprar animales destinados al sacrificio. Después actuaron los adivinos. Sobre una pila, abrieron en canal a las víctimas, y examinaron sus entrañas. Con máxima concentración, los adivinadores rebuscaron durante un buen rato entre los restos, y de seguida trabaron interminable cháchara. Ya se alzaba el sol casi en su cenit, cuando uno de ellos se acercó al umbral del templo para pronunciar su dictamen, con el mismo tono grave y solemne. Inusualmente claro en esta ocasión:

—*Los dioses saben, Posidonio, que te animan buenas intenciones. Pero vas por camino errado. Confórmate con la ciencia que posees. No eres bienvenido aquí. Cuanto antes regreses al Oriente, mejor para todos. Regresa a tu tierra y ruega a los dioses que encuentres la senda de la verdadera piedad. En Gadir corres grave peligro.*

En silencio, los dos desandaron el mismo trayecto. Posidonio repasaba en su mente, con cuidado, las palabras del adivinador. Como buen griego, creía sinceramente en ese saber milenario, basado en la repetida observación de las vísceras de los animales, el vuelo de los pájaros, la caída de los rayos. Nunca se le hubiera ocurrido emprender ningún viaje sin consultar el designio divino. Sus tratados sobre la ciencia adivinatoria se usaban en toda la Ecúmene. Precisamente por eso sabía que, en ese mundo de oráculos, adivinadores y pitonisas, junto a un puñado de auténticos seres inspirados por los númenes y conocedores de su lenguaje, pululan centenares de imbéciles, orates o aprovechados, que únicamente buscan vivir del cuento a costa de la inseguridad y los miedos de los hombres. También sabía, como todos en la Hélade, que con frecuencia los príncipes desplegaban su influencia para *encauzar* la voluntad de los dioses en una determinada dirección, siempre sospechosamente favorable a los deseos del promotor. ¡Qué impíos llegan a ser los hombres, y qué insensatos! Porque igualmente se conocían, y se comentaban, por todo el Levante, las tremebundas represalias que traman los inmortales contra quienes osan burlar a sus auténticos portavoces.

En otras circunstancias, el pronunciamiento de Melqart le habría inquietado. En este caso dudaba de que esa amenaza, apenas encubierta, procediera realmente del dios Melqart. A un experto como él, no podían embaucarle. Sabía que no sería bienvenido en las Gadeiras; sus amigos romanos le advirtieron de los riesgos, si bien nunca llegó a calibrarlos en su justa medida. Ahora respiraba la proximidad de la muerte, echándole su hálito en el cuello. Necesitaba emplear suma cautela si quería retornar a su patria.

Al cabo, afloró su naturaleza bromista y formuló un comentario, acaso inoportuno:

—Pese a que ya antes me amenazaron para pagar, es la primera vez que pago para que me amenacen.

* * *

No cabe sorprenderse de que, tras tal cúmulo de aflicciones, su coraje empezara a decaer, dando muestras de lasitud. Cinco lunas llevaba ya el Estoico en las Gadeiras. Se aproximaba el momento de su regreso a Rodas. Aunque buena parte de sus propósitos se habían cumplido, sentía impaciencia; embargado por la impotencia, le abrumaba todo lo que le quedaba por hacer. Había recopilado buenos datos para sus estudios sobre las mareas, los celtas y para su *Historia de Gadir*. Había iniciado asimismo interesantes estudios sobre el arcoíris, el calado del piélago, los seísmos y la meteorología. Había confirmado su teoría de que todo está conectado. En cuanto a sus caudales de observaciones astronómicas, había compilado también valiosas referencias, pero seguía enfrentándose al obstáculo insoslayable de la tosquedad de su sistema de medición de ángulos. Conforme acumulaba datos, nuevos interrogantes se iban abriendo, de manera incesante. No, en modo alguno podía darse por satisfecho.

Además, antes de la culminación de su periplo, le quedaba algo pendiente: no abandonaría las Gadeiras sin intentar al menos visitar el templo de Baal-Hammón. Se dice en Grecia que solo un clavo saca a otro clavo; si su visita al santuario de Astarté le había privado de una paz tan esforzadamente conquistada, quizás su visita a Baal le permitiera recuperarla. Expulsar a Anahit de su pensamiento requería llenarlo con nuevos estímulos.

Pese a todo, había llegado la hora de partir. Dispuso su ánimo a culminar, a cualquier coste, esa tarea pendiente, para después decir adiós a las Gadeiras.

Como siempre que fraguaba una decisión importante, pasó la noche en vela, por la excitación, aunque el alba le encontró casi completamente recuperado; habituado a pasar noches al raso, escrutando las estrellas que se deslizan silenciosas por la vasta bóveda del firmamento, el Estoico no acusaba la falta de sueño. Sin embargo, el esclavo notaba que algo había cambiado en su temple durante los últimos días, viendo mermadas sus esperanzas.

—Señor, ¿cuáles son tus órdenes? ¿Puedo hacer algo por ti? ¿No deseas que regresemos a Gadir?

Como sacado de una ensoñación, el griego se demoró en contestar. Y lo hizo con brusquedad insólita.

—No esperaré más; mañana me plantaré en la puerta de la casa de Baal-Hammón. Si partiera de las islas sin al menos haber intentado visitarlo, nunca me lo perdonaría. Después me marcharé de este maldito y frío lugar, de este pozo de humedad, donde hasta las gaviotas enferman sus huesos.

El esclavo asintió sumisamente, con las manos cruzadas sobre el pecho. En su mirada se dibujó un escalofrío de alarma, que no pasó inadvertido para el griego. Posidonio leyó en los ojos del muchacho pavor, una aprensión profunda y real, pero erró en su motivo.

—Señor, ¿estás seguro? Si entras ahí nadie podrá sacarte, ni siquiera los poderosos romanos tienen mano allí dentro.

—Abisay, no he recorrido buena parte de la tierra amedrentado. Si quisiera seguridad, me hubiera quedado en el sitio donde abrí por primera vez los ojos, o en mi academia, con mis discípulos. ¿Qué es la vida sin riesgo?

—Señor y maestro, temo por ti. ¿Qué será de mí si pereces?

Al principio, Posidonio no supo inferir el sentido real de esa pregunta. Se percató desde el principio de las intenciones del esclavo, cuyas insinuaciones resultaban cada vez más descaradas. Sin embargo, nunca había llegado a formular la petición expresa. Ahora lo hizo.

—Señor, te lo ruego. Cuando regreses a Oriente, llévame contigo. No encontrarás siervo más sumiso y diligente. Daría mi vida por ti.

Posidonio no se sentía en disposición para discutir con un esclavo. Como siempre le ocurría en tales casos, le asaltó la sensación de que se mostraba demasiado benévolo con cautivos y sirvientes, que acababan confundiendo bondad con estulticia. Sus discípulos en Rodas le advertían continuamente de ello. De nuevo con rudeza, le espetó:

—¡No abuses, esclavo! ¡Bastante tengo con el frío y esta maldita gota como para soportar también tu capricho!

Abisay se dobló en pronunciada reverencia. Ya se volvía para retirarse, cuando Posidonio añadió:

—Y deseo también conversar con el sumo sacerdote de Melqart. Desde que llegué no lo he visto ni una sola vez. No es razonable que abandone estas islas sin, al menos, agradecer su hospitalidad.

Abisay se retiró, desesperado. Lo vio todo perdido. La partida del griego resultaba ya inminente, inevitable, y no solo no había resuelto el asunto de su liberación, sino que ahora, además, había perdido su favor. Pese a su sinuosa pertinacia, no había logrado su propósito. La angustia crecía en su vientre.

¡Qué don infausto es para un esclavo la inteligencia! Si hubiese sido más lerdo, se hubiera conformado con su suerte, tampoco tan mala en comparación con los tiranizados en las minas o en las galeras, e incluso cotejada con el pasar de tantos hombres libres, que se afanan toda su vida, deslomándose, para llevarse a la boca un mendrugo. Respecto a tantas pobres existencias, los esclavos del templo podían considerarse, por muchos conceptos, seres afortunados: comían a diario, vivían calientes y secos casi todo el tiempo, y debían cumplir tareas poco agotadoras. En verdad, cualquier otro se hubiera contentado con su sino, pero no Abisay, que maldecía la vida que le había deparado el destino.

XXII

Notas sobre la adoración a los baales en Occidente. Del culto a Baal-Hammón, dios etéreo y casi carente de rostro, casi nada sé: lo poco que los celosos cananeos permiten que los extraños conozcan acerca de su divinidad más antigua y terrible, que los griegos asimilamos a Cronos y los romanos a Saturno. Baalsamin, señor de los cielos, particularmente ligado a la tierra de Canaán; los fenicios trajeron con ellos su culto al oeste, pero conforme más lejos se ubicaban sus colonias de la metrópoli más decrecía el culto a Baal y ganaba en preponderancia el culto a Melqart. En Gadir, el non plus ultra de poniente, se da una preferencia particularmente acusada por Melqart, el dios de las Gadeiras por antonomasia. Pese a todo, el culto a Baal-Hammón persiste, bajo la tutela de unos oficiantes celosos que, por lo que me cuentan, actúan casi siempre en abierta competencia con los servidores del divino héroe. En Apamea aprendí que los servidores de Baal toleran mal el culto a otras deidades en su proximidad.

El sumo sacerdote de Melqart no pudo evitar que se le dibujara una sonrisa en la boca al leer el escrito de Posidonio.

—Quizás este griego no sea tan ignorante.

Abisay se humillaba, prostrado a los pies de Abdmelqart, con la frente pegada en el suelo.

—Hay algo más, señor. El griego quiere verte, en persona, y charlar contigo. Dice que quiere agradecer tu hospitalidad.

* * *

El templo de Baal se encuentra al final de una lengua de tierra que se adentra muchos estadios en el océano, apuntando al poniente. Entre la ciudad y el comienzo de la escollera que lleva a la morada del dios se extiende una amplia explanada desierta, perpetuamente azotada por ventoleras y olas, donde solían producirse las lapidaciones de las adúlteras.

En agudo contraste con el opulento santuario de Melqart, el de Baal-Hammón lucía un exterior modesto y lúgubre. En la distancia, se veía como un amontonamiento de piedras ostioneras, mal labradas y sin enlucir, continuamente mordidas por el musgo y la humedad. Los gaditas afirmaban que el mismo dios talló las rocas al final de la escollera para buscarse un asiento reservado, a flote, aunque muy mar adentro. Su único rasgo reseñable era la altísima chimenea que casi continuamente despedía espesos penachos de humo negro, en particular cuando se celebraban holocaustos.

En las proximidades de las fiestas de la primavera, los sacerdotes inmolaban, a diario, quien sabe si terneros, cabras u otro ser vivo. Así que, cuando los visitantes se acercaron por la desolada planicie, la chimenea dejaba escapar sus mensajes al dios. Posidonio no pudo evitar sentir escalofríos al observar la humareda.

A mitad de la escollera, allí donde la lengua de tierra se estrecha para convertirse en un exiguo camino que apenas permite que dos carros se crucen con precaución, se alza la portería. Un formidable umbral de piedra ostionera que enmarcaba una sólida puerta de cedro, tachonada de hierros rojizos de herrumbre. A ambos lados de la entrada, amenazan dos estatuas de bronce del dios barbudo, ataviado con una larga túnica, coronado por una tiara con cuernos y sentado sobre un trono, flanqueado por sendas esfinges aladas. que en la mano izquierda portan una lanza y con la derecha bendicen. Su traza maligna suponía suficiente defensa, pues no había porteros, ni guardianes, tampoco llamadores ni medio alguno para avisar de la presencia de visitantes.

—¿Qué debemos hacer ahora?

—Esperar.

—¿Y cómo saben que estamos aquí y que queremos entrar?

—Lo saben, siempre lo saben. En cuanto a entrar, ignoro si lo lograrás. Y, si entras, tampoco hay seguridad de que salgas.

—¿Quieres asustarme, judío? Soy ya mayor para cuentos de viejas.

—No, señor, nunca me atrevería. Simplemente debes conocer la verdad: lo que se cuenta en la ciudad y en el santuario de Melqart. No eres bienvenido aquí.

Pasaba el tiempo y nada acontecía. Las gaviotas se mofaban de los hombres, que acumulaban relente en sus ropajes, sin nada que hacer. Al poco de que el sol se precipitara en el ocaso, Abisay propuso regresar al santuario del divino héroe.

* * *

Lo intentaron de nuevo al día siguiente, y al otro, pero nunca abrían las puertas. Posidonio vagaba nervioso de un lado a otro de la estrecha escollera, sintiendo bajo sus sandalias el crujir de los guijarros. A lo lejos, se perfilaba la isla más occidental del archipiélago; un diminuto peñasco, desolado, vecino al templo de Baal-Hammón, donde en unas pocas cabañas de cañizo se amparaban los leprosos de la región. Las autoridades los mantenían allí aislados, aunque bien alimentados, pues se les consideraba favoritos de Baal y dotados por el dios de poderes clarividentes; algunos atrevidos se acercaban en barca, sin desembarcar en el islote, y les pedían consejos sobre inversiones, casamientos o pronósticos del tiempo.

Poco acostumbrado a la inactividad, al griego le consumía la espera. Aprovechando la bajamar, en algún momento quiso adentrarse en el lecho de rocas que dejó a la vista el océano en retirada. El esclavo se lo desaconsejó:

—Señor, esas rocas cortan como cuchillos; se precisa gran destreza para deambular por ahí sin cortarse los pies.

Posidonio, que veía a lo lejos a los arrapiezos casi desnudos de piel brillante saltar con pericia de piedra en piedra a la busca de crustáceos, pensó que Abisay exageraba. Al poco, se dio cuenta de su error y regresó a la escollera con las sandalias destrozadas y algunas heridas en la planta de los pies.

Una hora tras otra, el griego se concentraba en la contemplación del mar, calmo y sumiso, en el interior del canal, pero bravío más allá de las rompientes, donde se veía el burbujeo blanco de las olas incansables.

—¿No hay nada que hacer?

—Nada, que yo sepa.

—¿Sabrán los consagrados de Baal que quiero visitar el santuario?

—No lo dudes, señor.

Continuaron los intentos infructuosos. Cada jornada Posidonio regresaba decepcionado al *Herakleion*, mas no por ello renunciaba a su propósito: al otro día se embarcaba, antes del alba, con el esclavo, para intentarlo de nuevo.

Por lo general, costeaban la isla por el mar interior, pero en ocasiones el impaciente griego insistía para que la embarcación recorriera un trayecto más corto: por el litoral que da al atlántico, donde las aguas suelen circular más movidas. Casi siempre se arrepentía, sobre todo una vez en que, encontrándose ya a pocos estadios de su meta, saltó una borrasca que retrasó su marcha y por poco no les arrastra contra los acantilados. El océano embravecido pugnaba por levantar en el aire con sus brazos de espuma la mole del templo.

—Mal augurio —indicó el griego—. Baal-Hammón no se complace con nuestra visita.

Como el tiempo empeoraba y la borrasca les pillaba de cara, poco trabajo costó a Abisay convencer al griego para que regresaran al templo de Melqart y dejaran para el día siguiente la visita. En verdad la furia del océano parecía a pique de descargarse sobre ellos, sobre el santuario y sobre todas las islas. Varias veces más lo intentaron, con el mismo resultado. Al cabo, a Posidonio se le ocurrió probar de manera diferente, pues reparó en que quizás la presencia de Abisay era la que estaba vetando su acceso al santuario.

—Mañana no es preciso que me acompañes, esclavo, iré solo a la casa de Baal. Quiero que me arregles un transporte en barca, por el mar interior.

Abisay, memorioso de las malas consecuencias que antaño le había acarreado dejar solo al griego, se espantó ante las intenciones de Posidonio:

El esclavo se echó al suelo y besó sus pies:

—Señor, te lo ruego, dime en qué te he ofendido; desde hace semanas me tratas de manera diferente, cuando solo aspiro a complacerte.

—No es por ti, Abisay, solo que he recordado la invencible y rancia animadversión que los servidores de Baal-Hammón sienten por los hebreos.

—¿Qué inquina, señor? No sé nada de eso. Nunca me he acercado siquiera al templo de Baal.

El griego le miró, tratando de tasar la sinceridad de esas palabras. Y lo que vio fue un mozo asustado, implorante, desesperado, menesteroso.

—¡Pobre Abisay! A veces olvido que no eres ni judío ni cananeo. ¿No sabes que los sacerdotes de Baal-Hammón odian, sobre todos los pueblos del mundo, a los adoradores de Yahvé? Es un odio acérrimo, nacido en el lejano Levante, en tierras de Canaán, cuando Baal-Hammón y Yahveh competían por alzarse como dios único de los israelitas. En el tabernáculo sagrado de Jerusalén se veneró durante mucho tiempo a Baal-Hammón, y los judíos escuchaban a sus profetas, hasta que Elías mandó degollar a cuatrocientos cincuenta de ellos en el monte Carmelo. Me maravilla que tú mismo, como todos los niños de tu estirpe, no hayas crecido aterrado por los baales.

De repente algo iluminó la mente del esclavo; un fogonazo de memoria recóndita, rescatada de las ocultas entrañas de su cerebro. Y vio a su madre, casi olvidado ya su semblante, diciéndole: «Cuidado, Abi, con esos seres demoniacos a los que un día rindieron culto los idólatras de corazón enfermo». Sí, ahora lo recordaba; también a él le hablaron de los baales en su más tierna infancia, en un tiempo remoto y perdido que ansiaba recuperar. «¿Cuánto tiempo llevará muerta mi madre?».

—¿Abisay?— El griego le sacó de su ensoñación.

—Tus deseos son órdenes para mí, señor. Hoy mismo lo apañaré todo.

Todo se cumplió como dispuso el griego. A la jornada siguiente, recién apuntada el alba, Posidonio esperaba en el embarcadero, con la cabeza y la barba rapada, vestido con un lienzo de arpillera burdamente asegurado a la cintura por una cuerda de esparto. Había ayunado desde la amanecida anterior y había pasado la noche en vela, en uno de los templetes de Melqart, lanzando a los divinos sus peticiones habituales: que le permitieran saber más, un poco más cada día; que no pasara un solo día de su vida sin que se añadiera algún conocimiento a su ya ingente caudal.

En la roda de la proa, de manera ostensible, entre humilde y retadora, asomando por encima del mascarón, se colocó Posidonio durante toda la singladura. Al atravesar el canal del puerto, entre las islas principales, se concentraron en él todas las miradas. Si quería atraer la atención, lo había logrado.

La derrota por la bahía resultaba bastante más tranquila, así que pudieron atracar sin dificultad en el último embarcadero del canal interior hacia el oeste, una simple plataforma de toscas tablas, anclada en el légamo con macizos pilotes de madera. Descalzo, con pasos breves, comenzó a transitar la estrecha escollera que llevaba a las puertas del templo. En el cielo cobrizo se leía la inminencia de un temporal, y el viento iba cargado de humedad, dulce y salada. A medio camino, un inopinado golpe de mar batió el rompeolas y un muro de agua de varios codos de altura se precipitó sobre el griego, empapándolo. Inasequible al desaliento, Posidonio siguió mientras el frío comenzaba a tomar imperio de su cuerpo.

Trémulo, descorazonado, una vez más se colocó el griego, muy tieso, ante los portones de cedro, mediando la mañana. No quisieron los númenes ensañarse con él ese día y al poco el cielo se despejó; un sol tibio empezó a calentarle los huesos. Las esperanzas rebrotaron en el infatigable temple del filósofo. A grandes voces, casi chillando, dijo:

—Gracias, todopoderoso Baal-Hammón, por ungirme con tu mano húmeda, por darme la bienvenida con la embestida de una ola. ¡Si te place, que por fin en este día se cumplan mis propósitos! Sea cual sea tu decisión, juro que nunca regresaré a molestarte.

Al poco de encontrarse el astro rey a la mitad de su diaria carrera, los portones se entreabrieron entre protestas de madera e hierro. Los quicios rechinaban como si nunca hubieran sido probados, signo ostensible de que las pesadas hojas se abrían en contadas ocasiones; como casi todo el mundo en Gadir, los sacerdotes y peregrinos de Baal usaban para desplazarse naves que atracaban en los embarcaderos interiores del santuario.

En el vano del umbral se dibujó la figura de un anciano de cabeza calva, vestido con una sencilla túnica negra de estameña bajo la que asomaban unas canillas escuálidas. Con sus ojos cerrados, la cabeza levemente inclinada y las manos cruzadas dentro de sus anchas mangas, sus labios murmuraban una oración.

Después de un largo periodo, los dos hombres permanecían en la misma posición, enfrentados: uno bajo el umbral, en actitud orante, inmóvil como una estatua, indiferente a cuanto le rodeaba; y el griego de pie, sin decir nada, atento como siempre a todo.

Posidonio empezaba a pensar se iba a volver de nuevo sin lograr su objetivo, cuando de improviso una voz como venida de ultratumba resonó entre los mugidos del mar.

—¿Qué quieres, griego?

Posidonio no estaba seguro de quién le hablaba. Hubiera jurado que los labios del sacerdote apenas se entreabrieron. Hincó una rodilla en tierra y, con la entonación más humilde que pudo encontrar, expuso:

—Pido, respetuosamente, a quien tenga autoridad para ello, que se me dé permiso para peregrinar ante el señor de los cielos, Baal-Hammón, el victorioso, rey de los dioses, auriga de las nubes, consorte de Astarté, árbitro de las tempestades, que hace correr ríos y torrentes, fecundando el suelo con su lluvia. Imploro permiso para sacrificar en su honor según sea costumbre aquí.

El consagrado abrió los ojos de sopetón, de manera exagerada. Unos ojos negrísimos, llameantes, desprovistos de pestañas, enmarcados por una leve pintura negra que agrandaba aún más sus pupilas muertas. Pese a que el griego había formulado su súplica con la debida reverencia, se mostró irritado.

—Solo un griego podría ser tan descarado e insensato como para venir aquí, a la casa de Baal, a saciar su impía curiosidad. ¿Crees que esto es uno de tus juegos, Posidonio? ¿Nos tomas por preceptores de niños? Juegas con fuego, griego: sobre tu cabeza revolotea el negro pájaro de la muerte.

Emanaba de sus pupilas dilatadas e incandescentes una expresión furibunda, aún más hostil que sus palabras, aunque no se enfocaban en él: semejaban los ojos de un ciego, helados, puestos en la nada, dispuestos a fulminar en cualquier instante. El Estoico nada dijo y se limitó a esperar. Transcurrido un buen rato, el sacerdote habló de nuevo.

—Posidonio, no pondrás un pie en el santuario; si lo haces, solo saldrás en forma de ceniza, por la chimenea. Te aceptamos como ofrenda, no como oferente; al Dios no le complace la piedad blanda de los extranjeros, y mucho menos la de los griegos, con sus dioses de juguete, que retozan y se enrabietan al modo de los hombres.

El sumo sacerdote hablaba con un rostro inexpresivo, sin alterar un músculo, privado de emociones: nada turbaba aquella fisonomía estatuaria. De súbito, dio un paso adelante, una pisada corta y solemne, como si bajara de un pedestal, y cambió su semblante, haciéndose más humano. Mirándole ahora fijamente, le espetó:

—No te hablo ahora como servidor de Baal, sino como hombre. Pese a todo, tu obstinación, tu humilde perseverancia han complacido al dios. Muestras una humildad impropia de tu raza y mereces, por tus buenas maneras, no regresar de vacío. Por eso te permitiré que me hagas tres preguntas, para satisfacer tu curiosidad, porque sé bien que es eso, solo eso, lo que te trae aquí. A mí no me engañas, griego trapacero e incrédulo.

Posidonio se inclinó con deferencia.

—Te agradezco, gran señor. ¿Puedo conocer tu nombre?

—No. Dos preguntas más, griego.

No pudo evitar Posidonio componer una mueca de fastidio. «Estos cananeos...». Habría de cuidar bien sus palabras si quería conseguir algo. Ante todo, buscaba saber más sobre los sacrificios humanos. Tras considerarlo un poco, creyó inadecuado empezar con esa cuestión tan delicada.

—¿Qué buscabais los hijos de Canaán aquí, en el extremo poniente? ¿Por qué vinisteis en tiempos ya inmemoriales?

Posidonio había obrado bien; el consagrado se mostró complacido por la cuestión.

—Los cananeos aprendimos, desde antiguo, que los dioses habitan en Occidente. No fue el hambre ni la búsqueda de las fuentes de la plata, como dicen los griegos, lo que nos arrojó al mar, sino la piedad. Y no nos equivocamos: aquí los dioses nos han sido propicios durante mil años. Para honrarles como les correspondía vinimos y aprendimos más sobre ellos, sobre su verdadera naturaleza y propósitos. Así supimos que Baal-Hammón es el único dios, creador del universo y del hombre. No es inefable, como creen los adoradores de Yahvé, pero sí universal, todopoderoso, insondable y excelso. Antes te referiste a él con un título arcaico, tan correcto como insuficiente: rey y padre de los dioses y de los hombres; esa es la condición que le daban nuestros ancestros en el lejano Líbano, que lo adoraban bajo el nombre de *El*. Nosotros, sirviendo al Baal en una tierra extraña, hemos comprendido que solo hay un dios, padre omnipotente, creador del cosmos y controlador de la historia, y ese dios es el Señor, Baal-Hammón. Y hubo de ser aquí, en el confín del mundo, a orillas del río Amargo, donde alcanzamos esa conclusión. Por eso vinimos. Baal nos envió para que conociéramos el último de sus secretos: no es que haya vencido a las demás deidades, es que las demás no existen; Baal no es el victorioso, el rey de los dioses, sino el único. Un dios celoso: no quiere que se sirva a otros dioses. O, al menos, que por mucho que se adore a otros dioses, los hombres no olviden que Él es el señor supremo, rey de todas las criaturas mortales e inmortales. Y, sin embargo... —El tono del sacerdote iba mudando; cada vez sonaba más apenado, como si le costara hablar en voz alta—. Sin embargo, esa suprema verdad se olvida con demasiada frecuencia. Los hombres tenemos la testa dura, y no nos basta con conocer la verdad: debemos recordarla continuamente, una y otra vez, para que no se nos olvide. Porque tal dejadez suele acarrear dramáticas consecuencias. Nuestros hermanos de Cartago prefirieron a Tanit en detrimento de Baal, y ya sabemos lo que ocurrió. Aquí mismo, en Gadir, proliferan los majaderos que no piensan más que en Melqart, Melqart, Melqart. Se diría que buscan nuestra perdición. El viejo se detuvo, como para recobrar brío. Cerró los ojos de su rostro inmutable y pétreo, y al cabo de un buen rato continuó:

—Por suerte Baal no tiene prisa; es más, no conoce el tiempo, el tiempo de los hombres. Por eso nosotros tampoco nos afanamos en promover la conversión de los mortales. Entendemos que para la mayoría del pueblo la existencia de un único dios resulta incomprensible; solo los más piadosos están en condiciones de comprenderlo y dispuestos a tolerarlo. El vulgo necesita dioses abundantes a los que adorar, imágenes, ídolos de madera o de piedra. En su miseria, el hombre, que es casi un animal, acaba entretejiendo dioses, cultos y tradiciones, sin saber que lo que adoran son quimeras. El Baal, en los orígenes, nos despojó de la fiereza y nos dio entendimiento para reconocerle. Solo unos pocos escogidos se elevan más allá de su simple brutalidad para penetrar en la esencia de lo divino. Tal se hizo el mundo desde los tiempos pretéritos.

No pasó inadvertida para Posidonio la clara referencia del sacerdote a Melqart, y a su asimilación a Hércules. Muy excitado, los pensamientos se agolpaban en su cabeza: con gran sorpresa, acababa de confirmar que los servidores de Baal, a su manera, llegaron a las mismas conclusiones que los maestros de su propia escuela, la escuela estoica. Solo existe una divinidad, aunque sean múltiples sus manifestaciones. Solo por escuchar esa afirmación de labios del sacerdote cananeo sobre el intempestivo y feroz culto a Baal había merecido la pena tanta paciencia. Podría ahora demostrar una idea que le rondaba desde hacía años, fruto de la observación de las gentes en el curso de sus viajes: todas las naciones evolucionaban en su piedad hacia un punto semejante, el del reconocimiento de una única divinidad, todopoderosa y creadora. Así lo creen tanto los refinados persas del este, para quienes existe un único dios supremo, Ahura Mazda o Mitra, como los bárbaros celtas de poniente, comedores de bayas y yerbas, una de las naciones más salvajes y primitivas, que concebía a toda su tremenda pluralidad de dioses como manifestaciones de una única divinidad. «No es cierto que no haya nada nuevo bajo el sol, como creen los magos hebreos; la historia de los hombres se mueve en una dirección, la que pasa desde los sesenta y cinco mil dioses que adoraban los babilonios, hasta el dios único que empieza a perfilarse en el horizonte espiritual de los pueblos».

La voz del cananeo sacó al griego de su ensoñación.

—Tercera pregunta.

Llegó el momento que Posidonio esperaba con ansia, el de plantear abiertamente la cuestión que llevaba varias semanas rondándole en las mientes.

—Sabio señor, ¿es necesario realizar holocaustos humanos? ¿No hay otra forma de honrar a Baal-Hammón? ¿Estás del todo seguro de que a los inmortales le complacen esos sacrificios?

El consagrado esbozó una sonrisa desdeñosa, que reflejaba bien a las claras que la cuestión no le cogía de sorpresa.

—¡Cómo no! No hay griego ni romano que se acerque a estos muros sin privarse de opinar sobre lo que no entiende. ¿Acaso tú, Posidonio, crees como tantos otros que tales ofrendas reflejan nuestra barbarie? ¿Acaso vuestros abuelos no las realizaban, en tiempo inmemorial, cuando os hallabais más cerca de la verdad? ¿Por qué Baal-Hammón permite tanta infamia? Solo Él lo sabe. Nosotros permanecemos fieles a la tradición, como cuadra en los hombres que veneran a sus mayores. El respeto a los padres es uno de los más claros e inequívocos mandatos divinos; nosotros lo obedecemos, vosotros no; y, sin embargo, los bárbaros somos nosotros. Cada vez más son las voces que se alzan para pedir que abandonemos esta vieja forma de rendir culto al Señor. En el santuario de Melqart hace decenas de años que no se practica; solo aquí, en el templo de Baal-Hammón, seguimos fieles. Como ves, incluso entre nosotros, la más piadosa de las naciones, la influencia de las costumbres de griegos y romanos resulta imparable. Y cada día surgen mayores obstáculos para honrar al dios pasando por el fuego víctimas humanas.

—Señor, no quiero mostrarme irreverente, solo trato de comprender. He pensado bastante sobre ello desde que llegué a Gadir y supe de vuestras tradiciones. Quiero conocer el fundamento de los sacrificios humanos, el porqué del empeño en seguir con estas ofrendas, que todos los pueblos, incluidos los griegos, cultivaron alguna vez, para ir progresivamente abandonándolas. Quizás vosotros, adoradores de Baal, sabéis algo que los demás ignoramos.

Sin venir a cuento, el otro señaló, de improviso:

—Baalbo, me llamo Sid Tinnit Baalbo. Voy a responder a tu cuestión, después de saber lo que tú mismo opinas sobre ello. Se dice que eres un filósofo famoso, así que cavilar es tu oficio. Dime, Posidonio.

Ese nombre… ¿Quizás el sacerdote fuera un hermano o familiar de Balbo el sufete? Prefirió no preguntarlo: en caso de que fueran hermanos, de seguro que un murallón infranqueable separaba sus respectivas concepciones de la vida: el uno preocupado por adaptar las costumbres y las leyes de Gadir a los usos de Roma y el otro empeñado en impedirlo. Tal debía ocurrir en muchos linajes gaditas. El grave deterioro de la concordia en la sociedad de Gadir se le iba mostrando cada vez más evidente.

—Mi señor Baalbo, yo solo soy un humilde buscador de la verdad. Llevo toda la vida queriendo conocer la voluntad de los dioses, pero estos callan o hablan de manera difícil de entender. Ante la ininteligibilidad de lo divino me siento impotente. No me queda más que seguir mi llamada interior, mi *daimón*, mi conciencia. Y ella me dice que los dioses no desean que sacrifiquemos a una de sus criaturas predilectas. De lo contrario, ¿para qué nos ha creado? Esa es mi opinión, que te ofrezco respetuosamente y a reservas de que, si en algún momento, la divinidad quisiera abrir mi intelecto en sentido contrario, me convertiré en el más leal de sus servidores, y le sacrificaré lo que me ordene, incluso a mi prole, nietos o padres, si vivieran.

El sacerdote le miró a la cara otra vez, ahora con una mirada inquisitiva y desconfiada. Su rostro empezaba a contraerse.

—No podéis evitarlo, griego. Al final, siempre aflora el redomado ateo que todos lleváis dentro. Los griegos no creéis en los dioses, como nosotros lo hacemos, con la misma certeza con la que sentimos la quemazón del fuego. Decís y pensáis que sí, pero no es cierto. A los dioses no se les honra con palabras, sino con hechos. Y, sobre todo, ¡a los dioses no se les cuestiona ni se les interroga! Vuestro comportamiento desmiente cualquier discurso de fingida piedad, porque continuamente ponéis en cuestión las sagradas explicaciones de vuestros mayores, más cerca ellos de la verdad que vosotros. Creéis que los hombres son libres de buscar una explicación para todo y os erigís en juzgadores del bien y del mal, la vida y la muerte, la verdad y la mentira. Insensatos, vais camino de la perdición: desde el momento en que se cuestiona el papel de los dioses, todo está perdido. Uno de vosotros, no recuerdo el nombre, ha osado decir que el hombre es la medida de todas las cosas. ¡El hombre, no los dioses! ¿Cabe mayor blasfemia, mayor negación de la realidad de fragilidad, limitación y menesterosidad del hombre? Sin embargo, te he prometido una respuesta y la tendrás.

El consagrado dio otro paso, un solo paso más adelante. Magia o efecto óptico, a Posidonio le pareció como si su figura se hubiera agrandado enormemente.

—Baal es el único Dios, creador del universo, tras su victoria sobre Yam, señor del caos primordial, y Mot, señor de la esterilidad y la muerte. Él reinaba desde antes de que los dioses dividieran el cielo de la tierra. Pero las fuerzas del caos no han sido definitivamente vencidas: amenazan nuestro mundo desde sus mismas bases. Por eso Baal debe vencerlas y para ello, cada año, lucha contra Yam, muere y renace con la finalidad de limpiar y ordenar de nuevo su creación. Sin el concurso de Baal, los hombres nos comportamos como meros juguetes de los ímpetus ciegos de la naturaleza.

Posidonio asintió: siguió callado, pese a que hubiera querido formular mil preguntas, mostrando un semblante de extrema concentración y humildad.

—¿Por qué lo hace el Baal? Por amor a sus criaturas. Él no nos necesita, nos ha creado por amor, no por aburrimiento. A cambio, pide algo de nosotros: que le honremos y le obedezcamos sobre todas las cosas, que sea el primero y el único en nuestro corazón y en nuestra mente. Es poco, el Señor del Universo se contenta con poco. Y si no le concedemos ese pequeño esfuerzo que nos pide, le embarga la pena y se enerva.

A punto estuvo el griego de lanzarse a señalar las contradicciones lógicas implícitas en tales afirmaciones. Logró refrenarse, sin embargo; necesitaba que el cananeo terminara de explicar su credo. Sabía que, en el cualquier momento, el sacerdote pondría fin al encuentro y sería inapelable.

—Sí, griego, nuestros pecados le debilitan y, un día, pueden llegar a ser tantos y tan graves que el dios no logre oponerse a las potencias del caos. Entonces, estas nos exterminarán y no quedará de los hombres ni el polvo. La victoria cíclica de Baal depende de nuestro proceder. ¿Qué somos los hombres, las más menesterosas de las criaturas, frente a las fuerzas del caos? Para aniquilarnos, Mot ni siquiera debería esforzarse: bastaría con que nos mandara una sucesión de heladas primaverales, que quemaran la flor del trigo y los renuevos de la vid, o una plaga que acabara con los rebaños; cualquier nimiedad puede con nosotros, seres impotentes que vivimos solo por la gracia del Baal. Aunque lo más probable es que nos mande una ola gigante, como ha hecho en otras ocasiones.

El sacerdote se giró para derramar la vista por el sur, donde se desplegaba la serenidad mayestática del océano, un horizonte ininterrumpido que abruma y aturde toda alma sensible. El griego percibió cierta semejanza entre quien le hablaba y su amigo Balbo. «Sí, seguramente hermanos, o primos». Tan diferentes en apariencia pero tan semejantes en lo esencial, los dos místicos a su manera.

—Los hijos de Canaán tenemos suscrito un pacto con el océano: él nos alimenta y nos defiende y nosotros debemos honrarlo, apaciguarlo cuando corresponde para que no nos devore. Y para eso recurrimos a Baal, dominador del mar embravecido.

Después de decir esto, el oficiante entonó con voz cadenciosa un vetusto salmo en un acadio primitivo y gutural.

Atraviesa veloz el espacio la maza en manos de Baal,
segura como un buitre en sus dedos.
Golpea al príncipe—mar en el hombro.

¡Oh, tú, el que subyuga! ¡Que subyugue al mar!

¡Que subyugue al mar!

Entonces, el mar caerá sometido a tus pies.

El mar es derrotado y se allana, cae al fondo, sus caderas tiemblan, le flaquea el cuerpo.

Tras permanecer un rato ensimismado, inactivo, como saliendo de un insondable trance, el sacerdote continuó con su explicación:

—El humor del mar es caprichoso: el caos acuoso muerde y besa, ruge y ronronea. Con frecuencia Baal utiliza el océano para castigarnos. Ya lo ha hecho antes, y volverá a hacerlo. En este santo lugar sabemos que más pronto que tarde el piélago nos engullirá, porque hemos pecado, hemos pecado mucho. Los griegos andan a sus anchas por nuestras ciudades, emporcándolo todo con sus falacias y trapicheos. Y, aún peor, el dominio de Roma crece y crece, cada día, sin que los piadosos hagamos nada por evitarlo; cada vez más gaditiras abandonan sus costumbres, para adoptar los modos, la religión y hasta la lengua de los romanos, a los que consideran nuestros aliados. ¡Qué desatino!

Posidonio hizo amago de replicar, pero bastó una mirada del cananeo para disuadirlo. Baalbo ni quería ni esperaba réplica, sobre todo en esta parte del discurso.

—Si en verdad eres inteligente coincidirás conmigo en esto: si Roma vence, impondrá a sus dioses y sus leyes, y los días del culto a Baal se acabarán. Los insaciables romanos anhelan el poder por encima de todo; no buscan aliados, sino esclavos, esclavos sumisos. Además, tienen la fea costumbre de atacar a sus antiguos amigos y clientes. ¿Cómo olvidar lo que les pasó a los reyes de Numidia? Nadie prestó a los romanos mejores servicios que Masinisa, sin cuyo concurso Aníbal no hubiera sido desbaratado. ¿Y todo para qué? Los romanos atacaron a su nieto, Yugurta, le vencieron con malas artes y, en lugar de darle una muerte honorable, acorde a sus propios méritos y a los de sus antepasados, le obligaron a desfilar por el foro como un esclavo, cargado de cadenas, para después arrojarlo a una celda donde murió de inanición.

Posidonio no podía dejar de maravillarse ante la completa información que manejaba el sacerdote. No se trataba de uno de esos fanáticos ignorantes que tanto despreciaba, sino de un hombre sabio.

—Los romanos llevan años intentando someternos, y si aún no lo han hecho es porque no lo necesitan; de hecho, ya estamos a su servicio, por la desidia e impotencia de nuestros magistrados. Y les proporcionamos oro, plata, cantidades inmensas, a cambio de nada. ¡Los gaditanos nos estamos comprando un amo!

Su acento sonaba cada vez más exasperado. Pese a su apariencia de flaqueza, de aquel anciano emanaba una enorme fortaleza de espíritu.

—Aun así, no se conformarán con eso, no pararán nunca: para ellos, sedientos de discordia, la guerra es una industria. Los lobos son incapaces de crear nada nuevo, ni bello, ni útil. Por eso satisfacen su ambición robando a los demás pueblos, siempre hambrientos de más esclavos, más tierra, más botín; por más riquezas que obtengan nunca las considerarán suficientes. Roma no es la paz, griego, sino la depredadora más sañuda, que para vivir ha de traicionar, atacar y devorar a sus vecinos, a los que consideran estúpidos e inferiores, esclavos por naturaleza. Los latinos no pararán hasta que sometan e impongan sus leyes a todas las gentes del universo. Para ellos solo existe el blanco o el negro, amigo o enemigo; negociar con ellos es como tratar de razonar con una víbora que te tiene acorralado: o la matas o te mata ella a ti. Además, ni se molestan ya en ocultarlo. Sin duda conocerás las palabras con las que se despidió Mario del rey Mitrídates.

Volvió a mirar a Posidonio y se acercó a él, titubeando, con precaución, como si temiera contagiarse de una pestilencia.

—«¡Hazte más fuerte que los romanos u obedéceles!», eso le dijo el cónsul al rey del Ponto, cualquiera lo sabe. Por eso, para no acabar exterminados, debemos ser más fuertes e implorar la ayuda divina, sin la cual toda empresa humana resulta imposible. Debemos purgar nuestras lacras, concentrándolas en una ofrenda expiatoria, un cordero que cargue con nuestras culpas y nos salve de la catástrofe. La vida de los inmolados sirve para renovar la alianza con Baal-Hammón. Tal es la función del holocausto a

Baal-Hammón, de los sacrificios humanos: redimir la culpa por la sangre derramada. Al traspasar por medio del fuego la víctima al dios supremo, este queda apaciguado. Nuestros ancestros ofrendaban a sus propios hijos, de muy tierna edad, en holocausto a Baal. Con los años, se encontró que esta práctica en ocasiones no placía al dios, y se emplearon otros chivos expiatorios de nuestras culpas, por lo general prisioneros de guerra, a veces esclavos. Siempre con la misma finalidad, acallar a Baal, que es el cosmos organizado y fértil que garantiza el orden y la tranquilidad. Gracias a él finaliza el mal tiempo invernizo y las naves pueden de nuevo surcar los mares vivificadores. ¿Cómo crees que un día, hace miles de años, tuvo mi gente la osadía de lanzarse al mar, que es la peor tarea que se conoce, que agosta a todo hombre por fuerte que sea? Porque tenemos una alianza con él y contábamos con su protección. Yam es la destrucción y de ordinario emplea al mar para forjar sus designios. Solo Baal-Haamón puede vencer al mar, derramando paz en el seno de la tierra, reposo en las entrañas del campo. Él es nuestro juez, al que no hay quien supere. Si no sosegamos a Baal, el océano, o Roma, o los dos, nos tragarán, y dejarán esta roca que pisamos pelada para la eternidad, como si Gadir nunca hubiera existido.

Durante un buen rato no se oyó más que el murmullo constante del mar. Caía la tarde y el sol poniente desplegaba su paleta de colores inenarrables. Antes de despedirse, quiso Posidonio corresponder al cananeo:

—Ahora te hablo yo, de hombre a hombre, de griego a cananeo. Te agradezco lo que me has contado. Para mí tiene un enorme valor. En justa correspondencia, ¿hay algo que pueda hacer por ti?

El cananeo, después de mirar un rato al horizonte, respondió.

—¿Qué crees que podrías hacer tú por mí, griego? Nada temo, pues sé que me protege el Baal, y solo busco servirle. Aunque…

Inopinadamente, por primera vez el sacerdote se mostró inseguro, dubitativo. Más por la inflexión de su voz que por el sentido de sus palabras.

—Aunque es cierto, que, como simple y vanidoso mortal, me inquieta que todo esto desaparezca del recuerdo de las generaciones venideras. Yo he dedicado mi pobre vida a propagar la gloria de Baal-Hammón; a procurar que su voluntad sea ostensible; a evitar que su culto se pierda, sepultado en la noche de los tiempos. Una brega pertinaz, porque incluso aquí, en nuestra propia ciudad, cada día proliferan más los que le abandonan para seguir a los dioses y a las leyes de los bárbaros, de los romanos —pronunció la palabra con asco y escupió al suelo.

—Puedo ayudarte a comprender a los romanos. Yo los conozco bien.

El sacerdote le fulminaba con la mirada, como si quisiera devorarlo con la vista.

—¡Los romanos! Por si no hubiéramos tenido bastante con aguantar la inmunda presencia de los griegos, ahora los dioses nos afligen con unos nuevos bárbaros, aún más salvajes y ávidos: los romanos, un pueblo que solo ha poseído aquello que previamente ha robado a otros. ¡Todo robado! No hay nada que entender, extranjero. Solo cabe luchar; luchar con todas nuestras fuerzas. Hay que poner fin a esta situación o Baal nos aplastará. Por todas partes hay traidores que secretean con los romanos. Si no conseguimos echar a los lobos de Occidente, más nos valdría abandonar las islas. Es preciso que... Es preciso...

El consagrado vacilaba. Al cabo, culminó su argumento:

—Debemos aunar todas las fuerzas contrarias a la tiranía de Roma. La Loba es poderosa, pero no invencible. Si bien aquí Sertorio ha fracasado, al otro lado del mar un príncipe piadoso, elegido de Mitra, planta cara al coloso romano. Como auguraron los oráculos, logrará levantar a todos los pueblos de Oriente y acarreará a Roma una desolación innombrable. Lo que pasó hace dieciocho años no es más que un anticipo de lo que se les viene encima.

Posidonio sintió un estremecimiento de terror. Sabía bien a lo que se refería el sacerdote: el rey del Ponto, la némesis de Roma, había planeado concienzudamente, y con éxito, la aniquilación de todos los ciudadanos romanos e itálicos de Asia. ¿Acaso planeaba Mitrídates hacer lo mismo en Gadir, donde cuenta con considerables partidarios, con los que compartía el odio acérrimo a la República del Tíber?

—Señor y maestro —terció Posidonio—, la historia consiste en una porfía perpetua, un derrotero inmutable hacia el progreso, acaso nunca del todo alcanzable en su perfección. Tú mismo lo has dicho: los hombres un día fuimos bestias feroces, sin gobierno y sin dioses, y solo por voluntad divina mejoramos de estatus gracias al entendimiento. Pero no todas las razas evolucionan al mismo ritmo: mientras que en algunas regiones los hombres continúan sumidos en su animalidad, en otras la civilización avanza. Los pueblos ilustrados con frecuencia caen arrasados por hordas salvajes, como si la humanidad quisiera volver a sus orígenes. Siempre hay nuevos bárbaros, porque la historia no se detiene. Los romanos nos invadieron a los griegos y, sin embargo, se dejaron influir por nuestra superior cultura, asumiendo nuestros logros como herencia. Por notable que sea vuestro patrimonio civilizador, que a mi juicio ha sido inmenso, no dejarán de producirse pasos atrás, temporales. Acaso también vuestra ciencia vivifique a la Loba feroz que domina el mundo y acabe floreciendo renovada, pujante.

—Nunca supuse, griego, el alcance de tu ignorancia. Hablas de historia, midiendo el tiempo en siglos; nosotros contamos por milenios. Pierdo el tiempo contigo. Vete. Vete sabiendo esto: no permitiremos que los latinos barran nuestra memoria, como pretenden los griegos. ¿Acaso vosotros no os habéis apropiado de la mayoría de nuestros descubrimientos? Unos y otros, helenos y romanos, hipócritas que afirmáis horripilaros con nuestra manera de mostrar piedad, con nuestro inmenso sacrificio de pasar por el fuego a nuestra prole, no queréis reconocer que vuestros abuelos hacían lo mismo, y hasta hace bien poco. ¿Acaso no decís los griegos que Hércules, en un rapto de locura, arrojó a sus seis hijos al fuego? Como para acallar vuestras conciencias, lo habéis tergiversado como un extraño desvarío para camuflar la verdadera inmolación de los descendientes, de origen cananeo.

Cada vez más excitado, el consagrado parecía al borde de agredir al griego. Una oleada de encono germinaba en sus ojos desencajados de rabia.

—Además, ¿quiénes son los romanos para dar lecciones? Nosotros pasamos por el fuego a algunos hombres para satisfacer al dios, en beneficio de todos, cuando queremos conjurar una grave amenaza, no por capricho; sin embargo, ellos echan a pelear hasta la muerte a unos infelices solo por diversión y frivolidad. ¿Quién es el bárbaro, Posidonio? ¿Cómo pueden los lobos llamarnos bárbaros a nosotros sin avergonzarse? ¡Los romanos! Hace apenas dos generaciones, esos valentones eran todavía campesinos guerreros muertos de hambre, moradores de cavernas y chozas de paja, rebujados en sucias pieles de lobo, ateridos alrededor de una lumbre donde contaban mentiras sobre el origen de su estirpe. Nosotros, hace mil años, ya pisábamos losas de mármol, nos bañábamos en agua caliente, ungíamos nuestro cuerpo y nuestro cabello con óleos. Y nos tachan de salvajes, equiparando nuestras costumbres con los vicios más perversos, escudados en su esnobismo...

Posidonio asintió. El sacerdote le señaló con el brazo.

—Todo ha de cambiar en Gadir, antes de que sea tarde. No es solo culpa de los bárbaros; nuestro propio pueblo, sobre todo sus próceres y magistrados, han traicionado a sus antepasados, cayendo en la insidiosa tentación de venerar con preferencia a dioses menores, como Melqart. Hemos aceptado las condiciones de una paz funesta y vergonzosa; muchos gaditas ya visten como romanos, rasuran sus barbas y se comportan como romanos, por tanto, son ya medio romanos, o, lo que es lo mismo, medio griegos. ¡Si hasta se dejan retratar, mofándose de los dioses! Cómo sorprenderse, en este estado de declive, de que nuestros jóvenes quieran estudiar esa persuasiva filosofía vuestra, con preceptores griegos que se autodenominan sabios, simples falsarios, charlatanes muertos de hambre. Debemos actuar contra esa gente adocenada, frenar esta ceguera, esta fantasía inútil y dañosa; de lo contrario, dentro de poco nadie podrá distinguir a un griego de un cananeo. Sí, abundan entre nosotros los corrompidos que con la riqueza se han vuelto perezosos, acomodaticios y delicados para la guerra. O sacamos del cesto las manzanas podridas o acabarán por infectarnos a todos. Pelearemos por recuperar y mantener los antiguos valores y costumbres, a toda costa, hasta el final, solos o acompañados. En algún momento, el Señor querrá mandarnos un aliado de corazón valiente que nos ayude a castigar a Roma.

El consagrado, sin despedirse, se giró y empezó a marchar de regreso a su templo. Mientras se alejaba, aún se volvió hacia el griego:

—Baal-Hammón no ha recibido suficientes víctimas en los últimos años. Está sediento de sacrificios, sobre todo de corderos nobles. Nuestra gente ya no se muestra tan piadosa como antaño, y en lugar de sus primogénitos, ofrecen la prole de sus esclavas. ¡Como si se pudiera engatusar al Baal, que rige las fortunas de los hombres y de los dioses con imperio perpetuo!

Sobrevino otro largo mutismo. El sacerdote lo rompió con una escueta y seca despedida, que encubría algún tipo de amenaza:

—Un mal viento te trajo, griego. Vete en paz por ahora. Y que el Baal salvador, desde su trono de nubes, te libre del desquite de tus enemigos. Me temo que te alcanzará, porque no hay sima lo bastante recóndita para esconder a un blasfemo de la justa ira de los piadosos.

Con tales palabras flotando aún en su pensamiento, emprendió Posidonio el camino de vuelta. La belleza de la escollera no sirvió esta vez para conjurar la sensación de amargura que le sobrecogía el pecho. «Los cananeos han aprendido desde hace siglos a conjurar los tremendos peligros del mar, pero se verán impotentes para eludir otros mayores que les aguardan en tierra. Sí, ya es demasiado tarde para volver a las antiguas tradiciones; su mundo se acaba, no el mundo, y este hombre no lo ve».

XXIII

Notas sobre el culto a Baal-Hammón. Como Melqart, Baal es un dios de vida y muerte. Los ritos de ambos dioses engloban un ciclo anual de luchas, muertes y resurrecciones, al final del cual el dios redentor de la vida muere por fuego para renacer. Pero en Gadir aparece una significativa diferencia: mientras que el divino héroe ya no recibe víctimas humanas, cada año se inmola, al menos, a un hombre a Baal, como figuración del combate y muerte del dios. La víctima se sacrifica en el fuego, porque debe morir de la misma manera que el dios receptor del sacrificio. No obstante, estas notas, en puridad, no pasan de simple conjetura; necesitaría fuentes más fiables, contrastar diversas opiniones, algo imposible, pues nadie quiere hablarme con claridad de este asunto. Al menos, me sirven para airear el pensamiento.

El Baal de Ugarit muere y, con su segunda vuelta a la vida, asegura la fertilidad de la tierra cananea; cada año se celebra un rito de muerte y resurrección, en el que se quema la figura de un monstruo marino. Se trata de una celebración antigua en la que no pueden participar extranjeros y en la que los sacerdotes se laceran mutuamente hasta derramar cubos de sangre, en medio de una frenética danza acompañada de bufidos y espasmos.

Según me dicen, en Gadir, los acólitos de Baal y los de Melqart se encuentran siempre mal avenidos. Mutuamente se aborrecen, sobre todo porque los gaditanos muestran una clara preferencia por el dios-hombre, al que consideran su dios propio, y adoran más que a cualquier otro. Sin embargo, a mi juicio los dos dioses se parecen bastante; acaso sean el mismo. Quizás Baal sea más agricultor que marino. Por lo demás, Baal es, de seguro, más truculento. Cada año exige víctimas humanas, sacrificios que en el templo de Melqart se celebran solo ocasionalmente, en épocas de terrible penuria o amenaza grave, cuando se quiere poner especial empeño en aplacar la cólera del dios. Este tipo de holocaustos provoca un roce continuo entre los sumos sacerdotes de ambos santuarios.

Posidonio había pasado gran parte de su vida ajeno al mundo exterior, volcado en sus ángulos, sus estrellas, sus mareas, sus reflexiones históricas y metafísicas. Se jactaba, como estoico, de su imperturbabilidad, afirmando que ningún acontecimiento interno o externo podía apartarle de sus estudios y preocupaciones intelectuales y morales. Todo está admirablemente ordenado y concatenado con estrecha conexión y simpatía. También los acontecimientos. Por eso, sabiendo que todo contribuye a lo dispuesto por la Providencia, que armoniza las cosas con una finalidad de perfección, ¿no hemos de aceptar el destino, confiando que siempre sucede lo mejor? Sí, el mal es aparente, los desórdenes que percibimos son solo parciales, y los sucesos que nos parecen males son en realidad causa de bienes mayores. Podemos resistirnos, inútilmente, o podemos cooperar al necesario impulso universal, que no es ciego ni puramente mecánico, como defienden los atomistas o los epicúreos, sino profundamente racional.

Impasible ante las alteraciones políticas y las pasiones humanas, había recorrido el orbe desde Babilonia a las Galias en busca de archivos, bibliotecas, informaciones, testigos de vista, sabios, nigromantes, templos y ruinas. En el curso de sus viajes presenció guerras, sitios, sediciones, terremotos, erupciones volcánicas, tempestades inmensas; admiró a alguna de las mujeres más bellas de la tierra, visitó los prostíbulos más acreditados, incluso los de Príapo y Comagene Póntica, célebres por su amplia oferta en los lascivos esparcimientos. Ayudado por su prodigiosa salud, recorrió a pie montañas nevadas, sobrevivió a naufragios e incendios, epidemias. Nada, nunca, consiguió desviarle de su trayectoria.

En Gadir, todo sobrevino de manera diferente. Cruzó las Columnas de Hércules como hombre maduro, casi anciano, pero con su vigor intacto, en lo mejor de su potencia intelectual, curado de vanidades, aliviado de pasiones, tranquilo y alegre, seguro de sí mismo. Llegaba dispuesto a culminar algunos de sus más arduos estudios científicos e históricos, a legar a la posteridad el fruto de una vida buena: plena, larga y feliz.

Pocos meses después de su arribo, ese Posidonio ya no existía. Ocupó su lugar un carcamal atribulado e inseguro, en lucha con el desasosiego, de salud declinante. Sus impulsos animales desatados; golpeada su cabeza por las imágenes de la muchacha de nombre ignoto y de Anahit. La concentración en su estudio perdida; abandonó sus mediaciones sobre las mareas, dejó de indagar sobre las costumbres de los pueblos y de interesarse por las rutas oceánicas. El estudio del culto a Baal solo había supuesto un leve alivio.

Por si fuera poco, tanto debido a su concentración inicial como a su posterior perturbación emocional, no había reparado en las tremendas convulsiones sociales que atravesaba el archipiélago gadirita. Sin saberlo ni quererlo, se había metido en un avispero, donde, por un motivo u otro, todos le odiaban. En medio de tan terrible hostilidad, cada uno de sus pasos podía ser el último. Ya habían intentado cazarle varias veces y de seguro habría más asaltos. Las preguntas se agolpaban en su cabeza, robándole la calma: ¿acaso los ataques que sufrió no fueron obra de ladrones, sino de asesinos a sueldo? ¿A sueldo de quién? ¿Por qué? ¿Quién querría matarle? Demasiados interrogantes para un alma atormentada que, ante todo, ansiaba recuperar su cordura.

Pasaba la mayor parte del tiempo en el caserón de Balbo, vigilado de cerca por su anfitrión, que sabía bien lo peligroso de la situación. Durante largos periodos se quedaba a solas en la terraza superior del palacio, abrigado, atalayando el horizonte, cabizbajo, sumido en sus cuitas, escuchando la voz del mar. De cuando en cuando, la desesperación le impulsaba a salir para recorrer sin rumbo las calles, tratando de poner orden en sus ideas y control en sus pasiones, seguido por Abisay.

Balbo le acompañaba a veces. Sentado a su lado, sin decir nada, el sufete pasaba las horas observándole, tratando en vano de penetrar en ese opaco mundo interior, apenado porque la mente más dotada de la humanidad parecía al borde de su propia extinción. Desde el umbral de la azotea, Abisay les observaba hirviendo en sus propios temores de esclavo.

＊ ＊ ＊

Un día, en uno de sus vagabundeos, se produjo un singular acontecimiento. Posidonio creyó ver entre el hervidero de gente a aquella nínfula de hermoso busto y cristalino rostro que le entregó su virginidad en el templo de Astarté. Respondiendo a un impulso invencible, inflamado de repente por un violento empuje, corrió tras ella con velocidad impropia de anciano. A duras penas alcanzaba Abisay a seguirle el paso.

—Señor, te lo ruego, espérame, no corras. ¿Qué ha pasado? ¿A quién has visto?

El filósofo ni quería ni podía escucharle, tanto por el griterío ambiental como por el ruido interior de su cabeza. Posidonio tropezó muchas veces, en ocasiones la perdió de vista, para vislumbrarla al poco y redoblar sus denuedos. La distancia entre ellos se iba acortando hasta que, finalmente, cuando abandonaron la concurrida área del mercado, las calles se fueron despejando y al fin pudo avizorarla a prudente distancia. Empezaba a dudar si se trababa de la misma joven o si todo había sido fruto de una alucinación.

Persiguió a la muchacha hasta el barrio acomodado. Al poco tiempo despejó todas sus vacilaciones; sí, era la misma, aún más resplandeciente a la luz del día que en su recuerdo. Vestía un quitón de lana ceñido al cuerpo que dejaba ver sus formas perfectas. Apretó la marcha y se colocó justo a su espalda. A su lado, Abisay seguía sin saber qué estaba pasando.

El griego no sabía cómo dirigirse a ella, nunca mencionó su nombre.

—Muchacha…

La joven se volvió y, al reconocer a quien le interpelaba, el pavor se dibujó en su rostro blanco, desencajado.

—Señor, no puedes…

Cuanto más la miraba, más sentía crecer en él la violencia de su atracción.

—Solo quiero hablar contigo un momento, te lo ruego.

La chiquilla salió corriendo, dejando caer al suelo los bultos que portaba, mascullando un hilillo de refunfuños. Se rompieron varios anforiscos de perfume, que debían ser muy valiosos tanto por el contenido como por el continente; de seguro se trataba de una vástaga de la más alta sociedad.

El griego la importunó, fuera de sí, dando pie al escándalo. Pronto en las calles se formó una trifulca. Un sinnúmero de manos agarró a Posidonio y algún puño se estampó en su cara. Sangrando por los labios, vociferó:

—¡Por los dioses, solo quiero hablar con ella!

La muchacha había desaparecido. Los ociosos y los mirones tenían inmovilizado al anciano y discutían qué curso dar a los acontecimientos: algunos proponían entregarlo a las autoridades; otros, los más, arrojarlo por los derrumbaderos. Le maniataron y, en volandas, le llevaron a los farallones del sur, la zona más alta de la isla de Kotinusa, con idea de echarle a volar.

Por suerte, Abisay no había perdido el tiempo. Escuchando a unos y a otros reparó de inmediato en lo delicado de la situación y acudió corriendo a casa del sufete.

Balbo, enfrascado en plena mediación entre los acreedores y el naviero en el caso de un buque naufragado, se negó en un principio a recibir al esclavo, pero, al poco, como por intuición, la inquietud le llevó a posponer el acto. Asomó en el umbral de su palacio, donde un desesperado y lloroso Abisay abrazaba las rodillas del jefe de su guardia:

—No lo entiendes, señor: lo van a matar. Quieren despeñarlo por los barrancos, acaso ya sea tarde.

No hubo necesidad de explicaciones. Balbo partió al punto seguido de su escolta en derechura hacia el lugar donde se suelen llevar a cabo esas ejecuciones, muy cercano a su propia mansión, por suerte para Posidonio. Pues cuando llegó el sufete, ataviado con las insignias de su cargo, muchas manos lo alzaban ya en el aire, camino de su viaje final.

—¡Alto! ¡Que nadie toque a ese huésped! Es grave felonía maltratar a quien se encuentra bajo la paz de Melqart.

Los reproches no tardaron en arreciar.

—¡Él ha quebrantado los secretos de Astarté, ha querido tener trato con una desflorada!

El sufete desplegó un esfuerzo titánico para que su rostro no reflejara la gravedad de la situación.

—¡Gadiritas! ¿Qué os pasa? ¿Acaso habéis perdido las buenas costumbres, vuestra arraigada piedad? Este viejo griego chochea. Todos habéis asistido a sus delirios y rarezas durante estas últimas semanas. ¿Quién de vosotros no se ha reído de ellas? ¡Por los dioses, si toda la ciudad hace chanzas a su costa! Constantemente habla solo, enfadado consigo mismo.

Con pulso firme, libró a Posidonio de las manos que le atenazaban, entre crecientes protestas.

—¿Y qué pasa con su insulto a Astarté? ¿Quedará impune?

—Amigos, conciudadanos, no olvidéis que los locos son favoritos de los dioses; si acaso ha ofendido a Astarté, que la suprema servidora de la diosa determine la pena que le corresponde, teniendo en cuenta su debilidad.

* * *

Todos en Gadir sabían que Anahit paraba en la sagrada cueva de Astarté, inaccesible a los rayos del sol, situada cerca de la costa sur de Eritía, sede del oráculo de la diosa.

Allí acudió una nutrida procesión de fieles agraviados, encabezada por el sufete. Dos miembros de la guardia cananea escoltaban al griego y le llevaban casi en volandas. Con su bastón de marfil, propio de su magistratura, golpeó Balbo la puerta del oratorio y reclamó la presencia de la suprema intérprete.

Los grandes portones se abrieron para dejar pasar exclusivamente al sufete y a Posidonio, y se cerraron detrás de ellos, como las mandíbulas de un gigantesco cetáceo. En un amplio y penumbroso zaguán, aguardaron la llegada de Anahit. El griego, con la cabeza gacha y los ojos muy abiertos, se sentía fuera de la realidad. Varias veces estuvo a punto el sufete de advertirle el riesgo que corría y la necesidad de que midiera sus palabras en los instantes siguientes. Pero sabía que hubiera sido en vano: el griego se encontraba ausente.

Al poco llegó la suma sacerdotisa, sin ocultar cierta rabia por la interrupción. Le habían arrancado de sus obligaciones más queridas y sagradas, la bendición de las primeras cosechas. Apareció algo iracunda, como siempre espléndida, semejante en apostura a una diosa, portando un pebetero que representaba la figura de Astarté, en cuyos orificios se habían introducido espigas de trigo: las ofrendas de la primicia de algún piadoso campesino. Avanzó hacia ellos con paso regio.

Una muchacha le cuchicheó al oído, sin duda para ponerle al tanto del motivo de la presencia del sufete y del filósofo. Después de escucharle, la mujer se quedó un largo rato en silencio e impasible, en su deslumbrante majestad.

—Balbo, déjanos solos.

El sufete amagó con protestar, pero se lo pensó mejor. Lanzó un suspiro y, tras una prosternación, se retiró a donde le indicaban las sacerdotisas.

—Posidonio, ¿cómo se te ocurre afrentar de esa manera a la doncella que desfloraste? Tu avidez es sacrilegio y causa indignidad. ¡Hasta mirarla supone un infando pecado, una tremenda blasfemia! ¿Cómo pones en un brete su fama, su pudor? ¿Por qué te crees que entregó su virginidad a un extranjero, a un sucio griego, y no a un cananeo de alta cuna, como cuadra a su rango, antes de emprender matrimonio bajo el auspicio divino? ¿Por qué crees que no dejamos registro alguno, ni siquiera de su nombre? Lo que hizo contigo fue un acto puntual, sagrado, irrepetible. Ni siquiera cabe alegar ignorancia, pues me consta que conoces bien el sentido y el origen de esta sagrada liturgia.

Flanqueaban a la dama dos siervas que portaban quemaperfumes de terracota en forma de paloma, donde humeaba la mirra. Las despidió con una seña y se sentó en un trono alado, sobre cuyo respaldo se levantaba una estatua de Astarté. Sus ojos semejaban dos carbones encendidos. De fondo se escuchaba, como un murmullo, la interminable melopea de alabanza a Astarté.

—Señora, por fin puedo ver de nuevo tu rostro, tu imagen adorada. Quisiera borrar el color de mis labios besándote los pies hasta el fin de los tiempos.

Se lanzó el griego a los pies de la sacerdotisa, que siguió impertérrita, helada como una esfinge, dispuesta a devorar a su víctima. Después se arrodilló ante ella.

—Señora, no lo sabía. Te ruego que me disculpes. En buena medida, soy inocente. Desde que acudí al santuario de la diosa no soy el mismo. En mi pecho vive oculta la herida que infligiste. Me duele en la carne y en el espíritu. El recuerdo de tu voz vibra en mi corazón. Actúo impulsado por la diosa. ¿No merezco su piedad? ¿Y la tuya? Soy presa de una maldición: no como, no duermo, no dejo de pensar en ti, en la ninfa, en las doncellas del templo. Durante el día ando enfebrecido y las tinieblas no dan paz a mis miembros, pues paso las noches desvelado: se me forman sin cesar en la mente figuraciones de tus pestañas, de tu boca, de tu cuerpo. He caído en las redes de Astarté; voy a enfermar de codicia por tu carne. Suponía que los años habían calmado mi delirio, ¡cómo me equivoqué! ¿No me redimirás de esta comezón? ¿No puedes curarme? Los dioses saben cuánto deseo volver a mi estado anterior de calma espiritual. Ya soy viejo, no quiero vivir consumido por el extremo empeño del amor, tan terco, tan insensato. Apiádate de mí. Líbrame de estos crudos afanes llenos de abismo y autoengaño.

La sacerdotisa se le quedó mirando con aquellas pupilas opacas, inescrutables, afiladas, que parecían verlo todo.

—Sé bien que el amor puede ser cruel, que infunde en corazón humano tanto dulzor como amargura, que impele a los mortales a acometer locuras sin cuento. Por amor ardió Troya, por amor abandonó Dido su patria y Orfeo descendió a los infiernos con su lira. Pero lo que me pides supera mis facultades. No creas las promesas de quienes se dicen capaces de sanar con ensalmos un pecho enamorado. De tal poder solo dispone la diosa. Además, no eres consciente de la gravedad de lo que has hecho. Tu baldón solo se lava con la muerte, con pública agonía en una pira, en la plaza del mercado.

—Señora, yo…

—Cállate, insensato, y deja de lloriquear. No ensucies con tus palabras este sagrado lugar. No perdonaré tu blasfemia.

Posidonio agachó la testa, derrotado. Durante un buen rato ambos permanecieron en silencio. En algún lugar que parecía lejano se dejó oír una campana. Como si hubiera sido una señal, el griego empezó a cantar, con verbo tenue:

> *Inmortal Afrodita de trono colorido, hija de Zeus, que tramas ardides, te suplico: ni a tormentos ni a angustias me sometas, señora, el corazón.*

Cantaba en griego, con temeridad, pero sabiéndose comprendido. ¿Cómo no iba a conocer Anahit el *Himno a Afrodita* de la inmortal Safo de Mitilene?

> *Desciende a mis plegarias, como viniste otra vez, dejando el palacio paterno, en tu carro de áureos atalajes.*
> *Tus lindos gorriones te bajaron desde el cielo, a través de los aires agitados por el precipitado batir de sus alas.*

*Una vez junto a mí, ¡oh diosa!, sonrientes tus labios
inmortales, preguntaste por qué te llamaba, qué pena
tenía, qué nuevo deseo agitaba mi pecho, y a quién pretendía sujetar con los lazos de mi amor.*

*Acúdeme también ahora, y líbrame ya de mis terribles
congojas, cúmpleme que logre cuanto mi ánimo ansía,
y sé en esta guerra tú misma mi aliada.*

Posidonio no pudo seguir, le fallaban las fuerzas. Pero su mismo
agotamiento había envuelto el canto de una sutil desesperanza,
acorde a la belleza de las rimas. Anahit nunca antes había escuchado el famoso himno en su lenguaje original y se sumergió en
el abismo de su belleza.

Ambos se miraron por primera vez a los ojos, largamente,
entendiéndose a la perfección.

—¡Llamad al sufete! —zanjó la mujer el silencio.

Al poco Balbo asomó vestido con armadura completa, al estilo
romano, exteriorizando con claridad sus intenciones. Sabía que
no podía perder el tiempo, que en caso necesario debería emplear
la fuerza.

—Balbo, tu indumentaria no es adecuada. Las armas no tienen
lugar en el templo de la diosa.

—Señora, me iré de seguida, pero antes debo saber qué has
dispuesto sobre el griego.

—Balbo, Balbo… Como gadirita de pura cepa, de una de las
familias más nobles y rancias de la ciudad, y además sufete, perito
en leyes, conoces la pena que le corresponde.

El cananeo había considerado con meticulosidad cómo actuar.
Empleó un acento brusco, tajante:

—¡No consentiré que lo quemes! ¡Como magistrado de Gadir,
reclamo a este hombre! Su delito ha sido cometido en las calles de
la ciudad; por tanto, deberá responder ante los sufetes, no ante ti,
suma sacerdotisa.

La mujer no se había alterado en lo más mínimo.

—Balbo, te quiero bien. Sé que te acosan mil preocupaciones y
sé que buscas lo mejor para los cananeos. Nunca hubiera sospechado de ti: ¿acaso estás dispuesto a mentir, a prevaricar, a saltarte

tu deber como sufete? ¿Por qué? ¿Por un griego decrépito, sucio e ignorante?

Balbo no desplegó sus labios; su mutismo resultaba suficientemente elocuente. Anahit asintió y, con la impasibilidad acostumbrada, indicó en voz baja, mirando a Posidonio e ignorando al sufete:

—Algún mérito debes tener, griego, si has conquistado así al mejor de nuestros ciudadanos. Gozas de un raro privilegio, anciano; no sé hasta qué punto eres consciente del honor que representa tener un amigo; uno como Balbo, además. Vete. Y no regreses más, Posidonio. Ni te imaginas lo cerca que has estado de la pira. Se aproxima el festival de Astarté Marina y la piedad por todas las islas se acrecienta; los marineros lampan por honrar a la diosa mediante la procesión de sus naves engalanadas. Aléjate sobre todo de ellos, aléjate del cananeo piadoso. Son cientos los que piensan que los dioses te reservan un pago de mal género, a la altura de tus lacras, y no pocos se muestran dispuestos a convertirse en su brazo ejecutor. Vete, Posidonio, huye y líbrate del destino que las parcas están hilando para ti. No abuses más de tu suerte, ni de mi paciencia, ni de la benevolencia de este buen magistrado. Vete en paz, pero no creas que me frenas tú, o el sufete, o Pompeyo. Ningún hombre me da miedo.

—Entonces, ¿qué es lo que te frena? —preguntó Posidonio, con vocecilla apenas audible, mientras se incorporaba.

Balbo dio un respingo y casi se abalanza a estrangular a su desquiciado camarada. La mujer, sin embargo, siguió impasible. Al cabo de un rato, se levantó y acarició levemente la mejilla del viejo, cuya conmovedora tristeza y enorme inocencia habían suscitado su piedad.

—El amor te condenó y te ha salvado la belleza.

Acompañado por el sufete, un muy confundido Posidonio salió de la caverna, cojeando, con las rodillas y el alma desgarradas. La multitud se había enfriado y el lugar estaba casi despejado. Recorrieron en silencio las callejuelas ya familiares y subieron hasta el palacio de Balbo, de donde el sufete no pensaba dejarle salir más.

—Posidonio, ya no es momento para bromas: si pisas la calle eres hombre muerto. A partir de ahora te quedarás aquí, bajo mi protección. Solo saldrás con escolta. ¡Por los dioses! ¿Dejarás alguna vez de comportarte como un mocoso malcriado? ¡Te has librado de esa Gorgona por un pelo! No te engañes, es tan hermosa como terrible, la he visto asistir impasible a los más atroces suplicios. Le place, en particular, quemar a fuego lento a los que ofenden a Astarté, como has hecho tú, ¡insensato griego!

Posidonio escuchaba con la mirada entre mansa y exhausta, componiendo la viva imagen del desconsuelo. Le embargaba el agotamiento.

—Gracias, amigo. Tienes razón, así lo haré; discúlpame por todo el disgusto que te traigo. Acepto gustoso tu hospitalidad, pero antes debo regresar al santuario a recoger mis notas y mis enseres, sobre todo, mis ruedas para el seguimiento de los cuerpos celestes, donde he inscrito mis observaciones. Todo el trabajo de estos meses lo tengo allí guardado.

—Mis hombres te llevarán y después irán a buscarte cuando lo tengas todo listo. No te demores, no puedo garantizar que en la casa de Melqart te encuentres a salvo. Has montado un buen escándalo, y a estas alturas los sacerdotes de todos los santuarios de Gadir estarán compitiendo entre ellos a ver quién complace al pueblo y a los dioses dándote tormento. ¡Ayúdame a salvarte!

El griego agachó la cabeza y la sostuvo desolado entre sus manos. El cananeo le puso una mano en el hombro.

—Posidonio, se me acaban las fuerzas. Como bien sabes, la política requiere esfuerzos no menores a los del pugilato o la carrera de los atletas. Para sobrevivir en este estanque enjambrado de marrajos se precisa un vigor y una robustez que empiezan a faltarme. Conoces bien cuál es la situación, te lo he explicado con toda la claridad que he podido. Te lo ruego, no me lo hagas todo más difícil.

XXIV

De camino al santuario de Melqart, Posidonio puso a Abisay al tanto de sus intenciones. El peligro que acababan de conjurar había dejado una sensación de extrema inquietud en el esclavo, y lo que esa tarde escuchó de labios de Posidonio vino a rematar la poca confianza que le quedaba.

Posidonio sentía agradecimiento por los desvelos del hebreo, e incluso reconocía afecto por él. Abisay asistía impotente al transcurso del tiempo, que pasaba sin lograr acercarse ni remotamente a cumplir sus objetivos. Obedecía en todo al griego, pero este, ajeno, no prestaba atención a su esfuerzo. No le quedaba otra posibilidad que ensayar una última maniobra, arriesgada, acaso mortal. Una jugada que quizás conseguiría sacar al griego de la crisálida de postración en la que se había encerrado y regresarlo a su verdadera naturaleza.

* * *

Tal como entraron en el cubículo de Posidonio, el esclavo se aseguró de la ausencia de oídos indiscretos y lanzó sus dados, comprometiéndolo todo a una tirada:

—Señor, ¿cuándo regreses a tu tierra me llevarás contigo?

—Querido hebreo, no creo que sea posible, ya lo sabes. Fíate de mí, sé lo que digo, lo he intentado. Durante todos estos meses me has dejado clara tu pretensión y a mí no me disgustaría comprarte, tengo suficiente plata. Por eso, sin decirte nada, hace tiempo traté de abordar el asunto con el sacerdote responsable de los cautivos. No me dejó ni plantearlo: como esclavo consagrado, eres inalienable, de por vida. Da igual la cifra que ofrezca, no se trata de dinero; además, no es plata lo que falta aquí. Por lo visto, estás condenado a pasar tus días en esta isla. No desesperes, ¿quién conoce de verdad su porvenir?

El judío humilló la cabeza. Tras un incómodo silencio, levantó la vista y expresó, con un descaro audaz impropio de un esclavo.

—Entonces, señor, quiero comprar mi libertad.

Posidonio dio unas zancadas por la habitación, molesto ante aquella importuna insistencia. Ese estúpido judío no se había dado cuenta de lo poco que a él le interesaba el dinero. Como si hubiera leído sus pensamientos, Abisay continuó:

—Sé que no hay suma en el mundo capaz de comprarte, mas lo que quiero ofrecerte no se paga con dinero.

El griego le observó con atención, formulando con los ojos la pregunta que el esclavo contesto de inmediato:

—Hay una biblioteca.

Una biblioteca. Daba Abisay por seguro que ninguna otra cosa podría torcer la voluntad de Posidonio. Y acertó de pleno. Tratando de disimular, sin éxito, su extremo interés, replicó:

—¿Una biblioteca? Ya lo sé, israelita, llevo meses visitándola, tratando de encontrar algo útil en ella. Me parece increíble que tal sea la admirada biblioteca del santuario de Melqart.

Abisay se acercó al rostro del griego, con un redoble de miedo y esperanza. Lo que se disponía a revelar constituía una grave violación de los secretos del divino héroe y conllevaba castigo de vida.

—De eso se trata, precisamente, señor. La famosa biblioteca de Melqart existe, pero no es la que has visitado. En este templo hay otra, un formidable archivo, con fondos excelentes. Quizás el más grandioso de la tierra. Dicen los sabios cananeos que en él se atesoran todos los saberes, nuevos y pretéritos, incluso los que se creen perdidos. Pese a que yo apenas la he visitado unas pocas veces, y hace mucho tiempo, he servido a algunos de los sacerdotes y escribas que allí trabajan. La conozco.

El griego fijó en él sus ojos con suspicacia.

—¿Y cómo es que, después de llevar tantas lunas aquí, no he sabido nada de ella? ¿No estarás tratando de embaucarme, judío, para que te compre a toda costa?

—Señor, su propia existencia es un secreto al alcance de unos pocos elegidos. Su acceso está vedado incluso al común de los cananeos. Solo quienes cuenten con un permiso especial del sumo sacerdote pueden visitarla. Soy imprudente diciéndotelo. No sé si debería seguir.

Hablarle a Posidonio de una biblioteca era como mentar a Helena ante el rey de los sátiros.

—Abisay, no te preocupes, nadie lo sabrá. No diré nada. Sigue.

—Te contaré todo lo que sé, señor. —El hebreo se le arrimó de nuevo, echando miradas furtivas a los lados. Hablando bajo continuó la explicación—: Al poco de recalar yo aquí, me pusieron al servicio de los encargados de los archivos. Era un niño que apenas chapurreaba el cananeo, así que los consagrados hablaban sin precaución en mi presencia. Así me enteré de que aquí se guardan casi todas las obras que se custodiaban en la biblioteca del templo de Melqart en Tiro.

—La biblioteca de Tiro... ¿Cómo ha llegado hasta aquí?

—Se cuenta que, cuando los asirios asediaban la ciudad, el gran sacerdote de Tiro ordenó que se empaquetara todo con cuidado y se despachara a Occidente. Comenzó enviando los papiros y los pergaminos en idioma cananeo, egipcio y griego. Como las tablillas en acadio, sumerio, babilonio y otras lenguas vetustas abultaban demasiado, buena parte de ellas se tradujeron al cananeo y se plasmó su contenido en papiros enrollables. Aun así, se transportaron muchas, miles de tablillas, en sucesivos viajes, durante años. Lo mismo ocurrió cuando el babilonio Nabucodonosor y más tarde el demonio macedonio bloquearon de nuevo la ciudad de Tiro: miles de documentos se copiaron entonces y se expidieron hasta aquí. También trajeron textos de otros lugares, de Sidón, de Ugarit, de Kadesh, sitios que no sé dónde se encuentran ni si todavía existen. Incontables originales volaron, junto con las ciudades y las bibliotecas que los albergaron, pero las copias se guardan en el templo, en este templo.

La famosa biblioteca de Tiro... Muchas veces había oído Posidonio hablar de ella de manera encomiástica, aunque nadie quedaba vivo que la hubiera visto. Se contaba en el este que los servidores de Melqart de Tiro habían acopiado buena parte del saber mesopotámico; que los fieles del divino héroe habían recorrido la Mesopotamia para salvar las tablillas, los pergaminos y los papiros de las ciudades destruidas por las incesantes guerras que asolan esa región. Poco a poco, el interés del griego se agrandaba; lo que decía Abisay tenía visos de verdad.

—¿No hay ninguna forma de acceder a ella? ¿No es posible que obtenga un permiso especial del sumo sacerdote? Quizás si se lo pido con humildad...

—Señor, te lo ruego, ¡ni se te ocurra considerarlo! No tienes la más mínima posibilidad de que te concedan ese permiso. Todo el empeño del sumo sacerdote ha sido en este tiempo alejarte de la biblioteca. El simple hecho de que se sepa que conoces su existencia acarreará tu muerte inmediata. Y la mía. Te matarían sin dejar rastro alguno. No lo dudes, sé de lo que hablo. Yo mismo he presenciado lo que ha sucedido en casos anteriores. Son decenas los insensatos que están emparedados entre las paredes de los archivos, por imprudentes: antiguos visitantes tirrenos, egipcios... El extranjero que ingrese sin permiso se juega la vida, señor, así como cualquiera que le ayude. Es tan grave como entrar en la tumba de Melqart. E igual de dificultoso.

—Pero no imposible... —musitó el otro, con semblante suspicaz, empezando a comprender la jugada del esclavo.

—Pero no imposible, señor.

Abisay enmudeció, dejando que el filósofo agarrara bien el anzuelo que había tendido; la carnada, desde luego, resultaba óptima, no pudo haber empleado otra mejor. Posidonio se removía inquieto, frotándose las manos, con la mirada perdida en el vacío. Al cabo, hundió sus mandíbulas en el gancho.

—¿No hay aquí nadie sobornable? Tú mismo: ¿qué debo hacer para convencerte de que me ayudes?

El hebreo dejó sus tapujos y abordó de lleno la cuestión.

—Señor, eres el hombre más sabio de la tierra. Sabes bien lo que ansío: que me compres y me lleves contigo a Oriente. No quiero acabar mis días sin pisar de nuevo las calles de Alejandría. No quiero morir esclavo. Y, si no quieren venderme, llévame oculto en tu barco. Sácame de aquí.

Posidonio se tomó unos momentos para recapacitar. La imprudente apuesta podía costarle la vida al esclavo y a él mismo. Pero ¿y si por la providencia de los dioses localizaba entre esos tesoros las obras de astronomía matemática de los babilonios que necesitaba, las que llevaba años buscando sin éxito? ¿Acaso por ese motivo le había arrastrado el destino, ya al final de sus días, hacia el lejano Occidente, cuando tenía edad de acariciar las cabezas de sus nietos? No podía tratarse de una simple casualidad.

—Abisay, si me ayudas a visitar la biblioteca, te juro por Apolo y por todos los dioses cananeos y griegos que haré lo posible por comprarte. No bien lleguemos a Rodas, te liberaré y te daré plata para que vayas a donde quieras. ¡Una orza de oro molido te daría si la tuviera! Y si no quieren venderte, te llevaré conmigo a escondidas. Los romanos me protegen, me ayudarán a sacarte de aquí. Todo, te daré todo lo que quieras si me muestras ese lugar. Lo juro por los númenes inmortales.

Abisay se arrojó al suelo, abrazó los pies del griego y los besó con exagerada vehemencia, como si quisiera dejarlos libres de polvo y untarlos con sus lágrimas. Radiante de esperanza, le aseguró:

—Gracias, señor, tu palabra me basta. ¡Sea Melqart favorable a tus deseos!

Posidonio, arrastrado por su entusiasmo, no del todo consciente del peso de sus palabras, se puso a dar botes como un niño. Pese a lo que le acababa de decir a Abisay, conocía bien el estatuto del esclavo, quizás no lograra cumplir la promesa. Con todo, ya pensaría en eso más tarde; entonces ni una pizca de remordimiento le asomaba en la conciencia, toda su atención se concentraba en conseguir su propósito.

—Abisay, considérate ya de mi propiedad. Te compraré y, si no te venden, te robaré. Ahora dame lo que quiero. No obstante, temo por tu vida.

El muchacho se levantó, secándose con las sucias palmas de sus manos las lágrimas de los ojos.

—¿Mi vida? Gran señor, amo, tú no lo comprendes porque eres libre. Para ti la muerte es un mal, pero para un esclavo puede no serlo tanto. Muchos de nosotros llevamos ya años muertos, como fruto de los reveses sufridos, arrastramos una vida de servidumbre que no pesa dejar atrás. Cegados por la oscuridad de la tristeza, solo buscamos una salida o un final expeditivo e indoloro. Haré lo posible por complacerte. Hallaré la manera de introducirte en la biblioteca, aunque arriesgue la vida. No renunciaré a la libertad; no puedo, no quiero.

El hebreo salió de la sala reculando, inclinando una y otra vez el torso, como una gallina picotea el grano. Antes de que desapareciera, el griego le preguntó.

—Esclavo, ¿sabes si en esos archivos guardan tratados sobre astronomía matemática, los que escribieron los magos de Babilonia?

Abisay exhibió una mirada de estupefacción que en sí misma era una respuesta.

* * *

En plena madrugada se encontraron a las puertas de las cocinas que daban a los canales de desagüe, donde se arrojaban los desperdicios. Un lugar hediondo, poblado de ratas gigantescas, que todos trataban de evitar a cualquier hora del día. Posidonio exhibió una incontenible mueca de repulsión y se tapó las narices con el borde de la túnica.

Los caños, algunos de un diámetro ingente, se empleaban para la evacuación de las aguas pluviales recogidas en las sucesivas gradas de la colosal torre piramidal. Casi a tientas, apenas iluminados por la pálida luz de una luna casi nueva, se introdujeron por uno de aquellos caños, penetrando así en el vientre de la pirámide, el cuerpo principal del faro del *Herakleion*, donde Posidonio aún no había puesto los pies, por el tenaz veto del sumo sacerdote.

Al poco, la mortecina luz que rielaba la superficie de las cosas dejó de iluminar.

—Señor, agárrate a mi túnica e intenta pisar en el mismo lugar donde yo pise.

—¿Cómo quieres que lo haga, si no se ve nada? ¿No has traído algo para iluminarnos?

—Tengo una lámpara y aceite que aún no debemos encender. En esta oscuridad, se nos distinguiría desde lejos. Caminemos despacio. El piso es traicionero y podemos dañarnos los pies.

Palpando las paredes del canalizo, como ciegos, a trompicones, recorrieron un largo trecho, abrumados por la aprensión. Al cabo empezó a distinguirse una luz tenue al final de la galería y los envolvió una ráfaga de aire puro. Con tremendo alivio, accedieron al techo del primer escalón de la pirámide, en medio de una calma ominosa. Hasta el mar ronroneaba muy tímido esa noche, cuando por lo general brama a cualquier hora del día. Continuaron marchando quedamente, con pasitos medrosos, en procesión, el griego apuñado todavía a la túnica del hebreo, hasta que traspasaron un arco bien disimulado detrás de un recodo, e iniciaron una pronunciada bajada, por una rampa sin escalones. Cuando se acabó la piedra, empezaron a pisotear un suelo fangoso, donde correteaban las ratas. La oscuridad reinó pronto otra vez por completo, y el muchacho por fin sacó la lucerna, y la cebó de aceite. Tras hacer brotar chispas de un pedernal, la encendió. Continuaron el descenso hasta llegar a una amplia sala donde se abrían dos puertas.

—Esa entrada de ahí abre el sendero a los almacenes de oro y plata del templo; sé que el pasadizo desciende y se comunica con el mar; nosotros tomaremos la de la derecha, que conduce a la biblioteca.

No se atrevió a indagar, pero el griego se sorprendió de la total carencia de vigilantes. Sin querer, dijo:

—No hay guardias.

Por toda respuesta, el esclavo musitó:

—¿Quién se atrevería a robar en las barbas de Melqart? El terror, más que los adarves, defiende este santuario.

Como para conjurar la pavura que le helaba los huesos, el esclavo reanudó su discurso en voz queda.

—Se dice que, antes de alcanzar los depósitos del oro, hay que atravesar un laberinto de túneles, pozos y cuevas, revueltas y trampas, donde se perdería sin remedio en las vísceras de la tierra aquel que no conociera bien la ruta. También que nadie sabe en realidad dónde llegan todos los corredores de la pirámide. Por fortuna, la entrada a la biblioteca no cuenta con semejantes artificios de protección. Como te he dicho, solo unos pocos en el templo conocen su existencia y no he oído a nadie en Gadir hablar de ella. Su mejor defensa es el secreto.

Franquearon la puerta e iniciaron una pronunciada subida; al poco traspasaron un arco sin barrera y se abrió una amplia sala de techo alto y abovedado. El menor ruido producía un eco intenso.

Con sumo cuidado, el hebreo agarró una de las antorchas dispuestas en los lampadarios y la prendió con un trapo embreado. Cuando vislumbró el espectáculo que se abría ante él, un escalofrío recorrió la espalda de Posidonio. Ansioso, sin saber dónde acudir, el griego recorrió con veloces ojeadas los anaqueles, filas interminables de anaqueles repletos de cajas y arcones de madera, en los que apuntaban miles de papiros y pergaminos enrollados, cada uno con su etiqueta identificativa. También estanterías y estanterías de tablillas de barro cocido al estilo añejo, a buen seguro de tiempos de los caldeos.

Contra las paredes, bajo los antorcheros, se apoyaban hileras de escritorios con aparejos diversos: plumas, cañas, tinteros, navajas de rapar, areneros; sin duda allí los escribas trabajaban copiando las obras que habían de facilitarse a otros templos o las deterioradas por el transcurso de los años. Y, sobre ellos, exquisitos bajorrelieves que representaban a dioses, héroes, reyes, escenas de caza, copistas... Todo un despliegue del mejor arte producido por el Levante desde tiempo inmemorial.

Posidonio dio unos pasos, arrobado por la emoción y el frenesí. Giró sobre sí mismo y vio que el umbral que acababan de traspasar se coronaba con un bajorrelieve tallado en jaspe negro, que contenía una inscripción en la sagrada escritura egipcia que el griego conocía:

Deciden no dejar hijos para que sean sus herederos y perpetúen sus nombres; dejan como herederos los textos que escriben y los preceptos que contienen.

El hombre desaparece, su cuerpo es enterrado en tierra, todos sus contemporáneos parten de esta tierra, pero la palabra escrita pone su memoria en boca de cualquier persona que la pase a la boca de otra.

Un libro es mejor que una casa o las tumbas del Occidente.

Es más bello que un castillo o una estela del templo.

Poco más adelante, otra inscripción, esta vez en acadio, reflejaba una arcaica plegaria al dios de los escribas:

*Al joven alumno sentado ante ti no le muestres tu gran-
deza, indiferente.*

En el arte de escribir, todos los secretos, revélaselos.

*Numeración, cálculo de cuentas, cualquier solución,
revélasela.*

La escritura secreta, revélasela pues.

Posidonio se sentía obnubilado. Continuó deambulando como un
sonámbulo entre los anaqueles, sin atreverse a tocar nada, seguido
por el esclavo con la tea. Todo lo que no fueran aquellos escritos
había desaparecido para él; ni la muchacha de hermoso busto, ni
la suma sacerdotisa, ni el sufete importaban ya. Había vuelto a ser
el Posidonio de siempre, confirmado y renacido a la vez. Murmuró
una plegaria de agradecimiento y contrición, sinceramente arre-
pentido por haber desviado sus pasos del curso que los númenes
trazaron para él al despuntar los tiempos, el de la búsqueda libre
de la verdad. Su verdadero yo volvía a pesar sobre la tierra, despojado de escrúpulos y sucias pasiones. Las palabras del hebreo le
sacaron de su ensoñación:

—Escuché decir a los acólitos que aquí se almacenaba la suma
de la sabiduría entera del Oriente, de los misterios sumerios, de los
magos de Babel, de la lejana Kush. Los restos de la biblioteca de
Nínive, las de Ebla, Ugarit, Nimrud, tablillas de terracota y canu-
tos en escritura cuneiforme, jeroglífica, cananea.

—¿La biblioteca de Nínive? Esa ciudad fue arrasada por los
babilonios.

Abisay encogió los hombros como indicando ignorancia.
Pronto recordó algo que había oído, al poco de llegar al *Herakleion*.

—No estoy seguro, señor, hace tanto tiempo de esto... Creo
recordar una conversación entre el sumo sacerdote Abdmelqart
y el responsable de la biblioteca... Sí, ya me acuerdo. Se cuenta
que varios oficiantes del santuario de Tiro, con permiso expreso
del rey Asurbanipal, el último gobernante de Asiria, permanecieron durante años en Nínive duplicando las obras para llevarse las
copias a su templo. Según los cananeos fue el propio Melqart el
que reveló al rey asirio su aciago futuro y le presionó para que tra-

tara de salvar el saber de su biblioteca. La mayoría de las tablillas de Nínive fueron copiadas para ser depositadas en los archivos de Tiro.

—¡Qué Mnemosina bendiga tu memoria, judío! Bien pareces discípulo de Metrodoro de Escepsis, el gran memorioso. ¿Recuerdas algo más?

Posidonio lloraba por dentro de pura felicidad. Durante unos instantes Abisay vaciló. Sabía lo que quería añadir, pero quiso hacerse valer, como era su costumbre.

—Recuerdo que, al comienzo de vivir yo en este sagrado lugar, trajeron varios ciclópeos cargamentos de pergaminos, papiros y tablillas, procedentes de Numidia. La mayoría permanecieron mucho tiempo apilados sin orden ni concierto, pendientes de catalogar, en los subterráneos del templo. Se dice que provenían de Cartago. Algunos de esos textos venían guardados en arquetas bien labradas, a mi juicio muy valiosas.

—¡Por todos los dioses! ¿También tienen aquí los *Libros púnicos*?

—No sé, señor, si son esos libros, ahora mismo no recuerdo nada más sobre ellos. Si algo más me viene a la mente, te lo diré.

—Los *Libros púnicos*, los restos de la mítica biblioteca de Cartago, salvada de la destrucción cuando los romanos arrasaron la ciudad. Se cuenta en Roma que Escipión Emiliano la regaló a sus aliados, los reyes de Numidia —señaló Posidonio en voz alta, lo que causó el sobresalto de Abisay, que sudaba amilanado.

—¡Te lo ruego, señor, habla más bajo!

El Estoico siguió recorriendo la sala, de un lado a otro, fijándose en todos los detalles, seguido de cerca por el esclavo. La luz de la antorcha flameaba al ritmo de la mano temblorosa de Abisay. En algunas paredes colgaban restos de bajorrelieves de alabastro que reproducían textos antiguos evocando lugares míticos, algunos ya sepultados: Nínive, Ugarit, Babilonia, Ur, Uruk. Lo que decía el hebreo tenía sentido. Los sacerdotes de Tiro se habían preocupado de copiar, comprar o rapiñar las obras de las principales bibliotecas del Levante, antes o después de que las ciudades donde se ubicaban acabaran arrasadas por la furia de los enemigos, de los elementos o de los propios dioses. Lugares que hoy solo son polvo y ruinas, incluso desiertos arenales poblados por tribus de ladrones, en su día albergaron espléndidas bibliotecas, dadas por perdidas. Muchos griegos se fatigaron recorriendo los senderos de Mesopotamia en busca de los rescoldos de esos saberes, sin apenas encontrar nada relevante. Ni pagando las sumas más elevadas se conseguía añadir algo a lo ya conocido. Él mismo lo había intentado en Siria, en Babilonia, en Palestina, en Egipto.

Sí, tenía sentido. Posidonio empezaba a columbrar el alcance de lo que veían sus ojos. Buena parte de la sabiduría arcaica; porque Asiria recibió la herencia cultural de Babel, y esta, a su vez, debía su apabullante patrimonio intelectual al legado de la civilización sumeria. Ahora todo, o buena parte de ello, recopilado, lo podía tocar con sus manos.

Había llegado el momento de actuar. El tiempo pasaba y escaseaba. El hebreo le había advertido de que antes de que rompiera el alba deberían encontrarse de regreso en sus cubículos. Si el capataz de los esclavos reparaba en su ausencia, su espalda volvería a recibir la caricia del látigo y, lo que resultaba peor, empezarían las preguntas.

—Señor, te ruego que busques con rapidez lo que deseas consultar. Disponemos de poco tiempo y la biblioteca es formidable; se dice que nadie ha alcanzado a recorrer todas sus salas; he estado inquiriendo discretamente a unos y a otros; en algunas de ellas, las tablillas se apilan unas sobre otras, sin orden ni concierto. El sumo sacerdote se ha quejado muchas veces de que le faltan manos y, sobre todo, cabezas capacitadas para inventariar todo lo que hay. Creo que todo el interior de la pirámide está hueco y repleto de papiros y tablillas. Se dice que Abdmelqart está obsesionado con que no se pierda ninguno de estos escritos; por eso, la labor de copia es continua, sobre todo de los papiros, que con esta humedad se deterioran con rapidez; por eso cada vez se usa más el pergamino, aunque sea caro y escaso. Como tú mismo has comprobado, casi cada día arriba una nave cargada de pergaminos, pagados a precios increíbles.

El corazón de Posidonio le saltó en el pecho al enterarse de que aquella formidable cámara abovedada, repleta de maravillas, era solo una de las numerosas dependencias de la biblioteca. Guiado por su obsesión, cada vez más alterado, con la cara roja, sudando, quiso saber:

—¿De qué manera se ordenan las obras? ¿Por idioma? ¿Por temática?

—Como te he dicho, señor, para servirte mejor, me he estado informando sobre ello en estos últimos días. Se dice, si bien nadie puede asegurarlo, que aquí hay más de cien mil tabillas variopintas, ochenta mil papiros, cincuenta mil pergaminos. Buena parte de ellos clasificados y ordenados por materias, de acuerdo con un metódico sistema de archivado; pero queda mucho por hacer, o al menos eso me han contado los esclavos que sirven aquí. Me dijeron que en cada una de las salas hay un plano donde se explica la distribución.

El muchacho rebuscó entre los pergaminos arrumbados sobre un pupitre colocado en el centro de la sala, y agarró uno de los más grandes. Estaba ya tan empapado en sudor como si hubiera llovido dentro del templo. El más mínimo ruido le provocaba un estremecimiento.

—Creo que esto es lo que buscas, señor. Si es cierto lo que me han contado, aquí se explica la distribución de las obras de la biblioteca; al menos, de la parte accesible. Me figuro que existen otras muchas dependencias secretas.

Posidonio agarró el papiro con brusquedad. Le echó una precipitada ojeada sin sacar nada en claro, quizás por su frenético estado.

—¡Por los dioses, no entiendo la escritura! ¡Ayúdame, esclavo!

Abisay trató en vano de entender el sentido del pergamino. Acongojado, apenas podía respirar; el sudor brillaba en su frente, resplandeciendo como la plata a la luz de las bujías.

—Señor, lo lamento, no sé cómo ayudarte. En cualquier caso, debemos marcharnos cuanto antes. Pronto saldrá el sol.

—¿Marcharnos? ¿Tú estás loco?

Por primera vez, el hebreo agarró a Posidonio por los hombros y lo sacudió con violencia. Con la voz pegada a la garganta, suplicó:

—Señor, de nada te servirá lo que aquí aprendas si amaneces muerto. Créeme, si nos descubren aquí ninguno de los dos verá la luz del día. Te lo ruego, vámonos, ya regresaremos mañana u otro día, lo antes posible. Mientras tanto, trataré de sonsacar a los esclavos de los archivos más información sobre la manera de encontrar lo que buscas.

Pese a que estaba seguro de que nadie más había allí, el joven sentía que por la biblioteca pululaban extrañas y amenazadoras presencias. Respiró aliviado cuando consiguió sacar a aquel griego loco de la sala, casi a empujones.

XXV

Notas sobre la redondez y las dimensiones de la Tierra. Yo sé bien que el mundo es redondo, pero aún la mayoría de las gentes conserva las creencias de los caldeos y de los sumerios, para quienes los hombres pisaban una inmensa planicie, ceñida por un río en infinito abrazo, el río Amargo. También creían que el sol penetraba por la noche en un caliginoso y recóndito canal para atravesar el planeta y reaparecer al día siguiente por el este, como se cuenta en el Gilgamesh. Yo sé bien que los sabios babilonios demostraron la redondez de la Tierra, que sus observaciones sobre la fábrica del firmamento y el movimiento puntual de los astros les habían llevado a concluir que la esfera era su forma natural, a predecir los eclipses y otras maravillas que aún debo estudiar con más profundidad, pues tanto babilonios como sumerios y cananeos guardaron celosamente esos secretos, que acaso consideraban impíos, pero que les resultaron prácticos para calcular las derrotas de las navegaciones, medir la longitud de los días, los años y las estaciones.

Por fin he logrado determinar que la distancia entre el sol y la luna es del orden de 26'2 veces el diámetro de la tierra. La distancia entre el Sol y la Tierra es de 6545 veces el diámetro de la tierra. Aristarco de Samos se equivocaba: el Sol no se encuentra 20 veces más lejos que la luna de la Tierra, sino, al menos, 400 veces más lejos. Estoy ahora tratando de medir el diámetro del Sol y el de la Luna.

Ahora estoy en condiciones de demostrar que la Tierra es el centro del Universo, y no el Sol, como pensaba ese orate de Aristarco.

—¿Qué le pasa al griego, esclavo? Está muy raro. Apenas se le ve durante el día y hace mucho que no va a Gadir.

—No estoy seguro, amo. Pasa todo el día encerrado en su cubículo, cavilando, apenas escribe. Quizás padezca de melancolía. He oído decir a los sacerdotes más doctos de este templo que los griegos son dados a caer en las garras de la *pena negra*. Creo que a veces sus fantasías le nublan la razón.

—¿Y por qué motivo no quiere ir a Gadir? El sufete ha mandado varias veces a sus hombres a recogerle, aduciendo que Posidonio había manifestado su deseo de abandonar el santuario para instalarse en su palacio. ¿Sabes algo?

—Sí, señor. Cuando se produjo el tumulto con la sierva de Astarté, fue el sufete el que le salvó la vida. Según me contó el griego, acordaron que, después de poner en orden sus cosas en la casa de Melqart, se trasladaría a Gadir, a casa de Balbo. Pero no me ha vuelto a decir nada sobre ello. Ya sabes, señor, que el griego es una criatura rara, tan pronto piensa una cosa como la contraria. Un día se preocupa de la declinación de los planetas y al siguiente solo piensa en mareas. Como has visto por las notas que te acabo de entregar, creo que ahora anda ocupado de nuevo con los astros, la forma de la Tierra, las distancias entre las estrellas y asuntos que solo él comprende.

El sumo sacerdote desconfiaba. Algo pasaba, aunque no sabía qué.

—No te separes de él, esclavo. Ni de noche ni de día.

* * *

Pasaron varios días y Posidonio apenas lograba ocultar su desazón y su mal humor. La suerte de Gadir y la del mundo entero dejó de interesarle, incluso la suya propia. Incapaz de apartar su pensamiento de aquellos interminables anaqueles apenas vislumbrados, le acuciaba la esperanza de que lo que llevaba toda la vida buscando, los métodos matemáticos de los astrónomos de Babilonia, pudiera encontrarse allí, esperándole a él y solo a él, pues no existía ninguna otra persona más apta para darles el adecuado uso.

Consumido por la ansiedad, trató en vano de concentrarse otra vez en sus trabajos astronómicos. Al poco, abandonaba sus estudios, sus observaciones, sus mediciones, para caer en una alucinación provocada por la continuada falta de sueño. De sus ojos colgaban ojeras rojizas, como pellejos de vino. Descuidó hasta las reglas de higiene personal y, aún peor, dejó de participar en los actos de culto a Melqart, algo a lo que se había comprometido para obtener el permiso de permanencia en el *Herakleion*. Una vez más, arreciaron las quejas de los consagrados por las rarezas, la suciedad y la impiedad del grosero huésped.

El esclavo había prometido llevarle de nuevo a la biblioteca a la primera oportunidad. Además, Posidonio le había entregado un cuarto de talento de plata, para pagar sobornos que facilitaran sus aspiraciones. Pero pasaban los días y no se dejaba ver. Llegó a pensar el griego que quizás Abisay se había fugado con la plata. Por fin, una semana después de la primera visita, el hebreo tocó ya casi de anochecida, con cuidado, a la puerta de su cubículo.

—Señor, pronto regresaremos a la biblioteca.

El griego dio un bufido de decepción.

—¿Pronto? ¿Cuándo es pronto?

—Habla más bajo, amo, te lo ruego. Lo más pronto posible. Eso no es lo importante ahora. Tengo buenas noticias: creo que dispongo ya de la información que necesitas para orientarte en la biblioteca. El mapa que encontramos está escrito en cananeo primitivo.

—Imposible, conozco esa lengua. He leído cientos de escritos en ella desde mi juventud.

—Señor, por favor, déjame terminar. Es cananeo, muy abreviado para ahorrar espacio, difícil de leer. A cambio de toda la plata que me diste, conseguí que un escriba me trazara unas instrucciones para descifrar el mapa.

Posidonio le miró sobresaltado.

—No te asustes, señor. Se trata de un esclavo númida que anda en amores con un tierno acólito, con el que quiere escabullirse para volver a sus tierras australes. Como ves, amo, no soy aquí el único cautivo que añora la libertad. Creo que cabe confiar en su discreción, pues él mismo se juega la vida.

Se sacó de la túnica un rollo de papiro y se lo tendió al griego.

—En esta fila se indica la temática. Las abreviaturas corresponden a crónicas históricas, himnos a los dioses, encantamientos y exorcismos, astronomía, series de augurios y presagios, geografía y mapas, decretos reales, poesía, medicina, zoología, rituales, ejercicios de mántica, fórmulas de conjuros, mineralogía, sagas y epopeyas sobre el diluvio, sobre la creación del cosmos y los héroes legendarios. Al parecer fue el rey Asurbanipal en persona quien ideó esta forma de ordenar sus escritos. Hay todo un nivel de la biblioteca dedicado a la gramática de diversos idiomas: listas explicativas de signos cuneiformes, retahílas de sinónimos, vocabularios y textos bilingües en sumerio y acadio, y en otras lenguas hoy muertas. Según me ha dicho el númida, las tablillas están escritas en más de veinte lenguajes diferentes, algunos muy anticuados.

—¡Que los dioses bendigan a Asurbanipal! —gritó sin querer Posidonio—. Con razón ese monarca es recordado por su pasión por el saber.

—Eso mismo me ha dicho el esclavo, señor. Hasta las costas de Canaán y del mar Egeo llegaban sus agentes en busca de obras para su archivo; las compraban o las copiaban sin importar su precio. Si era preciso, las robaban; nada suponía freno a las ansias del rey asirio. El númida me ha copiado esto, pensé que te gustaría tenerlo.

Abisay le tendió un tosco fragmento de pergamino, en cuya superficie se leía:

Mandato Real a Kudurranu:

¡Que te vaya bien y tu corazón esté satisfecho! Cuando recibas esta carta, toma bajo tu autoridad a Mahadash, Eshmunazar y Misri, y a los expertos escribas de Borsippa, y consigue todas las tablillas que hay en sus casas y las tablillas depositadas en el templo de Ezida. Busca y envíame cualquier extraña tablilla de la que tengas noticia y que no exista en Asiria. ¡Nadie ha

de ocultarte tablillas! Y si hay alguna tablilla o ritual que no te he mencionado y crees que es buena para mi palacio, cógela y envíamela.

—¿Qué es esto? Está escrito en buen acadio.

—Según dijo el númida, se trata de una orden dictada por el propio rey Asurbanipal; algunos creen que escrita por él mismo de su puño y letra. En la escuela de escribas utilizan este texto como ejercicio. Todos los alumnos lo repiten decenas de veces.

El griego volvió a quedar sobrecogido por la emoción, al borde de las lágrimas. Apenas pudo decir:

—¡Por todos los dioses! ¿Cuándo regresaremos a la biblioteca?

—Debemos esperar todavía a la cercanía de la luna nueva, cuando la oscuridad lo permita.

Posidonio masculló una maldición, consciente de que Abisay tenía razón: la última noche se había pasmado con el espectáculo de la luna casi llena espejeando en el mar, casi al ras de las olas.

El esclavo se giró para marcharse. Antes de dar un paso, sin mirar a Posidonio, añadió:

—Amo, hay algo más que debes saber.

—Dime, amigo.

Sin darse la vuelta, avergonzado, Abisay le contó que llevaba meses espiándole, que de todas sus notas recibía cumplida noticia el sumo sacerdote. Que el propósito esencial de su compañía había sido en todo momento el de no perderle de vista.

—Te suplico, amo, que me creas: solo le he comunicado a Abdmelqart aquello que no podía perjudicarte.

—¿Y por qué has hecho eso? ¿Acaso no te debes a tu amo?

El esclavo le contó entonces el plan que había trazado, su anhelo profundo y su interés por congraciarse con el visitante, por ganarse su voluntad a fin de que le llevara con él al Levante.

Cuando el hebreo terminó, transcurrió un tiempo. El muchacho se había armado de bravura, seguro de que el griego, tentado por el señuelo de la biblioteca secreta, mantendría su palabra. Necesitaba que Posidonio lo supiera porque, a partir de ahora, debería mostrar especial cautela con lo que escribía. No cabía descartar que el pontífice empleara otros informantes. Fingiendo más compunción de la que realmente sentía, se echó de repente a los pies de su amo y empezó a besárselos.

—¡Quita ya de ahí, esclavo! ¡Qué costumbre más molesta la tuya!

Posidonio se apartó, con tranquilidad.

—¿Acaso me crees lerdo, adorador de Yahvé? Lo he sospechado desde que llegué, ahórrate las explicaciones. Nunca he dudado de que habría gente espiándome. Si no tú, sería otro. Anda, vete y sírveme. Gánate la libertad.

—Gracias, amo, por ser compasivo y bondadoso.

El griego ejecutó un meneo despectivo con la mano.

—Tú, en mi lugar, hubieras hecho lo mismo.

Abisay se secó las lágrimas. Sumido en una profunda turbación mental, inconsciente de lo que decía, dio rienda suelta a los sentimientos más recónditos de su alma y ya no supo poner freno.

—No, señor.

—¿Cómo dices? ¿Tú no hubieras hecho lo mismo?

El joven agachó la cabeza y murmuró:

—Amo, he elegido ser sincero, debo serlo hasta el final. Trataré de explicarme. Si yo fuera Posidonio y tú Abisay, de seguro me comportaría contigo de la misma forma; pero como Abisay no podría. La compasión es un lujo fuera del alcance de los esclavos. Tú, griego, varón, libre, rico, amigo de los romanos, puedes serlo. Yo no podría.

Posidonio lo miró con curiosidad, como si le contemplara por primera vez. Reparó en el tatuaje de su frente, en la ausencia de relieve en la parte de su túnica donde deberían sobresalir sus genitales, en su mirada perruna. Se dio cuenta de que Abisay acertaba y de que le acababa de plantear una buena cuestión de filosofía moral avanzada, sobre la que habría mucho que diseccionar.

* * *

Seguro ahora del método de espionaje empleado, Posidonio seguía ajustando algunas notas que, después, el hebreo llevaría a Abdmelqart para apaciguar sus ansias de saber. Resultaba preciso mantener, en lo posible, la mayor apariencia de normalidad. Debía seguir comportándose como había venido haciendo. Tarea espinosa, pues algo había cambiado en la entraña del griego: se sentía en el momento cumbre de su vida, como si todas las etapas anteriores no hubieran sido más que un simple preludio para conducirle allí.

También mandó recado al sufete, para confirmar su deseo de alojarse con él en su palacio, en un futuro inmediato, cuando concluyera las observaciones astronómicas que por entonces le tenían absorto, y que explicaban la suspensión de sus visitas a Gadir.

Ocho días más tarde. Recorrieron de nuevo el pasadizo secreto. El hebreo llevaba una lámpara con provisión de aceite y brea, para no tener que recurrir a las antorchas de la biblioteca. El griego tinta y papiro, para tomar notas. Acudió con el firme propósito de encaminarse en derechura a la sección de astronomía, pero no iba a ser tan fácil, porque, cuando de nuevo penetraron en la biblioteca y con andar nervioso, Posidonio recorrió algunos de los pasillos, miles de tablillas de terracota de todas las formas y tamaños, algunas cubiertas de sellos, colocadas de perfil, con su contenido inscrito en el borde, parecían llamarle, como las sirenas cantan atrayendo a su perdición a los marineros. Cientos de jarras y espuertas no menos repletas de tablillas y papiros, cada una con su marbete identificativo. Paseó su mano por ellas, rozando, casi acariciando las etiquetas. Tomo una al azar y la leyó:

146 líneas, tablilla IV del Enuma Elish, el poema de la creación del mundo, cuyo texto estaba estropeado. Escrita por Nabû-bêl-shu, hijo de Na'id-Marduk, el metalúrgico. Para la vida de su alam y la vida de su casa la escribió y la depositó en el templo de Ezida.

¿Cómo circular impasible delante de esa reliquia, sin echarle siquiera un vistazo? ¿Cuántos tesoros más le aguardaban? Dedicarse a uno era perder la ocasión de deleitarse con otro; estudiar cada obra en profundidad quedaba descartado, el tiempo apremiaba. Solo podría leer algunos fragmentos, copiar algunas ideas esenciales. Pero, ¿cuáles? Afrontaba un dilema imposible de resolver. Con acento tembloroso, entrecortado, casi llorando, pidió:

—Por favor, esclavo, te lo ruego, llévame a la astronomía.

Subieron al siguiente piso. Allí Abisay le explicó que ese nivel contenía la totalidad de las observaciones y cálculos astronómicos. En la pared del fondo se ubicaban los escritorios y, sobre ellos, un bajorrelieve que contenía una representación del mundo. La tierra aparecía dibujada como un disco rodeado por el mar Amargo, dividida en dos por un río que sin duda era el Éufrates; en el centro, Babilonia. En los cuatros confines, inscripciones cuneiformes que el griego no supo leer. Desesperado, comprendió que no disponía de tiempo para interrogar al esclavo sobre ello.

En otros corredores, las tablillas se guardaban en cestas de esparto, en las que ni siquiera intentó curiosear. Guiado por su intuición, pasó también de largo por los corredores, donde se apilaban grandes vasijas de barro cocido, y se dirigió a la sección de los pergaminos.

El griego agarró una de las obras al azar. Una y otra vez recorría el pergamino con sus ojos, mientras lo resobaba con las manos. Sin saber qué hacer, lo dejó en su sitio y lo sacó otra vez. Si se concentraba en uno solo de aquellos tesoros, no podría examinar los demás. Espigaba aquí y allá por los largos pasillos flanqueados por estanterías, y casi cada cosa que tocaba le dejaba boquiabierto: cálculos astronómicos, métodos matemáticos, geometría, ejercicios de álgebra, listas de días fastos y nefastos; anales de reinos perdidos, registros de lluvias, inundaciones, cosechas, plagas... Toda la ciencia recolectada por el hombre, concentrada bajo un mismo techo. ¿Por dónde empezar?

Prescindió de los glifos egipcios, que le costaba mucho leer, y se concentró en los textos en arameo y en cananeo. Corrían lágrimas por sus mejillas. Agarró una ristra de documentos y se los llevó a un escritorio. Con manos trémulas, sacó la tinta y el cálamo, el papiro que llevaba, y se puso a copiar.

El tiempo se esfumó de pronto para el griego, transportado al mundo de los astros y sus declinaciones. Conforme transcurría la noche, el terror creciente del hebreo se aparejaba al entusiasmo del Estoico; Abisay se sentía reo de un funesto acto sacrílego y esperaba que en cualquier instante el hálito tórrido del dios le convirtiera en cenizas.

—Señor, debes darte prisa, pronto habremos de irnos. Ya regresaremos otro día.

Sin dignarse a contestar, Posidonio se levantó para devolver los pergaminos a su sitio. Al azar, agarró otro y, al verlo, dio un respingo.

—¡Por todos los dioses! ¡No me lo puedo creer! ¡Son los métodos de medición de ángulos de Zorobabel! Creía que se habían perdido. ¡Dioses del Olimpo! Gracias por haberme conducido hasta aquí. Gracias a los asirios que reconocían a Babilonia como su madre cultural. Y gracias a los caldeos por haber vivido.

Posidonio sufría una tremenda zozobra; le apremiaba el tiempo y aún no había logrado siquiera pasear los ojos por una mínima porción de aquellos tesoros. Nunca pensó que llegaría a experimentar tanto sufrimiento moral. Todo ese saber pudriéndose infecundo en la barriga del Melqart. ¿Cabe amargura mayor para un filósofo?

Sin querer, hablando en voz alta sin dirigirse a nadie, el griego farfullaba:

—Si pudiera, si tuviera tiempo, podría... Con estos sistemas de cálculo de ángulos podría estimar el tamaño del Sol y de la Luna, y la distancia a la que se encuentran. Los caldeos tenían un agudo sentido de la observación ritual de estrellas y planetas, lo registraron todo, de manera casi perfecta, y gracias a ello propiciaron enormes avances en álgebra y geometría, mas no supieron sacar todas las consecuencias de esas observaciones.

Abisay exhortaba con desespero para que se marcharan cuanto antes. Elevaba para sus adentros, una muda plegaria a su demiurgo único e inefable, al severo y singular Yahvé agente de la historia, que se vale de los demás pueblos para educar al suyo. Su congoja transitaba hacia el pavor. Brillaban de fiebre sus pupilas.

—Nadie sabe que esto existe; si el sumo sacerdote Abdmelqart se entera de que te lo he mostrado, soy hombre muerto, y acaso tú también. ¡Por Dios, señor, vámonos ya! ¡Y mucho ojo con lo que escribes a partir de ahora!

El hebreo lanzaba temerosas miradas por encima del hombro, temblando como una hoja, con el rostro demudado, impaciente por abandonar el recinto secreto, temiendo que asomara de repente un consagrado. En el silencio de la sala resonaba su respiración ansiosa, el repiqueteo de sus dientes y sus pisadas sobre el suelo, como si fueran los únicos sonidos del mundo. La lámpara, humeante, apenas alumbraba ya. Las figuras de los bajorrelieves se tornaron cada vez más amenazantes; los dioses parecían dispuestos a abalanzarse sobre él para tragárselo; los héroes le apuntaban con sus espadas y jabalinas.

Cuando salieron ya amanecía. Sobre los picos de las montañas del este la claridad comenzaba a rasgar el velo de sombras. Pronto el astro rey surgiría por encima de las altas cumbres inundando la tierra de nueva luz, pero no alcanzaría a calentar el corazón de Posidonio, atravesado por una pica de hielo y ansiedad.

* * *

Pese a las reticencias del muchacho, con la pertinacia de un tábano, Posidonio logró convencerlo para que visitaran la biblioteca algunas noches más, en las horas de mayor quietud, justo las que preceden al alba. Y cada una de esas visitas constituyó un gozoso viaje hacia la grandeza inconmensurable de la antigüedad.

Desplegando un esfuerzo colosal, el griego desdeñó las obras históricas, algunas famosas y raras, como los *Escritos* de Yerómbalo, un sacerdote del dios Yevo que vivió antes de la guerra de Troya, de los que solo había oído referencias. Se concentró en localizar, con la ayuda del esclavo, las matemáticas astronómicas que necesitaba. Sobre todo, las que trataban sobre trigonometría esférica y mediación de ángulos. Al principio, trató de copiarlas íntegramente. Cuando reparó en que le consumía demasiado tiempo, se limitó a pergeñar algunas notas, las esenciales para su propósito primordial: el estudio de los ortos y ocasos, la distancia entre los astros, las dimensiones del Sol, la Luna y la Tierra. Incluso derramó lágrimas de emoción cuando un día el hebreo puso en sus manos una colección de tablillas cocidas, muy finas, ensambladas por bisagras, diciéndole:

—Esta es una de las obras más preciadas de la biblioteca, un ejemplar de la *Epopeya* de Gilgamesh en la lengua de los sumerios, traído del este por sacerdotes de Tiro.

El griego miró las tabillas con reverencia, sin atreverse a tocarlas. El documento presentaba un estado impecable, como si acabara de salir del horno donde fue cocido. De la bisagra, pendía una etiqueta escrita en acadio, que Posidonio leyó:

> *Escrito y colacionado de acuerdo con su antiguo modelo.*
>
> *Yo, Ashurbanipal, rey de la totalidad, rey de Asiria, a quien Nabu y su esposa han otorgado aguda comprensión y clarividencia para captar la brillante esencia de la escritura, que ninguno de los reyes que me precedieron jamás comprendió, escribí en las tablillas la sabiduría de Nabu, la pericia de los signos cuneiformes en toda su extensión, y los comprobé y colacioné. Los deposité para la posteridad en la biblioteca del templo de mi señor Nabu, el gran señor, que se encuentra en Nínive, para acompañarme, para guardar mi alma y protegerme de la enfermedad, y para mantener firme el fundamento de mi trono real. Oh, Nabu, contempla con satisfacción y bendice siempre mi realeza. Cuando acuda a ti, atiéndeme. Si paseo por tu templo, no dejes de guardar mis pasos. Y si este trabajo es depositado en tu templo y colocado ante ti, contémplalo y recuérdame con favor.*

¡Fueron tantas las emociones contrapuestas que Posidonio experimentó en su visita a la biblioteca secreta de Melqart! La mayoría de gozo, emoción, y también de desesperanza. ¡Había tantas tablillas y papiros transcritos en idiomas imposibles de descifrar! Según le explicó Abisay:

—Supongo que algunas de las tablillas más viejas serán indescifrables. Sin embargo, me consta que entre los consagrados de este templo los hay que saben leer el lenguaje de los sumerios y los acadios. Han dedicado a ello su vida porque es preciso aprender de memoria miles de símbolos. Según me contaron ellos, no es una carga, sino un privilegio especial que unos pocos elegidos desarrollan con gusto, pues consideran que la lengua del país de Sumer es la única grata a los oídos de los dioses.

Posidonio solo podía leer en escritura cuneiforme las formas más modernas del arameo. Habría de conformarse con lo que encontrara traducido al cananeo, tratando de no pensar en los tesoros que quedaban fuera de su alcance.

∗ ∗ ∗

En sus visitas a la biblioteca, se producía sin remedio la misma situación: un Posidonio ofuscado por la exaltación pasaba de una obra a otra, tomando notas precipitadas. A su lado, un desatentado esclavo trataba de meterle prisa. Un día el hebreo le preguntó:

—Señor ¿cómo puedo ayudarte?

—Ya me has ayudado, Abisay, mucho más de lo que esperaba.

—Quiero decir, ¿cómo puedo lograr que vayas más rápido? Aquí corremos grave peligro.

El griego se masajeó los párpados con sus dedos entintados.

—Hay algo que podrías hacer. Solo yo entiendo los trabajos matemáticos y astronómicos, pero ¿tienes buena memoria?

—Sí, amo, mi memoria es famosa en el santuario; de hecho, fue la principal razón por la que me eligieron para espiarte. Perdóname, creo que sí. Desde que llegué me han hecho memorizar cientos de textos sagrados.

—Pues algunas obras de historia, de derecho o de astrología podrías tratar de aprenderlas por la noche, al menos en parte. Y después, durante el día, me las reproducirías para yo escribirlas en buen dórico. Sería una gran ayuda si las grabaras bien en tu mente.

Así ocurrió. En una aguda paradoja, el doble juego del esclavo acabó conduciéndole a la más insólita de las situaciones. Memorizaba para el griego y también para el sumo sacerdote. Mientras que a este tan solo le comunicaba lo que Posidonio consideraba conveniente, para el filósofo se esforzaba con pundonor. En verdad la retentiva de Abisay resultó ser prodigiosa. Con poca dificultad memorizaba grandes porciones de lo que leía, sobre todo si estaba en verso. Y no hacía falta que lo sacase de su mente al día siguiente, pues lo retenía sin dificultad por largo tiempo. El esclavo engulló así varios tesoros, como la *Historia de Fenicia* de Sanjuniatón, el *Código de Hammurabi* y, sobre todo, una versión completa de la *Babiloniaka* de Beroso, pasando a acrecer de tal suerte la deuda contraída por Posidonio que ahora tenía un motivo más para llevarlo con él: se había convertido en una biblioteca andante. El avispado hebreo, consciente de cuanto implicaba el saber que acumulaba en su mente, empezó a mostrarse reticente para dictarlo o transcribirlo al pergamino. Pensaba, con buen criterio, que así el griego se mostraría aún más acuciado por llevarlo con él a Egipto.

Abisay, consciente de los riesgos que había corrido y de lo poco que su vida valdría si transcendía solo una parte de las ofensas al dios que había perpetrado, confirmó su designio de pegarse al griego como la chinche se adhiere al perro, haciéndose con él carne con carne, y sangre con sangre. Era su única esperanza.

XXVI

Llegaron las golondrinas y con los barruntos de la primavera los árboles se llenaron de brotes. Un moroso desasosiego, una nube de alarma se iba adueñando de los hombres y de las cosas. Se acercaba la temporada de navegación y la ciudad bullía; se aparejaban las naves, se contrataban tripulaciones, se estibaban las cargas. En el canal interior gaditano los buques de otras ciudades próximas se agolpaban, fondeados. Grúas y cabrestantes no cesaban en sus movimientos. El precio del agua, del trigo, del vino, se disparaba ante la demanda rampante. Una tras otra, las gabarras cargadas de sal vertían el precioso contenido de sus bodegas en los costados del muelle pesquero.

Otros afanes, menos terrenos, se agolpaban también en los pechos de los *gadeiritai*. Se aproximaban las fiestas de la resurrección de Melqart, que marcaba el despuntar de un nuevo año y la apertura de los puertos. Marinos y pescadores, comerciantes y campesinos, ricos e indigentes, todos rogaban para que la temporada fuera propicia, solicitando la protección del dios que tiene que morir para reaparecer sobre la tierra con el nuevo retoñar de las plantas y redimir a los hombres.

—Para nosotros, es el período más sagrado y solemne del año. Un rito con mucha solera, milenario, iniciado en Tiro por Hiram I y que trajeron con ellos nuestros abuelos —le explicó a Posidonio, sin mediar petición alguna, un cananeo de las cocinas, el único que todavía le dirigía la palabra, posiblemente porque no andaba bien del seso.

* * *

Todos en el santuario reconocían la penetrante inteligencia de Abisay, muy dotado para ayudar tanto en las complicadas liturgias como en los trabajos burocráticos del archivo. Por eso colaboraba en las tareas de los oficiantes de más alto rango de la jerarquía del templo.

El hebreo, por sus méritos y su sumisión, se había ganado la confianza del sumo sacerdote; por eso se le había confiado la delicada misión de atalayar al griego. Cada día, puntual, acudía a su presencia y daba cuenta de los pasos y los pensamientos del huésped, de todo menos de los paseos nocturnos por la biblioteca. Abisay había logrado encontrar el adecuado equilibrio entre las informaciones útiles que cabía proporcionar a Abdmelqart sin traicionar sus propias aspiraciones a la libertad. El pontífice le escuchaba con atención y le despedía con un gesto de la mano, acompañado de una severa admonición para que redoblara sus denuedos por trasmitirle cuanto antes cualquier comportamiento del griego que pudiera entrañar un peligro para la santidad del templo de Melqart, o para los intereses comerciales de Gadir que le estaban confiados.

Desde que empezaron las visitas nocturnas, Abisay había perdido toda ocasión de sosiego; se esperaba que en cualquier momento acudieran a apresarle, para someterle a tormento. Sin embargo, pasaban los días y milagrosamente nadie en el *Heraklion* parecía al tanto del sacrilegio. Así que poco a poco se fue tranquilizando y comenzaron a avivarse las esperanzas en su pecho.

Abisay cumplió con creces su parte del trato. Siempre que

resultaba posible, acudían de noche a la biblioteca y allí ayudaba al griego, para él ya su nuevo amo. Tal como llegaba, se sentaba sobre sus piernas, como un perro fiel, al lado de Posidonio, y memorizaba, sin descanso, los documentos que este le tendía. Además, dotado con una singular aptitud para las lenguas y la escritura, colaboraba eficazmente para descifrar los documentos más raros; incluso los escritos tartesios, creados en un alfabeto similar al cananeo con incorporación de signos vocálicos. Con más tiempo, el griego hubiera retornado a Rodas con un tesoro de valor incalculable.

Posidonio, agradecido con el esclavo, se mostraba dispuesto sin reservas a honrar la palabra dada. Nada le importaban sus tareas de espionaje ni sus planes ocultos. Quizás él mismo se hubiera comportado de manera semejante, de haber estado en su lugar. Había prendido en su corazón un sincero apego por ese zagal de talento, ambicioso y atrevido, que contra toda adversidad luchaba por ver consumados sus sueños.

Mas no cabía engañarse a sí mismo, la forma más frecuente y patética de embuste. Si Posidonio se proponía hacer todo lo posible por comprar a Abisay, no era por afecto ni por gratitud, sino sobre todo por lo que este guardaba en su mente, palabra por palabra: varios importantes documentos arcaicos que se negaba a transcribir, en una poco velada maniobra de coacción. Si el griego quería conocer esas obras, debería llevarlo consigo, pues solo a bordo de un buque encaminado al este, una vez traspasadas las Columnas, empezaría el joven a compartir el botín que llenaba hasta rebosar su cabeza.

A esas alturas, Posidonio casi había descartado la posibilidad de comprarlo de manera abierta y legal. Quizás lo intentara, pero lo que por entonces le parecía más probable era la fuga. Sí, recurriría a su custodio el sufete para urdir la manera de llevárselo de tapadillo. Al cabo, ¿no le decían todos que era el predilecto de Pompeyo, el más poderoso general del mundo, el hombre al margen de las leyes, por encima de las reglas y costumbres más arraigadas de su patria, el procónsul que no había sido senador, y ni siquiera cónsul? Por primera vez en su vida, se mostraba dispuesto a emplear los privilegios no pedidos que le otorgaba su condición de cabeza viviente de la escuela estoica y maestro de la más afamada academia de filosofía de Grecia.

* * *

Todo marchaba en apariencia tan bien que tanto el griego como el esclavo llegaron a acostumbrarse a la inusitada y peligrosa situación. ¡Qué cierto es que no existe animal más acomodaticio que el hombre, que ha conseguido poblar desde los helados páramos boreales a los desiertos más ardientes! Ni siquiera acusaban la falta de sueño, embriagados cada uno de ellos por su propia esperanza.

Un día, el esclavo se presentó en el cubículo de Posidonio con la faz demudada. Despavorido, incapaz de dejar de temblar.

—Señor, Abdmelqart sospecha, lo sé. Debemos irnos cuanto antes.

Su pupila de conejo acosado, la crispación de su boca vencida, todo era indicio de una acusada conturbación del alma.

—Tranquilízate, Abisay. Bebe un poco de agua.

—¡No quiero agua, señor, lo que quiero es que me saques de aquí cuanto antes! Corremos gravísimo riesgo, no eres consciente.

—¡Cálmate, muchacho! Así no lograremos nada —le espetó el griego mientras le zarandeaba con violencia—. Perder el control de uno mismo solo lleva a la perdición y a la vergüenza. ¡Recomponte!

El esclavo se tapó la cara con las manos y empezó a sollozar.

—Lo sabe, lo sé. Estamos perdidos.

—Dime, Abisay, ¿qué te hace pensar que lo sabe? ¿Quién lo sabe?

Por toda respuesta, el hebreo se soltó de los brazos de Posidonio y salió de la estancia gimoteando entrecortadamente. Sentía que el aire le faltaba en el pecho. Fue la última vez que conversaron.

* * *

Resultaba evidente que no cabía más demora: si quería cumplir la palabra dada debía abordar abiertamente el asunto de la compraventa del esclavo. Hasta entonces, Posidonio se había limitado a lanzar algunas indirectas, con discreción, pues sabía bien que un mal paso degeneraría en perjuicios terribles para Abisay. Inquiriendo, como con desinterés, a unos y a otros, pronto le quedó clara su condición de inajenable y que solo el sumo sacerdote del templo, de manera excepcional y graciosa, podría autorizar esa venta. Así que redobló sus peticiones para entrevistarse con él, alegando que se encontraba a punto de abandonar el santuario, y quería despedirse del anfitrión.

Desde que llegó al *Herakleion*, Abdmelqart de Gadir constituyó para el Estoico una presencia permanente e invisible. Todo el mundo se refería a él con reverencia y su palabra allí era con toda claridad la ley, pero jamás se dejaba ver. Durante los primeros días, el griego albergó la expectativa de que, en algún momento, el pontífice le convocaría, siquiera por curiosidad. A la sazón se dio cuenta de que Abdmelqart no solo no exteriorizaba ningún interés por verle, sino que incluso evitaba su presencia. Por eso, todos los oficiantes a los que preguntaba sobre la manera de tener un encuentro con él se manifestaban primero anonadados y luego escandalizados.

—Estás loco, griego. Sobre el maestro Abdmelqart pesan demasiadas responsabilidades como para que pierda el tiempo contigo.

Tal era la respuesta que obtenía con más frecuencia. Pese a todo, el griego perseveraba. Hasta que por fin un día, precisamente el siguiente al de la última visita de Abisay, cuando ya había perdido la esperanza y se disponía a abandonar el santuario de cualquier manera para refugiarse bajo las alas de Balbo, un novicio le dio la noticia de que Abdmelqart por fin le recibiría.

—Griego, mi señor Abdmelqart hará un hueco entre su multitud de trabajos. Te llevaré con él. ¡Cuídate de mirarle a los ojos, quedarías hechizado sin remedio y para la eternidad!

Le condujo por complicados túneles, que parecían llevar a la entraña misma de la pirámide, cerca de donde se ubicaba la biblioteca profanada. Posidonio sospechó lo peor: ¿se habría enterado realmente el sumo sacerdote de sus andanzas nocturnas en compañía de Abisay? ¿Le bastarían sus benefactores romanos para protegerle de las iras de los servidores de Melqart? Le abrió una puerta y le dejó solo en una amplia cámara, apenas iluminada por una claraboya. Sintió las pisadas del guía alejándose escaleras abajo y el sonido retumbante de unos portones al cerrarse, con un estampido siniestro que le oscureció el corazón.

Pasó un rato y, conforme los ojos del griego se acostumbraron a la penumbra, pudo entrever una figura dibujada en el rincón más apartado de la sala. Sin necesidad de oír su voz, Posidonio se supo en presencia de uno de los hombres más influyentes de Occidente, servidor del señor de Tiro, heredero de los padres fundadores, gestor del inmenso patrimonio del templo, temido y respetado a la vez en todo el mar de Gadir. Son incontables los servidores y oficiantes del templo, y complicada su jerarquía. Los hay plenamente consagrados al dios, que jamás salen al exterior. Otros se ocupan más de cuestiones mundanas; estos entran y salen, incluso viajan con frecuencia. Algunos son grandes sabios, otros simples turiferarios. Por encima de todos, poniendo orden y concierto, sobrevuela la cabeza del colegio sacerdotal.

Impávido, estático como una piedra, con la boca tan crispada que los finos labios apretados casi desaparecían del rostro, un hombre bien entrado en años, alto, delgado, completamente rapado y vestido con la humilde túnica de lino propia de su condición, le clavó la mirada sin pretender disimular su repulsión.

Durante un buen rato, los dos ancianos se observaron mutuamente, en un silencio expectante: el consagrado, mirando abiertamente al griego, y este, de soslayo, escrutándole con el rabillo del ojo, cumpliendo la orden de jamás mirarle de lleno a la cara. Posidonio sabía que los sumos sacerdotes solían pertenecer a unas mismas familias de alta prosapia. El poderoso linaje de «los puros» o «los poseídos por el dios», se trasmitía el cargo de generación en generación, con el único cometido del servicio del culto. Jamás realizaban labores manuales ni de ningún otro tipo que no fuera honrar a Melqart y atender al funcionamiento del santuario. Tampoco viajaban más allá de los límites del *Herakleion*.

—Incumpliendo la tradición te hemos admitido entre nosotros para que estudies tus mareas y vivas junto a Melqart. El Dios lo entenderá, todo es en su servicio. Ya con ese excepcional privilegio deberías darte por satisfecho. Sin embargo, has suplicado verme. ¿Qué quieres, griego?

—¡Sabio señor, insigne por tu piedad! Ante todo quiero expresarte mi gratitud por acogerme y facilitarme el acceso a la sabiduría de tu pueblo. Sé bien que sin tu consentimiento no lo hubiera logrado. Te lo debo a ti, señor y maestro.

El consagrado asintió sin decir nada, como dando por zanjado el asunto e invitando al otro a seguir.

—También quiero que sepas que buena parte de lo que vine a buscar lo he culminado. Mis estudios sobre las mareas han arrojado buenos resultados; aunque todavía debo cuadrar ciertos datos, pronto formularé una explicación matemática sobre la fábrica de las mareas y su relación con los astros. Gracias a ti también este fruto, señor. Mi gratitud será eterna.

Ambos permanecían de pie, en una sala casi completamente en penumbra y desprovista de todo mobiliario, a excepción de un escaño de marfil con posapié de ébano y un trípode donde ardía el incienso. Posidonio, quizás por los nervios, acusaba la sequedad de su boca. El pesado aire de la sala le oprimía el pecho. Deseaba reclinarse sobre mullidos cojines, compartir una copa de vino; en fin, acceder a las formas griegas de cortesía que el templo ignoraba. Se esforzó por continuar, eligiendo con esmero cada palabra:

—Precisamente en relación con la continuidad de mis estudios acudo humildemente ante ti, señor y maestro, a pedirte una nueva gracia. Se acerca el momento de mi partida y aún me queda mucho por hacer a mi regreso para aprovechar todas las notas que he recopilado aquí. Por eso, te ruego que me permitas comprar el esclavo que me ha ayudado durante mi estancia, Abisay. Como bien sabes, venerado maestro, no es fácil encontrar buenos ayudantes para las labores intelectuales; los esclavos prefieren comer a cavilar. Si tienen el estómago repleto descuidan sus obligaciones, y con la barriga vacía se conducen como almas en pena, inútiles para casi todo. Señor, Abisay ha demostrado buenas capacidades. Si accedieras a vendérmelo, pagaría la suma que estimaras justa. Es un joven bien mandado, que se ha habituado a mi método de investigación. Su colaboración me permitirá avanzar en mis teorías, una vez de regreso en Rodas.

Ninguna sorpresa o emoción mostró el sumo sacerdote. Parecía saber lo que quería su visitante. Impertérrito, sin emplear ni un músculo más de los necesarios, solo movía los labios al hablar:

—Hablas bien el cananeo, griego. Se nota que lo has aprendido en Oriente; utilizas palabras que aquí han caído en desuso entre la gente común, pero los piadosos, que honramos la tradición, te entendemos sin dificultad.

Abdmelqart se expresaba con una calma pasmosa, con extrema parsimonia, sin acompañar sus palabras de muecas ni ademanes. En vez de rostro, su semblante semejaba una máscara de cerámica, surcada por hondas arrugas. Ofreciendo una explicación no pedida, Posidonio respondió:

—En realidad, soy solo medio griego, de madre siria. El arameo es mi lengua materna. De ahí la facilidad con la que he adquirido fluidez en cananeo. Son idiomas muy próximos.

—Entonces, ¿eres griego o sirio?

—Las dos cosas, aunque ciudadano de Rodas.

—Eso es imposible: o eres griego o no lo eres. No puedes ser dos cosas a la vez.

Posidonio permaneció un rato calibrando si debía seguir porfiando sobre ello. En ocasiones conviene darle la razón a tu interlocutor, para no deslizarse por una pendiente de absurdo. Al cabo, cada uno está hecho de una sustancia, y Posidonio habló:

—Discrepo, maestro. Con todos los respetos. En el pasado posiblemente ocurriera como dices, pero en el mundo que ha cuajado en Oriente, desde la conquista de Alejandro, el mestizaje se ha convertido en lo habitual, tanto de raza como de cultura y religión.

—Eso es un disparate, griego.

Posidonio se encogió de hombros; debería haberlo dejado ahí. Lo sabía, mas no podía contenerse.

—Si me lo permites, maestro, te pondré un ejemplo, el de mi paisano, el poeta Meleagro, también sirio, educado como griego en el gimnasio de Tiro; sí, de Tiro, la antigua y gloriosa metrópoli fenicia, madre de Gadir. Aunque sin duda sabes que en esa ciudad, buena parte de la población, casi la mayoría, se considera hoy griega. ¿Me das permiso para recitarte unos versos de Meleagro? Ellos explican de la mejor manera lo que pretendo decirte. Por supuesto, lo recitaría en cananeo; ya sé que no debo hablar en griego entre estos muros.

Abdmelqart dejó escapar una especie de mohín de aborrecimiento, como un fulgor maligno en la mirada. La mención a la amalgama de razas en la madre patria, Tiro, a la misma existencia de un gimnasio en ese sagrado suelo, suponía para él la peor de las ofensas. Sentía una aversión irresistible, más fuerte e intensa que el odio, nacida de un asco existencial hacia todo lo heleno, una ambición irreprimible por extirpar de la faz de la tierra cualquier rastro de esa malhadada civilización que tanta mella había acarreado a los hombres de todas las razas desde que, en tiempos de Alejandro el Grande, empezaron a imponerse por doquier, incluso por el lejano Occidente. Demudado por la osadía del griego, no pudo ni articular palabra, lo que Posidonio consideró señal de asentimiento.

> *La isla de Tiro fue mi maestra, aunque me parieron en el Ática de Asiria, Gádara.*
>
> *Nací de Éucrates yo, Meleagro, a quien dieron antaño las Musas el poder cultivar las Gracias menipeas.*
>
> *Sí soy, pues, un sirio, ¿qué importa? Amigo, un solo caos nos has sacado a todos a la luz, la patria de todos es el mundo.*

—La patria de todos es el mundo —repitió Posidonio en tono cadencioso—. ¿No es idea hermosa?

Traicionado por su propia repulsión Abdmelqart se agitaba, fuera de sí, aunque desplegaba inmensos esfuerzos por que no trasluciera su agitación interior. Nunca, ni en sus más remotos pensamientos, pudo esperar que un griego insensato pronunciara con semejante impudor en el templo de Melqart, señor de Tiro, tales herejías. De mal grado, tuvo que sentarse en la silla de marfil.

—Si eres griego eres griego, y no puedes ser otra cosa. Cada pueblo ama sus costumbres y ha de respetarlas. Pero mejor dejémoslo aquí, porque...

Sin darse cuenta, el sacerdote extendió su mano derecha en forma de garra hacia delante. De inmediato la recogió y continuó diciendo, después de carraspear:

—Sé que visitaste a esa loca de la isla de Astarté, y que como a tantos otros te hizo perder el seso con sus hechizos de bruja barata. Me decepcionas, griego, suponía que los estoicos despreciabais esas vulgaridades, que aprendíais de vuestros maestros a ser pacientes y templados. Has mordido el más tosco de los anzuelos.

Tomado por sorpresa, el griego no supo qué decirle. Cerró los ojos y permaneció callado. Ya iba a responder cuando el sacerdote reanudó su invectiva.

—Aquí, como sabes, se prohíbe la presencia de mujeres que lo ensucien todo con sus flujos y sus lenguas afiladas, contaminando el aire con su parloteo incesante. Una vez al año debo visitar a la loca como representante de Melqart, esposo de Astarté. Una vez al año yacen las divinidades. Gracias a los dioses ya no como antaño, cuando los sumos sacerdotes de ambos santuarios debían ayuntarse carnalmente. Desde hace mucho tiempo, el acto se simula.

Posidonio asintió, sintiendo cierta complicidad con el otro viejo. Quizás en algún momento, pensó, Abdmelqart había caído en las garras terribles de Anahit y pasó también tremendas penas para sacudirse del funesto yugo del deseo.

—Esas maniáticas no quieren sacrificar animales. Creen que los dioses se contentan con que ofrezcamos nuestros pobres fluidos vitales. Pero es la tradición y hay que honrarla. Fue la propia diosa la que decidió afincarse aquí, incluso antes de la llegada del divino héroe, y ante el mandato sobrenatural no cabe sino postrarse.

—Señor, si te he ofendido en algo o incumplido las reglas sagradas te suplico humildemente perdón. No lo sabía.

Ignorando la excusa, Abdmelqart siguió hablando.

—Además, sé que has visitado el templo de Baal-Hammón y que has conversado con el sumo sacerdote. Raro privilegio. Pocos lo logran: seguramente ha visto algo en ti. No hace falta que me lo digas. Sé que te habrá explicado que Baal es el único dios que rige los destinos de los hombres. Se equivoca, los hijos de Canaán en Occidente hemos hecho grandiosos progresos respecto a lo divino: hemos comprendido que existe una sola divinidad verdadera que crea y armoniza el universo, en eso tiene razón. Pero ese pantocrátor es Melqart. La mayoría del pueblo cananeo, en todas y cada una de las ciudades del gran mar exterior gaditano, venera al divino héroe, con devoción y sinceridad. Y aunque algunos rinden también culto a Baal-Hammón, más que a la piedad, se debe, sobre todo, al respeto debido a la tradición. A Baal-Hammón lo veneraban nuestros padres, como hacían con *El* nuestros abuelos. Tanto unos como otros adoraban, además, a una legión de dioses: Chusor, el inventor del hierro; Dagán, el añoso rey del trigo; Reshef, el dios del fuego y del rayo, y tantos otros. Sin embargo, todos ellos no fueron sino estaciones de paso en el camino que nos lleva a la revelación de Melqart como único creador omnipotente. Un dios que se hizo hombre, un héroe legendario pero real, que pisó un día la tierra, esta tierra, como nosotros, y retornó a su divinidad cuando perdió su forma humana.

Posidonio escuchaba en respetuoso mutismo, tratando de complacer al consagrado. No sabía si debía decir algo, si su opinión respecto a lo que escuchaba se esperaba o deseaba. Consideró más prudente permanecer callado. Abdmelqart, ya recuperado de su primer estupor, se levantó para seguir hablando con acento ampuloso, haciendo gala de su autodominio y autoridad.

—No sé en qué medida eres consciente del lugar donde te encuentras. Este templo no solo representa un lugar de culto, el más importante del Poniente; es asimismo un centro del saber, aquí almacenamos la experiencia de sinnúmero de civilizaciones ya olvidadas. Honramos los conocimientos originales, los auténticos, los consolidados por la práctica inmemorial. Algo que tú, griego, no comprendes. Como todos los de tu índole, crees que los helenos habéis descubierto, o peor, inventado, todo lo que sabemos. Bastardos ignorantes, ni imagináis lo antigua que es la creación. Ni siquiera eso que llamáis filosofía es invención vuestra. Nada hay nuevo bajo el sol. Caldeos, egipcios, medos, hasta los adoradores de Yahvé transitaron ya esos senderos, formulando, con mayor intuición y entendimiento, todas las teorías de las que vosotros os apropiáis. No, Posidonio, los que os llamáis filósofos sois meros ignorantes. Solo los sacerdotes accedemos al nivel supremo del conocimiento y la sabiduría, porque nos abrimos, nos conectamos y meditamos a dios, resolvemos y decretamos acerca de lo divino, sobre lo único importante: su voluntad. ¿Qué es la ciencia sin divinidad? Nada. Privada de su sustrato, su fin verdadero, su luz, la ciencia es solo instrumento vacío. Los filósofos sois meros aficionados, constructores de laberintos, parloteando femenilmente sobre misterios fuera del alcance de vuestras pobres mentes.

Posidonio bajó la testa, avergonzado, sabedor de la verdad que había en aquellas palabras del cananeo. De los filósofos helenos, solo Aristóteles había sido lo suficientemente honesto como para reconocer la importancia de las ideas orientales, de la *barbaros phisolophia*, que él menciona en sus trabajos. En la Hélade se habían dado pasos, importantes, de una senda cuyo recorrido empezó en Mesopotamia, aunque por entonces ya casi nadie lo sabía, sobre todo en Occidente; los romanos, soberbios dominadores del orbe, reverenciaban a los helenos como pensadores supremos de la verdad y creían que, antes de ellos, nadie había logrado progreso intelectual alguno.

—Y, sin embargo, griego, vosotros creéis que todo lo meritorio que ha producido el espíritu humano es obra vuestra. Ignoráis lo que os precede. ¿Acaso piensas que nuestros antepasados eran simples animales? ¿No sabían nada? ¡Qué disparate! Atesoraban grandes conocimientos que no escribían, porque no hacía falta.

El griego no pudo evitar lucir ademán de sorpresa que satisfizo al sacerdote. Pese al desconcierto inicial, el filósofo bailaba ya al son de Abdmelqart.

—Sí, *amigo del saber*, la escritura la inventaron unos simples comerciantes, con fines prácticos, sencillos, a la altura de su limitada inquietud. Sin embargo, contra lo que cabía esperar, el invento ha hecho fortuna y se ha extendido por toda la tierra civilizada, hasta el punto de que abundan quienes confunden torpemente escritura con sabiduría. ¡En modo alguno es así! La escritura no es necesaria, ni acaso conveniente, para transmitir el saber. Está sobrevalorada; nuestros mayores divulgaban su sapiencia de generación en generación por boca de sus sacerdotes; un mundo vasto y sofisticado de conocimiento, al que los griegos ni siquiera os acercáis. Lo vuestro no es sabiduría, sino palabrería. Dime, sabio griego, ¿qué otra cosa es Platón sino un Moisés hablando en dialecto ático? En cuanto al famoso Empédocles, ¿no es en puridad más mago que filósofo? ¿Y qué me dices de los conocimientos matemáticos y astronómicos? ¿Nada deben a los caldeos? ¿El teorema de Pitágoras es realmente invención de Pitágoras? ¿Existió ese Pitágoras? Porque hay quien lo cuestiona. Y ese Tales, que decís que inventó la *nautiké astronomía*... ¡Que la inventó! ¡Qué disparate! Cuando vuestros abuelos se cubrían de pieles y perseguían rebaños de cabras, nosotros ya navegábamos siguiendo a las estrellas. Os creéis muy perspicaces, los más listos de todos los hombres, y solo sois hábiles con las palabras. De hecho, ese es vuestro verdadero dios, la palabra; adoráis la elocuencia, por muchos disparates que compongan los que son diestros en ella. Atendéis a las soflamas de los arteros, no a sus obras. ¿Es cierto lo que se cuenta, que los atenienses mandaron construir una estatua de Beroso el Caldeo con la lengua de oro? No me extraña, es pura lógica. Eso que os gusta tanto. Vuestro auténtico dios es la retórica, sobre todo escrita.

Seguro de que tales preguntas no esperaban respuesta, Posidonio enmudeció. Una vez más acertaba Abdmelqart: los cananeos inventaron el arte de marear y, en sus trayectos, se ayudaban de la ciencia astronómica de los caldeos. Él lo sabía bien, lo mismo que unos pocos sabios griegos: pero la generalidad de los helenos y romanos lo ignoraban.

—Posidonio, sé de lo que hablo; no creas que no frecuento los trabajos de los filósofos griegos. De todos ellos, el único que expresó algo sensato fue Zenón, tu remoto maestro, que no en balde era cananeo: «El hombre que sabe instruirá al hombre que sabe». Eso es lo que nosotros hacemos aquí, griego, procurar la transmisión del conocimiento; en ello empleamos nuestras riquezas: las vidas, los talentos, la fe, el tiempo, el poder, la plata. El templo de Melqart, desde tiempos remotos, se ocupa de ello. Una facultad que administramos con prudencia; el conocimiento no se entrega a cualquiera. No a quienes muestran impiedad o soberbia. Nosotros custodiamos la sabiduría. El que quiera acceder a nuestros tesoros, debe pedirlo, con respeto y humildad, acreditando su intención piadosa. Nada de lo que pasa en estas islas escapa a mi alcance. Y mucho menos lo que sucede entre estos muros.

Un escalofrío recorrió el espinazo del griego. ¿Estaría en lo cierto Abisay y sabría el sacerdote de sus correrías nocturnas? ¿Cuáles serían las consecuencias? ¿Estaba en riesgo su vida? En los últimos días había pensado sin parar sobre ello, para concluir que él mismo no corría peligro en el santuario. Los consagrados habían dispuesto de cientos de ocasiones de envenenarlo, o ahogarle en el mar, haciéndole desaparecer discretamente. Sin embargo, seguía vivo. Si se quedaba en el *Herakleion* hasta el día de su partida y tomaba ciertas precauciones, quizás todo saldría bien.

Demasiados interrogantes. Tratando de mostrar la mayor indiferencia, arguyó:

—No lo dudo, maestro. Solo un necio intentaría burlar la penetración de los servidores de Melqart.

El comentario no gustó al otro. Durante un buen rato permanecieron callados. Posidonio, barajaba en su mente las distintas posibilidades que se le abrían en los días próximos. Asesinato, tormento, expulsión ignominiosa, multas, castigos corporales; en rigor, poco le preocupaba su suerte. Tan solo unas semanas antes habría recibido a la muerte como a una amiga que ofrece reposo después de una larga caminata. Ahora no podía ver a Caronte, no todavía, no antes de culminar su estudio sobre las declinaciones astronómicas y llevar a la luz los perdidos tesoros de los eruditos del pasado que acababa de descubrir. Además, estaba Abisay, debía salvar a aquel cerebro, depositario de buena parte de la información.

Quería decir algo, porque el otro no se había hecho eco de la petición inicial, del asunto de Abisay. De repente Abdmelqart batió sus palmas, dando a entender que la audiencia había terminado. De seguida acudieron dos esclavos para conducir al griego fuera de su presencia.

—Tu estancia entre nosotros, griego, ha llegado a su fin. Hemos aguantado todo lo posible, pero tu impiedad sobrepasa toda medida. Vete, vete a Gadir, con Balbo. El sufete lleva semanas preguntado por ti, pidiendo fe de vida y amenazando con entrar por la fuerza en este sagrado lugar. ¡Qué tiempos nos ha tocado vivir! ¡Un sufete de Gadir dispuesto a profanar la casa de Melqart, nuestro padre! ¿Cuántas infamias más habremos aún de soportar de esta época sacrílega? Vete.

—Sabio señor, créeme que siento sobremanera haberte ofendido, nunca ha sido mi intención. Me marcharé lo antes posible, agradecido por tu hospitalidad. Por favor, en cuanto al esclavo...

—Comprendo, ilustre huésped, que te hayas encariñado con el hebreo —Abdmelqart, le interrumpió, con tono neutro—, aunque no entiendo tan bien que prestaras oído a sus lloriqueos. No puedo concederte lo que pides. Los esclavos del templo permanecen de por vida dedicados a Melqart. Si lo que deseas es un impúber de piel lisa para satisfacer tu apetito, puedo recomendarte el tratante adecuado. El hebreo no saldrá de estas islas nunca. Por cierto, ahora recuerdo a otro de tus filósofos, Heráclito, que también indicó algo interesante: «Los hombres demuestran no comprender, aunque las cosas sucedan ante sus narices». Piensa en ello, griego, piensa en ello.

XXVII

Tal como salió de la reunión con el sumo sacerdote, Posidonio se dirigió a su cubículo, escoltado por los dos esclavos. Al entrar en su estancia, los siervos penetraron con él.

—Quiero estar solo.

Por toda respuesta, uno de ellos negó con la cabeza. Resultaba evidente que tenían órdenes de no separarse de él en ninguna circunstancia.

Posidonio hizo un hatillo con algunas de sus pertenencias, dispuesto a abandonar cuanto antes la casa de Melqart. Ahora sí percibía que, pese a las promesas del sumo sacerdote, allí su vida peligraba. Hubiera querido llevar consigo todas sus notas, pero en ese momento prefirió no mostrar demasiado interés por ello. Temía que todo su trabajo le fuera confiscado antes de abandonar el templo. Como al azar, agarró unos cuantos papiros, los metió en una bolsa de cuero y se dirigió hacia el embarcadero.

Caminó como una sombra por los conocidos senderos del santuario. Pese a lo que llegó a temerse, nadie le puso obstáculo para franquear los muros, ni para embarcarse en una nave con rumbo al canal, pese a que los dos esclavos le seguían de cerca; los demás simulaban no verle, indiferentes a cuanto pudiera decir o hacer. Contrató y pagó a los barqueros en el embarcadero del *Herakleion*, al precio habitual, y cuando se acomodó a bordo, vio con alivio que los esclavos se quedaban al costado del muelle.

Empezó así un viaje de pesadilla, con mala mar, producto de los últimos coletazos de aquel duro y largo invierno, el peor que se recordaba, según los comentarios de los isleños. Como siempre, los lacónicos marineros no cruzaron con él palabra alguna. Casi todos ellos devotos seguidores de Astarté, los recientes acontecimientos le hicieron incluso sospechar que algún fanático decidiera hundirle en el piélago, en desagravio de la diosa. Pero nada ocurrió, todos se mostraban insensibles ante sus actos y su presencia, como ante un alma errante y descarriada del inframundo. La nave, pese a costear por el mar interior, se zarandeaba como cáscara de nuez. Entre el peligro y el mareo, Posidonio rumiaba sus aprensiones.

Abisay se había esfumado sin dejar rastro, no sabía si porque se conoció el asunto de la biblioteca, porque la propuesta de compra había sido tomada por inoportuna y grosera, o por otro motivo. Todo indicaba que el sacerdote conocía lo ocurrido, aunque de momento esto fuera solo una conjetura.

El griego seguía decidido a guardar la fe prometida y ayudar a que el esclavo huyera, a llevarlo consigo a Oriente: después de tanta devoción, de una ayuda tan eficaz, memorizando tan importantes obras que se suponían perdidas, ¿cómo renunciar a intentar rescatarle? La compasión, sentimiento arraigado en el alma estoica de Posidonio, se abría paso en su interior. Y a la vez era consciente de que, si se empeñaba en rescatar a Abisay, arriesgaría todo lo logrado durante su permanencia en Occidente. Un dilema que no era capaz de resolver.

Presa de la impotencia, no dejaba de construir en su mente maneras de sacar al esclavo del *Herakleion*, sin dar con una apropiada. La empresa se le antoja tan ardua como alterar el curso del sol. Por diversos medios trató en vano de obtener noticias; nadie sabía de él, ni tan siquiera respondían a sus preguntas.

Solo el sufete podría ayudarle. En Gadir, Posidonio sufrió severos disgustos, sinsabores y amenazas. Todo empezaba a fallarle, sucediéndose de forma muy diversa a como había esperado de aquel periplo. Solo una persona no le decepcionaba: su protector el sufete. Poco a poco, Posidonio había ido aproximándose a Balbo, el hombre más sabio de la tierra, o el mejor mentiroso que había conocido. Lo admiraba, lo estimaba.

¿Qué otra palabra, si no amistad, podía emplearse para calificar aquel estrecho nudo que desde el comienzo de su relación se trenzó entre ellos? Dicen los griegos que solo puede considerarse amigo a aquel con quien uno habla como consigo mismo. Y tal ocurría entre ellos: conversaban largo y con gusto sobre los más variados asuntos, desde los más íntimos y familiares hasta cuestiones de alta política internacional.

Como persona sociable y de mundo, el griego se jactaba de sus muchas relaciones, aunque, en realidad, con pocas personas lograba dialogar con la intimidad y confianza que identifica a la verdadera camaradería. Su éxito como hombre versado en múltiples saberes, que aunaba poder político y económico, le había habituado a degustar la hiel de comprobar que casi todo aquel que se le arrimaba buscaba algún interés. Triunfador, más por destino que por ambición, cargaba el peso de ser objetivo de múltiples envidias. Malos mimbres, los de la envidia y el interés, para tejer el cesto de la amistad.

El cananeo, por su parte, contra lo que cabía suponer, no se abría al afecto con facilidad. Su desenvoltura, agudeza y trato agradable escondían una naturaleza desconfiada. Rico de nacimiento y dotado de otros dones, también sufrió desde niño los envites de los celos. Además, el comercio promueve antes la abundancia de contrarios que la ganancia de amigos; los mercaderes, si quieren prosperar en los negocios, han de ser implacables, y por ello su camino al éxito suele jalonarse con cadáveres. La experiencia había hecho que Balbo se mostrara por lo general reservado con todos, salvo con Posidonio, que con franqueza le había abierto las puertas de su intimidad y su afecto sin esperar nada a cambio.

Posidonio, en aquel momento de turbación de su alma, buscaba refugio en la sensatez probada y el optimismo incombustible de Balbo, en quien veía no solo a alguien con quien poder disfrutar el beneficio de la conversación, sino al amigo que le decía de frente las cosas que él mismo no se atrevía a decirse. «Espero que me haya perdonado la insensatez que cometí con la muchacha», pensaba el griego, mientras marchaba hacia la casa de su camarada, sintiéndose inseguro, como siempre en Gadir. Tras varios intentos de asesinato, sabía bien que cada vez que ponía un pie en aquellas calles su vida peligraba.

Al desembarcar, se dirigió directo y a toda prisa a casa de Balbo.

Se sorprendió al encontrar la ciudad engalanada, con los gaditas acometidos por una aguda fiebre festera. Por todas partes había columnas festoneadas, guirnaldas, alfombras de flores. En una singular promiscuidad, el ambiente festivo se conjugaba con multitudinarias y solemnes manifestaciones de piedad popular. Circulaban procesiones en pos de imágenes de Astarté y de Melqart; en algunas de ellas, las mujeres arrastraban con sus cabellos pesadas representaciones de la diosa. Casi en cada esquina, cientos de orantes se prosternaban ante las hornacinas y los templetes dedicados a la *Vejez,* la *Pobreza* y el *Arte,* y entonaban himnos a la muerte. Muerte y Vida, Alegría y Sufrimiento, entreverados en el ánimo de los *gadeiritai,* como dos caras de la misma moneda, halladas e intercambiadas a lo largo de todo el año, y especialmente en las fiestas de la resurrección. Una vez más, el Estoico constataba que los gaditas, pese a su aparente frivolidad y ostensible pragmatismo, son en extremo piadosos y devotos de sus dioses, quizás porque se sienten el pueblo más bendecido de la tierra y consideran justo y necesario el agradecimiento.

Posidonio recorría la ciudad a la vez amada y temida con espíritu mustio, presa de una gran turbulencia de emociones. Se detuvo en una esquina, a esperar que desfilara una procesión de Astarté. A su lado, cientos de fieles clamaban a la estatua coronada: «¡Madre, madre!», entre lloros desmesurados, cantos frenéticos y escenas de piedad. Con cierta competencia desatada entre unos y otros, los acérrimos se autolesionaban, se mordían y se arañaban, tiñendo con sangre su devoción. No pararían hasta llegar al extremo del canal, abierto al oeste, donde arrojarían cientos de exvotos, figurillas, quemaperfumes, ánforas de incienso y otras ofrendas, para impetrar a los dioses una navegación segura en la nueva temporada que quedaba así inaugurada.

Lo mismo que en el humor de Posidonio, en aquella primavera de Gadir la alegría y la piedad por las fiestas se aunaba con otro tipo de reconcomio, que contristaba el ambiente: cada día resultaba más palmaria la tensión. Pese a la fiesta, por todas partes se suscitaban sangrientas discusiones entre los partidarios de la tradición y los defensores de las nuevas formas, importadas de Grecia y Roma. Una tirantez que, ahora lo sabía el griego, llevaba años latente, y que casi siempre prendía con ocasión de las ceremonias religiosas. Los más avisados, percibiendo la especial gravedad de la situación, habían empezado esta vez a trasladar a sus familias al continente, escondiendo sus posesiones más valiosas en recónditas cavernas del subsuelo, en previsión de desmanes que se auguraban especialmente dañosos. Por doquier se barreaban puertas y ventanas, se atrancaban postigos, se cegaban pasadizos.

Posidonio percibía la crispación y se esforzó por pasar inadvertido. Caló la capucha de su capa y esperó, con la cabeza gacha, a que discurriera la procesión. Procurando que nadie le prestara atención, trató de continuar su derrotero, pero a cada poco se topaba con otro desfile.

Aún lejos del palacio de Balbo, se apercibió de que la calidad de la muchedumbre que le rodeaba cambiaba; cada vez había menos peregrinos y más hombres mal encarados, sucios, hirsutos, armados con garrotes y picas, que en lugar de protestas de piedad vociferaban consignas políticas contra los Balbo, los romanos, los griegos y los filósofos, en favor de Sertorio y Mitrídates, esgrimiendo puños amenazadores. Una masa informe, abigarrada, diversa, nutrida heterogéneamente por acólitos, esclavos, mercenarios, pescadores, y algunos pocos comerciantes, todos vinculados por el odio común, pues nada liga con lazo más estrecho que compartir la misma aversión. Ya no cabía duda, asistía a una auténtica insurrección. «Se diría que, pese a los intentos de los sacerdotes, los gadiritas se parecen cada día más a los helenos, y empiezan a preferir el caos al orden», pensó con desconsuelo. Con las mentes envenenadas por los demagogos, cientos, miles de seguidores de la facción conservadora recorrían las calles exigiendo el respeto de las formas tradicionales, la continuidad de los sacrificios humanos y a la pena de hoguera para los criminales.

El instinto del pánico se iba apoderando de su alma, un terror semejante al que percibía en las gentes con las que se cruzaba por la calle. Había presenciado sediciones en muchas partes del mundo y sabía bien que, cuando se desatan las bajas pasiones de la plebe, nadie puede considerarse a salvo. Los humildes, los menesterosos, los sometidos acopian humillaciones y penurias durante años, a veces décadas, hasta que un día un desencadenante, no siempre el mismo, hace que la chusma comprenda su poder, sienta la sed de venganza, el vértigo de la destrucción y emerja de su rincón como animal enloquecido.

Pronto algunos de los manifestantes de la primera hora empezaron a mirarse unos a otros con preocupación. A cada zancada, la ira de la gente iba transformándose en espanto. Esforzándose por mantener la calma, Posidonio persistió en su propósito de ampararse en casa de Balbo; tampoco tenía otro sitio donde ir. Conforme se alejaba de los muelles, el disturbio aumentaba: se escuchaban alaridos y golpes por doquier. En el aire empezó a notarse olor a humo. Alguien gritó:

—¡Están saqueando el barrio de los griegos!

Posidonio incrementó aún más el ritmo. Para llegar a casa de Balbo era preciso atravesar aquel tumultuoso barrio, so pena de dar un largo rodeo. No obstante, se decidió por el camino más largo, tratando inútilmente de evitar lo peor, pues el incendio se extendía con rapidez por todos lados. Al cabo, torció de nuevo el rumbo. Su única posibilidad de salvación era ganar cuanto antes el caserón del sufete, ubicado en el lugar más alto de la villa, bien defendido además por la guardia ciudadana. Se humedeció la capa en una fuente y se lanzó a recorrer las calles en llamas. La mayoría de las tiendas de pequeños comerciantes que vendían productos griegos ardía.

Pese a lo crudo del incendio, seguían pululando por la ciudad partidas de revoltosos que berreaban consignas contra los Balbo y sus adictos, entregados a toda insolencia y bellaquería. Lejos de apaciguarse por la destrucción ya causada, se mostraban aún más enardecidos. Lo que empezó como tumulto contra los griegos, degeneró en saqueo generalizado. Volaban las teas y las piedras. Animados a la matanza, los sublevados embestían con furia contra todo. Las puertas caían arrastradas de sus goznes. Como cree la plebe que en casa de los plutócratas cada losa esconde un lingote, actúa como hacen las termitas y al poco tiempo no queda ni una pared en pie ni en las mansiones más encumbradas. No se sabe qué es peor, que encuentren plata o que no. De una u otra forma, quieren matar. De todo se hacía un arma: acuchillando con pedazos de mármol, con astillas de madera; cráneos aplastados con cualquier cosa pesada. Cundían los lamentos y el estrago, la pendencia porfiada. Sin darse cuenta, los gaditritas labraban su propia perdición, prendiendo fuego a su última esperanza de conservar un pasado glorioso que ellos mismos disipaban entre sus manos.

A Posidonio se le acaban el ánimo y las fuerzas; por merced de los dioses, nadie le había reconocido, pese a que ya caminaba sin embozo, atento solo a no acabar soterrado bajo las tapias ardientes y a evitar las llamaradas que, de pronto, salían por puertas y ventanas. Por su paso titubeante, muchos de los sediciosos le confundieron con uno de ellos que, embriagado, participaba en la debacle. Desorientado, se dejaba arrastrar por la turba, que caía en tropel sobre los barrios ocupados por extranjeros; así pudo contemplar asesinatos y latrocinios. Los amotinados decapitaban las estatuas y a sus propietarios, si les echaban mano. Algunos trataban de escabullirse y encontraban un final fulminante y pavoroso a manos de la turbamulta. Otros optaron por esperar la muerte en sus hogares, con los postigos entornados, rogando para que los sediciosos se cansaran, o para que pasaran de largo y eligieran otro objetivo donde descargar su furor.

Como siempre ocurre en estas ocasiones, los malvados dieron rienda suelta a su brutalidad: no solo mataban, sino que torturaban, quemaban. El griego asistió con horror a un lance espeluznante: unos pocos jóvenes se divertían abrasando con tizones las caras de las muchachas más hermosas, tras violarlas salvajemente. «Sin duda —pensó Posidonio—, así como la bondad ofende a los malvados, y la verdad a los mentirosos, la belleza supone también un insulto para este tropel de seres contrahechos, tiñosos, de caras bubosas y desdentadas. La hez de la ciudad aguarda el momento para escupir su resentimiento contra los más afortunados».

Ni siquiera se respetó la santidad de los templos. Numerosos desesperados trataron de salvarse acogiéndose a sagrado, pero la turbamulta derribó las puertas de templetes y oratorios para seguir segando vidas. Las manos que se aferraban a las estatuas de los dioses fueron cortadas y siguieron crispadas sobre el frío mármol, mientras sus dueños se desangraban horrorizados.

Después ocurrió lo que cabía esperar: los esclavos se sumaron a los desmanes, sin distinción de bandos, a veces contra los mismos que habían instigado la insurrección. Entre el caos, ya nadie estaba a salvo: los siervos mataban a sus amos y violaban a sus amas delante de sus propios hijos. No pocos aprovecharon para zanjar antiguas rencillas personales, cobrando deudas y agravios.

Zarandeado por los flujos y reflujos del torrente humano, Posidonio merodeaba de un lado para otro como una nave desarbolada en medio del temporal, hasta que unos gritos le sacaron de su aturdimiento. «Al palacio de los Balbo. Vamos a la casa de los traidores». Entonces el tropel adquirió magnitudes nunca vistas en la ciudad, o al menos no recordadas. Centenares de gaditas que habían crecido escuchando fábulas increíbles sobre las desmedidas cantidades de plata que los Balbo escondían, soterradas en su casa, sobre cofres y tinajas repletos de oro labrado y sin labrar, vieron la oportunidad de quedarse con al menos una parte de semejantes tesoros.

La mansión de los Balbo, sin embargo, resultaba un hueso difícil de roer, incluso para una turba tan encrespada y agresiva; los sediciosos ni siquiera lograron acercarse. Los más aguerridos fenecieron espetados en las picas de los mercenarios de la casa

Balbo, ayudados por centenares de clientes y deudos que acudieron a ayudar a la mano que les daba de comer. Apiñados en las calles aledañas al palacio, berreaban las consignas que llevaban horas repitiéndose por la ciudad:

—¡Sertorio! ¡Sertorio invicto! ¡Mitrídates, buen padre! ¡Sacrifícalos! ¡Acaba con todos los romanos!

Apurando sus reservas de energía y esperanza, Posidonio trató de abrirse paso entre la barrera de soldados que protegía al sufete. Pronto se dio cuenta que de esa manera iba a acabar ensartado como un pollo. La multitud arremolinada oscilaba como la marea. Arrastrado por ella, en uno de los vaivenes se alejó del barrio alto de Kotinusa, donde los oligarcas pertrechaban sus casas con muros y espadas a sueldo. Despechados y enloquecidos por la ira, los sediciosos apuntaron a metas más accesibles y se dirigieron de nuevo a los barrios de los comerciantes extranjeros que aún no habían sido saqueados. Todos con prisa, todos ansiosos por lograr presas más fáciles de abatir.

Posidonio erraba otra vez a la deriva por la ciudad, como una sombra, ensimismado y sumido en sus propias elucubraciones. ¿Cómo surgen los tumultos? Siempre hay alguien que tira la primera piedra y enciende la fogata. ¿Por qué? ¿Qué mueve a un simple ciudadano, que hasta el día antes ha estado afanado en sus trabajos y pesares, a convertirse en una fiera asesina, sedienta de violencia, lanzándose a la caza de inocentes? En sus viajes había presenciado varios motines y cada vez las mismas interrogantes sin respuesta. Claro que existen maniobreros falaces, duchos en fraguar sediciones, pero ¿por qué el ciudadano normal, humilde, presta oídos a esos cantos de sirena, dirigiéndose hacia su perdición y la de los suyos?

Sus piernas apenas le obedecían, y acabó tropezando y revolcado entre el fango rezumante de sangre. Descartada la posibilidad de regresar al santuario de Melqart, no le quedaba otra opción que alcanzar por cualquier medio la casa de Balbo. Algo que ahora, con más de media ciudad ardiendo, resultaba imposible. Así que se dirigió a la costa, a los muelles, lejos del fuego. Allí, si la situación empeoraba, podría quizás embarcarse con rumbo al continente. Después ya se vería.

Ya llegaba a la puerta de la muralla del muelle cuando un arrapiezo sucio y casi desnudo chilló:

—¡Allí, allí! ¡El griego blasfemo, que se escapa!

Sin salir de su aturdimiento, Posidonio se escurrió por una zona de edificios en llamas, tratando con ello de burlar a los perseguidores. Una piedra silbó y le rozó la oreja. Por suerte, la mayoría de los sediciosos languidecían ya a esa hora ahítos de vino, con la panza tan rebosante como las garrapatas del perro de un rico. Apenas amagaron un intento de atraparlo y se desplomaron a disfrutar de la borrachera, para decepción del chiquillo acusador. No valía la pena molestarse por disciplinar a un viejo griego a las puertas de la muerte.

Después de doblar un par de calles, resbalando sobre los adoquines sucios de sangre, Posidonio pudo de nuevo retomar el aliento. Se recostó un instante sobre la cerca de un palacio que ardía por los cuatros costados. El griego no dejó de sentir, con estúpido asombro, el poder del fuego generador y destructor. ¿Acaso los cananeos tenían razón y el único y último elemento era el fuego?

Cuando ya parecía imposible, Posidonio, exánime, las piernas temblorosas, llegó al puerto, y se encontró, de nuevo, en pleno pandemonio. Los isleños pudientes, saquitos de plata en mano, negociaban con los capitanes de todo tipo de embarcaciones un embarque salvador. Quienes nada tenían se arrojaban al agua tratando de agarrarse a cualquier elemento flotante. Por un momento Posidonio pensó en hacer lo mismo; enfocó la negrura de las aguas y, cuando ya se disponía a zambullirse, recordó que llevaba encima una buena cantidad de siclos de buena ley. Sin mediar palabra, cruzó la pasarela de una nave a punto de zarpar y le entregó al patrón el dinero; tras sopesarlo con la familiaridad que da la rutina, el marino asintió y le franqueó el paso. Al punto se soltaron amarras y el casco de madera se separó del muelle de piedra.

Desde la nave, la ciudad entera se veía iluminada por los resplandores de los incendios, inesperadamente hermosa; hasta allí se sentía el olor a cadáver, impregnando de forma indeleble cualquier olfato. El fuego saltaba de un lado a otro como impulsado por un demonio.

Después de esperar un largo periodo a escasos diez codos del muelle, por si aún acudía alguna presa valiosa, el capitán consideró que ya no cabía sacar más agua de ese pozo y ordenó emprender la navegación, que resultó sorprendentemente corta. Ni siquiera trató de tender el velamen; a remo, en boga cansina, la nave se dirigió al reparo de un enorme peñón que parecía a punto de arrojarse al mar, en la costa este de Kotinusa, cerca todavía del canal. El *naukleros* se subió a la fogonadura del palo mayor para vociferar:

—Ciudadanos, con tanta gente a bordo, no cabe salir a mar abierto; ni siquiera cruzar el mar interior para ir a Hispania. Solo quienes puedan pagar un suplemento de quinientos siclos permanecerán a bordo. Los demás, desembarcarán, por las buenas o por malas. ¡Vamos, que hay prisa!

Las primeras protestas fueron de inmediato sofocadas por el expeditivo medio de arrojar por la borda a los insumisos. Los demás se plegaron a la realidad, invocando a los dioses y mascullando maldiciones contra el patrón.

La nave varó con facilidad en una caletilla a los pies de los barrancos de Kotinusa, más allá de las murallas de la ciudad. A empujones, los marineros sacaron a los insolventes. Cuando le llegó el turno a Posidonio, este se debatió, chillando imprudentemente:

—¡Soy amigo del sufete! ¡Soy amigo de Pompeyo!

El capitán, lejos de asustarse, le espetó:

—¡Vete de aquí, griego cabrón! Y quiera Astarté que no vuelva a verte, porque entonces yo mismo te ahogaré en el mar con mis propias manos.

Como sonámbulo, Posidonio se dejó arrastrar hasta la playa, donde cadáveres hinchados entrechocaban impulsados por el oleaje. Emprendió la subida por una empinada rampa, hacia la puerta de Melqart. Sin saber qué hacer, se dirigió de nuevo al palacio de Balbo. Las calles estaban ya casi desiertas. La poca gente con la que se cruzaba apretaba la marcha con la mirada baja.

No tuvo ocasión siquiera de formular en voz alta sus aprensiones, pues alguien exclamó desde alguna terraza:

—¡Han matado a Balbo el sufete! ¡Han matado a Balbo el sufete!

El aire abandonó del pecho del griego cuando asimiló la noticia. Se quedó inmóvil. ¡Balbo muerto! No podía estar seguro de lo ocurrido, pero bien podría ser cierto, porque un nuevo hervidero de gadiritas, de los tantos que habían permanecido encerrados en sus casas, cargados con sus más valiosos enseres, se dirigían hacia la salida terrestre de la ciudad, seguros de que, muerto el sufete, las últimas posibilidades de mantener el orden en Gadir habían desaparecido.

Ya no le quedaba otra posibilidad que regresar al santuario cuanto antes. Sin decir nada, confundido, renqueante, como un niño que se deja arrastrar por su madre, Posidonio siguió al gentío de regreso a las Puertas de Melqart. Por todas partes se veían postigos cerrados, y comerciantes afanados en recoger sus géneros y ponerlos a resguardo. El tiempo había empeorado otra vez; de improviso, las nubes se espesaban y la ventolera arreciaba, avivando las llamas.

Apenas había transitado un centenar de pasos por la red de oscuras callejuelas cuando, poco a poco, fue tomando conciencia de que le seguían; si se trataba de un asesino a sueldo mandado por algún enemigo nuevo o antiguo, rogaba a los dioses una muerte rápida y limpia.

Sentía con intensidad el peligro. Le rechinaban los dientes por la tensión; en cualquier momento esperaba notar cómo una daga se hundía en su espalda. Fuera de sí, buscó una piedra o una defensa que empuñar, hasta que cayó en lo absurdo de su intento; de nada sirven las armas en la mano de un anciano. Se volvió en varias ocasiones, tratando de descubrir a sus perseguidores; trastabilló muchas veces y en una de ellas rodó por el suelo rebozándose en estiércol, hasta que, al cabo, acorralado en una calleja sin salida, se paró a encarar su destino. Dejó de sentir miedo y, algo aliviado, elevó su mente hacia el divino hacedor y se dispuso a esperar, dócil, el hierro que pondría fin a su vida. «Voy a morir lejos de mi patria por insensato. Al menos trataré de que sea una muerte honrosa». En la penumbra apenas pudo entrever a sus asaltantes; uno de ellos, el más cercano, lucía un rostro bordado de cicatrices y un puñal de larga hoja, más bien una espada pequeña y puntiaguda. Detrás, guardándole las espaldas, otra figura cuyos rasgos no podía ver empuñaba un hacha de doble filo.

Es curioso en lo que se fija un hombre al borde de la laguna Estigia. Posidonio no pensó en su madre ni en su patria; sobrecogido por un frío desolador, no lograba apartar la mirada de los amuletos que su atacante llevaba colgados al cuello: un escarabeo y un collar rematado con un disco, con la cara de un león. La fiera, con las fauces abiertas, se abalanzaba al hilo de la respiración alterada de su portador.

Ya alzaba el puñal el asaltante de la cara cosida cuando de su pecho brotó la aguda punta ferrada de una jabalina, que como ansiosa de procurar más calamidad, parecía buscar también el corazón del Estoico. El agresor se derrumbó, muerto antes incluso de desplomarse del todo. Posidonio miraba con incredulidad al que iba a ser su vergugo, como si asistiera a la representación de una comedia bufa. Apenas se dio cuenta de que el otro asesino le tiró una cuchillada que se hundió hasta el fondo de su pecho.

Siempre se preguntó Posidonio qué se sentiría al tener la carne atravesada por el metal punzante, qué sensación produciría una hoja al sajar tendones y venas. Lo que notó fue más un golpe que un pinchazo, como si le hubieran empujado con ímpetu. Pronto le fallaron las fuerzas y su vista se nubló, pero aún pudo ver cómo un hacha de abordaje se clavaba en la cabeza de su atacante. Como a todos los hombres, la muerte le pilló por sorpresa y, mientras se sumergía en la negrura definitiva, boqueaba como un pez fuera del agua. La lluvia arreciaba cuando Posidonio se desvaneció.

XXVIII

Al despertar, Posidonio sintió una inmensa sed. Se hubiera bebido un océano entero.

Se dio cuenta de que nada veía. Al querer abrir los ojos, tuvo que desplegar un tremendo esfuerzo para separar los párpados, tupidos por una gruesa costra de legañas y humores secos.

—Bienvenido de vuelta a la vida, Posidonio. Pese a que has sangrado en abundancia, la estocada no afectó a tus órganos vitales. Los dioses te dieron una buena encarnadura; si te comportas bien, recuperarás las fuerzas. Tal como te encuentras, pareces el despojo de un naufragio.

Escuchó su palabra aún antes de percibir su figura. Timbrada de notas graves, bien modulada, hablaba griego con acento neutro, sin duda la palabra de un hombre joven y educado.

Cuando por fin empezó a distinguir las formas, se fue dibujando ante sus ojos el propietario de aquella voz:

—Ayudadle a recostarse y dadle algo de agua, poca, por ahora solo para que se moje los labios.

Alguien le acercó una jarra a la boca. Apenas le dejó beber.

—Poco a poco, griego, con cuidado —dijo la voz, mientras apartaban de su boca el preciado líquido.

Al moverse para tratar de agarrar la jarra que se le escabullía, sintió una fuerte punzada en la espalda y perdió de nuevo la conciencia.

* * *

Pasó algunos días más entre la vida y la muerte, ni despierto ni dormido, en perpetua agonía. Sentía fuertes punzadas en el pecho. Poco a poco fue recordando lo ocurrido, llenando lagunas cuando se lo permitía su estado de seminconsciencia. «Balbo ha muerto. Han matado al sufete». Una y otra vez aquellas palabras acudían a su mente, causándole tanto martirio en el alma como la llaga del pecho en el cuerpo, aunque mantenía un poso de esperanza, tenue, porque quería convencerse de que se trataba de un simple rumor.

Cada día le visitaba un físico, que manipulaba la herida y le cambiaba los apósitos, sin decir nada; nadie hablaba con él ni contestaba a sus preguntas. Un joven, seguramente un esclavo, permanecía en todo momento a su lado, pendiente de sus movimientos. Le alimentaba, le daba de beber, le administraba tisanas, le lavaba las cicatrices, sin pronunciar palabra, pese a que muchas veces pidió que confirmara la muerte del sufete. Llegó a pensar que quizás fuera mudo.

Una mañana, no sabía Posidonio después de cuánto tiempo, el esclavo, convertido en guardián y molesta presencia cotidiana, se echó a sus pies y, chapurreando el griego, balbuceó:

—Señor, mi amo quiere verte. Por favor, acompáñame.

—Con que no eres mudo... —indicó Posidonio, reprimiendo sus ganas de golpearle, y añadió, con sequedad—: ¿Quién es tu amo, si puede saberse? ¿Y por qué no me habla él mismo?

—Señor, yo solo soy un esclavo. Cumplo órdenes del amo. No tienes nada que temer, mi señor Balbo el joven garantiza tu seguridad.

Por fin se despejaban sus incertidumbres: le acogía el hijo de su bienhechor, a quien tanto había oído mentar. Reparó entonces en que posiblemente se encontrara en casa de los Balbo y en que el hecho de que le hablaran del hijo y no del padre implicaba con seguridad la confirmación de la nefasta noticia.

Entre las brumas de su mente, se abrieron paso las habladurías que circulaban por las calles y el santuario sobre el supuesto regreso de Balbo el joven, tras una prolongada ausencia. Pero, como todo en las islas durante las últimas semanas, el rumor aparecía sumido en múltiples conjeturas y desmentidos, porque también había quien le ubicaba en Roma, con Cicerón, y otros en Oriente, con Pompeyo. Algunos decían que Lucio Cornelio no se atrevía a regresar a Gadir, temiendo por su vida; otros que, enterado de las amenazas que se cernían sobre los Balbo, habían regresado para asumir el control de los negocios de la familia.

El esclavo quiso ayudarle a levantarse.

—Apóyate en mí, señor. Has perdido mucha sangre y sigues muy débil.

«Semanas sin hablarme, y ahora no para, el hijo de mala madre». Un cada vez más irritado Posidonio le espetó:

—Déjame en paz, esclavo. Me duele la cabeza.

Se incorporó con dificultad, vistió la túnica limpia que le entregaron y, con paso vacilante, caminó en pos del esclavo por los altos corredores enlosados de mármol de un palacio que de inmediato reconoció, efectivamente, como el de los Balbo.

Evocó en aquel momento su primer recorrido por esas estancias, cómo se maravilló de la altura y belleza de la construcción. «Siento como si hubiera pasado una vida entera». Constató una vez más, como otras tantas anteriores en su existencia, que a veces el tiempo se densifica y se llena de acontecimientos, que se suceden, se precipitan y parecen perseguirse unos a otros. Llegó a Gadir como filósofo estoico buscador de la verdad, pasó a ser reducido a siervo de las pasiones del cuerpo y ahora se sentía fugitivo, un apestado cuya vida no valía nada.

—¿Cómo he podido desviarme tanto? —se culpó en voz alta—. Toda la vida enseñando que el destino arrastra al hombre que se resiste y que al que asiente lo sigue, para nada. Aquí estoy, aprendiendo la lección.

Cada pisada le costaba un enorme denuedo. Al apoyar su peso sobre el frío suelo, una punzada muy dolorosa le recorría todo el cuerpo, ramificada desde la herida del pecho. Haciendo acopio de toda su energía, poco a poco fue ganando seguridad, y pronto prescindió del esclavo para entrar, con los ojos relucientes de lágrimas, por su propio pie, en la sala donde le esperaba su anfitrión.

El hijo del sufete le recibió, como hacía su padre, en el salón principal de la lujosa mansión. Con solo ver su rostro, Posidonio supo sin necesidad de preguntar y no pudo evitar un golpe brutal de pena.

Lucio Cornelio Balbo era un hombre en la flor de la vida, de unos veinte o veinticinco años, fuerte, con aspecto marcial, más alto y hermoso que su padre, aunque compartían varios rasgos. Una versión mejorada de la casta. Los músculos de su cara reflejaban grave tensión; parecía que le costaba despegar las mandíbulas para hablar.

—Ilustre Posidonio, te ruego me disculpes por haber interrumpido tu reposo, quizás demasiado pronto. El tiempo apremia. Supongo que sabes quién soy.

Lucía un semblante más colérico que preocupado, pese a que sus primeras palabras sonaron amistosas, pausadas. Posidonio afirmó con la cabeza. A diferencia de lo que hacía su padre, el hijo no le ofreció un vino como primera providencia. Las toscas maneras romanas se abrían paso en el carácter de un novicio que, según sabía, se había educado en los campamentos de las legiones, donde se traban amistades sólidas y duraderas. Haciendo gala de ese mismo estilo, prescindió de los ambages propios de todo buen inicio de conversación entre orientales.

—Casi media ciudad ha ardido en la revuelta. El resto se ha librado por la lluvia que providencialmente enviaron los dioses. Muchos de mis amigos y clientes han muerto, aunque la mayoría alcanzó a refugiarse en el continente, junto con unas pocas familias griegas y romanas. Las demás... Gracias a Melqart los huidos advirtieron a los romanos de Puerto Menesteo sobre lo que estaba punto de producirse. Y los legionarios llegaron a tiempo de salvarte a ti y a otros tantos de una agonía cierta e inminente.

Algunas de las dudas de Posidonio quedaron despejadas con la lacónica charla del joven Balbo; pero aún se apiñaban en su mente un buen caudal de cuestiones por resolver; sobre todo, la que más le quemaba en el alma. Sabiendo que casi no resultaba necesario, quiso confirmar lo peor.

—¿Tu padre?

Bajando la vista, el hijo negó con la cabeza.

No quiso el griego indagar en los detalles sobre el fin del sufete. ¿Qué más daba la forma de la muerte, la mano que empuñara el puñal o vertiera el veneno? Hay tantas maneras de matar, es tan fácil, tan sorprendentemente sencillo... El joven, sin embargo, respondió a la pregunta no formulada:

—Un esclavo, un simple esclavo. ¡El gran Balbo acabó sus días envenenado por un sirviente de sus cocinas! Ese hijo de puta Mitrídates tiene la zarpa muy larga y recursos inagotables. Se ha cobrado, y bien cara, la debacle de Sertorio. Mi padre siempre ponía extremo cuidado en evitar los venenos, pero en plena sublevación debió confiarse, sorber con descuido una última copa de vino tendida a traición. ¿Sabes la cantidad que había prometido a quien asesinara a mi padre? ¡Su propio peso en oro! Desde luego no ha podido disfrutar su recompensa, lo atrapamos en su escondrijo, cuando se disponía ya a cruzar el mar interior. Diez días ha tardado en morir.

—Ha sido entonces el rey *Veneno*.

—Mi padre debió confiarse. Aún no me lo explico, pues él sabía que los conservadores, apoyados por Mitrídates y los restos del partido sertoriano, ultimaban en secreto una conjura.

—¿También está Mitrídates detrás de la revuelta?

Balbo se tomó un tiempo para responder.

—Sí, casi con total seguridad. Creo que el rey del Ponto planeaba desencadenar en Gadir una masacre de ciudadanos latinos e itálicos, como la ocurrida en Oriente. Una situación semejante a la que sobrevino en Asia, aunque esta conspiración me resulta demasiado burda y chapucera como para considerarla autoría directa del temible Mitrídates. Que la apoya y la financia, eso es seguro. Ahora bien, que él mismo la haya dirigido..., tengo dudas. En Pérgamo, en Éfeso, en las ciudades de Asia apenas se libraron de la aniquilación unas pocas decenas de romanos. Aquí, buena parte de ellos, junto con algunos griegos y numerosos partidarios de mi familia, han logrado salvarse. Ha sido una chapuza, mal planeada. Quisieron aprovechar las fiestas de la primavera y la exaltación de Astarté para ejecutarla, ignorantes de que buena parte de los gadiritas se encontrarían embarcados o en el continente. Además, no pudieron o no supieron guardar el debido sigilo, y muchos de los amenazados sospecharon lo que se avecinaba. ¡Estúpidos!

El griego asintió. Balbo el joven, cachorro de buena casta, manifestaba signos de talento y buen juicio. Cuando se enteró de lo que ocurría en su ciudad, hallándose a unos cientos de millas de distancia, navegando Betis abajo, entre Corduba e Híspalis, su reacción fue de estupor e incredulidad. Desembarcó de inmediato para cabalgar a toda prisa rumbo al sur. Al llegar a Híspalis le corroboraron la muerte de su padre y el huérfano se adentró en la vorágine de sufrimiento que asesta la separación de un padre como el suyo.

—Estúpidos, insensatos. Los levantiscos creen que han triunfado, por abatir a unos pocos desastrados. Se creen ahora los dueños de Gadir, son más peligrosos que nunca, esos descerebrados conservadores, asesinos de mi padre.

Balbo hizo una pausa, para controlar su emoción.

—Mi padre ha sucumbido, antes de tiempo, víctima de la inquina fanática de unos y de la secreta envidia de otros. No quedará sin desquite; justo, sin prisa. Durante un tiempo, prefiero dejar que mis enemigos, testigos de mi oprobio, se sigan considerando invulnerables. Los asesinos se retorcerán en la cruz antes de lo que ellos mismos se imaginan, pero debo maniobrar con tino. Y, ante todo, quiero honrar su recuerdo, cumplir los compromisos que tenía adquiridos. Entre ellos el de velar por ti, griego; ponerte a salvo cuanto antes es mi sagrado deber de hijo.

Pese al tono áspero, Posidonio se inclinó, agradecido y aliviado; como lluvia de primavera esperaba palabras de consuelo, un hombro amigo. De repente se sintió muy viejo y reparó en lo solo que había estado aquellas postreras semanas. Antes de que pudiera decir algo, el otro continuó:

—No sé en qué medida te encuentras al corriente de la situación de la ciudad y de los apuros que te acosan. Quizás mi padre no compartió contigo toda la información. Él era así, reservado; podía mostrarse en apariencia simple y desenfadado, y a la vez no dejar un cabo suelto. Te enredaba tanto en su cháchara que al final no conseguías enterarte de lo que en verdad pensaba sobre casi ningún asunto. En realidad, era el más inescrutable de los hombres, por eso solía pillar desprevenidos a sus enemigos.

Al instante, el joven bajó la cabeza hasta casi hundirla en el pecho.

—Bueno. Casi siempre. En su último lance...

Se hizo el silencio. Posidonio miraba con curiosidad a Balbo, que encajaba a la perfección con las noticias que sobre él circulaban en los mentideros de la ciudad: reservado, corajudo, hermoso, decidido. Amigo íntimo y compañero de milicia de Cayo Memmio, el cuñado de Pompeyo y el mejor de sus colaboradores, el joven Balbo permaneció al lado de Memmio en los peores momentos, cuando derrotado y herido de muerte por las tropas de Sertorio buscaba amparo por las tierras hostiles de Hispania. Con grave riesgo de su propia vida, Balbo le protegió hasta el final y quedó con ello afianzada su posición junto a Pompeyo. El griego pensó en el espléndido porvenir que se le abría a ese muchacho de grandes ambiciones y aguda inteligencia si sabía dar los pasos adecuados. Nadie en Hispania aunaba mayor poder que él, controlando toda la clientela que dejaron los Pompeyo. Tenía delante una criatura nueva, una especie diferente. Mientras que su padre era un cananeo de pura cepa, engrosado con una fina cáscara de romanidad, el joven Balbo era romano, híbrido, pero romano, representante de la edad venidera tal como él la veía, un crisol de razas, creencias y culturas, del que surgiría un hombre nuevo, mejor.

—Querido Balbo el joven, lamento la suerte de tu padre. Me duele como la del amigo fiel que era —comenzó a decir Posidonio, sintiendo cómo cada vez se le hacía más patente el hueco que le había dejado el astuto viejo, del que tanto había aprendido y con el que tan buenos ratos había compartido.

Lucio Cornelio asintió. Llevaba semanas tratando de controlar sus emociones, por mostrarse frío en presencia de extraños. No lo lograba. En los mentideros de Gadir se decía que, al conocer la noticia de la muerte de su padre, en Híspalis, enloqueció de dolor; siete días permaneció tendido sobre el entablado de su tienda, a las afueras de la ciudad, sin comer ni beber, sin querer ver a nadie, ni siquiera a sus camaradas más íntimos. Tratando de mostrarse respetuoso con esa pena, que él mismo sentía, el griego siguió diciendo:

—Ojalá puedas imaginar cuánto agradezco tu protección. Nunca podré pagar la deuda que he contraído con tu familia. No merezco tanto, mi vida no vale nada. Hace tan solo unas semanas no temía a la llamada del barquero Caronte y, por tanto, era inmortal. De hecho, la esperaba; cuando el cuerpo empieza a deteriorarse, una larga vida acaba tornándose una abominación; es deseable extinguirse en la coyuntura adecuada, con un tránsito dulce, sin dar mayor importancia a lo que no tiene elección posible, pues es ley natural del destino, tan natural como nacer. Solo la ignorancia teme a la muerte, una epidemia de la que no podemos librarnos. Cada uno debe contentarse con el tiempo que se le ha dado para vivir, y yo estoy satisfecho con lo que ya he vivido, aunque es cierto que preferiría que mis huesos descansasen en Rodas. He tenido en la vida más suerte de la merecida, no me quejo. Sin embargo, ahora, en este preciso momento, un último afán me retiene; tengo cosas pendientes, importantes no solo para mi modesto interés, por eso agradezco tu ayuda, que llega en buena hora. En verdad la necesito, más que nunca.

La larga perorata del griego sirvió para que el joven se recompusiera.

—Admirado Posidonio, varón dotado de ingenio excepcional y casi divino, rico en virtudes. ¿Cómo puedes decir que tu vida no vale nada? ¡Has sido pritano de Rodas! Mérito casi inalcanzable, bien lo sé, para cualquier no nativo de la isla. ¿Quién no ha oído sobre tus estudios y obras? Hasta un simple comerciante como mi padre, poco dado a filosofías o a cualquier saber sin utilidad práctica, te conocía aún antes de recibir la petición de Pompeyo de protegerte.

Posidonio trataba en vano de encontrar la forma de plantear el asunto del rescate de Abisay. Quiso ganar tiempo volviendo sobre los mismos argumentos.

—Por primera vez en los últimos días he sido consciente de hasta qué punto me encontraba al borde la muerte. Tu padre se encargó de salvaguardarme sin que yo me diera cuenta; ahora entiendo que muchas de sus atenciones, nuestras conversaciones interminables o las deliciosas excursiones por el mar interior, no eran sino excusas para mantenerme cerca, lejos de la amenaza que él domeñaba con su generoso desvelo. Y no se lo puse fácil, porque en mi inopia desoí todas sus llamadas a la prudencia. Sé de varios intentos frustrados de asesinato, pero ¿de cuántos más me habrá librado tu padre sin yo saberlo? De no ser por él, de seguro que ahora mismo sería pasto de los peces.

Balbo esbozó por primera vez una tímida sonrisa.

—¡Ni te lo imaginas, griego! Sin embargo, no pienses que mi padre buscaba tu compañía por interés. El gran Balbo te quería bien, te encomiaba, así me lo dijo en varias de sus cartas. Te admiraba, decía que nunca había conocido a nadie más sabio que tú, sentía afinidad en espíritu, en intención. En verdad al principio intentaba solo protegerte. Conocía tu peso en el tablero de la política y el peligro de tu libre pensar en medio de las mareas que aquí chocan. Temía por tu vida. Sabía que inevitablemente atraerías hacia ti el celo desatado de enemigos poderosos. Pompeyo le pidió, antes de que llegaras, que facilitara en lo posible tu estancia y siguiera discretamente tus pasos para conjurar malos encuentros. Así lo hizo, hasta el día de su muerte. La protección que te ha dispensado ha sido discreta y eficiente, ni tú mismo la has notado hasta hace poco, como me has dicho.

—Nunca pude esperar, amigo, que encontraría en Gadir tanta hostilidad. Soy un simple filósofo, estudio y trabajo acostumbrado a pasar inadvertido en mis viajes. Es cierto que tengo muy dignas amistades, pero hay algo que no comprendo. ¿Qué importa que yo, un viejo griego en el final de sus días, viva o muera? Sin más posesiones que un pequeño caudal de esforzado conocimiento y discípulos consagrados al saber. ¿Quién busca asesinarme?

—A uno le conocían como el Mamertino, pues afirmaba descender de aquellos hijos de marte que sembraron el caos en Sicilia, en época de la primera guerra de Roma contra Cartago. El otro era su esclavo, un númida.

En rigor, el griego no preguntaba por la identidad de sus agresores.

—¿Qué quería, robarme en medio del caos? No creo. Alguien le pagaría por matarme. ¿Quién pudo contratarlos?

—Cualquiera. El Mamertino vendía su espada a cualquier buen pagador. Sobre los instigadores no me cabe duda alguna: fueron los mismos que planearon la muerte de mi padre. Acabar contigo y con mi padre son medios para un mismo fin.

El anfitrión mandó servir vino rebajado con agua, al estilo griego, a diferencia de lo que hacía su padre.

—Quien ordenó la ejecución de mi padre quería también la tuya. No por ti mismo, en eso tienes razón, no eres para ellos tan importante, sino por lo que representas.

Posidonio asintió, variando de postura para aliviar el dolor de la herida.

—Posidonio, sabes que tú representas un nuevo mundo, el que Roma alumbra como heredera de Grecia y a la vez como definitivo cierre del orden antiguo. Roma es Grecia abierta al futuro y Grecia pervive en Roma, no hace falta que te lo explique. Un mundo lozano y pujante acabará regando toda la tierra, porque no cabe poner coto al flujo de las ideas y las mejoras técnicas. Una evidencia que muchos a aquí se resisten a aceptar. Creen que pueden revertir las corrientes de la historia, sin darse cuenta de que el mundo griego lleva siglos infiltrando entre nosotros el poder fértil de su espíritu. Gente poderosa, peligrosa, se conjura a muerte contra ello. Por eso, aunque mi padre disfrutara tanto de tu compañía, su intención primera al buscarla era protegerte; teniéndote a la vista podía preservar tu vida y, además, dejabas de exponerte con tus interrogatorios y devaneos por las islas; como te he dicho, desconoces cuántas veces han atentado contra tu vida en estos meses. Los griegos nunca han sido bienvenidos en tierras cananeas; hubo que insistir y hasta presionar más allá de lo prudente para que te aceptasen como huésped en el santuario de Melqart. Al principio todo parecía ir bien, mientras te centraste en tus estudios y hacías preguntas poco comprometidas. Después empezaste a deslizarte por una senda sinuosa y subieron de tono las quejas por tu presencia en Gadir. De todo esto me informaba puntualmente mi padre en sus cartas. Algunos empezaron a pedir tu cabeza abiertamente, de manera muy impolítica. Mi padre se negó en todo momento y con toda la fuerza de su dilatado poder.

Antes de que Posidonio pudiera decir algo, el otro se le adelantó.

—Entiéndeme, Posidonio, no te culpo. Sé que no has buscado crearnos problemas, pero el designio de los dioses te trajo a un avispero, al mismo centro de una guerra soterrada. Los dos bandos, enfrentados, hacía tiempo que afilaban sus cuchillos. No creo que tu presencia aquí tenga nada que ver con lo que ha pasado durante las últimas lunas y el final de mi padre. Has sido el desencadenante de un conflicto que tarde o temprano debía aflorar. Que mi padre luchara contra este impulso de destrucción no significa que no calibrara la fuerza de su violencia y el probable, casi inexorable, porvenir de todos cuantos a ella se opusieran, incluido él mismo. En cualquier caso, ahora todo ha cambiado: los asesinos de mi padre no mostrarán ya disimulo alguno en hacer lo mismo contigo y yo no puedo protegerte, ni a ti ni nadie. En los próximos días no habrá ser viviente a salvo en las islas. Ahora no caben tapujos, debes partir en el primer barco. Mi padre así lo hubiera querido.

El joven tapó su rostro con sus fuertes manos, acostumbradas a empuñar la espada y el timón, a tensar jarcias. Respetando su pesar, Posidonio permaneció callado, unidos los dos como los hombres son capaces cuando sufren una misma pena. Al poco Lucio Cornelio volvió a domar la emoción y retomó su hablar pausado.

—Se avecinan tiempos duros, ha llegado el momento del desagravio. Los Balbo deben actuar ahora. Si por las buenas no hemos podido convencer a los que siguen aferrados a su primitivismo, sea entonces por las malas. Roma no espera más.

—¿Solo Roma? ¿No los gadiritas?

—Algunos isleños consideramos bárbaros y vergonzosos los holocaustos humanos; pero no me engaño, Posidonio, somos minoría. Y aquí no cuentan los números, sino la realidad de los hechos y la necesidad de avanzar. ¿Eres tú también uno de esos demagogos demócratas que abundan en tu patria?

Posidonio esbozó una mueca de espanto.

—¡No lo quieran los dioses! En Rodas sabemos bien el precio que se paga cuando el poder cae en manos de los embaucadores de la plebe. Ahora bien, quemar vivos a los delincuentes, o echar plomo fundido en la boca de los penados, no son cuestiones de forma de gobierno, sino de piedad.

—¿Y la prostitución sagrada, Posidonio, también la consideras una cuestión de piedad?

El griego se quedó petrificado y pálido. Tan incómodo que Balbo no pudo reprimir una risa.

—Discúlpame, amigo, no debo ser descortés. Mi padre me fustigaría. —No podía evitarlo, Lucio Cornelio evocaba a cada momento a su padre, como si aún siguiera vivo.

Sumido cada uno de ellos en su propia fuente de desconcierto, los interlocutores se quedaron un rato callados.

—Posidonio, no discutamos, y menos sobre algo en lo que coincidimos, pues así me lo escribió mi padre. Sé que, como yo, consideras bárbaras muchas de nuestras tradiciones, pero da igual lo que nosotros pensemos sobre ello: lo importante es lo que piensan los romanos. Y ellos lo han dejado claro: si queremos seguir siendo una ciudad libre, debemos terminar con el sacrificio de humanos, como mínimo y de inmediato. Lo intentamos por las buenas y resultó imposible: esta sublevación lo ha trastocado todo. Ahora se impone la limpieza: uno tras otro caerán los responsables de la muerte de mi padre, todos sus cómplices, los artífices y protagonistas de los tumultos, los incendiarios, los expoliadores. Toda la horda que provocó y participó en el caos en Gadir está condenada; a lo máximo que pueden aspirar es a un final rápido, que no todos lograrán.

Una esclava entró en la sala con una bandeja repleta de escudillas con aceitunas, almendras, higos y castañas. La depositó en la mesa baja del centro y se marchó, tan quedamente como había llegado.

—¿Necesariamente ha de correr la sangre, Lucio Cornelio? ¿Todavía más? ¿No puede evitarse? ¿Es el ansia de venganza la que habla por tu boca o la preocupación por el futuro de tu pueblo?

Balbo se levantó de su diván con agilidad y paseó por el patio su porte marcial. El resentimiento traslucía en su boca.

—Posidonio, no es fácil explicarlo. Mientras vivió mi padre resultó posible evitar lo que va a suceder; de hecho, él operaba como dique de contención entre ambos bandos, pues en los dos contaba con aliados y familiares. Mi padre pensaba que esta ciudad, mientras exista, habría de gobernarse a sí misma. No concebía otra posibilidad. Él sabía, o más bien intuía, que entrábamos en una nueva época que no acababa de comprender; se movía entre dos mundos, sin estar del todo a gusto en ninguno de ellos. A él no le escandalizaban realmente los sacrificios humanos, ni la pena de hoguera; sin embargo, como hombre cosmopolita sabía que el cambio se imponía, inapelable como la historia. Su pretensión siempre fue llevarse bien con los romanos, la estirpe aborrecida, no por gusto, sino por necesidad. Su fin era evitar que acabáramos como nuestros hermanos de Cartago. Negociaba una solución de compromiso, en la que los gaditiras se adaptarían poco a poco a la nueva situación y al señorío de Roma. Esa posibilidad ya hoy no cabe: la sublevación y el asesinato de mi padre la han cercenado, el nuevo mundo ya no espera más y su irrupción llegará de golpe. Así que habla por mi boca tanto la voz de la venganza como también la preocupación fundada por la cosa pública. En este caso, coinciden, sangran por la misma herida.

Lucio Cornelio respiraba por el dolor reciente. El griego sintió por él una ola de humana compasión; hubiera querido decirle tantas cosas sobre el sentido del desquite, sobre la inteligencia del perdón... Se notaba que su nobleza, aún no madura en aquel trance, le exigía rebanar mil cabezas.

—En cualquier caso, no quiero entretenerte con mis problemas. Posidonio, es hora de levantar áncoras. Ya no puedo protegerte. Pese a tus promesas, permaneces tranquilo unos días y, luego, otra vez entras y sales ajeno al peligro, temerariamente te paseas por las callejas más peligrosas a horas intempestivas. No cometeré el mismo error que mi padre; partirás, lo quieras o no, en el primer barco.

Los expresivos ojos saltones del cananeo decían tanto como sus propias palabras. Igual que su padre, gesticulaba bastante con la cara y las manos, pero, a diferencia de este, el hijo mantenía un aire severo, estirado, tenso. Su progenitor, en cambio, al cabo de un rato, por mucho que se esforzara en mostrarse serio y pomposo, dejaba escapar su yo burlón y escéptico, penetrante, desapegado de sí mismo. Posidonio lo miraba sin perder palabra de cuanto decía, consciente de la gravedad de su situación.

—Hay algo que no entiendo, Lucio Cornelio: si tanto peligro corro, ¿por qué no me llevas cuanto antes con los romanos, a Híspalis o a Corduba? ¿Qué necesidad tengo de embarcarme rumbo al este?

Balbo respondió sin vacilar:

—Porque tampoco me fío de ellos. En verdad, Posidonio, tampoco escasean los romanos que desean abatirte.

Posidonio pareció por primera vez sorprendido. Balbo el Joven lo percibió al punto, pensando que quizás su padre sobrevaloraba al filósofo, si era tan incapaz de componer la realidad política de las islas y de Hispania, como su propia situación personal en medio de ella.

—Verás, amigo, por si no te has dado cuenta los Balbo nos hallamos en un equilibrio precario; de hecho, aunque apoyamos a los latinos, constituimos también un freno contra ellos. Trata de entenderlo.

—¿Por qué me quieren muerto los romanos?

—Entiéndeme bien, no digo que los romanos, todos ellos, te deseen muerto. Pompeyo, Cicerón y tantos otros han dado instrucciones precisas de lo contrario. Ya conoces Roma: un nido de víboras aún más sofisticadas que este.

—Lo sé mejor que tú. Allí me pillaron las guerras civiles.

Molesto por la grosera interrupción, agotando su última reserva de paciencia, en honor al deber de amistad de su padre, Balbo reanudó su explicación:

—Pues entonces trata por favor de centrar esa experiencia y tu prodigioso intelecto para poner pies en tierra. Baja de las nubes. De un lado, tenemos a Pompeyo, que quiere lo mejor para Roma, que ha respetado los pactos con los pueblos de la península, que ha concedido la ciudadanía romana a numerosos aliados, muchos gaditanos entre ellos. Del otro, ¿a quién tenemos?

Posidonio pensó que en verdad él parecía el discípulo y el joven Balbo, su maestro.

—En la otra parte tenemos la Roma eterna, voraz, insaciable; patricios egoístas que se creen la sal de la tierra y plebe inconsciente malacostumbrada a llenar la barriga sin esfuerzo. Todos ellos, que suman mayoría, consideran que Pompeyo ha ido demasiado lejos, porque a este paso, pronto cualquiera se creerá con derecho a ser ciudadano de Roma. En esa cadena de abuso y codicia, todo va bien mientras los eslabones, grandes o chicos, se saben privilegiados sobre otros inferiores, pero, si a estos se les permite unirse también a la cadena, ¿dónde hará presa?, ¿qué quedará para sujetar? Por eso quieren provocar una rebelión que justifique el aplastamiento de todos los hispanos, aliados o enemigos, en realidad todos competidores. Lo sé bien, abundan los romanos que ansían engordar a la Loba con el oro del templo de Melqart. Y para eso buena es la excusa de Sertorio, y buena es la de Posidonio.

—¿La de Posidonio?

—Sí, la excusa de tu muerte, Posidonio. El gobernador romano de Híspalis tiene orden de arrasar la ciudad si tú mueres; orden de Pompeyo.

El que se levantó ahora fue el griego, con dificultad, abatido, sintiendo gravitar sobre él el peso de los años, de las cuitas, de su falta de alcance. Sí, sentía el resquemor de su propia ignorancia. Recibía, dolorosamente consciente, aquella auténtica lección de historia y política por gracia de un jovenzuelo ejemplar, provisto de bizarría y compromiso, seguro del papel que la historia le reclamaba.

—Además, sospechamos que algunos de los cientos de agentes que trabajan para Mitrídates intenta asesinarte a la primera oportunidad.

—Creo, amigo, que ya lo han intentado, con el veneno, durante mi estancia en el santuario de Melqart. No sé si fue eléboro, belladona, tejo, beleño, quizás cicuta, no soy perito en sustancias ponzoñosas, pero sufrí trastornos poco frecuentes. Además, al poco de llegar, una enorme serpiente venenosa me esperaba en mi habitación. Todo encaja. Trataron de culminar con el hierro lo que no lograron con el arsénico y la víbora. Que el rey del Ponto me odie no es de extrañar: no perdona a los rodios por habernos mantenido del lado de los romanos, y ciertamente yo me signifiqué.

—Tiene sentido. Mitrídates aprendió de niño los secretos de ponzoñas y antídotos. Intenta soliviantar todo Occidente, para distraer fuerzas de la República en esta parte del mundo. Él se considera vengador de todos los pueblos a los que Roma somete y muchos aquí le creen. Además, eres conocido por tu defensa del nuevo orden romano, así que el rey del Ponto te odia. ¡Qué gran paradoja! La república y el rey del Ponto, enemigos aunados en desear tu muerte. Como ves, la situación apremia, y yo no puedo permitir que mueras en Gadir. Si deseas cruzar la laguna Estigia, no te culpo; yo mismo he pensado en quitarme la vida en varias ocasiones en las últimas semanas. Escúchame, me lo debes, se lo debes a mi padre. No se trata de si vives o mueres. Con todos los respetos, eso ahora ya no es lo que importa. Si has de morir, que sea en otra parte, no en Gadir.

Posidonio se acercó a la galería desde donde se vislumbraba el continente, Hispania, provincia romana. En su insensatez, creyó en algún momento que le bastaba con cruzar el mar interior para ponerse a salvo. Balbo se le acercó y le puso la mano en el hombro.

—No te culpes, porque perseguir la verdad granjea numerosos contrarios. Hay quien da por hecho que tu piel acabará clavada en las puertas del templo de Baal, por deslenguado y blasfemo. Al principio, mi padre pudo ampararte de unos y de otros con cierta facilidad: de los sertorianos, de los que creen que guardas el oro de Mitrídates, de los que temen que tengas en tu poder una copia de los documentos que Perpenna entregó a Pompeyo, que comprometen a tantos en Roma. Después, despertaste cóleras frente a las que incluso el gran sufete se sentía impotente. Contra los sacerdotes nadie puede. Muchos de ellos, los más influyentes, llevan semanas divulgando por la ciudad que te has mofado de la majestad de los dioses y debes pagar por ello. Fíame, amigo, llegó el momento de zarpar; si tu cabeza rodara por los suelos, algunos romanos encontrarían motivo propicio para acabar con los Balbo. Gadir no se puede permitir que sufras daño.

Sentirse amenazado por tantos hombres era una sensación nueva para Posidonio. Estaba al fin comprendiendo el conjunto de odios concentrados sobre él. Su mente, indómita e incansable como siempre, ataba los cabos. ¡Qué gran obra histórica podría componer si los númenes le daban aún unos pocos años de vida! La historia del declive del Gadir cananeo y del nacimiento del Gades romano, el relato de una contienda no solo ideológica, sino también social, pues había reparado que en Gadir se enfrentaban dos facciones: el pueblo llano instigado por los sacerdotes y los grandes comerciantes y cambistas, deseosos de obtener la ciudadanía romana.

—Bendito sea Melqart, que concedió a mi querido Balbo un hijo honorable y sabio. ¡Cierto es que, igual que a veces nacen canas fuera de sazón a los hombres jóvenes, en ocasiones además crece en ellos la prudencia! Perdóname, Lucio Cornelio, tienes razón. Haré lo que me pides. Ya te abruman suficientes preocupaciones como para que este viejo insensato las acreciente. Un viejo agradecido y en deuda. Solo me atrevo a darte un consejo de anciano: no te preocupes por un futuro que escapa a tu poder y a la misma comprensión. ¿Quién sabe en verdad qué combate nos depara la vida, por qué caminos habremos aún de transitar? Como se dice en mi tierra, los días venideros son los testigos más sabios. Mi amistad y mi gratitud son tuyos, Lucio, como antes fueron de tu padre, y pido humildemente tu perdón por lo que aún debo pedirte, abusando de tu probada benevolencia.

Con sumo tacto, le contó de manera escueta la historia de Abisay y su relación durante los últimos meses, sin mencionar la biblioteca del templo.

—Posidonio, me pides un imposible. Nadie puede sacar a un esclavo de la casa de Melqart sin consentimiento del sumo sacerdote. Si sigues por esa senda, solo obtendrás una dolorosa agonía, al final de la cual lo que necesitarás será una resurrección, no un rescate. Hazme caso, no pongas tu empeño en lo que no puede ser y regresa a tu hogar.

El griego no se esperaba una respuesta tan tajante y se mostró descortés.

—Entonces, ¿unos cuantos religiosos afeminados plantan cara a Roma y a sus aliados los Balbo, sin más?

Tal como pronunció estas palabras, se arrepintió. Su deseo de rescatar a Abisay le llevó a ofender injustamente a quien había mostrado con él la máxima deferencia.

Más que ofenderse, el joven se maravilló ante la torpeza del filósofo, tan renombradamente sabio. Cada vez más sofocado por la impotencia de comprobar que sus razones no calaban en el griego, su frente manaba sudor.

—Si apeteces nalgas firmes y lampiñas, cómprate un efebo en el mercado de Rodas. Yo no estoy aquí para satisfacer tus caprichos. Te he explicado cómo están las cosas de la mejor manera que he podido. Y tú pones la gratitud en los labios y al mismo tiempo me insultas.

Posidonio quiso enmendar el error; aquello le dolía en su corazón. Logró alcanzar la mano del otro para besarla con reverencia.

—¡Te lo ruego, Balbo, ilustre hijo de mi camarada, no tengas en cuenta mis últimas palabras! Son fruto de mi maltrecha salud y las tensiones padecidas. Créeme que no soy el mismo. Me avergüenza lo que acabo de decir. Olvídalo, olvídate del esclavo. Solo te pido que me permitas recoger mis cosas en el santuario, son meses de trabajo. Si los dioses me conceden tiempo, escribiré un tratado astronómico que alumbrará el entendimiento del cosmos. Por favor, te lo suplico.

Balbo el Joven estaba ya harto del griego, de su inconsciencia y su petulancia. Su padre exageraba el aprecio que le tenía. Le examinó un buen rato, mientras Posidonio seguía aferrándole la mano. De seguir su primer impulso, habría ordenado sin más contemplaciones que lo custodiasen en la cárcel del muelle, a la espera de embarque. Pero con su delicada salud podría no resistirlo, porque el tiempo seguía haciendo imposible la navegación y no se esperaba un cambio inminente. Haciendo acopio de paciencia, en honor a la memoria de su padre, se mostró clemente.

—Griego, deja de ponerte en ridículo. Suéltame la mano. ¿Crees que soy un sátrapa oriental? Soy Lucio Cornelio Balbo, ciudadano de Roma. En cuanto recuperes las fuerzas regresarás al santuario, escoltado por mis hombres. Allí permanecerás, bajo custodia. En el templo no corres peligro, es espacio inviolable, no se atreverán a tal sacrilegio. Ten cuidado, eso sí, con lo que ingieres, y ni se te ocurra salir sin mi escolta, bajo ningún concepto. Si sales, eres hombre muerto. Una nave irá a recogerte para llevarte a Roma en cuanto las condiciones del mar sean propicias.

Un avergonzado Posidonio regresó a su cámara en el palacio de Balbo, añorándole terriblemente. Desde la ventana pudo apreciar que en el exterior pesaban las sombras casi tanto como en su corazón. Abisay, si es que seguía vivo, parecía destinado a acabar sus días en Occidente, no vería su amada Alejandría.

XXIX

Notas para un estudio sobre las diferencias de carácter entre griegos y cananeos. Los mercaderes griegos son lo más bajo de la escala social; los fenicios, lo más alto. Los cananeos ensancharon el mundo con sus exploraciones, siempre en busca de más y mejores mercados. El comercio ha sido gran promotor del progreso humano, porque con las mercancías han viajado también las ideas. Los pueblos primitivos han podido imitar a las gentes más avanzadas merced al tráfico comercial. Sin embargo, los griegos, como la casi totalidad de las gentes del Mediterráneo, desprecian a los hijos de Canaán por su afán de lucro y su escasa aptitud guerrera. Pero ¿acaso no fue la sed de ganancias la que lanzó igualmente a los griegos a afrontar los peligros de los mares? ¿Por qué se odian tanto ambos pueblos? ¿Será que, al cabo, como pensaba mi amigo Balbo, tan instintiva prevención nace de una semejanza que devuelve la propia imagen?

Tras la conversación en casa de los Balbo, habiendo despejado algunas incertidumbres y acumulado nuevos temores, la recuperación de la salud del griego se aceleró. Incluso pudo disponer algunas notas sueltas para sus trabajos históricos. Días más tarde, acompañado de una poderosa escolta, Posidonio retornó al santuario con la sola intención de recoger sus pertenencias y despedirse de las islas a la primera ocasión.

De seguro había llegado la hora. Sin embargo, cuando se trata de surcar los mares, los hombres son juguetes de los dioses, no navegan cuando quieren, sino cuando pueden. Las cosas del océano, asiento de tormentas, escapan a toda previsión. Aquella insólita y caprichosa primavera parecía decidida a demostrar a todos que el empeño de cronógrafos y sacerdotes por establecer un plazo a las estaciones era vanidad y solo vanidad. Ella se presentaría para hacer espigar el trigo cuando estimara oportuno; remolona, asomaba la patita, desplegaba unas horas de suave calor, alentando la esperanza de los hastiados sufridores de tan terrible invierno, y luego, esquiva, regresaba a su cubil.

Como alma en pena deambulaba entretanto Posidonio por el santuario, encerrado en su mundo interior; ni siquiera retomó sus estudios sobre el firmamento, por falta de concentración. Lo intentaba, en vano: subía al caer la tarde con sus instrumentos al promontorio más alto, trataba de medir con el compás el recorrido de los astros y su alma se abatía en una tibieza abúlica, ansiando el descanso de aquellas marismas anochecidas y el vuelo en retirada de las últimas gaviotas. Regresaba a su gélido cubículo, a rumiar sus penas y aprensiones, vencido. Desde su primera visita a la biblioteca secreta, algo cambió en su condición. Tener al alcance de la mano tales tesoros y no poder tocarlos era como acercar pan a un famélico. Podía ver, decepcionado, su avaricia, sofisticada acaso, pero codicia al fin.

Y Abisay seguía sin asomar, como si se lo hubiera tragado la tierra. Posidonio se culpaba por ello. Nadie le daba razones sobre su paradero, pese a que había regado de plata muchas manos. Se sentía responsable, porque podía haber sido su obstinación en visitar una y otra vez la biblioteca la que había provocado su muerte.

Cada vez se le hacían más oscuros los designios de los númenes, a él, que había escrito cinco tratados sobre adivinación, mundialmente reputado por saber escrutar como nadie los mandatos divinos. Y en nada cabe confiar cuando ellos se muestran adversos. Se convenció de que no quedaba más remedio que volver a Rodas, cuanto antes. En su camino de regreso, escalaría en Roma para tratar con sus poderosos benefactores la manera de apoderarse de una biblioteca que no merecía perderse en el océano del olvido.

Permanecía continuamente vigilado por los escoltas romanos que le había puesto Lucio Cornelio, incluso dentro del *Herakleion*, para escándalo de los oficiantes que hablaban de sacrilegio e impiedad. Indiferentes a las protestas, sin ocultar en sus rostros una actitud despectiva ante todo lo que veían, los soldados le acompañaban siempre, con sus lanzas al hombro, con trancos marciales, apartando a una prudencial distancia a todos los demás, fueran esclavos o sacerdotes.

Los escoltas recibieron órdenes tajantes de que el griego no saliera para nada del santuario. Y, contra todo pronóstico, no les resultó complicado lograrlo. Posidonio mascaba en soledad su congoja, prisionero de sus temores. Una y otra vez revisaba su equipaje, sus tratados, sus notas, nervioso, consciente de la inminencia de su despedida pese a las borrascas, porque sabía bien que el tiempo suele empeorar antes de mejorar. Lo mismo se sabía en Gadir. No obstante, todos los interesados en la partida inmediata de aquel incómodo huésped consultaban a diario al oráculo de Melqart y a los pilotos del puerto, con idéntica conclusión: las condiciones no mejorarían en breve. Una tras otras, se sucedían las tormentas primaverales, como señal evidente de que los dioses aún no permitían la partida de la nave de Posidonio.

En ese atolladero se encontraba cuando un día, inopinadamente, el sumo sacerdote le convocó a su presencia. Posidonio se llenó de aprensión; le había costado mucho obtener aquella primera y única audiencia, en la que solo consiguió despertar iras y suspicacia en su anfitrión. Ahora, sin mediar petición, Abdmelqart pedía, más bien ordenaba, un encuentro del que nada bueno cabía esperar.

El día despuntó por fin caluroso. Un sol inclemente se descargaba ya sobre el santuario y los esclavos empezaban a despojarse de sus bastas túnicas de lienzo. Al pasar por la panadería, pudo observar a los siervos en taparrabos, chorreando sudor, tratando de conjurar el doble fuego del astro y del horno. Tanto calor hacía que, en algún momento, al despertarse, Posidonio se convenció de que ese mismo día zarparían; no contaba con la fuerza de los vendavales de levante, un temporal que impedía toda navegación, pues la nave que osara enfrentarse a él corría peligro cierto de acabar arrastrada a las honduras de aquel tenebroso océano, cuyos confines nadie conocía.

Mismo recorrido de pasillos y mismo ritual de la anterior ocasión. En la sala ya conocida quedó a solas con Abdmelqart, quien, sin más preámbulos, empezó a hablar, testimoniando que en el Occidente de la civilización las floridas y sinuosas maneras de Oriente morían.

—Debo reconocer, Posidonio, que despiertas mi curiosidad como ninguna otra persona lo ha hecho antes. Por lo general, me ocupo de pocas cosas ajenas al servicio de Melqart, nada diferente a escrutar su voluntad, honrarle y servirle. Haces honor a tu fama. Cuando supe lo que se decía sobre ti y tus logros, me mostré escéptico. ¿Es cierto lo que se cuenta de que has viajado a los países donde nunca se ve el sol? Me asombra; creo que solo los nautas del Gadir han navegado tan al norte, hasta las regiones de la larga noche invernal. Y tan al sur, más allá de los límites del desierto, donde el sol está muy alto en el cenit.

Cometiendo una imprudencia, el griego le interrumpió:

—Bien sé, señor, que no existen navegantes como los gadiritas; los griegos, los púnicos e incluso los romanos se apañan bien en las aguas por lo general tranquilas y familiares del mar interior, mientras que los mareantes de Gadir se internan en el oscuro océano, lejos de costa.

El consagrado no se ofendió por la grosería de su interlocutor. Se mostraba, eso sí, maravillado por sus torpes maneras y la barbarie de quien oficiaba como el griego más instruido de su tiempo. Le miraba sin decir nada, mostrando su insensibilidad ante los halagos del extranjero. Sabio sin sutilezas y poderoso sin vanidad, como pendiente de otros asuntos.

—Quiero entenderte, griego, porque los hijos de Canaán no acabamos de asimilar las mudanzas que se producen ahora en el mundo. Este templo se erigió hace más de mil años; desde entonces apenas ha sufrido variaciones importantes, pese a que las estaciones se han sucedido sin tregua. Sin embargo, desde que los griegos derrotasteis a los persas, ciertamente algo ha cambiado. No sabemos exactamente qué, pero ya nada parece igual. Todo indicaba que los medas acabarían gobernando la tierra; conquistaron Tiro, nuestra madre, y tras los trastornos ligados a la guerra, nos dejaron seguir con nuestra vida, como siempre, tal vez mejor, bajo un mando único. Los helenos, en cambio, habéis conquistado el orbe sin recurrir a la fuerza.

Pese a sus intentos por escuchar sin réplica, algo debió reflejarse en el semblante de Posidonio, un ademán, una emoción, quizás sorpresa. Abdmelqart añadió:

—No me refiero a Alejandro, ni a Agatocles, ni a Pirro, ni a ninguno de vuestros reyezuelos, porque vuestro brazo ejecutor es Roma, vuestros esclavos son los romanos, conquistan la tierra para vosotros, para que podáis transformarla según vuestra concepción de la vida, el hombre, los dioses. Una visión impía, maligna, destinada a invertir el orden del universo.

El sacerdote hablaba despacio, pronunciando con celo cada sonido. Como si dispusiera de tiempo ilimitado o, más bien, como si se encontrara fuera del tiempo. Emanaba de él poderío, nervio interior, y Posidonio se sentía envuelto en ese dominio, desnudado por el brillo acerado de unos ojos feroces, sin pestañeo, semejantes a los de la serpiente a pique de acometer a su presa.

Una breve pausa para tomar aliento del sumo sacerdote fue confundida por el griego como invitación a réplica.

—Maestro, te equivocas. Roma supone una bendición para la humanidad, el poder estabilizador que reclama este mundo turbulento. He viajado por casi todo el orbe romano, e incluso más allá de sus linderos, buscando la verdad, intentando comprender y dar respuesta a las grandes preguntas. En mis obras he descrito las naciones de los bárbaros, en especial de los celtas. Y también he visitado y escrito sobre los escitas que viven más allá de Panticapeo y Fanagoria. Sé de lo que hablo. Por todas partes cunde la violencia, la guerra, la depredación, cuando lo que se necesita es paz y orden. Quizás los persas un día se sintieron llamados a imponer ese orden, no sé; en cualquier caso, fracasaron, los dioses no lo quisieron. En cuanto a los griegos, si no podemos vivir en armonía entre nosotros, ¿cómo vamos a ser capaces de poner orden entre los demás pueblos? Pero Roma, Roma es diferente; Roma es concordia, organización, civilización, un factor ordenador de la simpatía universal. Sobre los romanos pesa una misión providencial, el cumplimiento del mandato divino: lograr entendimiento ecuménico, un orden mundano trasunto del celestial. Su proyecto de dominación universal es legítimo y necesario, además de imparable. Quien se oponga a ellos solo se granjeará su propia destrucción, no sin profundo sufrimiento.

—¿Cómo defender la paz romana, si los lobos ni siquiera consiguen imponer esa pretendida armonía en su propia madriguera? Llevan años matándose unos a otros con saña, como todos los demás.

—Cierto, venerado maestro. Ha habido graves disturbios. Algunos demagogos, empezando por los Gracos, soliviantaron al pueblo prometiéndole imposibles. Y después de ellos ya no dejaron de surgir políticos que prometen ayudar a los pobres y a los débiles. Todos mienten o se equivocan. La suerte de los indigentes mejora bajo la suave tutela de los oligarcas y empeora cuando quedan sometidos a la voracidad de los comerciantes, lo que ocurrirá en Roma si predomina el orden ecuestre. Pompeyo por fin ha puesto las cosas en su sitio. Pompeyo es un gran hombre, una bendición para Roma, para Hispania, para todo este nuevo impulso de la historia. ¿Sabes qué hizo cuando Perpenna le quiso entregar la correspondencia robada a Sertorio? ¡La destruyó sin leerla! Ni imaginarte puedes la información que contendrían esas cartas sobre traidores romanos que convocaban a Sertorio a Roma, sobre padres conscriptos jugando con los dos bandos, sobre delaciones y sobornos. Sila hubiera pagado lo que le pidieran por aquellas cartas y hubiera decorado las paredes del Senado con las cabezas de los conjurados. En cambio Pompeyo es el mejor de los romanos, el más capacitado. ¿No reconoces los beneficios que acarreará a esta ciudad su promesa de aniquilar a los piratas y de reabrir todas las rutas marítimas?

—Sin duda la Loba es poderosa. Su potencia semeja a la de una ola que lo arrastra todo. ¿Debemos por eso abandonar nuestras reglas ancestrales? Tú, que conoces el funcionamiento de los océanos, no ignoras que después de la ola viene el reflujo, aún más fuerte. ¿Qué quedará de Roma y de los satélites de su tiranía cuando pase su ola, cuando sus lobeznos enloquecidos de codicia acaben aplastados por los piadosos? Como ya te dije una vez, los griegos medís el tiempo de forma equivocada, no comprendéis lo viejo que es el mundo. Creéis que todo comenzó cuando aparecisteis vosotros. Nosotros sí que lo sabemos; sabemos que antes de la existencia de Roma, de Persia, de Egipto, de todos los imperios de los que se guarda memoria, existieron imperios hoy ignotos, otros hombres. Todos los señoríos, conocidos y desconocidos, se desvanecieron, porque el tiempo en su transcurso consume toda manifestación de poder humano; y lo mismo sucederá con Roma. Y cuando Roma sea arrastrada al abismo por los vientos de la historia, quedaremos nosotros, la esencia de esta tierra.

Posidonio pasó un rato considerando los argumentos del sacerdote, enlazando y desenlazando nerviosamente las manos. Debía elegir con cuidado las palabras, porque quizás se jugaba su propia supervivencia.

—Sabio señor, seguramente te lo habrás preguntado muchas veces, como yo mismo: ¿por qué Roma va a acabar dominando el orbe? ¿Por qué precisamente Roma? En la historia se han sucedido los imperios, uno tras otro, con el común designio de conquistar el mundo. Todos fracasaron y acabaron desmoronándose. En época reciente, asistimos al predominio y caída de Alejandro, de Cartago, de Pirro. Roma en cambio no ha sido derrotada; una insignificante ciudad, plantada en medio de insalubres cenagales. Los romanos no son más fuertes, ni más ricos, ni más listos. ¿Por qué? Esa es una cuestión pertinente hoy.

—Tienes razón, Posidonio. Albergo la misma incertidumbre y no encuentro otra respuesta que la voluntad divina de castigar al hombre, haciéndole esclavo de una raza inmunda.

—Es posible, no lo niego, pero cabe otra respuesta: ¿y si los romanos fueran favoritos de los númenes? No cabe duda de que les protege la Fortuna. Acaso la tengan en propiedad, por eso se muestran soberbios en la guerra. Tampoco creo discutible su capacidad para darse buenas leyes y gobernar a otros pueblos, uniendo fuerza y derecho, orden y autoridad. Son gente de hierro, con poderío físico y moral, que atesora preciosas virtudes cívicas: lealtad, patriotismo, austeridad. Claro que también son implacables en la matanza de sus enemigos. Como todos los imperios. Dime, admirado señor, dime: ¿acaso alguna potencia conocida dejó de construirse sobre la sangre de los vencidos? ¿Qué destino hubiera dado Cartago a los romanos, de haber sido ellos los vencedores?

De repente, algo en el humor del sumo sacerdote cambió. Como si todo lo anterior no hubiese sido más que un preámbulo, Abdmelqart dejó los rodeos y pasó a tratar el verdadero objeto de aquella audiencia:

—¿Qué quieres, Posidonio? ¿Qué buscas alcanzar con tu irremisible conducta? ¿Acaso te crees por encima de los dioses?

Pese al furor que emanaba de sus pupilas, el sacerdote sentía interés por lo que pensaba Posidonio.

—Todo lo contrario, maestro, solo temo a los dioses. Pero eso no me impide desarrollar mi tarea, mis aspiraciones; es más, en mi interior reconozco que es lo que me piden sin darme tregua en la inquietud. Hago uso de los dones que ellos me dieron; quizás para mi mal, fui dotado con una naturaleza especulativa. No puedo, ni quiero, evitarlo. Soy buscador de verdad, intento crear un sistema integrado de comprensión del universo alcanzable a la razón. Quiero conocer la esencia del cielo y de los astros, su potencia, su cualidad, su generación y su destrucción; proporcionar demostraciones sobre su figura, tamaño e interacciones. Me interesan el cielo y la tierra, los hombres y los dioses, todas las religiones, la historia de todos los pueblos, sus sistemas de pensamiento. Todas las creencias encierran un poso de verdad, un fogonazo parcial. Quiero saberlo todo: las distancias astrales, las causas de la precisión de los equinoccios, la geografía de los países lejanos; sé, muy bien sé, que no es factible, y sin embargo a ello aspiro, porque el conocimiento del mundo crece y crece, y no deja de hacerlo, aunque nuestra capacidad intelectual es y seguirá siendo limitada. En tiempos de Solón, de Tales, de Pitágoras, un hombre podía aspirar al conocimiento universal; hoy resulta imposible.

El consagrado se sorprendió por las palabras de su interlocutor, hastiado por tener que mirar cara a cara a alguien a quien apenas concedía estatuto humano, alguien corrompido por la adicción a la mentira, aborrecido de los dioses.

—No sé por qué pierdo el tiempo contigo. Todos los hombres padecemos una fatídica tendencia a la insumisión, y vosotros, griegos, sois la más insumisas de las criaturas. ¿Acaso no crees que los dioses nos han creado, esperando algo de nosotros? ¿Acaso los dioses actúan por capricho?

Posidonio respondió, sin quererlo, con verbo violento:

—¡Sí, creo en los dioses! Ellos quieren que aprendamos, que comprendamos. Nos han creado con esa potencia y debemos desarrollarla, buscando con honradez la verdad. La verdad debemos conquistarla, arrebatarla, ganarla, porque los dioses la esconden celosamente. Que yo sepa, nadie habla cara a cara con ellos; durante toda nuestra vida les preguntamos, desde el fondo de nuestro espíritu; en cambio, ellos no contestan más que oscuramente, con acertijos, con paradojas, con silencio. He dedicado buena parte de mi vida a entender el lenguaje divino.

Abdmelqart le clavó la vista como si acabara de blasfemar contra todos los dioses. Se veía que al cananeo le dolía oír los argumentos del griego; incómodo, se tomaba su tiempo para reflexionar y después rebatía, en tono cada vez más exaltado:

—¿Buscar la verdad? No tienes remedio, griego, estás pagado de ti mismo, ensoberbecido porque piensas que sabes mucho. Un vanidoso nunca puede ser sabio. Los dioses se ríen de la fatuidad y el orgullo humano, lo mismo que nosotros nos reiríamos de una hormiga que amenazara con conocer nuestro pensamiento, naturaleza o intención. La verdad ha sido revelada, tú no la escuchas porque cierras tu corazón; a los hombres nos corresponde obedecer, solo cabe una ciencia posible, la que hace avanzar al hombre en la contemplación y aceptación de la divinidad. Los dioses nos guían, griego, hablan sin parar para todo aquel que quiera escucharlos. Ellos han decretado que alcancemos la ciencia por el martirio y la humildad, por la experiencia de vida y la enseñanza amarga de los males que hemos de afrontar. Vosotros los griegos solo escucháis el parloteo incesante de vuestras propias cabezas y creéis que la ciencia se encuentra al alcance de la razón. Ni siquiera sois capaces de distinguir qué es ciencia; unos dicen que una cosa, otros que otra, perdidos en clasificaciones que se contradicen y varían de continuo. Ahí radica vuestro mal: os creéis dioses. Y los hombres no podemos ser dioses, llevamos dentro la semilla de la corrupción. Ante el designio divino somos impotentes, esclavos nacidos para servirles. No podemos comprenderles ni, aún menos, juzgarles. Pero nos hablan, ¡claro que nos hablan! De manera continua, inequívoca y tajante, nosotros, los sacerdotes, nos consagramos para entenderlos y, adorándolos, logramos abrir los oídos, aunque solo en parte, porque la vida está envuelta en misterio.

Posidonio, consciente de que ya no tenía más que perder, habló sin miedo a las consecuencias.

—¡Yerras tachándome de impío! Muchos otros lo han hecho antes que tú y se equivocan. ¡Juzgas y juzgas con error! Creo en los dioses. Les venero; es más, creo en todos los dioses, pues, a mi juicio, cuando los hombres de pueblos diversos adoran a la divinidad, hacen esencialmente lo mismo. Sin embargo, creo que, en la cúspide, existe y actúa una única Razón Divina, omnisciente, providente. Un Demiurgo que crea y armoniza el universo.

Los ojos del consagrado, poco habituado a que le llevaran la contraria y todavía menos a que levantaran la voz, llameaban. En Gadir y en toda su zona de influencia, desde el río Anas hasta Lixus, sobre ambos continentes, su palabra era admirada y acatada como si proviniera del mismo dios. Hubo de contenerse.

—Debo confesar, griego, que en algún momento pensé que tu estancia aquí te abriría los ojos. Tienes fama de sabio, lo sé. Ahora confirmo que no conocerás la luz de la verdad, transitas por un camino cerrado por ti mismo y sobre ti mismo, todo lo que no pase por él es negado, extirparías de tu alma cualquier atisbo de luz superior a tu limitada mente. Tú no quieres la verdad tal como es, superior e inabarcable, sino una verdad que quepa en tu encierro. Crees que lo sabes todo, que lo has visto todo, que has experimentado todo. Insensato ignorante. Vete. No cabe más demora: regresa a tu tierra, revuélcate con los tuyos en tu impiedad, abandona este sagrado lugar edificado sobre la humildad. Vete. Melqart es testigo de cuánto me repugna tu presencia.

—Así lo haré, pero, señor, antes de irme, te lo ruego, quisiera saber qué ha sido de Abisay, el esclavo hebreo.

El sumo sacerdote le miró con semblante indescriptible, entre incrédulo e irónico. Sin decir nada, salió y desapareció de su vista, dejando a Posidonio solo con su aprensión.

XXX

Transcurrieron los días y llegaron las fiestas de la resurrección de Melqart. Mas, después de los últimos acontecimientos, pocos en la ciudad conservaban ánimos para celebraciones. Numerosos gaditas lloraban a sus muertos y la mayoría de los que huyeron antes de los tumultos no se atrevían a regresar: unos porque aún no consideraban segura la situación, y otros, los que participaron en las revueltas, porque temían las inevitables consecuencias. Todos sabían en Gadir que, tarde o temprano, los Balbo contraatacarían.

El griego debería haberse encontrado ya por entonces camino de Roma; sin embargo, las borrascas se sucedían. Por si fuera poco, un reciente temporal de levante empujó la nave que aparejaban para él contra una escollera y le causó serios deterioros en el codaste del timón. Aunque las condiciones mejoraran en los días siguientes, los supersticiosos cananeos ya no consentirían navegar en ese barco.

Rumiando sus pesares, mirando al vacío en una mañana lluviosa, Posidonio recibió en su estancia al jefe de los escoltas.

—Buen día, Posidonio. Por orden de mi amo, Lucio Cornelio, debes vestirte y prepararte para la ceremonia.

—¿Qué ceremonia?

—El entierro del noble Balbo, el sufete. Ya que no has podido zarpar aún, su hijo te pide que asistas, en atención al lazo que os unía.

* * *

Viajaron en un confortable carro de asientos acolchados, propulsado por tres fuertes mulas, atravesando la blanda arena que dejaba la bajamar. Conforme se acercaba a Gadir, el día empezó a despejar, como si el sol quisiera participar en las honras del sufete borrando los rastros pesarosos del invierno. «Ahora sí que me voy», pensó Posidonio.

Al poco tiempo llegó a su destino, una explanada polvorienta donde se ejecutaban los ejercicios militares y las crucifixiones, entre la puerta de Melqart y la necrópolis. Desierta por lo general, cuando no poblada de cruces, el espacio lo ocupaba ahora un campamento militar al estilo romano, en cuyo centro se alzaba una suntuosa tienda de cuero embreado, la tienda del comandante, Lucio Cornelio Balbo. Hasta allí le escoltaron; sin mediar palabra, los guardias de la puerta levantaron los cortinajes para que Posidonio entrara.

Tal como lo hizo, el griego contempló al hijo del sufete, que terminaba de prepararse para encabezar la comitiva fúnebre.

—Sé bienvenido, Posidonio.

—Bien hallado, joven Balbo. Te agradezco de corazón el honor que me haces permitiéndome acompañar a tu padre hasta su última morada.

—¿Cómo no, ilustre maestro? Mi padre así lo hubiera querido. Te he reservado un lugar para que marches a mi lado, con la familia. He estado repasando sus escritos recientes y he confirmado cuánto aprecio te tenía.

Con una renovada punzada de pena, Posidonio salió de la

323

tienda, del brazo de Balbo, y juntos se dirigieron a las mismas puertas de Gadir. Allí les esperaba una enorme procesión de amigos, parientes, deudos y clientes de los Balbo, casi todos ellos miembros de la facción prorromana, junto a otros cientos de oportunistas, de los que solo esperan medrar en el bando ganador. El cuerpo de aquella serpiente humana atravesaba las puertas de la ciudad y descendía hasta los muelles, más de un estadio abajo.

El griego llevaba las ropas que le dieron. Imitando lo que hacían los más próximos, él mismo se ensució la cabeza con ceniza, arena y barro. Algo más atrás, las mujeres y esclavas de la casa Balbo destrenzaron sus cabellos y se los llenaron de polvo sucio y excrementos.

Poco a poco, el cortejo desfiló bajo las aberturas de la muralla, rumbo a la necrópolis, encabezado por Lucio Cornelio. La vereda del cementerio relumbraba, flanqueada por miles de teas y hachones. La arena arrastrada por la perenne ventolera blanqueaba las losas del suelo. El joven Balbo avanzaba hierático, solemne, sintiendo clavados sobre él millares de ojos, mientras que los suyos no enfocaban a nadie.

Entró la procesión en la ciudad de los muertos, donde moran los antepasados. Conforme marchaban, entre lamentos y quejidos, las mujeres se golpeaban el pecho y se arañaban la cara. El reflejo del fuego cimbreaba en los pulidos mármoles de las estelas funerarias. En lugar preeminente, entre los más próximos al difunto, Posidonio se sentía conmocionado en lo más profundo por tantas cosas: por Gadir, por su amistad perdida, por él mismo, por el infeliz Abisay. No tanto por su querido Balbo, cuyo espíritu iba ya rumbo al éter, mientras ellos se disponían a devolver su cuerpo a la tierra. Con inesperado sentimiento, comprendió en su justa medida a los escépticos que conocía, para quienes la suerte de los muertos es deseable para los vivos.

Llegando al panteón de los Balbo, a las afueras de la necrópolis, la serpiente humana se descompuso hasta transformarse en una medusa informe, en cuyo centro se alzaba un palenque. Desde él, Lucio Cornelio clamó:

—¡Recibe, oh, padre glorioso, el único honor duradero que cabe al hombre mortal: una sepultura digna de tu rango!

El cadáver embalsamado del sufete fue colocado con delicadeza en el sarcófago, en posición decúbito lateral, con el rostro orientado al mar que dio sentido a su vida. A su costado, el primogénito depositó un exvoto en extremo valioso: un olivo de oro con frutos de esmeralda, reproducción exacta, a menor tamaño, del que se guardaba en el templo de Melqart. Con ello los Balbo mandaban un mensaje claro a los gadiritas: nuestro fervor por el divino héroe no decae.

Lucio Cornelio vociferó de nuevo:

—¡Quédate en paz, padre! Quedas en compañía de las ilustres almas que forjaron esta ciudad. Quédate en la paz de Melqart, señor de Tiro, guardián de Gadir, y de su esposa Astarté, Madre de todos, dueña de los corazones, protectora de los navegantes.

En las proximidades del palenque permanecían de pie Posidonio y los más próximos a la familia. A una orden de Balbo, el sarcófago fue hundido, con sumo cuidado, en una fosa con las paredes revestidas de sillares de piedra ostionera. Después se colocaron encima varias losas planas del mismo material. La tumba quedaría en pocos días cubierta por un hermoso panteón de pórfido, en cuyos mármoles exteriores se inscribirían invocaciones a la misericordia del dios-hombre y relatos de los hechos del sufete.

Desde la altura de su escaño, Lucio Cornelio descubría los rostros de cientos de sus conciudadanos, los más allegados. Fuera de la necrópolis, otros miles más habían querido participar en la ceremonia; la mayoría por sentimiento sincero de aprecio al sufete, otros por curiosidad, algunos por novelería. Esclavos de la casa Balbo dotados de buena garganta habían sido distribuidos de manera estudiada para que las palabras del nuevo jefe de la casa llegaran a todos.

La dolorida aglomeración humana se quedó un buen rato, expectante. Sabían que el hijo iba a formular las consabidas palabras de agradecimiento y, acaso, un discurso. Y así fue: una perorata breve, lacónica, precisa, estudiada en cada detalle.

—Queridos amigos, familiares, clientes, ciudadanos, gracias por habernos acompañado a dar el postrero adiós al más insigne de nuestros conciudadanos, que acaba de abandonarnos. Lucio Cornelio Balbo, conocido de todos como Balbo el sufete, que

325

nació bajo el nombre de Hannón Baalbo. Un gran hombre, que amó, viajó, sufrió y disfrutó la vida, siempre atento al interés de esta ciudad, nuestra amada Gadir, pues su generoso corazón...

Venciendo a la emoción, se demoró, solemne, para aclararse la voz.

—Sí, mi padre era grande; el sol no vio otro semejante. Muchos no le perdonaban su grandeza y le trataban con suspicacia y encono. Y por eso ha muerto prematuramente, víctima de la inquina fanática. En honor a él le hemos acompañado y hemos dado su cuerpo esta tierra que tanto amaba. ¡Descanse en paz el gran Balbo! ¡Que los dioses le acompañen en su eterna morada y permanezca a perpetuidad en la memoria de las generaciones venideras!

Un rugido atronador surgió de la multitud, repitiendo las mismas palabras y otras aún más encomiásticas. Los gritos de «Balbo, Balbo» resonaban en las piedras, perturbando el sempiterno descanso de los gadiritas sepultados, ajenos a los cambios de los tiempos, indiferentes a las mudanzas del mundo.

Balbo el Joven dejó que la concurrencia se explayara un buen rato y luego levantó las manos para reclamar la atención. Su tono varió, se volvió acerado, frío, casi inhumano:

—Amigos, familiares, clientes, para que mi padre pueda emprender en paz su último viaje aún nos queda algo por hacer. Terminadas sus exequias es momento de hacer justicia, la justicia de los Balbo; no hay vuelta atrás. Como el agua derramada de un cántaro, que no puede recogerse ya, así ha sido sellado el destino de Gadir. Quemaré si es preciso lo que queda de la ciudad, la ruina de sus ruinas. No aspiro a emular las glorias de un hombre tan preclaro, pero sí a honrar su memoria: la cobardía cometida con él tendrá la respuesta merecida, se va a derramar la sangre, raudales sangre. ¡Que caiga sobre los asesinos de mi padre y su estirpe la culpa por lo que se avecina! Los que han conspirado y segado su vida pronto se retorcerán en una cruz. Lo he jurado por todos los númenes y pienso cumplir mi promesa.

En su rostro, muy pálido, se hundían sus ojillos, entornados, enmarcados en pronunciadas ojeras. Parecía al borde de sus fuerzas, y sin embargo firme como una roca.

—Melqart muere para renacer cada año y así va a ocurrir este año con Gadir; buena parte de la ciudad ha de morir para que resurja otra más limpia y fuerte. Más sana, porque, así como a veces hay que sajar un miembro para salvar el resto cuerpo, ahora es menester extirpar de la patria a sus miembros corruptos. Sobre lo que ahora no es más que un montón de escombros humeantes, de ruinas que se desploman, construiremos la más esplendida de las ciudades, la nueva Gadir. ¡Gades!

Dicho esto, levantó los dos brazos al cielo y una lluvia de hierro cayó sobre la ciudad milenaria.

* * *

Lucio Cornelio Balbo planificó todo concienzudamente, a la espera de la llegada del momento propicio. La semilla de la venganza había ido creciendo en su espíritu, endurecido con el rencor. Buen militar, sabía de la importancia de aprovechar la coyuntura. Y la encontró cuando se acercaba el día fijado para las solemnes exequias de su padre. El joven Balbo emanaba seguridad en sí mismo y supo ganarse la confianza de los comandantes latinos, así que recibió el control de las tropas acantonadas en las costas del mar interior gaditano y en las riberas del Lete. A ellas sumó la milicia gaditana y sus propias tropas. También para el gobernador romano de la Hispania Ulterior, la sedición de los conservadores de Gadir fue la gota que colmó el vaso; a las órdenes de Balbo, las cohortes de romanos navegaron con premura desde su asentamiento en Puerto Menesteo, dispuestas para restaurar el orden y tomar el control de la ciudad.

Sabedor de lo dañosa que resulta la comunión para el mando, Balbo reclamó del senado de la ciudad el absoluto imperio y lo obtuvo. Llevaba toda su vida batallando y una cosa había aprendido: solo puede mandar uno; de lo contrario, la inepcia de los generales, la desidia de los oficiales o la deslealtad de los ambiciosos acaban por malograr las estrategias mejor concebidas. A él no le iba a pasar eso: sujetó a su obediencia a todo hombre de armas de las proximidades. Ya daría, más tarde, las explicaciones precisas. En Gadir y, sobre todo, en Roma.

En cumplimiento del meticuloso plan, las tropas de Balbo bloquearon todas las puertas de la ciudad y tomaron los muelles. En pocos minutos ya nadie podía entrar o salir de la ciudad sin el consentimiento expreso del comandante. Miles de los *gadeiritai* que habían abandonado la ciudad se refugiaban ahora extramuros, con la totalidad de los amigos y aliados de los Balbo. Incluso algunos de los reticentes, cuya vida quería preservar Lucio Cornelio, fueron expresamente convocados y escoltados hasta la comitiva. El nuevo Gadir que diseñaba el joven necesitaba contar también con algunos de los menos recalcitrantes miembros de la corriente conservadora.

Después, discretamente al principio, las calles fueron siendo invadidas por figuras silenciosas que emergían del subsuelo, de los cuarteles, de naves atracadas en las playas más recónditas; con las lanzas enristradas, revestidos de hierro y bronce, rodeadas las piernas con grebas y las cabezas con yelmos empenachados.

Al caer la tarde, los soldados comenzaron su espantosa carnicería, ayudados por los miembros de la facción prorromana, que dieron rienda suelta al torrente de rencor que llevaban años amasando, a la frustración por un pasado glorioso que se desvanecía a pasos agigantados ante sus propias narices. Salieron a las calles con una sola idea en mente: eliminar al mayor número de conservadores posible. Se cobraban allí deudas viejas y nuevas. Pronto casi chapoteaban en un lago de sangre y heces, el fruto temprano de toda cosecha de violencia.

Pese al caos aparente, todo se producía con un orden metódico y bien estudiado. Durante las últimas semanas, Balbo y los suyos habían confeccionado listas minuciosas de quienes debían morir. Pese a lo que le pedía su parte más salvaje, Balbo no quiso ensañamiento: para todos ordenó una ejecución rápida. Luego vendría el decomiso de los bienes para pagar los daños de las recientes revueltas.

Entre densas humaredas, los soldados pastoreaban al innumerable rebaño de gadiritas sacados de sus hogares y de sus escondrijos, hasta apiñarlo en el lugar propicio, y allí los mataban con detenimiento y profesionalidad, sin saña, con los movimientos mecánicos, adquiridos en sus arduos entrenamientos y cruentas batallas. Algunos intentaban escabullirse por los tejados planos, arriesgándose a saltar de casa en casa, pero la mayoría de ellos eran atajados en su fuga y caían con la espalda atravesadas por certeras jabalinas, entre lamentos y vanas súplicas, pues nada frena la ira de la prole de Marte cuando se abren las puertas del templo del bifronte Jano. Cerrados sus oídos a la compasión, ni las mujeres se libran de la saña de los ejércitos y sucumben entre horrísonos alaridos. Los más se daban por vencidos y rezaban balbucientes a la espera del golpe definitivo. Entre raudales de sangre, iban vertiendo las almas, uno tras otro, los contrarios a Roma y, en la confusión, algunos amigos también, Al más alto precio, la justicia de los Balbo fue consumada.

El propio Lucio Cornelio, bramando de ira, se sumergió en la vorágine asesina. Dando rienda suelta a la furia que sentía arderle, completamente armado, se introdujo en la masa de ciudadanos como un lobo hambriento ante una majada de ovejas. Se quebró su espada y siguió matando con una garrocha de encina endurecida al fuego, con todo el furor de su desesperación. A su alrededor, sus hombres le imitaban, segando cabezas y miembros.

* * *

Posidonio permanecía extramuros, fuertemente custodiado, casi prisionero, asistiendo a los acontecimientos con mudo estupor, consternado ante tan inapropiado epitafio para el esfuerzo de inteligencia que fue la vida del pacífico sufete. Escuchaba los alaridos conturbado. La demencia asesina de los hombres, a la que había asistido tantas veces a lo largo de su vida, seguía produciéndole hondo pesar, un menoscabo moral del que cada vez tardaba más en recuperarse. En vano pidió permiso al oficial de su escolta para retirarse al santuario, porque las órdenes recibidas por el soldado le impedían conceder tal licencia.

Como Lucio Cornelio seguía intramuros, dando cauce a su ira, pidió ver al responsable del campamento. Le llevaron a la presencia del hermano menor de Lucio Cornelio, Publio, que en una tienda examinaba un plano de la ciudad rodeado de militares, completamente armados todos. Un esclavo anunció a Posidonio y Balbo levantó la vista de la mesa.

—¿Qué puedo hacer por ti, Posidonio? ¿Hay algo que te falte?

El griego no había cruzado antes una palabra con el joven, al que había visto por primera vez aquella misma mañana, durante las exequias. Se sorprendió por la extraordinaria semejanza de los hermanos y el idéntico timbre de su voz.

—Honorable Publio Balbo, no quiero asistir a tan sangriento espectáculo. Sé que no me encuentro en posición de exigir nada, pero te suplico que me permitas retirarme.

Publio le miró con interés. Pese al parecido físico, en lo demás era muy distinto a su hermano, al que admiraba y trataba de emular. De todos los Balbo, no había otro más capacitado para ponderar la valía intelectual de Posidonio, puesto que había recibido la mejor formación. No sentía interés alguno por la vida militar, al contrario que su hermano, y aspiraba ante todo a rapiñar tiempo suficiente de sus obligaciones familiares para continuar con sus viajes y sus estudios. Sentía rendida fascinación por el griego.

—Mi querido maestro, lamento que nos hayamos tenido que conocer en estas circunstancias. He deseado, por largo tiempo, que llegara este momento. Como tú mismo has escrito, los hombres somos simples peones de la fortuna. Espero que más adelante tengamos ocasión de conversar con calma. En cuanto a lo que me pides, no tengo instrucciones de mi hermano, y sus órdenes han sido tajantes: que estés continuamente vigilado. ¿Para qué quieres regresar al santuario?

—Honorable Balbo, se me ha comunicado mi inminente partida. Quiero honrar a Melqart por última vez, agradecerle sus favores y acopiar mis cosas para partir cuanto antes. Este ha dejado de ser un lugar deseable.

El joven cruzó a media voz unas palabras con el adusto militar que le flanqueaba; por su apariencia, un lusitano.

—No puedo complacerte, maestro. Ya conoces las resoluciones de mi hermano. Ahora en Gadir todos estamos sometidos a su autoridad.

Ya iba a protestar el griego cuando, de repente, entró el mismo Lucio Cornelio en la tienda, con su coraza erizada de escamas de bronce y oro completamente roja, empapada de sangre, al igual que su cara y sus manos. Sin decir palabra, se dirigió a una jofaina elevada sobre un trípode y se lavó cara y manos. Tan agotado que ni siquiera se desprendió de la cota, se sentó en un escabel y apuró la copa de vino que le tendió un esclavo. Con una seña ordenó que la rellenaran. ¡Qué amarga su victoria!

Durante un buen rato, el silencio se espesó. En medio de tan palpable tensión, Posidonio intentó callar: no era momento de reproches. Al cabo, la cabra tira al monte:

—Pareces dispuesto, Lucio Cornelio, a erigirte en dictador de la ciudad, a la intempestiva usanza griega, o acaso a la de Sila. ¿Quieres ser recordado como el Sila gaditano?

Más aún que cuando entró en la tienda, el joven destilaba amargura. Sus ojos contenían la irrupción de lágrimas, fruto del volcán de rabia que se agolpaba en su pecho.

—No sé lo que voy a hacer. Quizás el único rasgo político que compartamos con Roma sea el recelo que nos causa la monarquía. No tenemos tradición de tiranos en Gadir. Nuestros dioses son ya bastante sanguinarios como para necesitar déspotas arrogantes en las riendas del Estado. Pero tengo claro que ambas facciones ya no pueden continuar viviendo arremolinadas en el reducido espacio de esta isla. O logramos expulsar a los partidarios del orden rancio o ellos acabarán con nosotros. Ellos o nosotros: así de simple. Se trata de ver quién sobrevive en los próximos años. Si ganamos nosotros, Gadir seguirá existiendo; romana, pero viva. Si se imponen los conservadores, de esta ciudad no quedará ni el nombre: el arado volteará hasta las tumbas de nuestros padres. Si es preciso que arda media ciudad, o la ciudad entera, me calentaré las manos en ese fuego.

Volvió a sentir compasión Posidonio por aquel hombre, tan acuciado de responsabilidad desde muy temprana edad. Ahora, además, recaía sobre sus hombros el peso de la cosa pública; porque en cuanto su cólera quedara satisfecha, debería afrontar la ingente tarea de reconstrucción de la ciudad. Supo entonces, sin necesidad de preguntarlo, que Balbo añoraba la simplicidad de vida del soldado, en la que apenas hay espacio para reflexionar, sino simplemente el hábito manso de obedecer. Para muchos jóvenes, el campamento sustituía a la patria; quizás por eso ahora quería transformar su patria en un cuartel, tentación en la que caen tantos gobernantes formados en los campos de batalla. Y aquel nuevo Balbo, con su denuedo, podría lograrlo: con claridad se trataba de un hombre que rara vez se desviaba de su senda, una vez marcada una meta.

Sintiéndose culpable por su puntilloso comentario, quiso aliviarle, con torpeza:

—Pero, amigo, cuentas con el apoyo y la amistad de Roma. ¿No puedes mostrarte clemente? Los mortales ya sufrimos grandes miserias por nuestra pobre índole, no es preciso incrementarlas con odios acervos; siempre habrá motivos para combatir unos contra otros.

El joven trazó una seña despectiva con la mano. La sombra de sus ojos delataba muchas noches en vela. Exhausto, solo su odio le sustentaba.

—¿La amistad de Roma? ¿Qué es eso de la amistad de Roma? ¿Qué es Roma: una ciudad, su pueblo, su senado, sus dioses? Sí, unos pocos allí valoran la lealtad de Gadir a la República; cuento, también es cierto, con la benevolencia de algunos romanos importantes, ganada a pulso por mis méritos en la milicia y las generosas aportaciones de mi padre a la causa de Pompeyo. Creo que he tenido, que tengo, algunos camaradas latinos. Pero no soy tan lerdo como para embaucarme con eso; no soy un paleto, Posidonio. Yo te diré lo que es Roma: Roma es su senado y la mayoría de los senadores no nos quiere, al contrario, nos recela. Además, ausente mi padre, no quiero ya gloria alguna; solo venganza.

Apretó el puño y sintió que la bilis le subía a la garganta:

—¡Si los romanos no nos quieren, al menos que nos teman y nos respeten! ¡Que aprendan que no somos vulgares mercachifles! Solo siendo poderosos conseguiremos mantener el estatus de ciudad libre.

El desconsuelo de Balbo se traslucía cada vez con más nitidez. El griego experimentó una honda simpatía por él, por tantos como él, de cientos, miles de civilizaciones y ciudades de un mundo que se acababa. Quizás Lucio Cornelio sintió la camaradería de algún romano, de Memmio, o incluso del propio Pompeyo. Pero no se engañaba: eran hombres y casos excepcionales. Para el grueso de los romanos, sobre todo, para los orgullosos patricios, él siempre sería un cananeo, un mal necesario. Como si hubiera leído los pensamientos de Posidonio, el joven añadió.

—Debe haber cambios. Ya mismo, ha llegado el momento. El tiempo actúa contra nosotros. Si mi pueblo no lo entiende, peor para él; de mi proximidad a los romanos he aprendido que es necesario gobernar con mano de hierro. El gadirita lleva siglos mirándose el ombligo, indiferente a lo que sucede en el resto del orbe, creyéndose inmune a las influencias externas; va siendo hora de que espabile. Conozco bien a los latinos, sé cómo piensan; muchos de ellos buscan argumentos con los que convencer al procónsul de la Bética y al Senado de Roma sobre la necesidad de instaurar aquí una guarnición. El siguiente paso, lo sé, será confiscar los tesoros del templo, con la excusa de protegerlos.

—Me extraña eso que dices de que los romanos no os quieren. Me da la impresión de que os admiran.

—¿Que nos admiran? Posidonio, ¿quieres ser cortés o es que se ha nublado tu perspicacia? Los romanos nos detestan, por diversos motivos. Nos toman por bárbaros sin civilizar. ¡Sin civilizar! Nos desprecian por ser comerciantes y marineros. Para ellos, formamos una casta de inferior condición. Solo consideran ocupaciones honrosas la guerra y la agricultura, a ser posible ambas a la vez. En realidad, vosotros los griegos, pensáis lo mismo.

—No, amigo, ahí te equivocas. Bien es cierto que algunos helenos, los aristócratas de más rancio abolengo, anclados en un pasado que ya no existe, comparten esa visión romana de la vida, en la cual solo los guerreros son dignos de consideración; cualquier otro trabajo envilece. Pero hace ya siglos que los griegos, muchos griegos, salieron a recorrer el mundo para ganarse la vida en los mares. Por obligación; los estrechos y secos valles de la Hélade no son capaces de acoger a tanta población. La dura ley de la necesidad nos convirtió también en exploradores y mareantes.

—También vosotros creéis que somos unos bárbaros.

El griego se acarició la barba, tratando de encontrar las palabras justas.

—Tienes razón en una cosa: la mayoría, casi todos los griegos piensan así. Yo no; he estudiado lo suficiente vuestra historia, y conozco la valía de vuestros grandes hombres, empezando por el fundador de mi propia escuela, Zenón.

El griego amagaba con retornar a sus elucubraciones y el joven quiso que pusiera de nuevo los pies en la tierra. Se sentía desfallecido y todavía la noche no había concluido. Al amanecer, la incierta luz del día contemplaría una nueva ciudad.

—En cualquier caso, Posidonio, volvamos a lo nuestro, al aquí y ahora; debo volver a la refriega, queda mucho por hacer. ¿Qué quieres? Porque tienes esa cara, que ya conozco, de pedir; siempre estás pidiendo.

Posidonio podía ser persuasivo como un tábano. Sabía bien que nunca más regresaría a Gadir y no entraba en razón marcharse sin sus notas.

—Hermano, Posidonio ha pedido permiso para retirarse al santuario. Mañana, al alba, zarpará por fin, así que quiere prepararlo todo.

Lucio Cornelio le miró con indiferencia, demasiado cansado para porfiar, abrumado por las mil faenas que aguardan al vencedor. Sabe que le espera una obra inmensa, que requerirá años, quizás décadas.

—Yo creo que es posible; apenas hay movimiento extramuros —terció otra vez su hermano.

—Sea como quieres; aumentaré el número de tus escoltas y ellos te acompañarán al santuario por el camino de tierra. No me atrevo a que te hagas a la mar, ni siquiera en una distancia tan corta; podrías ser asaltado por... Da igual, parte en paz, Posidonio, y te ruego que obedezcas en todo a los milicianos que te acompañarán. Los sacerdotes se comportan como las avispas: se vuelven rabiosas si se les ataca en su casa. Y eso es lo que has hecho tú.

Después de permanecer un rato ensimismado, Posidonio se levantó con calma y se dirigió hacia Lucio Cornelio, que también se había alzado. Agarrándole por los hombros, le espetó, con afecto:

—Gracias por todo, amigo, nunca te olvidaré. El honor florece en vuestra estirpe. Ten cuidado de tu cuerpo y, sobre todo, de tu alma. La justicia no es venganza. Templa. Si quieres gobernar Gadir, habrás de encontrar en tu corazón hueco para la compasión y la indulgencia. Gratitud también para ti, Publio. Mi amistad queda también contigo; quizás el porvenir nos reserve tiempos menos convulsos para conocernos.

De inmediato, Posidonio emprendió la marcha con una escolta de diez hombres al mando de un oficial lusitano. En poco tiempo, cruzaron la estrecha isla de Kotinusa para llegar a la ribera del Atlántico y bajaron por los acantilados, hasta la orilla del océano. Allí se sentaron a esperar a que desde el campamento mandaran el prometido carro y las demás monturas para cubrir la distancia entre Gadir y el santuario de Melqart.

El mar en calma parecía dolerse con la ciudad amada; por una vez, el castigo de Gadir no vendría de sus olas, sino de la furia homicida de sus propios hombres.

Al poco tiempo vieron aproximarse a un grupo de hombres desconocidos. Se pusieron al instante en guardia, aunque al principio nada les llamó la atención; cuando se hallaron más cerca, el lusitano señaló.

—Son demasiados.

Y ya no pudo pronunciar ninguna otra palabra, porque una jabalina le entró por la garganta, atravesando su potente cuello. Antes de que Posidonio pudiera darse cuenta de lo que pasaba, alguien le tapó la boca y unas raudas manos le maniataron y amordazaron. Cuando una capucha le veló los ojos, dejó de ver.

Los escoltas habían quedado muertos en la playa.

XXXI

Entre el capuz y la mordaza, apenas podía respirar. Por el piso blando coligió Posidonio que sus captores le llevaban por una playa arenosa, pero no sabía hacia dónde. En la vorágine de los sucesos, se había desorientado, algo que le ocurría en raras ocasiones.

Para su propia sorpresa, no sentía temor. Habían sido tantos los acontecimientos de los días previos, tantas las emociones, que su cupo de terror parecía colmado. Solo quería que todo acabara pronto y regresara la ansiada paz, bien la eterna, si se enfrentaba al trance de su muerte, o la terrena. Como tantas veces en esas últimas semanas, maldijo el día en que decidió cruzar las Columnas de Hércules.

Llevaba apenas unos minutos caminando, cuando sus piernas empezaron a fallarle. «Que viejo estás, Posidonio». Como si sus raptores le hubieran leído el pensamiento, dos fuertes pares de manos le agarraron por los brazos y le llevaron a rastras hacia una caletilla que se abría entre farallones, donde embarcaron en una barquichuela. En cuanto quedaron a flote, la nave empezó a bambolearse por las acometidas del mar picado, y al griego le sobrevino un fuerte mareo. Tratando de conservar la calma, de concentrarse en algo distinto a todos sus males físicos y morales, la mente de Posidonio voló al templo de Astarté, hacia la sacerdotisa que había despertado sus instintos, tanto tiempo apagados, en la cercana isla cuya silueta empezaban a dibujar los primeros rayos del sol naciente.

Ya alboreaba cuando la barca, venciendo la resistencia de las olas, rodeó con lentitud la escollera del santuario de Baal-Hammón, para embocar un pequeño embarcadero que daba al extremo oeste del canal; la repentina calma del mar indicó al griego que viajaban por aguas abrigadas. Con unas pocas paladas, el remero sorteó los afilados escollos e introdujo la barca en el amarradero interior de la casa de Baal-Hammón. Al costado del muelle, una ristra de acólitos les esperaba. Tal como atracaron, muchas manos sacaron a Posidonio de la embarcación con pocas contemplaciones y le transportaron a hombros, como un fardo, hasta el interior del templo.

Una vez dentro, sin mediar palabra, uno de los consagrados le quitó la capucha. Durante un tiempo permaneció cegado por la tenue claridad y aturdido por el mareo, que no le abandonaba. Al poco, pudo distinguir que se encontraba en una sala en penumbra, una amplia cámara de piedra gris, abovedada.

Discretamente apartados en una galería elevada, pudo distinguir a algunos notables de Gadir, sufetes, senadores, almirantes, a los que conoció en el transcurso de sus visitas por el archipiélago.

La mayoría, figuras notorias de los conservadores, incluso unos pocos aliados o amigos de los Balbo. Se asombró de que unos y otros se encontraran allí, en aparente tranquilidad, cuando la ciudad se sumía en el caos y la destrucción. «Qué difícil resulta exterminar a las ratas. Y el pobre Balbo que se cree haber concluido la limpieza, cuando ni siquiera ha empezado».

También se hallaba entre ellos el sumo sacerdote de Melqart, que fingió no verle. Todos cananeos, Posidonio era el único extranjero.

Al poco, ató cabos, repasó tiempos y distancias desde su captura, y llegó a una conclusión que le produjo escalofríos, al saberse en las entrañas del templo de Baal-Hammón. Las piernas le fallaron y los acólitos que le flanqueaban tuvieron que sostenerlo de nuevo. Respiró profundamente y trató en vano de pensar otra vez en Anahit. Poco a poco, la curiosidad iba venciendo a la aprensión. Había logrado por fin penetrar en la morada de Baal-Hammón, algo que quizás no había conseguido antes ningún griego. Consciente de la ocasión única que se le presentaba, no se atrevía ni a respirar. No le importaba si ello le costaba la vida; una existencia prolongada y gozosa le había permitido desprenderse de pánicos y ataduras. Si su destino era cruzar la Laguna en Gadir, que así fuera. Ya lleva suficiente tiempo rodando por el mundo. Durante unos instantes, voló de su mente su preocupación por la suerte de sus escritos, por la posteridad; su ansia de saber siempre había sido el mejor antídoto contra el amedrentamiento.

El sanctasantórum del santuario Baal-Hammón le pareció tétrico y humilde, en comparación con el templo de Melqart: una sala de forma redonda, techo abovedado y paredes desnudas. Al fondo, se alzaba una colosal estatua de bronce incandescente del dios tutelar. Las fosas de la nariz despedían dos columnas de humo.

—Todo es como contaron los romanos que destruyeron los templos de Cartago —se le escapó a Posidonio. El sacerdote de su derecha le dio un pescozón en la boca con el puño. Una fulgurante ráfaga de dolor le recorrió todo el cuerpo. Después de escupir dos dientes, los últimos que le quedaban, el griego se concentró de nuevo en la ceremonia.

Pronto distinguió que, al lado de la imagen del Baal, vestido con una túnica ritual, rígido, hierático, como siempre, Baalbo mascullaba preces con los ojos cerrados. Le rodeaban no menos de veinte oficiantes jóvenes, con idénticas vestiduras, que tenían plegadas las manos una con otra, en postura de adoración.

Durante un largo tiempo, todos los cananeos presentes imitaron al pontífice. Con las manos cruzadas sobre el pecho, permanecían inmóviles, sumidos en sus incomprensibles plegarias, salmodiando himnos con voz muy queda. El vaho del incienso y de los sahumerios se espesaba tanto que dificultaba la visibilidad y volvía la atmósfera casi irrespirable.

Sonó una campana y el sumo sacerdote de Baal clamó, comenzando una salmodia:

—¡Muerto está Baal, el Victorioso! ¡Pereció el Supremo Príncipe, señor de la tierra!

Después, esparció las cenizas de aflicción sobre su cabeza, acompañado por el resto de los celebrantes. Al poco, empezó a sonar un brusco repique de tambores, pífanos y címbalos, y todos los consagrados comenzaron a ejecutar una extravagante danza, mientras vociferaban.

—¡Vierte, señor, el polvo de la humillación sobre nuestros cráneos. Porque Baal ha muerto! ¿Qué va a ser del pueblo? ¿Qué va a ser de la multitud?

Muy pronto, al unísono, los danzantes extrajeron de sus ropajes unos afilados estiletes y comenzaron a lacerarse las carnes, mientras retumbaban los timbales. Al poco tiempo sus túnicas quedaron teñidas de rojo.

—¡Baal está muerto! ¿Qué va a ser del pueblo?

La danza se prolongó hasta que los oficiantes quedaron exangües y se dejaron caer en el suelo, sobre una pasta de arena y fluidos; allí quedaron inmóviles, fingiendo la muerte, algunos quizás de verdad muertos.

Luego, el sumo sacerdote, completamente cubierto de sangre propia y ajena, se levantó con una asombrosa agilidad, y gritó con acento lúgubre, en un cananeo arcaico, muy cercano al hebreo, que reverberaba en la amplia nave:

—¡En pos de Baal voy a bajar a la tierra!

Casi todos los demás sacerdotes se levantaron para chillar:

—¡En pos de Baal hemos de bajar a la tierra!

Para después, con trote cochinero, retirarse a una sala anexa, de donde sacaron a un hombre desnudo y con la cara cubierta por una máscara de terracota, de expresión grotesca y risa sardónica. Llevaba las manos atadas a la espalda y no mostraba oposición alguna. Con suaves movimientos, los oficiantes lo condujeron por una empinada rampa hasta colocarse a la altura de la cabeza de la representación de Baal.

La imagen del dios cada vez refulgía más y los penachos de humo expelidos por su nariz se espesaban por momentos. El estruendo de los tambores remontó alcanzando niveles ensorde-cedores, hasta que, mediante imperativa señal de su mano alzada, el pontífice mandó callar. Todos quedaron expectantes, pendien-tes de sus palabras, durante un tiempo largo como una eternidad.

Los cananeos que rodeaban a Posidonio extendieron hacia delante los brazos, con las palmas hacia arriba, en actitud ofe-rente. Señalando con su dedo índice a la ofrenda, el sumo sacerdote exclamó:

—¡En pos de Baal baja a la tierra!

Uno de los oficiantes que le flanqueaban le quitó a la ofrenda la capucha, la asió por los cabellos y apuntó su rostro hacia los invi-tados. A Posidonio se le heló la sangre. En la tenue luz entrevió el semblante de Abisay, ceñidas las sienes con las sagradas ínfulas de las víctimas sacrificiales, sus ojos empavorecidos, ya casi velados por la turbia nada hacia la que se dirigía. Una mirada que supuso una profunda revelación para el griego. Ruidos fatigosos, un cla-mor levísimo, brotaba del pecho de Abisay, como un bufido que se le hubiera quedado atrapado en su garganta; trataba de hablar, algo imposible, pues le habían cortado la lengua y hasta los labios. En la cavidad rojiza que un día fue su boca, se distinguían algu-nos dientes que en conjunto componían una mueca deformada, casi burlona, en agudo contraste con lo que expresaban sus ojos. En realidad, a excepción de aquellos ojos, que parecían albergar a toda la humanidad, todo lo demás había adquirido en el siervo una extraña apariencia inhumana.

Comparecieron varios acólitos más, portando una gran marmita de bronce que colocaron al lado de Abisay y los tambores sonaron de nuevo. Luego, con grandes cazos, sacaron de su interior un líquido negro y espeso que vertieron sobre la testa y se derramó por todo su cuerpo. Poco trabajo le costó a Posidonio reconocer ese fango inflamable, denominado *maltha*, que rezuma de unas piscinas del desierto sirio, no lejos de su ciudad natal. Un arma secreta y terrible, una sustancia que lo quema todo, que se pega al pellejo como la miel y arde con un fuego que ningún elemento puede extinguir. Cuando el esclavo quedó del todo embadurnado por la *maltha*, los sacerdotes se hicieron a un lado, mientras arreciaba el redoble de los atabales.

Sabedor de lo que estaba a punto de ocurrir, el griego apartó durante un instante la vista para eludir el terror de la nafta ardiente; se percató entonces de que, detrás la balaustrada superior, el pontífice de Melqart le miraba, sarcástico, con una amplia sonrisa de satisfacción.

—¡En pos de Baal baja a la tierra! —aulló Baalbo, atrayendo otra vez la atención de Posidonio. Un acólito se acercó a la estatua de Baal y extrajo de su entraña una antorcha que, desde lejos, lanzó contra el cuerpo de Abisay. Con un resoplido infernal, las llamas envolvieron al instante el cuerpo del muchacho, quien, mientras se sumía en la nada, aún alcanzó a intercambiar una mirada con el griego, una mirada interrogativa, sin reproche, de perplejidad, como un último y mudo chillido de socorro, que a Posidonio se le incrustó en el alma como si le hubieran apuñalado nuevamente.

El esclavo no protestó ni apenas trató de zafarse. Cayó primero de rodillas y después de lado, hasta quedar inmóvil, como una crisálida envuelta en un capuchón de fuego. Los consagrados, exultantes, vociferaban:

—¡Vuelto a la vida Baal, el regocijo reina entre sus fieles! ¡Reina, dios todopoderoso, en tu trono celeste, revestido de majestad!

Aún ardía Abisay cuando todos los ojos se volvieron hacia Posidonio. El silencio denso pesaba en el ambiente; finalmente habló Baalbo, con su verbo cascado:

—Enhorabuena, griego, has logrado lo que ningún hombre con prepucio antes: asistir a un holocausto a Molk. Una añeja tradición con la que tú y los tuyos queréis acabar. ¡Insensatos! El hombre nada puede ante la fuerza de Baal; cuando el tiempo termine y los humanos hayamos desaparecido de la faz de la tierra, Baal seguirá existiendo, porque es imperecedero, sin principio ni fin.

Posidonio quiso decir algo, pero uno de los guardias que le escoltaban le segó el aliento con un seco puñetazo en la boca del estómago.

—No profanes este santo lugar con tus falsedades. Date por honrado. Has satisfecho tu curiosidad; es lo que querías ¿no? Ahora has de pagar el precio. Tú serás la siguiente víctima. No sé si el dios se sentirá honrado por una ofrenda tan sucia; a mí no me cabe duda de que no te mereces una muerte limpia y casi indolora. Por desgracia, debemos adaptarnos a las circunstancias; exiguo consuelo, para tan grande quebranto como nos has causado. Hubiera querido darte la agonía lentísima que merece tu desmesurada impiedad y verte maldecir mil veces el día en que se te ocurrió cruzar las Columnas de Melqart. Por fortuna para ti no puedo: el tiempo apremia, tenemos los enemigos a las puertas. No creo que se atrevan a traspasar los umbrales de este santo lugar, pero...

Entonces se escuchó en las proximidades una formidable batahola, alaridos y golpes. Todo pasó con extrema premura. De súbito, varios legionarios entraron en la sala y en las galerías superiores. El sumo sacerdote se quedó mudo, como tratando de descifrar algo que le resultaba inalcanzable. Cuando por fin recuperó el resuello, clamó:

—¡Blasfemia! ¡Que la maldición de Baal caiga sobre vosotros, malditos romanos! ¡Roña de la tierra!

No pudo decir nada más: una espada corta le penetró en la garganta, saliéndole por la nuca, y segó sus palabras y su vida.

Tampoco Posidonio pudo decir nada, pues sintió un golpe y perdió el conocimiento.

XXXII

Cuando despertó, lo primero que notó fue una tremenda punzada en la cabeza y un agudo picor. Se tocó la frente, tratando de rascarse, pero se lo impidió una tupida capa de lino. Tenía todo el cráneo rodeado de lienzos. Todavía con los ojos cerrados, confirmó que se encontraba en un lugar frío e inestable.

Unas manos le ayudaron a ponerse en cuclillas y pudo recostarse sobre algo sólido, mientras seguía percibiendo un temblor bajo sus pies, que atribuyó al mareo. Desde que rodeó la escollera del templo de Baal-Hammón había permanecido apresado por los vértigos. «Voy a acabar odiando el mar», se dijo mientras trataba de calmar el picor presionando contra las vendas.

De seguro se hallaba bajo los efectos de una potente droga, pues las rodillas le temblaban, los pies apenas le sostenían y sentía los miembros entumecidos y esponjosos.

Cuando al fin abrió los párpados, lo primero que vio fueron las manos de un esclavo que le ofrecían una escudilla con agua. Tragó unos sorbos y elevó la vista. El esclavo era negro y, pese a que apenas había luz, pudo observar sus labios enormes y su dentadura blanquísima.

—Ayúdale a levantarse del todo —pronunció una voz conocida. Con dificultad se levantó sobre sus pies, conforme recuperaba poco a poco sus coordenadas de tiempo y espacio: una nave, amarrada al muelle del *Herakleion*, completamente aparejada y dispuesta para aprovechar el primer viento favorable. Amanecía. Una vez más distinguió el griego la silueta del templo más famoso de Occidente. La voz habló de nuevo.

—Nos vamos, Posidonio. Aunque parezca imposible, vas a salir vivo de Gadir, pese a haberte empeñado tanto en lo contrario. Agradece la infinita misericordia de los dioses y descansa, ya estás a salvo.

Durante un rato miró Posidonio a su interlocutor sin reconocerlo. Se trataba de Publio, el hermano pequeño de Lucio Cornelio Balbo. Cerró los ojos para aliviar una fuerte punzada en la cabeza, que parecía repleta de vidrios rotos pugnando por salírsele del cráneo.

—Antes de partir hay alguien que quiere despedirse de ti. Quizás no te resulte plato de gusto verle la cara a quien ha conspirado desde el principio para acabar con tu vida, pero así lo hemos acordado. Y los pactos hay que cumplirlos.

Sin entender del todo a qué se refería el joven, el Estoico se giró y vio sobre el muelle, cerca del costado de la embarcación, al sumo sacerdote de Melqart, que le apuntaba con una mano.

—Maldito seas por siempre, Posidonio, maldito de Melqart. Que tus entrañas rujan, que tengas una agonía lenta y punzante; que la lengua se te pegue al paladar, que tu simiente se pierda, que tus hijas sirvan de recreo a los esclavos de los muelles.

Ahora lo entendía: un anatema. Abdmelqart profería una de las temibles maldiciones cananeas. Escuchó callado la interminable letanía de males que le auguraban, hasta que se acabó su paciencia y dijo:

—¿Por qué has matado al esclavo? ¿Por qué no me habéis inmolado a mí?

El pontífice, impertérrito, siguió maldiciendo, pronunciado con nitidez cada palabra. Solo unos metros les separaban, así que podía distinguirlo bien, pese a que una espesa fila de soldados se interponía entre ambos. Detrás de su jefe, un grupo de religiosos coreaba sus consignas, repitiendo en voz más baja las mismas palabras.

—¿Por qué?

Abdmelqart seguía a lo suyo; después de un buen rato, sus acólitos volvieron sobre sus pasos y se quedó él solo, encarando a Posidonio.

—Nada nos hubiera complacido más que sacrificarte a ti también, griego, cual corresponde, por tus espantosos pecados. ¡Ni te imaginas cuánta ira cabe en el pecho de Melqart! Mientras moraste en el santuario teníamos las manos atadas, pues no podíamos profanar las sagradas leyes de la hospitalidad, ni cometer el sacrilegio de asesinarte ante los ojos del divino héroe. Incluso nos vimos obligados, ¡amarga paradoja!, a conjurar los intentos de los sicarios de Mitrídates por envenenarte. Por poco lo consiguen, como sabes. Cuando te despediste, llegó la hora que esperábamos, pero de una forma u otra siempre conseguías librarte. Finalmente, estos herejes han frustrado nuestro esfuerzo por salvar a esta ciudad, y ahora ya es tarde. Nos hemos tenido que conformar solo con un cordero, tu cómplice. No sufras por él, ahora ya es libre. Su carne maldita ha servido para honrar a dioses cananeos.

Posidonio no había esperado tan amargo final. Se culpaba por la muerte del esclavo; no tanto por lealtad sino por haber provocado y manejado su esperanza. Él, que defendía una igualdad esencial entre todos los hombres, una fraternidad de origen divino que, como afirman los persas, convertía en inmoral la propia existencia de la esclavitud.

El sacerdote seguía su perorata, poco a poco iba elevando el tono, para acabar casi bramando, con el rostro desfigurado de rabia, la boca plena de bilis y un fulgor mortífero en su mirada.

—¿Acaso crees que puedes injuriar de los dioses? Melqart tiene ojos y oídos en todas partes, lo ve todo, lo sabe todo; su poder no conoce límites ni su cólera, fronteras. Y nos encontramos en su casa, entre estas piedras que resistirán en pie hasta el fin del mundo. ¡Entiéndelo bien, griego, los dioses nunca abandonarán sus santuarios de Gadir! Y si, por oscuro designio de la divinidad, alguna vez las botas de los impíos hollaran estos sagrados lugares, ten por seguro que de inmediato al sacrilegio sobrevendrá un nuevo diluvio, o un fuego caerá de lo alto; porque será señal de que ha llegado el fin de los tiempos. Has cometido un crimen execrable, violando los sagrados secretos del divino héroe, te has burlado de los dioses, pero no quedarás sin castigo. Si por mi fuera, tu sarnoso pellejo colgaría ya hace varias lunas de las tapias del templo.

—¿Y el sufete Balbo qué crimen cometió?

El consagrado no pudo evitar que se dibujara en su rostro impenetrable y solemne una sonrisa irónica.

—¿Por qué me preguntas a mí por el sufete? ¿Acaso me culpas de su muerte? Nadie sabe quién la ordenó, aunque no faltan candidatos. Él se lo buscó: un perro no puede morder a su rebaño. En cualquier caso, yo no fui. Ningún siervo del divino héroe se rebajaría a cometer un crimen político. Los sufetes no nos impresionan; reyes y cónsules cambian, todos, solo nosotros somos perdurables.

Posidonio seguía mirando al entablado, tratando de ordenar su pensamiento. Las sienes le zumbaban. Al cabo, con una voz que apenas le salía del cuerpo, logró inquirir:

—¿Por qué guardar tantos tesoros en esa biblioteca desconocida? La ciencia jamás será de utilidad si permanece oculta, ¿por qué negar a otros lo que se posee? Melqart no puede desear tamaño disparate.

El pontífice le contestó, expulsando sus palabras como las víboras arrojan su veneno:

—¡Maldito profanador! ¡Mil veces malnacido! ¿Cómo te atreves siquiera conjeturar lo que quiere el dios-hombre? Una hormiga insignificante como tú no turba su reposo, no ocupa ni un segundo de su pensamiento eterno.

Posidonio se quedó mirando con incredulidad a Abdmelqart. Antes de que pudiera rebatir, el otro siguió:

—Maldito griego, no entiendes nada. Hubo un tiempo en el que solo los sacerdotes poseíamos la escritura; hasta que nuestros abuelos idearon ese demoniaco invento del alfabeto, que permitió que cualquiera aprendiera a leer y a escribir. Ya no somos propietarios de la escritura, pero sí de lo escrito, debemos administrar con cordura esa facultad, para que los hombres la usen correctamente y se alejen de la senda de la impiedad.

—¡Qué dislate! Cuanta más gente piense, escriba, lea, mejor para todos; si seguimos todos juntos trabajando sobre esa ciencia podremos acrecentarla, mejorar la vida de los hombres, establecer relaciones de causalidad entre los fenómenos y sus consecuencias, encontrar la explicación de los fenómenos celestes, cómo nos influyen en la tierra.

—¡Calla, perro, ya has ensuciado bastante este sagrado recinto con tu aliento! Vete, ya que no puedo darte el género de castigo que mereces. Y recuerda estas palabras: yo te maldigo en nombre de Melqart. Ojalá que mi anatema te alcance mientras salen aún las palabras de mi boca, que de tus obras y pensamientos no quede rastro alguno. Guiado por tu vanidad, has escrito decenas de tratados, pero de ellos no quedará memoria; cuando la estrella de Roma decaiga, tus trabajos desaparecerán de la faz de la tierra, nadie podrá leerlos. Tus esfuerzos quedarán en nada, completamente inútiles, como todos los empeños humanos fuera de la pura y recta adoración a los dioses. Serás como uno de esos sabios de antes del diluvio. Tu nombre volará de los labios de los hombres. Haz uso del derecho que te dio la suerte: vete y húndete en el mar del tiempo.

Posidonio, venciendo las punzadas de su cabeza, dio rienda suelta a su ira y a su despecho.

—¡Me voy, viejo loco! No lo dudes, ¡volveré! Volveré con los romanos. Buscaré a Pompeyo allí donde se encuentre y le convenceré para que arrase y saquee este lugar, llevándose todos sus tesoros, oro, plata y, sobre todo, los textos, papiros y...

Una risa sardónica se pintó en la cara del anciano sacerdote. Muy despacio levantó su mano de venas protuberantes y, con el índice estirado, señaló un penacho de humo que se elevaba en vertical desde el santuario.

—Siempre creyéndote el más listo. Mira, Posidonio, eso es lo que has cosechado. ¿Sueñas con robarnos las tablillas o los papiros, o que alguien como tú venga a intentarlo? Esa sabiduría es sagrada. El secreto de su existencia ha sido desvelado, lo sé; tienes la lengua muy larga. ¡Ojalá te la hubiera cortado! Estas reliquias, acumuladas tan lentamente, desde hace tanto tiempo que ni siquiera podemos concebirlo, vinieron del este para ser preservadas aquí, en la periferia del mundo, en la tierra del sol poniente. Del País de Sumer pasaron a Babilonia, de Babilonia a Tiro, después a Cartago y a Gadir. No existe nada más al oeste; no cabe llevarlas a otro lugar, lejos, lejos del poder de Roma. Conque, antes de que caigan en manos impías las destruimos. Ya arden los papiros y los pergaminos. Las tablillas se arrojarán al mar. ¡Si es preciso nosotros mismos prenderemos fuego al templo! ¡Todo antes que permitir que las profanen vuestras manos! El conocimiento de los sabios anteriores al diluvio ya no se halla a salvo bajo nuestra custodia, por eso debe desaparecer. Eso es lo que has logrado. Tu codicia, tu imprudencia, tu incontinencia, tu falta de respeto es la que lo destruye.

Posidonio cayó de rodillas, presa de un profundo dolor, antesala del mayor padecimiento. Era verdad. Por su culpa esos dementes estaban prendiendo fuego a milenios de saber, aquella preciosa biblioteca que apenas había podido acariciar. Aquel puñal del sumo sacerdote fue asestado en el centro de su alma, convirtiéndole en el más desventurado de los hombres.

Nada quedaba por decir. Publio Cornelio Balbo dio orden de zarpar, mientras Abdmelqart seguía maldiciendo.

De repente cayó en la cuenta Posidonio de que no había recuperado sus notas, sus escritos. Se volvió hacia Balbo y le gritó:

—¡Mis notas! ¡Mis apuntes sobre las mareas! ¡Mis ruedas celestes!

Balbo negó con la cabeza y Posidonio enloqueció.

—¡Alto, que nadie se mueva! ¡No zarpamos, no podemos partir sin mis apuntes sobre los astros y las mareas! —El griego estaba fuera de sí. Reculó bruscamente y tropezó con un esclavo que trasladaba al buque las aves que, si el bajel resultara arrastrado por una tormenta, se soltarían para calcular la proximidad de la tierra. La pesada jaula de madera cayó al suelo y se rompió con estrépito. La mayoría de los pájaros logró escabullirse.

Alaridos e imprecaciones salieron de las gargantas de todos los tripulantes, ante lo que, a todas luces, era un mal augurio. Ajeno a todo, Posidonio se acercó hacia Publio, le agarró sin darse cuenta de la túnica e imploró:

—¡Ordena que se interrumpa la maniobra!

El joven se soltó con violencia. Lo que menos necesitaba ahora era una tripulación desconfiada. Su primer mando naval empezaba con mal pie. Más irritado de lo que hubiera querido, le espetó:

—Posidonio, date por contento por haber salvado el pellejo. Bastante trabajo nos ha costado mantenerte con vida. Ya escribirás otras obras.

—Mis notas, mis apuntes. ¡Por todos los dioses, mis valiosos libros de pergamino! Los textos y los papiros, todo el trabajo de estos meses.

Publio negó de nuevo, sorprendido por la insensatez del viejo.

—Posidonio, acaso debemos explicarte, una vez más, cuánto te has arrimado a la barca de Caronte. Tu final ya estaba decidido, tu doloroso final; pero nuestros espías nos trajeron la noticia de tu presencia en el templo de Baal, y a esos locos les faltó tiempo para consumar su desquite. A sangre y fuego entraron los nuestros en el santuario para rescatarte en el último trance, cuando ya te ajustaban en la cara la máscara ritual.

El griego se sintió acabado. Némesis nunca puede ser burlada, y ahora la diosa le castigaba por su gran arrogancia con la pérdida de todas sus anotaciones. Y no solo por su arrogancia, por su falta de compasión hacia el esclavo; en su corazón Posidonio sabía que debía haber hecho más por protegerlo; no, no salía malherido de cuerpo, sino mortalmente abierta en canal su propia estima moral.

Por primera vez desde hacía muchos años, sintió que se tambaleaban sus convicciones: ¿era realmente Roma la esperanza, la promesa de un mundo mejor? Roma suponía no solo la existencia de la esclavitud, sino su exacerbamiento, mientras que los persas la repudiaban; para estos, el libre albedrío constituía un concepto moral clave, y la verdad el ideal más elevado. ¿Me he equivocado? ¿Y si he estado apuntalando toda la vida al mal, sofisticadamente envuelto, en vez de sumarme al impulso del verdadero bien? ¿Y si Mitrídates, iranio por casta y por cultura, era la postrera esperanza? ¿No lo fue antes que él Aristónico, también adorador de Mitra, el fundador de Heliópolis, donde todos los ciudadanos eran libres, fueron redimidos los esclavos, se cancelaron las deudas y se erradicaron no pocos males, los males aparejados a la influencia romana? En su juventud criticó a Aristónico de manera implacable, considerándole un desequilibrado; en cambio, ahora venían a su mente los argumentos de algunos notorios miembros de su propia escuela estoica que le defendieron, como Blosio, firme valedor de los principios democráticos.

En sus oídos resonaban todavía las imprecaciones del sumo sacerdote, prometiéndole una eternidad en el inframundo, la tierra sin retorno, lejos de los dioses. Agotado, una lasitud mortal hizo presa en él; se sentó con dificultad en la fogonadura del palo de proa, que aún reposaba, desmontado, sobre el puente, y avistó los embarcaderos alzados sobre el suelo fangoso, la silueta del templo, la estampa de los consagrados. Desde las murallas del *Herakleion*, un nuevo enjambre de oficiantes se sumó a los denuestos de su jefe. Vociferaban fuerte, pero el griego ya no podía oírlos. En algún momento, creyó despertar de una pesadilla. En verdad todos los acontecimientos que se habían sucedido en Gadir en las últimas semanas parecían irreales, fruto de una imaginación cruel. Inconscientemente, se llevó la mano a las heridas para constatar que sufrió varios atentados mortales y recordar cómo se vio inmerso, sin querer, en una vorágine política y religiosa, donde enemigos irreconciliables pugnaban como fieras por aniquilarse mutuamente.

* * *

Posidonio, firme creyente en la adivinación, había compuesto sobre ella un prestigioso tratado. Según su teoría, en el universo todo se encuentra interconectado y es este nexo causal el que permite predecir los hechos venideros. De lo contrario, un suceso sin causa socavaría la coherencia de lo existente, la simpatía cósmica. Sin embargo, no fue un oráculo ni un augurio el que salvó su vida, sino algo más prosaico: la lubricidad, porque uno de los oficiales de Lucio Cornelio Balbo supo por su amante de esos días, un pimpollo castrado servidor del templo de Baal, que era inminente la consumación de una conjura largo tiempo planeada para abatir al griego. Ni siquiera el caos en la ciudad detuvo los planes de Abdmelqart y Baalbo. Mientras todo su mundo se hundía alrededor, ellos permanecían aferrados a su designio de sangre y venganza. Considerando el sacrificio de cientos, de miles de sus seguidores, como simple anécdota, como mal menor.

Cuando ya amainaba el temporal de sangre, harto de matar, con sus ropas y sus armas teñidas de rojo, el oficial buscó amparo y olvido en los brazos de su amante, al que oportunamente había protegido en su propia casa. El eunuco, una vez satisfecho el deseo del capitán, quiso honrar a su modo a Baal y, creyendo erróneamente que el holocausto se había ya cumplido, se fue de la lengua. Así fue como, medio dormido, pudo el oficial comprender las implicaciones de lo que oía; de un empujón, arrojó al suelo al amante, y desnudo corrió por las calles de Gadir en busca de su caudillo, a la vez que daba la alarma. Nada de esto fue predicho por el griego, ni tan siquiera imaginado. Una mínima dosis de prudencia, sin embargo, hubiera bastado para intuirlo.

En el bajel, los esclavos percutieron las últimas cuñas de abarrote para estibar la carga. Tras inspeccionar con cuidado que todos los bultos se apilaban bien trincados, el patrón dio orden de proceder a los ritos propiciatorios de una buena travesía.

Como hacen siempre antes de zarpar, los marineros se postran e invocan a Melqart: «Tú, que asistes al viajero para el que arduo es el camino y reconfortas al que cruza el mar y teme las olas».

Varios marineros comenzaron a jalar de una maroma y, al poco, el ancla de plomo quedó inerte sobre la cubierta. El patrón agarró el colgante que llevaba al pecho y besó la imagen de Astarté, representada con un disco solar entre dos cuernos, con turbante, pendiente y tirabuzones, y exclamó:

—¡Soltad amarras! Piloto, rumbo a Ostia, en derechura, previa escala en Malaka, Seksi y Lilibeo.

Epílogo: damnatio memoriae

Una nave nunca está quieta, se mece aun imperceptiblemente con los latidos del mar, como un perro nervioso; cuando se sueltan los cabos que la atan a los muelles, se recogen las anclas de hierro y palo, y los marineros la alejan del embarcadero con los botalones, el buque comienza a moverse con torpeza y parsimonia. Y cuando en mar abierto se tiende el trapo y se trincan las escotas, es como si a ese perro le soltaran la correa y, dando botes de alegría, emprendiera a correr por el campo. Así acaeció ahora, en cuanto la enorme vela cuadrada se hinchó como el vientre de una mujer a punto de parir.

Con soplo de poniente se navega cómodamente de través, proa a las Columnas. Antes hay que alejarse de la costa. La nave dio un par de bordos, ciñendo con proa al viento como solo lo hace una nave cananea tripulada por cananeos. Luego viró definitivamente hacia el sur. Con ese poniente, antes del anochecer ya tendrían África a la vista; fondearían en la Ensenada de la gran duna blanca y, a la mañana siguiente, con ayuda de los dioses, enfilarían el mar Medio.

Posidonio llegó a Occidente en el último navío que cruzó las Columnas de Hércules y regresaba en el primero que hacía el camino inverso, después de la resurrección de Melqart. Apenas habían transcurrido ocho meses lunares en Gadir, pero tenían la densidad de ocho años solares. Cuando llegó no esperaba asistir al estertor final de un mundo primitivo, tan sombrío como fascinante, sucumbiendo impotente y orgulloso frente a las nuevas corrientes que llegaban cargadas de firmeza y pasión. Los cananeos que llevaron la civilización a los confines de la tierra, hasta el lejano Oeste, se habían agotado en la tarea y sus restos cansados afrontaban la consumación con el último poso de rebeldía. Roma se llevaba el premio: la Loba Luperca se convertiría en la Perpetua Reina y Señora del Orbe.

Con los dedos engarfiados en la regala de la nave, Posidonio ve alejarse la silueta del templo. A su vera, Publio Balbo permanece en reverente silencio. Bajo la bóveda despejada de la temprana primavera, el océano resplandece con brillo azulado, una belleza perfecta y serena. En agudo contraste, a lo lejos, sobre el límpido cielo de Gadir colgaba, ominosa, una nube de humo que proclama la destrucción de una ciudad que arde todavía por varias partes. Cientos de cruces recortaban el perfil de la explanada frontal a las Puertas de Melqart, y otra espesa humareda, en el extremo occidental de Kotinusa, daba testimonio del fuego que devoraba la casa de Baal-Hammón.

Posidonio oteaba con desazón aquella ciudad que había llegado a amar y a detestar. Publio se esforzaba por rescatar a aquel hombre derrotado del abismo que le aplastaba, contándole los últimos acontecimientos.

—Al final los Balbo nos inclinamos, como siempre, por la clemencia. Lo llevamos en la sangre; según decía mi padre. Ni ellos mismos se lo esperaban: cuando muchos de los fanáticos del partido conservador supieron que no rodarían sus cabezas, se arrojaron a los pies de mi hermano, para besárselos. Ni siquiera protestaron, esos perros traidores, cuando les notificamos la confiscación de sus bienes.

El joven, ebrio de orgullo, seguía con su relato:

—Hemos crucificado a los más recalcitrantes, como ejemplo disuasorio. Y finalmente hemos podido arrasar ese infame templo de Baal-Hammón. ¡Quiera Melqart que nunca más se alce sobre sus ruinas!

Quiso saber el griego por qué se respetó el santuario de Melqart, mientras se arrasaba el de Baal-Hammón.

—Con el divino héroe nadie puede. Al Hércules gaditano lo venera todo el mundo; cientos de personas acuden cada año, a pie o en barco, para postrarse ante él. El *Herakleion* es Gadir, su cofre y su memoria; sin su oráculo, sin sus sacerdotes, la ciudad no existiría; sin sus archivos y capitales, no habría comercio. La ciudad se debe al templo, no el templo a la ciudad. Durante varios siglos el recinto del santuario fue casi tan grande en extensión como la propia urbe. *Hercules ponderum* ha de seguir fijando el peso de las distintas monedas empleadas en el mar Medio. ¿Quién podría hacerlo mejor?

—¿Y Baal-Hammón?

—Baal-Hammón pertenece al pasado; no volverá a ser adorado en esta tierra. Sus servidores han ardido ya, como a ellos les gusta, no volverán a quemar a nadie. Nos han dado la excusa que llevamos tiempo esperando.

Quiso indagar por la casa de Astarté, pero le dio miedo la respuesta. Prefería guardar el delicioso recuerdo de aquellas horas y se concentró en el rumor del mar que lamía el casco de la nave.

—De manera inconsciente, Posidonio, has prestado un gran servicio a esta ciudad. Sin un buen motivo, no nos hubiéramos atrevido a quemar el templo de Baal, y mucho menos sin ayuda de los romanos. ¡Una legión de gaditiras se hubiera arrojado a las piras, tratando de apagar el incendio! Pero cuando se supo que te escondían en su interior, todo se precipitó. Debes recuperar la paz; al cabo, tu presencia aquí ha servido para que la historia prosiga su designio.

Posidonio escrutaba la blanca frente rizada de las olas, pendiente solo a medias del discurso del joven Balbo, recordando a su padre, su amigo inesperado, y sintiendo cómo la soledad iba haciendo sombra en su interior.

—A partir de ahora comienza un tiempo nuevo; empezarán a regir las leyes romanas. Se acabaron las lapidaciones, las hogueras, los desollamientos, el plomo fundido corriendo por las gargantas de los penados. La providencia te señaló para asistir al momento en el que todo se renueva, y con el hilo de tu propia vida ha tejido el desenlace necesario.

Posidonio ya no solo creía que Roma representaba el futuro, un futuro mejor, ahora también sentía la punzada de ese alumbramiento de la historia y la poética nostalgia por todo lo que se perdía. Un conocimiento y un mundo que ya nunca se recuperarían.

Examinó por primera vez la embarcación que sería su hogar en las próximas semanas. Por el puente, se desperdigaban grupos de soldados, varios de ellos con señales aparentes de haber participado en los altercados de Gadir. Un alarido le sobresaltó: a pocos codos, el físico de la nave cauterizaba con aceite hirviendo heridas de lanza en el muslo de uno de aquellos soldados.

—¡Guerras y más guerras! ¡Eterna guerra, insano furor! —dijo en voz alta.

* * *

Regresó a Rodas, con la idea de no viajar más, dejando detrás de sí un reguero de sañas. Todo lo que tenía que saber lo sabía ya. Ahora debía dar sentido a tanta osadía, esparcir su sapiencia, lograr que no se perdiera, rogando por conservar las facultades intelectuales, para evitar que su memoria se convirtiera en un revoltijo sin orden ni concierto. Tenía tanto trabajo por delante... Sin quererlo, la maldición de Melqart volvía palabra por palabra a su recuerdo y empezaba a pesarle en la conciencia.

Se sentía el doble de viejo que cuando, pleno de espíritu y vigor, llegó insuflado de aspiraciones y con la fortuna militando de su lado. En Gadir, tan soñada y odiada, todo había cambiado: se había afanado en vano, encontrando oposición en todo cuanto intentaba. Ahora, arruinado por la edad, había encogido y se veía encorvado, nuevas y profundas arrugas surcaban su rostro, le dolían todas las articulaciones y la vista le fallaba. Las últimas emociones y sobresaltos le habían dejado afiebrado y macilento, torpe y olvidadizo. «Llegó el momento de parar, es ley de vida. Ya no me queda fuego en el pecho. Si el anciano tuviera la fuerza del joven y el joven la sabiduría del anciano, los hombres seríamos dioses. Pero no es así», se dijo. Amarga es la vejez: hasta entonces, había preferido enfrentar los peligros del mar y de los pueblos desconocidos y salvajes, antes que languidecer sin propósito en la cálida Rodas. Sabía que la vida se acercaba presurosa hacia el fin. Temía menos a la muerte que a una existencia carente de sentido, perdidas las facultades; ha visto a tantos ancianos decrépitos incapaces de recordar su propio nombre... Ahora la fatiga en los huesos porfiaba con la del corazón. Ansiaba regresar a su patria, con los suyos, antes de que el alma se le desprendiese de los miembros, hechos jirones.

Sí, deseaba transitar dignamente hacia una plácida y sosegada vejez, a un paso del inframundo, tranquilo en conciencia y con recursos suficientes como para no considerarse pobre. Ha llegado la hora de quedarse quieto, de dejar que la vida fluya como la corriente de un río manso; se terminaron los viajes y las navegaciones. Se acordó de Sócrates, que se jactaba de haber salido de Atenas tan solo en dos o tres ocasiones memorables. «Sabio entre los sabios. Sócrates. Siempre Sócrates, el mejor de los hombres. Si lo hubiera imitado desde el principio, ¡cuántos disgustos y heridas habría ahorrado!».

A lo largo de toda su vida ha seguido su voz interior. Intentó sin éxito, asumiendo graves riesgos, salvar la vida del esclavo, si bien no con suficiente pureza de intención. Ha vivido con dignidad, entregado a la búsqueda del conocimiento, pasión que no piensa abandonar. ¿Se arrepiente de haber venido? No, en modo alguno. Tampoco tiene miedo, aunque, en su fuero interno, le inquieta el anatema del sumo sacerdote; al poco, su mente especulativa trata de convencerle de que se trata de una torpe maldición, de que en realidad no existen los hechizos. Además, ¿quién podría impedir que al menos algunos de sus trabajos sobrevivan? Son tantos... «Esa maldita casta sacerdotal no acumula tanta fuerza. Yo, sin embargo, soy amigo de los romanos, de algunos de los principales que ahora ostentan el poder, los patricios que aplastaron las peligrosas revueltas promovidas por los Gracos». Lúcidamente, se reprochó a sí mismo la excesiva vehemencia con la que trataba de convencerse. Mala señal. Poco a poco, su alma incubaba la inquietud sembrada por la maldición de Melqart, el miedo de que toda su obra, fruto de tantos afanes, acabase en el limbo de los saberes perdidos, infecundo su talento, inútiles sus esfuerzos.

Conforme más lo pensaba, más inseguro se sentía con sus propios argumentos. Otra derrota. «Te han vencido, viejo loco». A modo de consolación, se dijo: «¿Y qué más da que nadie sepa nunca de mí? Solo soy un hombre, no quiero honores, ni laureles, siempre que el saber se transmita. Vana es la gloria y torpe la memoria del ser humano. ¿Quién conoce los giros del azar? ¿Quién los controla? ¿No merecía su camarada Balbo el sufete permanecer en el imperecedero recuerdo de los suyos? Y, sin embargo, seguramente los gadiritas del porvenir solo oirán hablar de su marcial hijo Lucio Cornelio. Si nada conoce la posteridad sobre mi labor, ¿qué más da? Son miles, cientos de miles, los hombres notables que, por giros de la fortuna, permanecerán ignotos. ¿Y qué? ¿A qué obedece este loco deseo de los hombres de preservar el pasado?».

De tanto dudar, Posidonio ya duda hasta de su propia existencia. ¿Y si acaso fuéramos la pesadilla de un demiurgo loco y aburrido? Apamea, Rodas, Gadir. Las tres en la misma latitud; desde las tres se divisa Canopus sobre el horizonte sur, en el cielo nocturno. ¿Simple coincidencia? ¿Quién puede mostrarse tan insensato como para creer que existen las casualidades? Las leyes de los astros son inmutables.

* * *

Así partió, camino del este, sumido en dudas y pesares, en un barco de los Balbo patroneado por el propio Publio Cornelio Balbo, en su primer gran cometido.

Publio iba a gestionar en Roma la inclusión de su familia en el orden ecuestre. Incorporarse a una vieja tribu supondría el siguiente escalón en el imparable ascenso de los Balbo.

Mientras tanto, Lucio Cornelio permanecería en Gadir, a cargo de los negocios de la casa y, sobre todo, sujetando con fuerza de una vez por todas el poder supremo de la ciudad. Allí permanecerá hasta que en el 60 a. C. César se lo lleve con él a Roma, para hacer historia y convertir definitivamente al pueblo romano en señor de reyes, conquistador y capitán de todas las naciones.

Publio se sentía el más feliz de los hombres; sano, rico, fuerte, avanzaba hacia un mañana prometedor y acompañado por el más sabio de los hombres de su tiempo, de quien deseaba considerarse discípulo. Quiso compartir su alegría con el filósofo:

—No hagas caso a ese viejo loco, Posidonio. Ya no hay vuelta atrás. Todo va a mutar en Gadir. Pronto seremos un municipio romano de *pleno iure*. Yo soy solo el hijo de un sufete, en cambio mis hijos serán cuatorviros de una villa romana, podrán llevar anillo de oro y sentarse en las filas privilegiadas del teatro.

—¿Y será para bien?

El joven se le quedó mirando sin comprender los escrúpulos de su interlocutor.

Sí, se avecinaba un nuevo orden, en Roma, en Gadir, en todo el mundo; Pompeyo albergaba grandes proyectos y los Balbo participarían en ellos. El Magno monopolizará el señorío de todos los mares, un imperio que se extenderá por tierra hasta cincuenta millas desde la costa. Ninguna provincia escapará a su control; nunca, desde la fundación de Roma, se había concentrado tanto poder en una misma persona. Y los Balbo permanecerán a su lado en todo momento.

Se acercaban a las Columnas de Hércules, cuando adelantaron a una nave aparejada al modo griego, con un gran ojo pintado en la proa. En el castillete de popa, pudo distinguir Posidonio a Eudoxo de Cízico. «Conque al final lo ha logrado…».

También Publio lo vio y, dejándose arrastrar por el entusiasmo, le chilló:

—¡Buena suerte, amigo, nos vemos a tu regreso, cuando logres circunnavegar Libia! ¡Guárdate de los antípodas! —y seguidamente, volviéndose hacia Posidonio, espetó, con ojos encendidos–: ¡Cuánto me gustaría acompañarle!

Ni siquiera el espectáculo de la exaltación de los jóvenes, con su inagotable confianza en el futuro, lograba calentar el corazón de Posidonio. Como presa de un súbito desvanecimiento, se dejó arrastrar por su propio peso hasta quedar sentado sobre la tablazón del puente, con la espalda afirmada en la borda. Sin saber por qué, recordó lo que se cuenta en Cime, ciudad donde fue derrotada definitivamente la escuadra de Aristónico, fundador de la utópica ciudad-estado de Heliópolis: el día de esa batalla, la estatua de Apolo rompió a llorar.

Y entonces, Posidonio el Estoico dijo:

—Sentémonos a llorar.

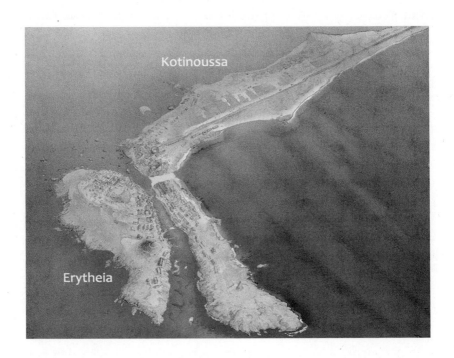

AGRADECIMIENTOS

Ana Suarez, Víctor Manuz, Thais Guerrero, Lolín Cervilla, Julio Carmona y Manolo del Valle corrigieron el manuscrito, enriqueciéndolo con sugerencias. Mis queridos amigos: una vez más, habéis sido tan generosos en tiempo y talento, como insensato yo con mi petición. La gratitud que siento y el honor que me hacéis forman parte ya para siempre de esta aventura literaria. Y gracias a ti Maru; estás dentro de estas páginas y protagonizas la novela de mi vida, porque lo que ahora soy, a ti te lo debo.

Este libro se terminó de imprimir en su primera edición, por encargo de la editorial Almuzara, el 8 de julio de 2022. Tal día del año 1497 el navegante portugués Vasco da Gama parte rumbo a la India.